古典文獻研究輯刊

十一編

曾永義 主編

第24冊

蔣士銓中年書院時期劇作研究

王春曉 著

國家圖書館出版品預行編目資料

蔣士銓中年書院時期劇作研究／王春曉 著 -- 初版 -- 新北市：

花木蘭文化出版社，2015〔民 104〕

序 2+ 目 2+226 面；19×26 公分

（古典文學研究輯刊 十一編：第 24 冊）

ISBN 978-986-404-132-9（精裝）

1.（清）蔣士銓 2. 清代戲曲 3. 戲曲評論

820.8   103027558

ISBN-978-986-404-132-9

9 789864 041329

古典文學研究輯刊

十一編　第二四冊   ISBN：978-986-404-132-9

蔣士銓中年書院時期劇作研究

作　　者　王春曉
主　　編　曾永義
總 編 輯　杜潔祥
副總編輯　楊嘉樂
編　　輯　許郁翎
出　　版　花木蘭文化出版社
社　　長　高小娟
聯絡地址　235 新北市中和區中安街七二號十三樓
　　　　　電話：02-2923-1455／傳真：02-2923-1452
網　　址　http://www.huamulan.tw 信箱 hml 810518@gmail.com
印　　刷　普羅文化出版廣告事業
初　　版　2015 年 3 月
定　　價　十一編 29 冊（精裝）台幣 52,000 元

蔣士銓中年書院時期劇作研究

王春曉　著

作者簡介

王春曉，女，祖籍河北饒陽，1980 年出生於山東臨清。2005 年進入首都師範大學文學院中國古代文學專業學習，師從張慶民教授研讀元明清文學，2008 年獲文學碩士學位。同年轉投同校張燕瑾教授門下，重點研究中國古代戲曲，2011 年獲文學博士學位。2011 年 8 月進入外交學院，從事教研工作至今。有學術專著《乾隆時期戲曲研究——以清代中葉戲曲發展的嬗變爲核心》（2013 年），先後發表的論文有《清宮大戲〈忠義璇圖〉創編時間考述》等多篇。

提　　要

　　蔣士銓（1725 ～ 1785）是清代中葉的著名文人。他不僅詩、文、詞俱佳，在當時與袁枚、趙翼一起被譽爲「乾隆三大家」，戲曲創作方面也取得了卓越的成就。在蔣氏現存的十六種戲曲中，共有五種作於乾隆三十年至乾隆四十年（1765 ～ 1775），也就是蔣士銓四十一歲至五十一歲之間。蔣士銓中年辭官之後流徙於江浙一帶，先後主持紹興蕺山書院、杭州崇文書院和揚州安定書院。本書即以蔣士銓在此中年書院時期所創作的戲劇《桂林霜》、《四弦秋》、《雪中人》、《香祖樓》、《臨川夢》爲研究對象，對這些劇作中展現的作者思想傾向及創作心態加以探討。書中並結合乾隆時期的戲曲創作、演出狀況，試圖對蔣士銓的戲曲觀念、聲腔表現、曲辭風格等有所發凡。

　　本書主體部分計有四章。第一章從蔣士銓書院劇作所展現的「忠孝義烈」之心與「經師循吏」之志出發，探問了蔣氏的「經世」思想；第二章以《香祖樓》、《臨川夢》二傳奇作爲核心，就蔣士銓的性情觀有所討論；第三章重點析讀了此期劇作中作者複雜糾結的身世之感，並對其中漸顯的逃禪歸隱傾向加以揭櫫；第四章則重點著眼於蔣士銓書院劇作的文體、曲體特色的賞讀。四章之後特置「餘論」，對蔣氏書院戲曲創作高潮形成的客觀原因加以簡括。書末另附錄了《蔣心餘先生年譜新編》、《二百餘年來蔣士銓劇作研究狀況綜述》和《蔣士銓劇作中的「南北合套」、北曲套及其套式》。

序

　　春曉君的碩士學位論文《蔣士銓中年書院時期劇作研究》行將出版，邀我作序；雖感難以勝任，然曾忝居導師，義不當辭。

　　春曉君於 2005 年考入首都師範大學，攻讀中國古代文學專業碩士學位。由於春曉大學本科學的是計算機專業，因而當初頗擔心她能否適應新專業的學習。春曉很勤奮，讀碩士三年期間，她不但旁聽本科中文專業課程，還在修滿古代文學碩士培養方案規定的學分外選聽文學院其他碩士生導師、博士生導師開設的課程；春曉很聰慧，給她開列的書目，她總能按時完成，並能領會讓她讀此書的用意；因而三年讀書期間，她是不需我操心的學生。春曉是有心人，對於自己的學術發展，她有規劃，她希望在古代戲曲研究方面有所開拓。考慮到乾隆朝「盛世」繁榮背後的專制與高壓，及重壓下文人的苦悶與彷徨；尤其從戲曲發展史的角度言，乾隆時期乃是古代戲曲發展的嬗變期，值得關注──而此一時期重要的劇作家當推蔣士銓。蔣氏在詩壇與袁枚、趙翼並稱「乾隆三大家」，其戲曲既自具特色，又體現乾隆時期戲曲創作的共性問題，自有研究價值。春曉認真閱讀蔣氏著作，在廣泛搜集資料與深入思考後，最終確定學位論文題目為《蔣士銓中年書院時期劇作研究》。

　　蔣士銓是清中葉重要的文學家。蔣氏有經世濟民的抱負，因而作劇不肯墜入「替人兒女寫相思」的俗套，而力求彰顯「忠孝節義烈」，頌揚具有經世濟民之志的「經師」、「循吏」；蔣氏人到中年，而志不得展，故於戲曲創作中寄寓自己的遭遇與憤懣；蔣氏以詩人之才情作曲，故「吐屬清婉，自是詩人本色」；蔣氏論文主性情，然其性情乃包括「忠孝節義之心，溫柔敦厚之旨」；可以說，蔣氏的思想、志向、文學主張、複雜心態，在中年書院時期的戲曲創作中乃有或明或隱的表現，春曉君的論文正從不同的側面揭示了這些問題。春曉的論文分為四章：第一章從蔣士銓書院劇作所展現的「忠孝義烈」

之心與「經師循吏」之志兩個方面出發,通過對劇作中「忠臣」、「孝子」、「義士」、「節婦烈女」及「經師」、「循吏」等人物群體的分析,剖析蔣氏之「經世致用」思想,並對其成因進行探究。第二章主要以《香祖樓》、《臨川夢》為核心,對蔣氏的性情觀進行探討;春曉將《臨川夢》一劇置於明清戲曲作品的歷史序列中,通過與湯顯祖「臨川四夢」和明清「小青娘」系列劇作之比較,揭示蔣氏對性情問題的獨特思考;指出蔣氏既主張「情統一切」、又堅持「情正」的觀念,是對程朱理學性理學說和晚明以來「主情」觀的承繼,也是乾隆時期戲曲創作倫理道德化的反映。第三章結合蔣士詮經歷,解析書院劇作中蔣氏複雜糾結的身世之感,對蔣氏書院劇作漸次流露的逃禪、歸隱傾向及其成因予以揭示。第四章重在探討蔣士詮書院時期劇作的特色,分析蔣氏此一時期的戲曲觀念、聲腔運用與曲辭俊爽清婉的風致,揭示蔣氏劇作的獨特價值,探究蔣氏中年戲曲創作之成因。很明顯,春曉的論文,既秉承傳統的知人論世的原則,又堅持從文本出發,對於蔣氏中年書院時期劇作力求作細緻而深入的解析,從而得出合乎邏輯的結論。正文之後,附有春曉編的附錄,分別是:「蔣心餘先生年譜新編」,「二百餘年來蔣士詮劇作研究狀況綜述」,「蔣士詮劇作中的『南北合套』、北曲套及其套式」;此雖為細事,亦見出春曉研究中細緻、踏實的一面。

春曉君的論文在碩士答辯中獲得答辯委員會諸先生的一致好評,評為優秀學位論文。2008 年,春曉碩士畢業並順利考取博士,師從戲曲史研究專家張燕瑾教授。在張先生的悉心指導下,春曉將研究的視域擴展至乾隆時期的劇壇,最終完成了近三十萬字的博士學位論文《乾隆時期戲曲研究——以清代中葉戲曲發展的嬗變為核心》,於 2011 年順利通過論文答辯,獲得博士學位。

春曉君的博士論文獲「高校人文學術成果文庫」資助,已於 2013 年由中國書籍出版社出版。現在她的碩士論文在花木蘭文化出版社出版,我由衷高興。這部著作雖不免稚嫩,但春曉治學態度之端正、嚴謹,於此可見一斑。我們真誠期待讀者的批評、指正,更期待讀者的扶持,呵護。

期待春曉君在中國古代戲曲研究的園地繼續耕耘、開拓,取得更多的研究成果。

張慶民

2014 年 9 月

於首都師範大學

目次

緒　論

　　蔣士銓（1725～1785），字心餘，亦作苹畲、辛予、新愚，一字苕生，號清容，又號定甫，別署離垢居士、藏園主人、鉛山倦客。江西鉛山人。生於雍正三年（1725）十月二十八日，卒於乾隆五十年（1785）二月二十四日，享年六十一歲。作爲清代中期的著名文人，蔣士銓詩、詞、古文俱佳，與袁枚、趙翼一起被譽爲「乾隆三大家」，而他的戲劇作品更是被視爲「南洪北孔」之後乾嘉時期戲劇的最高成就。蔣士銓流傳至今的戲曲作品共有十六種，時人李調元曾記述「聞其疾中尙有左手所撰十五種曲，未刊」〔註1〕，據此則心餘生前劇作可能有三十餘種。現存其戲曲計雜劇八種：《一片石》、《四弦秋》、《第二碑》、《廬山會》、《康衢樂》、《長生籙》、《昇平瑞》和《忉利天》（後四種合稱《西江祝嘏》）；傳奇八種：《空谷香》、《桂林霜》、《臨川夢》、《雪中人》、《香祖樓》、《冬青樹》、《采石磯》、《採樵圖》。

一、研究對象的界定

　　蔣士銓一生經歷頗爲曲折。現據其晚年自著之《清容居士行年錄》進行考辨，則其生平經歷大致可以劃分爲以下幾個時期：

　　雍正三年至乾隆九年（1725～1744），一歲至二十一歲。蔣士銓先是隨母寄居外家，後又隨父母遊歷「燕、秦、趙、魏、齊、梁、吳、楚間」〔註2〕，

〔註 1〕〔清〕李調元：《雨村曲話》卷下，《中國古典戲曲論著集成》本，中國戲曲研究院編，中國戲劇出版社，1960 年，第八冊，27 頁。

〔註 2〕〔清〕蔣士銓編，〔清〕蔣立仁補編：《清容居士行年錄》，清刻本，國家圖書館館藏，編號：001896878。

並一度寄住在山西鳳臺王氏家中。此期大致可視作心餘早年遊歷讀書時期。

乾隆十年至乾隆二十一年（1745～1756），二十一歲至三十二歲。乾隆十年，蔣士詮父母倦遊攜家南歸，並於是年爲之娶婦。十一年中秀才，入金德瑛門下。十二年成舉人。之後於十三年、十六年、十九年三次入京趕考皆被放。十九年四月，「考試內閣中書，欽取第四，受實缺，入閣管漢票簽事，十月告假去」〔註3〕。這段時間，應該說是心餘進出闈場時期。此間，蔣士詮於乾隆十六年作《一片石》、《康衢樂》、《忉利天》、《長生籙》、《昇平瑞》五種劇作。後四種係爲皇太后萬壽所作之祝壽劇，合稱《西江祝嘏》。十九年，于歸南昌之舟中作《空谷香》傳奇。

乾隆二十二年至乾隆二十九年（1757～1764），三十三歲至四十歲。二十二年，蔣士詮再赴京闈，終成進士。「殿試二甲十二名，朝考欽取第一，改庶常。」〔註4〕二十五年，「散館、欽取第一，授職編修。」〔註5〕二十七年，充順天鄉試同考官，後充武英殿纂修官。二十九年八月，乞假攜母南歸。此段時間，心餘雖處京師重地，但一直充當館臣，未受重用，故可視作他仕途失意的時期。

乾隆三十年至乾隆四十年（1765～1775），四十一歲至五十一歲。三十年，蔣士詮一家暫居江寧，貧甚。三十一年，「浙撫熊廉村學鵬以書來延主紹興蕺山書院」〔註6〕。三十三年，暫主杭州崇文書院六十餘天，後重返蕺山。直至三十七年「揚州運使鄭公大進延主安定書院，遂去越之維揚」〔註7〕。此後主持安定書院，直至四十年其母去逝。六載於越，三載於揚，這也就是本文所謂的中年書院時期。此一期間，心餘重濡翰墨，創制新曲。三十六年作《桂林霜》於蕺山書院，三十七年作《四弦秋》、三十九年作《雪中人》、《香祖樓》、《臨川夢》於安定書院。

乾隆四十一年至乾隆五十年（1776～1785），五十二歲至六十一歲。蔣士詮爲母守喪三年後，因乾隆帝屢次問及，於四十三年北上入京。四十六年，充國史館纂修官。是年十一月，保送御史引見，記名以御史補用。四十八年，

〔註3〕同上。
〔註4〕〔清〕蔣士詮編，〔清〕蔣立仁補編：《清容居士行年錄》，清刻本，國家圖書館館藏，編號：001896878。
〔註5〕同上。
〔註6〕同上。
〔註7〕同上。

病瘴。四十九年，南旋。五十年，病逝於南昌藏園，享年六十一歲。這段時間大致可稱作晚年復仕時期。期間心餘亦有劇作：四十一年作《第二碑》，四十六年作《多青樹》、《採樵圖》、《采石磯》。短劇《廬山會》著年不詳，目前學者多以爲此劇亦是作於蔣士銓晚年復仕之後。

　　縱覽蔣士銓一生，我們可以發現其戲曲創作相對集中於三個時期：早年應試時期，中年書院時期和晚年復仕時期。在這三段時間的劇作中，又以中年書院時期的作品傳播最廣也最受好評。在此期的五種戲曲中，《桂林霜》寫康熙間時事；《四弦秋》演白居易《琵琶行》詩意；《雪中人》敘鐵丐吳六奇與查培繼之交誼；《香祖樓》爲心餘此期唯一向空結撰之劇目，記仲文與李若蘭之情事；《臨川夢》則是向前輩湯顯祖致敬的作品。蔣士銓書院時期的劇作不僅類型多樣、題材廣泛、思想內涵豐富，戲曲形式上也相對成熟，這也是筆者擇取這一選題加以探問的初衷所在。

二、研究現狀與選題的意義

　　從研究的情況來看，學界目前對蔣士銓劇作的研究相對而言不夠充分，民國至今以蔣士銓劇作爲研究對象的論文只有五十篇左右，較之清代戲曲史上的其他大家如洪昇、孔尚任、李漁等劇作的研究狀況而言，存在明顯差距。論者在研究蔣氏劇作時往往以思想探索層面的挖掘爲主，著眼點集中於蔣氏劇作中的「忠烈」觀念，或者是將其「情」的內蘊與湯顯祖之主情觀進行比較。而且在這些論文中也通常只是關注某個作品或是某一題材的作品，視野上受到了一定的局限。少數綜論心餘劇作的專著，如熊澄宇先生的《蔣士銓劇作研究》和林葉青女士的《論蔣士銓的戲曲創作》，則由於從宏觀鳥瞰的緣故，難以遍涉細節部分。在對書院劇作的研究中，以《臨川夢》最受關注，探討也相對充分；《四弦秋》、《桂林霜》較少有人討論；而對《雪中人》與《香祖樓》的研究則更爲少見。另外，在目前的研究中，對於蔣氏劇作是否適合舞臺演出也存在著較大的分歧。王季烈先生等老一輩學者一般認爲蔣氏劇作是案頭場上皆美的佳作，而一些現代的研究者如張敬先生等則認爲這些戲曲作品有明顯的案頭傾向。這些對於我們認定蔣士銓劇作在清代曲史上的位置存在著一定的不利影響。

　　蔣士銓是清代乾隆時期的文學大家，除卻上述十六種戲曲之外，目前可見的尚有詩二十九卷、文十二卷、詞二卷、樂府南曲北曲一卷、《評選四六法

海》八卷。蔣士銓生平交遊也甚爲廣泛，臺灣學者王健生先生曾對此進行過一番詳考，僅在蔣士銓詩、文、詞作中提及的友人就超過百位，且多爲當時政壇、文壇的重要人物。總的來看，蔣氏一生著述宏富、交友廣泛、個人經歷亦相當曲折。若想對其劇作的價值與地位做出合理的評價，則結合人生經歷、時代及學術背景來對其劇作進行分期探討是非常必要的。此外，在探索劇作內容、題材、思想的同時，適當涵容戲曲文體、曲體層面的討論，融彙文學、曲學，也應是蔣士銓戲曲研究的重要思路。本書以蔣士銓中年書院時期的劇作爲對象，試圖對這些劇作的內容、思想及藝術形式等方面的特點及其成因做一管窺，並由小及大，照見蔣氏戲劇的時代藝術特質。

本選題的意義在於：

第一，以蔣士銓生平中的某一特殊時期爲著眼點，通過對書院劇作思想的進一步挖掘，試圖對蔣氏劇作思想研究的系統性與深刻性有所加強，並對人們認識清中期文人的思想、心態有所幫助。

第二，對書院劇作的形式研究，可以加深對蔣氏劇作的審美特色和舞臺特點的認識，並有助於人們瞭解乾隆時期的戲曲演出狀況與花雅爭勝局面之下雅部戲曲漸次衰微的原因。

第三，對書院劇作的內容、思想、形式的全面研究，有助於人們進一步認識蔣士銓劇作的價值與地位。

三、研究方法與創新

本書運用了以下的研究方法：

第一，知人論世法。蔣士銓所在的雍正、乾隆時期是中國古代封建統治的最後一個高峰時期。經濟、文化空前繁榮的同時，文網也尤爲嚴密。試圖對這樣一個時期的文學作品有所闡發，「知人論世」是必不可少的研究方法。本文將以蔣士銓書院時期的經歷及其思想、心態爲核心，結合蔣氏一生遭際與雍乾時期的政治、學術和文化背景，通過對心餘及友人相關作品的深入思考和分析，力求對其劇作進行深入、系統的考察與探索。

第二，比較分析法。本書在研究過程中，將把蔣氏劇作置入相同題材或者相同結構的其他作家劇作之中進行對比分析。同題比較的研究如：《臨川夢》與湯顯祖《牡丹亭》、吳炳《療妒羹》、徐士俊《小青娘情死春波影》、來集之《小青娘挑燈閒看牡丹亭》、朱京藩《小青娘風流院》等前輩曲家之間的比較。《四

弦秋》與馬致遠《青衫淚》、顧大典《青衫記》的比較等等。此外，文中亦將蔣氏書院劇作與他其他時期的相關劇作加以比較，同時也將把心餘劇作與其他清中葉戲曲家，如張堅、董榕、唐英、楊潮觀、夏綸等人的劇作進行思想、內容方面的對比與分析，以求對蔣氏劇作的價值和地位做出較客觀的評價。

第三，傳統曲學的方法。戲曲是我國傳統文化藝術的瑰寶，作為一種綜合性的表演藝術，擁有自己獨特的藝術特質和評價體系。對古代戲曲作品進行研究，傳統曲學方法仍然是必不可少的重要工具。本文將在思想、心態研究的同時，對蔣士銓書院劇作的戲曲觀念、聲腔、曲風曲辭等加以考察，並將在花雅爭勝的背景之下對蔣氏劇作的特色加以考量。

蔣士銓中年退鷁之後，為求生計而輾轉於江浙書院之間，思想與心態較之早年也變得更加深刻複雜。在他的書院劇作中，經世思想雖仍然居於主流，但在某些具體的傾向上則顯現出某種微妙的調和趨勢：他對「情」的看似矛盾的宣揚與節制、在出世與入仕之間的艱難抉擇以及他在書院生涯後期明顯的逃禪傾向，都向我們展現了在那個中國傳統社會最後的盛世高潮裏，一個有才華、有識見、有擔當的儒士的尷尬處地與精神困境，及由此為其劇作賦予的獨特張力。本書從蔣士銓書院劇作出發，結合其詩文、身世遭際與歷史時勢，試圖對其思想與心態的各個層面加以發掘，並對其思想複雜性的成因有所發明；此外，筆者並將蔣士銓的劇作與同時期的其他戲曲作品有所對比，在同異剖析之中展現蔣氏劇作思想的深刻與獨到之處。本文的突破和創新主要有：

第一，著眼蔣士銓劇作最為成熟、思想最為複雜的時段，進行深入思考與探索。試圖對蔣士銓的思想的多個層面加以發掘，並對其成因有所闡釋。

第二，從「道德」和「事功」兩個層面對蔣士銓的「經世」思想有所解析，並對其循吏觀念中「儒學為體，子學為用」的傾向有所分析；在前人研究的基礎上，通過對比蔣氏和袁枚的「性情觀念」，探究其「情統一切」和「情正」觀念的來源和特色；結合心餘早年遭際與書院時期的經歷，對其此期劇作中所表現出來的逃禪及歸隱心態的成因進行了有益的探討。

第三，對蔣士銓書院時期的劇作觀念、聲腔豐富性和文辭特色等方面進行考察與分析，並將其劇作納入戲曲史的發展脈絡之中多方比較，力求釐清其劇作在體制方面的優點與劣勢，藉以明確蔣士銓劇作在清代曲史上的位置。

第四，通過時人對蔣士銓劇作的評點及其劇作演出狀況的考察，並結合其書院時期的交友狀況，對他書院戲曲創作高潮形成的客觀原因進行討論。

第一章 「忠孝義烈」之心與「經師循吏」之志——「經世致用」思想的集中展現

　　蔣士銓一生，以經世自命。乾隆四十九年（1784）蔣士銓年屆耳順，在此年所作的《述懷》一詩中，他評述自己早年的經歷說：「憶昔讀書史，恥與經生伴。苦懷經濟心，學問潛操修。」［註1］細繹蔣士銓的文學作品，我們可以發現其「經濟心」與儒家傳統「內聖外王」的經世思想相應和，集中體現在「道德」與「事功」兩個層面。蔣士銓的「忠孝義烈」之心與「經師循吏」之志，不僅屢屢現諸詩文，也在其戲曲作品中得到了更為廣泛與深入地展現，書院時期所作的戲曲作品亦不例外。

第一節 「忠孝義烈」的道德理想

　　「忠孝義烈」是蔣士銓倫理道德思想最為核心的部分，在他對「忠孝義烈」不懈讚頌中，既有著對傳統儒家道德論的承繼，也是心餘本人「嶔崎磊落」［註2］的凜凜志節的外化體現。這種對於儒家傳統道德的堅持，固然生發於清代康雍乾三朝由上而下認同程朱理學的歷史背景，但也是心餘本人基於

［註1］〔清〕蔣士銓著，邵海清校，李夢生箋：《忠雅堂集校箋・忠雅堂詩集》，卷二六，《述懷》，上海古籍出版社，1993年，1759頁。

［註2］〔清〕阮元：《蔣心餘先生傳》，《忠雅堂集校箋》，附錄二，上海古籍出版社，1993年，2492頁。

社會現實的清醒認識之下所選擇的一劑療世良方。其中雖存腐舊之處，但亦
難掩蔣士銓挽救世道的良苦用心。

一、忠臣烈士與忠孝完人

　　蔣士銓書院時期所作的五部作品，因題材與體制的不同而各自有所側
重，但其中無不浸潤了作者強烈的道德倫理捍衛意識。其中，《桂林霜》傳奇
刻畫了馬雄鎮一家的滿門忠烈，是蔣士銓書院時期對于忠臣烈士所作出的最
正面、也是最恢宏的讚歌。此劇的劇情和作義大抵如其卷上「提綱」之「副
末開場」所括：

　　　　【酹江月】粵西開府，是伏波之後，忠臣孝子。恰值將軍通逆寇，
　　　門外亂兵如蟻。兩遣兒孫，四週年月，半作飢寒鬼。滇南孽到，中
　　　丞罵賊而死。　　　　閽門三十餘人，同心殉節，槁葬荒涼寺。公子投
　　　京朝命下，萬里屍骸歸矣。草帖尚存，賜衣再錫，廟建雙忠祀。爲
　　　人臣者，可能一一如此。〔註3〕

　　在第一齣「家祭」之後，作者隨即以「粵氛」的寇亂及「叛嗤」的三藩
兵變，在大的時局背景之下，展開描摹馬家忠臣、孝子、節婦、義僕的群像。
劇情在第十九齣「完忠」、二十齣「烈殉」中達到了它的高潮：馬雄鎮在烏金
鋪以必死之心，大罵前來勸降的三桂之孫，又「眼睜睜的看著二子被殺，斷
不降順，反奪得兩個小腦袋，把大將軍劈面打去，因而亦被殺害。……還有
跟隨廚子、小廝、同一個老頭兒，共是九人皆一起大罵而死。」〔註4〕「老爺
那邊死了十二口，我們這裡夫人奶奶們弔死了七個，我們下人十八個，投井、
上弔、抹脖子……」〔註5〕「滿地死屍，竟是合門盡節。」〔註6〕

　　在蔣士銓看來，「人臣死厥職，婦死其夫，子死其父，奴死其主，同一食
祿忠事之義」〔註7〕，將「忠」作爲臣、婦、子、奴所應當具備的最基本的品

〔註3〕〔清〕蔣士銓撰，周妙中點校：《蔣士銓戲曲集》，《桂林霜》，中華書局，1993
　　　　年，93頁。另按，本文蔣氏劇作引文以中華書局點校出版之《蔣士銓戲曲集》
　　　　爲底本，並以首都圖書館綏中吳氏藏書室所藏乾隆紅雪樓刻本《紅雪樓十二種
　　　　填詞》爲參校。底本中訛漏凡引必加以注釋，標點存疑之處，逕改，不出校。
〔註4〕〔清〕蔣士銓撰，周妙中點校：《蔣士銓戲曲集》，《桂林霜》，中華書局，1993
　　　　年，135頁。
〔註5〕同上，138頁。
〔註6〕同上。
〔註7〕〔清〕蔣士銓撰，周妙中點校：《蔣士銓戲曲集》，《桂林霜‧書後》，中華書

德，這固然是在極力維護專制社會的倫常秩序，但其中亦不乏心餘本人對此一事件的深入思索。雖然自孟子首倡「父子有親，君臣有義，夫婦有別，長幼有序，朋友有信」〔註8〕以後，歷代多以此「五倫」作為道德規範，但與其尊崇的地位相較，現實的道德狀況卻未必盡如人意，有清一代也是如此。在《桂林霜》中，蔣士銓以他人之口表達了自己對於為人臣者操持修養的擔憂：「朝廷，養士氣文章德行，周全忠孝天性。笑群公爭戀榮華，幾人不愧功名」。〔註9〕而在為《桂林霜》傳奇所作的自序中，蔣氏曾對馬家一門還有著這樣的一番評價，他說道：

> 國初，三孽跳梁，諸臣死者累累。然目炬唇鋒，赫然史冊，即釵笄角帊，同任國殤者，亦難歷數。顧皆慷慨捐生，雖難而未極其至也。若文毅半載空銜，四年土室，凍駁餓殍，縱橫階所間。虎倀雉媒、鼈沙魚餌，日陳左右，而屹然不動，卒至嚙血常山，旋飇柴市，偕四十口槁葬屍陀。嗚呼，可謂極其難者矣！〔註10〕

馬氏一門的殉烈，除了慷慨捐生本身所具有的強烈的自我犧牲精神之外，更具有著一種極至的意義。心餘所謂的「極其至者」在於：馬雄鎮一家在長達四年半之久的時間內，一直面臨著敵惡勢力的威逼利誘，生死懸於一念之間，卻最終選擇了舍生而全乎忠烈，體現了人作為個體的道德倫理修為極限，因而也是作為臣子的極至標本與楷模。馬家的全節殉烈正是體現了其一家對於「忠」這一倫理道德核心觀念的真正持守，而「為人臣者，可能一一如此」〔註11〕則可視作是蔣士銓對日益頹敗的士風所發出的大聲質問與詰責。

與馬家一門類似，在《臨川夢》中作為次要角色出現的平羅堡參將蕭如薰與妻子楊氏，明知來犯的哱承恩叛軍勢力強大，未必能敵，依然堅守城池，願做忠臣與忠臣之妻。雖然他們在劇中僅是曇花一現，卻也同樣寄託著心餘對忠臣的讚頌與對「忠」之內涵的寄寓。在《臨川夢》中，湯顯祖也被蔣氏

局，1993 年，161 頁。

〔註8〕〔漢〕趙岐注，〔宋〕孫奭疏：《四部備要・經部》，第六冊，《孟子注疏》，卷五・下，中華書局影印本，1989 年。

〔註9〕〔清〕蔣士銓撰，周妙中點校：《蔣士銓戲曲集》，《桂林霜》，中華書局，1993 年，140 頁。

〔註10〕〔清〕蔣士銓撰，周妙中點校：《蔣士銓戲曲集》，《桂林霜傳奇自序》，中華書局，1993 年，79 頁。

〔註11〕〔清〕蔣士銓撰，周妙中點校：《蔣士銓戲曲集》，《桂林霜》，中華書局，1993 年，93 頁。

冠以「忠孝完人」之名進行了重新的詮釋與塑造。湯顯祖被塑造成角色出現在劇作之中，並不始於蔣士銓《臨川夢》，晚明即有朱京藩所作的《小青娘風流院》傳奇。但是，《風流院》一劇中的湯顯祖形象單薄，顯有未盡人意處：

【梁州令】（末扮風流院主上）風流院內都是斷腸流，則俺小神呵爲斷腸尤。每日價談鶯說燕醉花樓。天不管，地不攝，神不收。

自負才名一世高，埋花葬酒覺風騷。玉皇道我是神仙種，封作風流院主曹。吾乃風流院主湯顯祖是也。生平以花酒爲事，文章作涯。一官如寄，任他調削貶除；百歲難期，且自徜徉游蕩。生爲綽約，死也風流。〔註12〕

朱京藩對於湯顯祖的塑造，體現了明末士人以卓落不羈、眞率自適爲旨趣的個人價值取向，以湯顯祖爲風流院主也並無譏諷貶叱之意。然而，與湯顯祖本人一生行藏相較，「花酒爲事，文章作涯」的生平概述便不免存在謬誤之處。蔣士銓《臨川夢》傳奇係據義仍一生眞實經歷所作。在此劇中，湯顯祖形象被寄寓了極高的道德意識，其「忠」主要表現爲直諫。「抗疏」一齣，以湯顯祖萬曆十九年（1591）所作的《抗輔臣科臣疏》文意爲藍本，敷演了義仍寫作此疏文的情況，極力展現其作爲人臣的忠直耿介：

（生冠帶上）

【越調引子·霜天曉月】星辰示異，天變非無謂。主聖能容臣直，求言詔下南畿。

〔本詩〕蘭署江南花月新，封書才上海生塵。心知故相嗔還得，直取當今丞相嗔。下官湯顯祖。今乃萬曆十九年閏三月二十五日，接見邸報，欣知聖主以天上星變，切責科道，奪俸有差。因而大開言路，令天下臣工皆得論列時事。大哉王言！正君臣之義，誅邪佞之心。我雖備職南都，敢以寒蟬自棄。可笑同寅中，紛紛議論，或謂此事必言官以星變責難聖上，致有此諭。我想前者大理寺評事雒於仁狂愚直諫，聖主尚加容恕。且兩下聖諭，一則引咎在躬，一則逐去左右蠱惑擅權之輩。則言官即有過言，定蒙採納，豈有合臺盡行切責之理。必是聖上灼見科道中，實有賄囑趨附之事，故發此詔。爲此一志齋心，敬草一疏，論劾輔臣科道，庶不負食祿輸忠之義也。（坐案上介）待我就此寫來。〔註13〕

〔註12〕〔明〕朱京藩：《小青娘風流院傳奇》，卷上，第四齣，《古本戲曲叢刊二集》，第八函，上海商務印書館1955年。此本係古本戲曲叢刊編委會據北京圖書館所藏明代聚德堂刊本影印。

〔註13〕〔清〕蔣士銓撰，周妙中點校：《蔣士銓戲曲集》，《臨川夢》，中華書局，1993

如果說《桂林霜》中馬雄鎮的「忠」表現了在非常情況之下，為人臣子者對君主權威與尊嚴的以死捍衛；《臨川夢》中湯顯祖的「忠」，則可以被視作在整體上相對安定的時局之下，士大夫對君主的絕對信任。基於此種信任，臣子可以不懼權勢，直言相諫，為主分憂。《臨川夢》中的湯顯祖，不惟更近史實，亦著力彰顯了義仍的「豪傑本色」。

雜劇《四弦秋》中的白居易，同樣體現了蔣士銓的「忠君」觀念。雖然早有前輩劇作家馬致遠、顧大典分別據香山《琵琶行》詩意而譜成的《江州司馬青衫淚》雜劇和《青衫記》傳奇，但由於此二劇作皆虛構了裴興奴這一琵琶女的形象，又以才子佳人的愛情故事為敘事重點，白居易貶謫江州的歷史事實和政治背景均被相當程度地弱化甚至是扭曲。兩部劇作對白樂天遭貶原因的敘述也多有舛誤：明人顧大典的《青衫記》雖言及直諫，但仍以「白居易所言兵事，既已迂闊，及論監軍當罷，似為諸將游說，本當重究，姑降江州司馬」〔註14〕作為香山被貶江州的理由；成於元代的《江州司馬青衫淚》，更是讓唐憲宗以「文臣中尚浮華，不肯盡心守職，中間白居易、柳宗元、劉禹錫等，尤以做詩為文誤卻政事」〔註15〕的理由將三人分別貶謫。蔣士銓書院時期所作的《四弦秋》雜劇，特以「改官」一齣敘寫了「武元衡五鼓上朝，黑暗中被人刺死，百官恂懼，聖上震驚」〔註16〕的飄蕩政局與白居易「飛忙上本，請急急捕賊，以雪國恥」〔註17〕而惹怒兩位當朝宰相，又遭他人構陷而被貶的真相。而蔣氏之所以輾轉「雜引《唐書》元和九年（814）、十年（815）時政，及《香山年譜自序》」〔註18〕的目的，則在於表現「白太傅文章風節」〔註19〕。雜劇加意刻畫香山被貶之後「報君值得死，何須怕；報恩無可做，應須罷」〔註20〕的忠誠與浩蕩，也正與蔣氏此層作義相和。即使白居易在疏

年，239 頁。

〔註14〕〔明〕顧大典撰：《青衫記》，第十四齣，《六十種曲》本，中華書局，1958
　　　　年，第 7 冊，26 頁。

〔註15〕〔元〕馬致遠撰：《江州司馬青衫淚》，「楔子」，中華書局《元曲選》本，1958
　　　　年，第三冊，885 頁。

〔註16〕〔清〕蔣士銓撰，周妙中點校：《蔣士銓戲曲集》，《四弦秋》，中華書局，1993
　　　　年，198 頁。

〔註17〕同上。

〔註18〕〔清〕蔣士銓撰，周妙中點校：《蔣士銓戲曲集》，《四弦秋序》，中華書局，
　　　　1993 年，185 頁。

〔註19〕〔清〕江春：《四弦秋序》，《蔣士銓戲曲集》，中華書局，1993 年，187 頁。

〔註20〕〔清〕蔣士銓撰，周妙中點校：《蔣士銓戲曲集》，《四弦秋》，中華書局，1993

入捕賊時並不居諫官之職，但是他越職盡忠的行為還是受到了蔣士銓的肯定。在心餘看來，「除奸擊佞，詞鋒自豪」〔註21〕是為人臣子的分內之事，「為人臣子，天下大事，哪一件不當引以為己任」〔註22〕，食君之祿自然應當為君分憂，這在任何情況之下都應該是士人首要操守。

死節與直諫之外，在書院劇作中還表現了蔣士銓「忠」觀念的另外一個層面：「敬」。《桂林霜》傳奇又被叫做《賜衣記》，所謂的「賜衣」指的是馬雄鎮授廣西巡撫之日，康熙帝曾欽賜御衣一襲的史實。在此劇中，心餘反覆陳現了馬家對御衣的恭敬與珍視。第三齣「出撫」，除了作為過場交代人物經歷之外，可以稱作是專為這襲御衣所作。而在幽閉土室四年之後，聞知吳三桂之孫已入桂林，馬雄鎮轉移御衣的做法更是他對君主忠敬觀念的外化：

> （生）易友亮，這是聖上所賜御袍，不可失落賊手。倘亂兵打入土室，
> 你可乘機逃出，將此衣送到京師，跪向朝門，求官員代奏繳上。不可有誤。（老
> 旦）小官曉得。（淨下）（生拜衣介）

> 【五韻美】御香留，龍涎噴。重封密裏收護謹。爪和麟，不敢一星
> 損。空藏繡袞，無力補山龍閟罩。織新恨，負舊恩，怎能夠學嵇紹
> 登車，血花亂滾！

> （付衣介）去罷。（老旦下）〔註23〕

當叛軍來襲，無力迴天之際，保護御賜聖物，便成了死節之外報答君主知遇之恩的另外一種形式，拜衣的行為也更表達了臣下對主上的無比尊敬。《臨川夢》裏，湯顯祖草疏之時定要穿起冠帶，心餘在這其中所要表現的也是一個「敬」字。

蔣士銓劇作中的「忠」意識體現了他對傳統倫理道德，尤其是儒家「忠」觀念的由衷擁戴。中國古代的儒家道德傳統中，「忠」是其最重要的組成部分之一，是維護以封建君主制為基礎的統治秩序的核心觀念和手段。王子今先生在對「忠」的初源和「忠」的早期文化遺存進行了研究之後，認為：

年，200 頁。

〔註21〕〔清〕蔣士銓撰，周妙中點校：《蔣士銓戲曲集》，《臨川夢》，中華書局，1993年，285 頁。

〔註22〕〔清〕蔣士銓撰，周妙中點校：《蔣士銓戲曲集》，《桂林霜》，中華書局，1993年，95 頁。

〔註23〕〔清〕蔣士銓撰，周妙中點校：《蔣士銓戲曲集》，《桂林霜》，中華書局，1993年，128 頁。

　　「忠」的概念的成立，沒有血統親疏和等級高下的前提，從理論上說，其實質是標誌著一種公正原則和公平精神的。

　　不過，從後來的道德發展進程來看，「忠」又成爲使一種新的等級制度空前強固的觀念形態。

　　孔子進行以「忠」爲基石的道德建設，已經明確提出了「忠」是當時政治結構中處於下層的臣民應當遵循的道德準則。〔註 24〕雖然在先秦諸家中均不乏對「忠」的闡述，但其中對後世影響最大的仍如王先生所言，是以孔子爲代表的儒家。《論語・八佾》中就曾有過「孔子曰：『君使臣以禮，臣事君以忠』」〔註 25〕這樣的記錄。在《論語・述而》中「子以四教：文、行、忠、信」〔註 26〕的記載，也足以使我們瞭解「忠」之於孔子的重要意義。尤其是「君使臣以禮，臣事君以忠」的言論，更是成爲了後代統治思想中最爲典型的觀念之一。在孔子的影響之下，荀子在《荀子・臣道》中，不僅將「忠」作爲人臣的重要標準加以強調，更對「忠」進行了更爲細緻的剖分：

　　　　有大忠者，有次忠者，有下忠者，有國賊者。

　　　　以德覆君而化之，大忠也；以德調君而輔之，次忠也；以是諫
　　　　非而怒之，下忠也；不恤君之榮辱，不恤國之臧否，偸合苟容以持
　　　　祿養交而已耳，國賊也。〔註 27〕

其中，「大忠」和「次忠」強調爲人臣者應以德感化和輔佐君主，而以強諫惹怒君主雖屬下策，但也不失爲「忠」的一種表現。當然，「大忠」與「次忠」者也未必不會向君主進言，其差別當在方式與方法的不同。

　　及至漢代，「忠」已經成爲了臣民的普遍認識。許慎在《說文解字》中以爲：「忠，敬也。盡心曰忠。」〔註 28〕託名馬融，疑爲唐人所作的《忠經》更

〔註 24〕王子今：《「忠「觀念研究——一種政治道德的文化源流與歷史演變》，吉林教育出版社，1999 年，64～65 頁。

〔註 25〕〔魏〕何晏注，〔宋〕邢昺疏：《論語注疏》，卷第三，「八佾第三」，北京大學出版社《十三經注疏》標點本，1999 年，41 頁。

〔註 26〕〔魏〕何晏注，〔宋〕邢昺疏：《論語注疏》，卷第七，「述而第七」，北京大學出版社《十三經注疏》標點本，1999 年，93 頁。

〔註 27〕王先謙：《荀子集解》，卷九，「臣道篇第十三」，中華書局《諸子集成・二》，1954 年，168～169 頁。

〔註 28〕〔漢〕許慎撰，〔宋〕徐鉉校定：《說文解字》，卷一〇下，中華書局，1963 年，217 頁上。

是將「忠」的觀念以「經」的形式加以宣講,並將「忠」觀念的規範對象由上而下地擴大到「聖君」、「冢臣」、「百工」、「守宰」、「兆人」,從帝王將相到黎民百姓無所不包。降及宋代,以承繼儒家道統自命的理學諸儒,一方面將「忠」推尊到道德本體的「理」的地位,一方面也不忘以「忠」作為社會各階層的倫理規範。朱子對「忠」的闡釋,頗具代表性,茲錄幾條於此:

> 忠是體,信是用。自發己自盡者言之,則名為忠,而無不信矣;自循物無違者言之,則名為信,而無不出于忠矣。〔註29〕

> 一者,忠也;以貫之者,恕也。體一而用殊。〔註30〕

> 事親必要孝,事君必要忠,以至事兄而弟,與朋友交而信,皆是道也。〔註31〕

> 或問:「學者盡己之忠,如何比得聖人至誠不息?」

> 曰:「只是一箇物,但有精粗。眾人有眾人底忠,學者有學者底忠,賢者有賢者底忠,聖人有聖人底忠。眾人只是樸實頭不欺瞞人,亦謂之忠。」〔註32〕

在以上四段引文中,由前二者我們可以看出,朱子以「忠」為形上未發之本體與形下已發之用相對,且以其「理一分殊」的觀念來闡釋「忠」所具有的超越「信」與「恕」的至高無上的「理」的地位;而後二者則駐足於「忠」對人的日常行為的規範作用:「事君必要忠」,不僅是日常行為之根本,更是符合所謂「道」的終極道德,具有天賦的必然合理性。因此,它不僅適用於學者,更是適用於所謂賢者,聖者與普通的人民大眾。

生於推尊程朱理學的清代雍、乾時期,蔣士銓「忠」觀念的形成受宋儒影響為最深。據心餘自著《清容居士行年錄》可知,蔣士銓自十七歲開始自課《朱子大全》,對朱子學的推崇與踐履貫穿蔣氏一生,是蔣氏倫常觀念的砥柱中流。但是總的來講,蔣士銓更關注程朱理學中向實的日用規範,對於宋

〔註29〕 〔宋〕黎靖德編,王星賢點校:《朱子語類》,卷二十一,《論語三・學而篇中》,中華書局,1986年,490頁。

〔註30〕 〔宋〕黎靖德編,王星賢點校:《朱子語類》,卷二十一,《論語九・里仁篇下》,中華書局,1986年,670頁。

〔註31〕 〔宋〕黎靖德編,王星賢點校:《朱子語類》,卷三十四,《論語十六・述而篇》,中華書局,1986年,863頁。

〔註32〕 〔宋〕黎靖德編,王星賢點校:《朱子語類》,卷二十一,《論語三・學而篇中》,中華書局,1986年,487頁。

儒的在道德本體論方面純粹形上建構並未作深究。在蔣士銓的書院劇作中，我們可以發現蔣氏的「忠」觀念主要包含了四個方面的內涵:「盡己」、「直言」、「誠信」與「禮敬」，基本上涵蓋了傳統儒家「忠」觀念的幾個重要層面。另外，蔣士銓的「忠」觀念的踐履對象也不僅限於儒生和官僚群體。從他的劇作裏，我們便可以很明顯地感受到其「忠」觀念所具有的這種普適性。蔣士銓以「忠雅」堂號，也足見他對「忠」的格外重視與關注。他不僅以「忠」作爲個人道德的最高規範，更以歌忠頌忠作爲自己的不二職責。即使已經攜家歸隱，心餘也還是時刻關注著世道的變化與民生的哀樂，表現出身爲儒士承繼道統之本然的責任意識。

與「忠」類似，孝道也是中國古代倫理道德傳統的核心。但與「忠」推尊君權以爲等級統治提供合理性所不同的是，「孝」更強調對父權的推崇，進而維護宗族的整體利益與穩定。當然，因爲由於「忠孝一體」、「移孝作忠」觀念的盛行，很難將「忠」與「孝」作截然爲二的劃分。但是，二者之間也並非完全相安相容，尤其是在在所謂的「忠孝兩全」的問題上。《桂林霜》傳奇中，被標榜爲「忠臣孝子」的馬雄鎮的「孝」主要表現在「尊祖敬宗」的層面。傳奇以「家祭」作爲第一齣，通過再現馬家祭祖的場景，標舉雄鎮的「忠烈」家世與其繼承祖志的決心。在「自序」中，蔣士銓對馬家的忠烈家世也是讚譽有嘉:

> 按譜，馬氏顯列士籍者，自別駕公起家，生廣文公，至總督公，門乃大。而文毅公挺然繼起，殉厥封疆，合門靖難，年才四十有四。
>
> 嗚呼，偉矣哉!〔註33〕

對於這樣一個有著忠烈傳統的家族而言，承繼祖志無疑是「孝」的重要標誌。《論語‧學而》中說:「子曰:『父在，觀其志，父沒，觀其行，三年無改於父之道，可謂孝矣。』」〔註34〕劇中的馬雄鎮，形式上隆祭祖之禮，內心則以承繼祖先遺志自命，內外兼修，兩個層面上都顯示出蔣士銓對「孝道」的推重:

> 【過曲‧啄木兒】蘋蘩潔，牲幣俱，宜祀之辰籩豆舉。(場上設幔，

〔註33〕〔清〕蔣士銓撰，周妙中點校:《蔣士銓戲曲集》,《桂林霜傳奇自序》,中華書局，1993 年，79 頁。

〔註34〕〔魏〕何晏注，〔宋〕邢昺疏:《論語注疏》,卷第一,「學而第一」,北京大學出版社《十三經注疏》標點本，1999 年，10 頁。

香案）（副淨、末、外各白須頂帽補服，扮三代先靈暗上，列坐介）（淨遞香爵照常，以次排列介）（淨）請上香。（生）祖父在上，不孝雄鎮夫婦，謹領兒孫，虔備香帛，用申三獻之禮，伏惟昭格。（拜介）願先靈鑒享微誠，祐後人式啓前謨。不孝雄鎮，待罪烏臺，恭逢盛世，無闕可補。惟有吳三桂開邸雲南，財賦充牣，辟官鬻貨，招集流亡，驕恣日形，略無顧忌。前有御史楊素蘊直斥其奸，反爲吳三桂銜恨，後以糾參無實，坐貶而去。倘不幸其言有呵，怕金馬碧雞相向哭，便長蛇封豕也須煩補。雄鎮苟當其任，誓不與賊俱生。

（三靈彈淚介）（生）敢讓他許遠、張巡兩丈夫。〔註35〕

　　許愼《說文解字》釋「孝」字爲：「孝，善事父母者」〔註36〕。在塑造《臨川夢》中湯顯祖這一人物時，就展現了蔣士銓孝道觀念中的這一個基本層面。在對義仍「忠孝完人」的評價中，「孝」的標準就在於後者的「里居二十年，白首事親，哀毀而卒」〔註37〕。丁成際先生在其《試論傳統「孝道」文化——傳統孝道的歷史嬗變以及孝與忠、刑的關係》一文中認爲，中國傳統的孝道觀念早在史前父系公社時期應該就已形成，西周時期「孝」與宗法制相結合，產生了祭祖這種「孝」的行爲方式。春秋戰國時期，諸子百家雖然對孝道觀念各自有所闡發，但其中最爲系統的當屬以孔子爲代表的儒家，《禮記》更是完成了孝道理論的創造並使其達到了新的高度。西漢以後，則形成了「以孝治天下」的局面：

　　　　漢初的統治者對「孝道」空前重視，《孝經》被列爲七經之一，《孝經》最大的特點是將孝道體系化、政治化，其核心是政治化。董仲舒的「三綱」說，進一步把孝道引向政治化，並使其走向片面化、極端化；宋明理學則將孝道建立在思辨化的本體論上，集中體現於張載在《西銘》中所說的「乾坤父母，民胞物與」的思想，從而使孝道思想具有極端化、片面化、絕對化的傾向。〔註38〕

　　《禮記·祭禮》篇記錄孔子門生曾子的話說：「居處不莊，非孝也；事君

〔註35〕　〔清〕蔣士銓撰，周妙中點校：《蔣士銓戲曲集》，《桂林霜》，中華書局，1993年，94～95頁。

〔註36〕　〔漢〕許愼撰，〔宋〕徐鉉校定：《說文解字》，卷一〇下，中華書局，1963年，217頁上。

〔註37〕　〔清〕蔣士銓撰，周妙中點校：《蔣士銓戲曲集》，《臨川夢自序》，中華書局，1993年，209頁。

〔註38〕　丁成際：《試論傳統「孝道」文化——傳統孝道的歷史嬗變以及孝與忠、刑的關係》，蘭州學刊，2006年第9期。

不忠，非孝也；蒞官不敬，非孝也；朋友不信，非孝也；戰陳無勇，非孝也。」
〔註39〕這種將「孝」作為一切道德倫理基礎的觀念，在《孝經》中得到了進
一步的明確，在《孝經・三才章第七》中，「孝」甚至被推上了無比崇高的極
至地位：「夫孝，天之經也，地之義也，民之行也。」〔註40〕《孝經・開宗明
義章第一》中說：「夫孝，始於事親，中於事君，終於立身。」〔註41〕但是，
事實上「孝」不僅與「忠」緊密相關，更具有著極其明顯得階級性。「以孝事
君則忠，以敬事長則順，忠順不失，以事其上，然後能保其祿位，而守其祭
祀，蓋士之孝也。」〔註42〕在階層劃分異常嚴格的中國封建時期，處於社會
中堅位置的士大夫們，無疑受到了更高的道德寄望與約束。與庶民「用天之
道，分地之利，謹身節用，以養父母」〔註43〕便稱得上是遵守孝道的標準相
比，為人臣者既要忠君又需順親的孝道原則明顯更為嚴苛。

在蔣士銓的劇作中，我們可以深刻地感受到他對「孝」的無比推崇，以
及他「孝」觀念的豐富性。如果說《桂林霜》體現了士階層所應有的「莊」、
「忠」、「敬」、「信」、「勇」這些極至的孝道觀念的話，《臨川夢》中對「忠孝
完人」的推崇，則明顯地有著某些複雜的意味。這一點，在「花慶」一齣中
可謂有著集中的體現：

> （生持杯，三子隨後揖，唱介）
>
> 【繡帶兒】高堂上眉開目展，兒孫戲採尊前。雪連堆，花片玲瓏；
> 珠成串，扇影團圓。（副淨）老相公，你看人家做官的兒子，勤勞王事，
> 父母想要見一見，也不容易；即使勉強在跟前半日，他又心掛兩頭，患得患
> 失，一點孝心不知不覺也就淡了。怎及你我的孩兒，早早地辭了官回來，朝
> 夕奉事你我，二十餘年，無憂無慮。有花便看，有酒便吃，好不快活。（外）
> 不要遠比，即如張江陵的太夫人，看見兒子做了宰相，赫赫炎炎，一旦勢敗，

〔註39〕〔漢〕鄭玄注，〔唐〕孔穎達疏：《禮記正義》，卷四十八，「祭義」，北京大學
　　　　出版社標點本，1999 年，1332～1333 頁。
〔註40〕〔唐〕玄宗御注，〔宋〕邢昺疏，〔唐〕陸德明音義：《孝經注疏》，「三才章第
　　　　七」，上海古籍出版社影印文淵閣本，2003 年，182～51 頁上。
〔註41〕〔唐〕玄宗御注，〔宋〕邢昺疏，〔唐〕陸德明音義：《孝經注疏》，「開宗明義
　　　　第一」，上海古籍出版社影印文淵閣本，2003 年，182～40 頁下。
〔註42〕〔唐〕玄宗御，〔宋〕邢昺疏，〔唐〕陸德明音義：《孝經注疏》，「士章第五」，
　　　　上海古籍出版社影印文淵閣本，2003 年，182～47 頁下。
〔註43〕〔唐〕玄宗御注，〔宋〕邢昺疏，〔唐〕陸德明音義：《孝經注疏》，「庶人章第
　　　　六」，上海古籍出版社影印文淵閣本，2003 年，182～49 頁下。

受那晚年之苦，好不可憐！（副淨）說到了此處，孫兒們，快斟大杯來，我與你公公吃乾。（對飲同笑介）（合）當筵，同開笑口，把春酒勸。（生，三子）願松鶴年年雙健。（合）芝蘭護靈椿壽萱，還怕那享榮華的人家翻羨。〔註44〕

雖然本齣旨在表現湯顯祖棄官歸隱之後侍奉父母、一家和樂的情形，進而完成對他「忠孝完人」形象的塑造，但蔣士銓在其中對「忠孝兩全」所做出的反思，也是不應該被忽略的。作為直接為君王統治的官僚階層，盡忠本身往往意味著家庭與親情的巨大犧牲。更何況伴君如伴虎，一朝得禍，即使像張居正這樣的權傾一時的首輔，也難免死後身敗名裂，累及老母。雖然從整個人類社會的角度來看，「孝」是更為基礎的倫理道德元素，但是當「父權」與「君權」處於對峙，或者發生衝突的時候，前者的重要性就被後者的無上權威無情地消泯了。在《臨川夢》中，被視作「忠孝完人」的湯顯祖，其盡忠與全孝明顯不是同時兼顧的——義仍的「忠」主要表現在其為官之時，而「孝」則是辭官里居之後才得以完成的。在這一情節的處理上，固然有著蔣士銓本人奉母南歸之後心態的表達，但在其中仍然可以看到他本人對「忠」、「孝」超乎常儒的深刻思考。

二、義士與義僕

在試圖以「忠孝」匡正人倫的同時，蔣士銓對下層民眾的道德寄望主要表現在對義士與義僕的讚頌方面。書院劇作中的《桂林霜》、《雪中人》、《香祖樓》和《臨川夢》中，都可以找到他對「義」的宣講與弘揚。

《雪中人》是一部以《鐵丐傳》為藍本的傳奇劇作，在以查培繼和吳六奇之間的友誼為主題的戲曲中，蔣士銓的「義」觀念主要表現在查培繼的尊賢與吳六奇的不忘舊恩上。當查培繼遇吳六奇之時，吳僅為一個臥眠雪中的乞丐，但是培繼不僅以英雄視之，且不計金錢，多方助之，體現了對「賢者」的尊重。而吳六奇由乞丐而成為權重一時的水軍提督，但他並沒有忘懷早年幫助過自己的查培繼，一旦得知培繼因莊廷鑨《明史》案被株連身陷囹圄，立刻伸出援助之手，不僅為培繼雪洗冤屈，還通過各種手段報答培繼早年的恩惠：

〔註44〕〔清〕蔣士銓撰，周妙中點校：《蔣士銓戲曲集》，《臨川夢》，中華書局，1993年，274～275頁。

　　　　乃以數千金存問其家，迎查至粵。由是義取之資，不下鉅萬。

　　幕府園中，有英石峰高二丈許，查酷愛之，題曰：『縐雲』。閱旬往

　　視，則已命巨艦由海運送達海寧矣。〔註45〕

吳六奇的這種「一飯千金」的報恩之舉及他與朋友相交時的眞誠重義，在劇
中得以全面地展現。史載清廷對莊廷鑨私修《明書》一案的處理極爲殘酷，
從莊氏家族、學生及爲《明書》作序、參校、刻字印刷者，到買書、賣書者
及地方官吏一併處死，凡七十餘人，受其株連者更達七百餘人之眾。查繼佐
（即劇中查培繼原型）與陸圻在案起之時，首告莊廷鑨慕己之名而私列己名
於參校之中，因而得以免罪。〔註46〕當此之時，眾人避之唯恐不及，而吳六
奇卻迎難而上，不惜己身爲友辯白昭雪，足見六奇之「義」。而查培繼不計私
利，幫助落難賢者的做法，無疑也是爲蔣氏所推重的。類似地，《香祖樓》中
不計私利幫助李若蘭與仲文團聚的永城縣令裴畹和鎮海總兵扈蕃，也是曲家
著意讚揚的對象。在心餘的劇作中，「義」主要表現爲一種與「利」相對的倫
理道德範疇。因此上，書院劇作中的「義士」與「義僕」，都表現出了這種重
義輕利的高風亮節。

　　《臨川夢》中的賣油翁李登亦是蔣士銓著意描摹的「義」之表率。雖然
這個人物僅僅在一齣戲中有所表現，但他有如上古遺賢般的義士之風，卻是
這部戲中的亮點之一：

　　（內敲梆歌介）癰不決兮狙於痏，巢不覆兮鴞尚止。（末）呀，歌聲奇怪，

　　是異人也。快去喚來見我。（雜下，引外敗短髭跛足挑油擔上）古木千山月，

　　荒臺萬水風。從來天下士，只在布衣中。（雜）稟監軍大人，唱歌之人乃是一

　　個賣油的拐子。（末）著他過來。（外放擔介）大人在上，賣油翁李登參見。（末）

　　聽汝歌聲，必知方略，看坐。（外）告坐了。（末）左右迴避。（眾下）（末）老

　　丈作歌之意，可得聞否？（外）大人聽啓：

　　【北朝天子】晉陽城不開，問誰稱智伯。怕淩波師老軍心懈。便做

　　到產蛙沉竈，甲胄生苔，也則索料機關知成敗。（末）賊黨本不足惜，只

　　城中百姓可憫。我欲遣一說客，往作間喋，使三賊自相殘害，便可少觀鷸蚌之

〔註45〕〔清〕蔣士銓撰，周妙中點校：《蔣士銓戲曲集》，《鐵丐傳》，中華書局，1993
　　　　年，288 頁。

〔註46〕詳參蕭一山《清代通史》，卷上，一百二十二，「康熙時之文字獄」，「明史獄」
　　　　條，中華書局，1985 年影印臺灣商務印書館 1980 年修訂本第 5 版，917～918
　　　　頁。

勞，不戰而收其利。奈無人可遣何。（外）古來名將成功，善於用間。故曰：「不知敵之情者，不仁之至也。」又曰：「三軍之事莫親於間，莫密於間，非聖智不能用間，非微妙不能得間之實。」老漢生長寧夏，深知賊情，大人若推心置腹，叟雖衰矣，尚堪一往。管教他下邳兵逃，邯鄲圍解。又何必運神椎，勞朱亥。（末）叟真當代之魯連也。俺有大將箚付三道，密書二封，與你收藏，叫軍士縛一木筏，渡你往東門，先見承恩，後見二賊。倘得成功，定奏聞升賞。

（外）大人差矣，我為拯救生靈，不惜這條老命。賣油翁豈學寒人昇天，而貪榮利者乎。（末與箚付外，納懷中介）（外）顫巍巍將臺，亂紛紛將才。俺去矣。（挑擔介）願做個太平人將油賣。〔註47〕

李登不求名利，只為一城生靈免遭塗炭，挺身自薦，隻身進入水中危城施行反間之計。他在一己之性命與一城之性命之間，義無反顧，捨小利而取大義，是蔣士銓書院劇作中最有代表性的「義士」形象。

在以「忠孝節義」〔註48〕為旨歸的《桂林霜》一劇中，「匹夫」之「義」的舞臺載體則由馬雄鎮的幕僚與僕人充當。第四齣「幕議」中，眾幕僚在明知雄鎮出撫廣西可能會有性命之虞的情況之下，依然情願追隨左右，不惜付出生命的代價：

（外、末）士為知己者死。若果不幸，我等誓當始終相助。（中淨）自古田橫島上，紛紛俊傑；便是文山幕下，昭昭眾客。難道是，各人自掃門前雪。

（內）老爺請各位師爺說話。（末）來了。正是，孤臣矢志防天變，義士同心守歲寒。（同下）〔註49〕

吳三桂反後，眾位幕僚用行動實現了自己的承諾：或隨公子冒死逃出廣西，前往京城報訊；或受幕主之託，保護御衣，使之完璧歸趙；或在馬氏一家殉烈之後，苟且偷生，只為將馬氏一門忠烈「死事根由，圖得個表奏分明」〔註50〕。在心餘看來，他們的這種行為都稱得上是「真義士」之舉。〔註51〕

〔註47〕　〔清〕蔣士銓撰，周妙中點校：《蔣士銓戲曲集》，《臨川夢》，中華書局，1993年，255～256頁。

〔註48〕　〔清〕蔣士銓撰，周妙中點校：《蔣士銓戲曲集》，《桂林霜》，中華書局，1993年，95頁。

〔註49〕　〔清〕蔣士銓撰，周妙中點校：《蔣士銓戲曲集》，《桂林霜》，中華書局，1993年，99頁。

〔註50〕　同上，140頁。

〔註51〕　同上。

而馬家的一眾僕人，更是表現出了極高的氣節，始終追隨主人赴湯蹈火，
甚至一道就義：

> （內鼓譟，二卒持八首級上）啓將軍，馬大人的家人，看見他主兒受刑，
> 就一齊拼命打鬧，小的們一時氣忿，殺了八個，只留下這個老的。（中淨）阿
> 呀！都是義僕。可知叫什麼名字？好上冊子。（卒）他們各有腰牌，這個鬍子
> 是韓廚子，最是兇狠，身上帶了菜刀斧子，把小的們夥伴砍傷了四五個。（淨
> 老道拄杖上）強盜賊，好殺，好殺！（中淨）你是什麼人？（淨）我叫做諸老
> 道。你這臭賊，殺害忠良，必定天誅地滅。（中淨）念你年老無用，饒你一刀，
> 怎敢罵我。（淨）我乃忠臣世僕，豈肯偷生，不像你祖孫父子，一班豬狗，不
> 顧羞恥。勉勉強強活在世上，令人唾罵。（中淨）阿呀，了不得！這樣的東西
> 都來做怪，快快殺了。（眾綁淨，淨大笑介）好快活呀！天下做奴才的這樣死
> 法，好不萬分僥倖也！〔註52〕

九人之中，諸老道的形象尤稱特出：眾人被殺之後，他面對著生的可能，依
然選擇了罵賊而死、舍生取義，用自己的熱血實踐了對雄鎮、乃至對國家的
忠誠。九人「便生來命該爲奴僕，到死時身要爭朝暮」，〔註53〕的視死如歸、
爭相赴義，不惟是天下「奴才」的榜樣，更是天下人的表率。除了馬家九僕，
《香祖樓》傳奇中的高駕，同樣也是蔣士銓心目中「義僕」的代表，雖然他
沒有爲主捐生，但其時刻以主人的利益爲利益，不惜犧牲自己的行爲，仍然
受到了作者的肯定與讚揚。當然，心餘對這些形象「義僕」、「奴才」的定位，
明顯地帶有相當程度的等級色彩，這雖是不可否認的缺陷，卻也是歷史發展
進程中的價值觀念局限的不可避免。

　　與前述「忠」「孝」觀念相類，蔣氏劇作中宣講不輟的「義」，也是儒家道
德的核心思想之一。《中庸》第二十章中說：「義者，宜也」〔註54〕，但是究竟
何者爲「宜」，後世儒者多有分歧。陳廷湘先生在歷代儒者義利觀進行了詳盡
的考察之後認爲，在宋代理學的道德體系中「仁義理智信五常之德之中，就抽
象意義而言，義訓『宜』爲『仁義斷制』」〔註55〕，而在具體功能的解釋上，

〔註52〕 同上，134 頁。
〔註53〕 同上，95 頁。
〔註54〕 〔宋〕朱熹：《四書章句集注》，《中庸章句》，第二十章，中華書局，1983 年，
　　　　28 頁。
〔註55〕 陳廷湘：《宋代理學諸儒的義利觀》，博士論文，四川聯合大學，1997 年，48
　　　　頁。

則相對複雜，主要體現爲以下的幾個方面：「一是普遍性的言行合宜」〔註56〕，「二是『從兄』之謂」〔註57〕，「三是『忠君』之謂」〔註58〕，「四是尊賢之謂」〔註59〕。「義」字之義，僅從道德倫常而言，幾乎與「仁」一樣是一個無所不包的範疇，但無論是君臣，父子還是兄弟之義，都是古代社會等級劃分的表現。至於「尊賢」一說，《中庸》中雖有「義者，宜也，尊賢爲大」〔註60〕之說，但無論是當時儒者還是後世理學諸儒對如何做到「尊賢」以達乎義多數都是語言未詳。因爲「在中國封建社會君臣之義必然是事實上最大的義」〔註61〕，由上而下的「尊賢」最多只是士人的理想，事實上是很難實現的。書院劇作中對「義」的詮釋，無論是吳六奇對待朋友的捨身忘己與仗義疏財、義士們犧牲私利以成公利，抑或是義僕們的舍生取義，都反映了心餘先生的以義反利、義本利末的義利觀念。蔣士銓早年齋名「喻義」，在他所作的《自題喻義齋銘》中，我們可以較爲清晰地瞭解到他對「義」的理解：

> 銘曰：以義爲質，可幾信成。浩氣大勇，集義所生。君子小人，義利分界。毫釐千里，胡可弗戒？象山講學，深切於是。小廉弗謹，何所不至。好利一念，極且殺身。放利多怨，固窮自貧。窮不能固，富將益貧。身敗名裂，嗜利孔甘。自私近利，即與義悖。造次顛沛，未可與離。守之則安，喻之則好。懷哉管寧，可與入道。吾銘吾齋，匪以責人。目處心警，吾恥庶存。〔註62〕

蔣士銓以「喻義」爲齋名，復作銘文自警，足見其人對「義」的重視。他將「君子、小人」作爲「義利」的分界，視「自私近利」爲恥，並以「浩氣大勇」作爲「集義」的結果，顯然是承繼了儒家自孔子「君子小人」至宋儒「義利論」一脈的倫理觀。

〔註56〕 同上。

〔註57〕 同上，49 頁。

〔註58〕 陳廷湘：《宋代理學諸儒的義利觀》，博士論文，四川聯合大學，1997 年，50頁。

〔註59〕 同上，52 頁。

〔註60〕 〔宋〕朱熹：《四書章句集注》，《中庸章句》，第二十章，中華書局，1983 年，28 頁。

〔註61〕 陳廷湘：《宋代理學諸儒的義利觀》，博士論文，四川聯合大學，1997 年，53頁。

〔註62〕 〔清〕蔣士銓著，邵海清校，李夢生箋：《忠雅堂集校箋》，《忠雅堂文集卷八》，上海古籍出版社，1993 年，2301 頁。

　　《論語・里仁》有云：「子曰：『君子喻於義，小人喻於利』」〔註63〕。這可以說是儒家對於「義利」最爲經典的界定與詮釋。後世儒者的「義利」觀念多本乎此而各自有所生發。從《自題喻義齋銘》一文中，我們不難看出心餘對於「義」的理解也是由此而來，這應該也是他「喻義」這一齋名最原始的來源。宋代儒士對孔子此言多有闡發，其中最爲系統、也最爲著名的當屬陸象山在白鹿洞書院講學時所做出的講解：

　　　　子曰：「君子喻於義。小人喻於利。」

　　　　此章以義利判君子小人，辭旨曉白。然讀之者苟不切己觀省，亦恐未能有益也。某平日讀此，不無所感，竊謂學者於此當辨其志。人之所喻由其所習，所習由其所志。志乎義，則所習者必在於義。所習在義，斯喻於義矣。志乎利，則所習者必在於利。所習在利，斯喻於利矣。故學者之志不可不辨也。科舉取士久矣，名儒鉅公皆由此出，今爲士者固不能免此。然場屋之得失，顧其技與有司好惡如何耳，非所以爲君子小人之辨也。而今世以此相尚，使汩沒於此而不能自拔，則終日從事者雖曰聖賢之書，而要其志之所鄉，則有與聖賢背而馳者矣。推而上之，則又惟官資崇卑祿廩厚薄是計，豈能悉心力於國事民隱，以無負於任使之者哉！從事其間，更歷之多，講習之熟，安得不有所喻？顧恐不在於義耳。誠能深思是身，不可使之爲小人之歸，其於利欲之習，怛焉爲之痛心疾首。專志乎義，而日勉焉。博學、審問、謹思、明辨而篤行之，由是而進於場屋，其文必皆道其平日之學、胸中之蘊，而不詭於聖人。由是而仕，必皆共其職勤其事，心乎國心乎民，而不爲身計。其得不謂之君子乎！〔註64〕

象山此次講學，係應朱熹之邀所做的。朱子本人對此事曾記載說：

　　　　淳熙辛丑春二月，陸兄子靜來自金溪，其徒朱克家陸麟之周清叟熊鑒路謙亨胥訓實從。十日丁亥，熹率僚友諸生與俱至於白鹿書院，請得一言以警學者。子靜既不鄙而惠許之。至其所以發明敷暢，則又懇到明白，而皆有以切中學者隱微深痼之病。蕭聽

〔註63〕〔魏〕何晏注，〔宋〕邢昺疏：《論語注疏》，卷第四，「里仁第四」，北京大學出版社《十三經注疏》標點本，1999年，51頁。
〔註64〕〔宋〕陸九淵：《象山先生全集》，卷二十三，講義，《白鹿洞書院講義》，上海商務印書館《四部叢刊》本，民國二十五年（1936）。

者莫不悚然動心焉，熹猶懼其久而或忘之也，復請子靜筆之於簡，受而藏之。凡我同志於此反身而深察之，則庶乎其可不迷於入德之方矣。〔註65〕

雖然朱陸二人在學術思想上多有不同之處，但在「義利」之辨上，朱陸二人的理解卻頗有相和之處，這一點在朱子上述言論中概可見之。當然，朱子讚賞象山之說，亦有可能是由於象山在詮釋孔子義利之說時，有「切中學者隱微深痼之病」也就是涉及科舉之病的言論。〔註66〕但是朱熹本人對「義利」之論無疑也是十分重視的。在《與延平李先生書》中，他就曾指「義利之說乃儒者第一義」〔註67〕。

蔣士銓銘文中講到的「象山講學，深切於是」〔註68〕，所指的應當就是象山《白鹿洞書院講義》中有關「義利」的言論。在此文中，心餘深入分析了義利、貧富與操守、踐履之間的關係與矛盾，並最終選擇以「喻義」作為自己道德操守的標準。當然，蔣士銓的義利觀也在很大程度上受到了孟子的影響。如果說「浩氣大勇，集義所生」的觀點仍有可能根源自宋儒「治心養氣」之學，他對「舍生取義」強烈推崇則可窺見其受孟子思想影響的痕迹。蔣士銓本人對「義利」的這種深入辨析，不僅是他個人德行修養的要則，也是其日常的踐履之嚴範。在仕途取向面臨抉擇時，這種「義利觀」對其取棄行為有著直接的影響。可以說，蔣士銓的中年棄官歸隱，是其「喻義」並立志行義的必然結果。

倘認為在心餘早年所作的這篇《自題喻義齋銘》中，他對「義利」的思索尚然受到個人的經歷的制圍而略嫌書生意氣的話，在辭官之後，他對這一問題的思考則變得更為深隨。「義」「利」之分不再僅僅是個人存養與行事的規範，在某些極端情況下，是「公」與「私」對立，是蒼生福祉與個人存亡之間的取捨。賣油翁李登這一角色的塑造，便是價值觀念的外化。這一時期

〔註65〕〔宋〕朱熹撰，原附《象山先生全集》，卷二十三，講義，《白鹿洞書院講義》後，上海商務印書館《四部叢刊》本，民國二十五年（1936）。

〔註66〕有關於此，詳參朱子本人《晦庵先生朱文公文集》卷十九中的《學校貢舉私議》等文，此處不做詳析。

〔註67〕〔宋〕朱熹著，朱傑人，嚴佐之，劉永翔主編：《朱子全書》，《晦庵先生朱文公文集》，卷二十四，《與延平李先生書》，上海古籍出版社，安徽教育出版社，2002年，1082頁。

〔註68〕〔清〕蔣士銓著，邵海清校，李夢生箋：《忠雅堂集校箋》，《忠雅堂文集卷八》，上海古籍出版社，1993年，2301頁。

的其他曲家，如心餘好友唐英，也曾在雜劇《傭中人》中塑造了國難當頭「擴忠厚之微忱，著綱常之大義」〔註69〕的賣菜傭的角色。由此亦可見知，心餘劇作中對這一歷史時期思想心態嬗替的細微反映。

三、節婦與烈女

在蔣士銓對「忠孝義烈」的讚頌中，還有一個群體也是不容忽視的，那就是為數眾多的節婦與烈女。雖然因了對婦女貞節的強調，心餘劇作在「五四」之後一直是學界批判的重點，然而作為整個傳統倫常觀念的具體體現，一味否定其價值與意義並不能夠抹殺掉它曾經客觀存在的現實。書院劇作中的《桂林霜》、《香祖樓》、《臨川夢》中的諸位節婦與烈女，均是作者節烈觀念的具象呈現。《桂林霜》裏，雄鎮父子被殺之後，馬氏一門婦女的全節殉烈，無疑是蔣士銓筆下最壯烈、也最讓人觸目驚心的場景：

> （旦滿裝，董氏哭奔上）
>
> 【前腔（金絡索）】收場值恁麼，結局才真個。婆婆，事已至此，不必悲傷。妾年二十有七，自同受困以來，於茲四載。夫子偕逃，杳無消息。幼男弱女，飢寒而死。媳婦所以隱忍偷生者，因公婆尚在，或者萬一得出水火，今無望矣，願速相從地下，就此拜別。（老旦）賢哉媳婦！爾志既定。九泉之下可相聚矣。（旦拜介）有甚徘徊，兀自貪全活。（老旦泣避下）（旦）奴先叩鬼門，待婆婆讓小叔隨翁半步多。（鬼門設桌）（旦登桌，白掛，繩脫，反跌下，血被面介）哎！拚遊魂污血頭俱碎，這烈膽包天志不磨。（又登，掛繩介）牢拴縛到今朝才死愧蹉跎。（作縊介，下）（老旦哭上）阿呀！媳婦的兒也！眼看他七尺青羅，把一寸香喉鎖。
>
> （下）（小旦、貼青衣同上）
>
> 【前腔】先登勇遜他，後勁身留我。（小旦）劉家妹子，大奶奶已經盡節，我與你就此效顰如何？（貼）顧家姐姐，我向來說：「見危授命，只當逢場做戲。」不料你我果有今日。（小旦）便是。（合）一對裙釵，值得些兒個。誰家燕子樓，愛延俄。誰抱箜篌止渡河。（各解帕介）（小旦）妹子請。（貼）姐姐不要謙了。便衾裯共抱分前後，怎魂魄隨肩沒左右。（同上

〔註69〕 〔清〕蔣士銓：「《三元報》題辭」，《三元報》附錄，《古柏堂戲曲集》，上海古籍出版社1987年版，第15頁。

桌並立介）（小旦）此刻老爺靈駕，不知何往？（貼）和你一路訪去。天空闊，認雲旗閃閃漫差訛。（同下）（老旦哭上）我的顧、劉二姬呀！兩嬋娟，同閉秋波，似並蒂蓮花落。

（下）（旦漢妝苗氏持帕哭上）大奶奶呀！

【前腔】私恩領受多，泉路追隨可。奴家苗氏，乃馬公子之妾也，聞大奶奶已經自盡，特地趕來。（望拜介）阿呀！大奶奶呵，卷被薰衣，尚有青衣我。（上掛下）（小旦、貼滿裝彩袍上）快來呀！天教姊妹們，沒騰挪，殺賊真慚謝小娥。（小旦）我二姐，年方十八。（貼）我五姐，年方十五。爹爹已死，我家今日闔門盡節，姐姐，你看嫂嫂、苗姐掛在一處，顧姨、劉姨掛在一處，到也好看。我和你也掛在一處，你代我將帕兒掛牢些，不要像嫂嫂跌得這般苦惱。（小旦）妹子，此事要出於情願，你不可埋怨我呢。（貼）什麼話！衛大夫恥獨為君子，姐姐怎地輕覷我來。（小旦）如此，將帕來，我代你拴結。（貼遞帕，小旦上結介）（合）只當秋韆，並作登仙戲，夏五同沈競渡波。（小旦）妹子，上來呀！（貼）來也。慈雲座，願雙雙長伴白鸚哥。（同掛下）（老旦上）我的兩個嬌兒呀！兩枝花，未嫁嬌娥。比不上賠錢貨。

婆子們過來。（淨、中淨扮老嫗哭上）夫人說甚麼。（老旦）你們將六位屍身，逐個解下，用單衾包好，放在一處。（抽出牙牌介）將牙牌各拴在上面。（嫗）曉得。（全下）（老旦）吾事畢矣。

【金甌線解醒】全家陷羅網，四載同寒餓。恁大疑團，今日才參破。這收稍沒處躲。（內）收拾好了，夫人請看一看。（老旦）再瞧科，三對香軀單被裹，六堆黃土難安臥。不知他父子屍骸再那處拖。（解帕叩頭介）皇天后土在上，命婦馬雄鎮妻子李氏，就此望闕謝恩。阿呀，李氏呀李氏，你三十九年之身，今日全受全歸，得以從祖姑趙太夫人含笑九泉矣。（上桌介）安排著，六十年家運，大劫重過。

（縊下）〔註70〕

馬氏一門妻妾殉烈之事，《清史稿》馬雄鎮本傳及《列女》中均有記載。由於李氏死後，僕婦亦自縊殉主，因此上，蔣士銓對在傳奇中對眾人全節自盡

〔註70〕〔清〕蔣士銓撰，周妙中點校：《蔣士銓戲曲集》，《桂林霜》，中華書局，1993年，136～138頁。

的這段描摹，當爲據史敷演而成。雖然本齣中對一干女性死狀的逐一渲染歷來爲研究者所詬病，但在這種近乎拖沓的鋪展之中，我們卻可以看到心餘對一門滿漢妻妾僕婦同心靖節的讚譽有加。一一再現的目的，蓋在突出群體中每一個體對名節重於生命的無上珍視，並最終組合成一幅慘烈但卻從容凜然的正氣圖畫。此外，在書院劇作中，《臨川夢》中的慶王正妃方氏在哮亂之中投井殉節，與《香祖樓》中李若蘭被繼父脅迫離開仲文之後屢次自盡的行爲，也都被蔣士銓目以「烈女」並不遺餘力地加以宣講，足見他對所謂女性貞節的歧重甚至苛求。

　　蔣士銓節烈觀念的形成，受程朱理學家的影響最大。二程在其倫理學說中，極力主張所謂的「餓死是小，失節是大」：

　　　　問：「孀婦於理似不可取，如何？」曰：「然。凡取，以配身也。
　　　若取失節者以配身，是己失節也。」又問：「或有孤孀貧窮無託者，
　　　可再嫁否？」曰：「只是後世怕餓寒死，故有是說。然而餓死是極小，
　　　失節事極大。」〔註71〕

在此基礎上，程頤提出了「從一而終」的主張：「在婦人則爲正而吉，婦人以從爲正，以順爲德，當終守於從一。」〔註72〕對於二程的這一主張，朱熹亦持完全的贊成態度：「夫婦之義，如乾大坤至，自由等差。故方其生存，夫得有妻有妾，而妻之所天不容有二。」〔註73〕正是在程朱一派學者的強力推動之下，節烈觀念得到了最大程度的強化，並使女性在宗法制的社會中受到了極爲慘絕的戕害。杜芳琴女士在對明清時期的史料進行了詳盡的分析之後認爲：「明清二代的婦女貞節是前代的延續，特別是對元代節烈的相因。但與以前的任何時代相比，明清婦女節烈都已經登峰造極，不但數量多，種類繁，程度慘烈，情節離奇，而且婦女似乎更認同於節烈道德。」〔註74〕之所以會有這樣的現象則「主要是基於齊家治國的倫理需要，而不是由於對人欲特別

〔註71〕　〔宋〕程顥、〔宋〕程頤著，王孝魚點校：《二程集》，《河南程氏遺書》，卷第二十二下，中華書局，1981年，301頁。
〔註72〕　〔宋〕程顥、〔宋〕程頤著，王孝魚點校：《二程集》，《周易程氏傳》，卷第三，「恒卦」，中華書局，1981年，864頁。
〔註73〕　〔宋〕朱熹著，朱傑人，嚴佐之，劉永翔主編：《朱子全書》，《晦庵先生朱文公文集》，卷六十二，《答李晦書》，上海古籍出版社、安徽教育出版社，2002年，3017頁。
〔註74〕　杜芳琴：《明清貞節的特點及其原因》，山西師大學報（社會科學版），1997年10月。

是對婦女欲望的控制。國家、社會、家庭共同在貞節道德方面塑造婦女，婦女也在接受塑造、適應需要而犧牲自己以成全家國」〔註75〕。

在《桂林霜》傳奇中，無論是已婚死亂的李氏、董氏、劉氏、顧氏、苗氏和方氏，還是未婚殉烈的馬家二姐和五姐，抑或是試圖全節殉夫的李氏若蘭，儘管作者在劇中將她們的殉節行為渲染得如此地從容與理所當然，但這些女性的個人命運無疑是悲慘的。即便她們最終或因所謂「節」「烈」而彪炳史冊，也無法改變她們為父權、夫權和家國倫理而犧牲了自身生命的事實。馬門妻妾與慶王妃方氏，雖然身處險境，但從當時的局勢來看，未必一定會被凌辱或是殺害。她們舍生殉節的這種主動「自覺」，在今天看來尤其讓人不寒而慄。然而這一切在蔣士詮和當時眾多以「衛道」自命的士大夫看來，卻是再正當不過的事情。在《桂林霜》中，心餘甚至還使用了一齣的篇幅來展現馬門一眾妻妾聆聽李氏「閨誡」的情形。戲裏眾女對於「一時不幸，卻是千秋正氣，青史流芳」〔註76〕的激賞，無疑就是整個社會和宗族對女性節烈道德進行訓導時最期待的結果。從這一情節中，我們也可以大概瞭解，蔣士詮對「節烈」的熱情絕非純然地應和社會風向，而是主動地提倡與宣講：不僅為女性守節殉烈塑造榜樣，更為她們如何樹立這種節烈觀念提供方法，是對「恭儉莊敬，禮教也」的「經解」。

但是蔣士詮對節烈的捍衛，卻也並非膚淺地順應潮流或君主思想傾向那麼簡單。在流傳至今的蔣氏詩文中，以歌頌節婦、烈婦為題材而寫作的並不少見。在其中的某些篇章中，約略可見他此種行為背後的深衷。蔣士詮《熊貞女傳》：

> 義禮家每以女未嫁而守貞，失中庸之道，其不思甚矣哉！布衣殉國，出於天性，朝廷不以此責之，苟有能者，豈非世道之淳歟？
>
> 必曰勝國之士，未嘗食人之祿，當事新朝，君子由言應爾乎？〔註77〕

《新昌胡節母生傳》中又云：

> 妻道，尤臣道也。宮府匱竭，國喪長君，粢盛饎餉，取給一身，雖有善者，莫如之何。此時一死甚易，苟社稷偕亡，忠烈奚補？惟

〔註75〕 同上。

〔註76〕 〔清〕蔣士詮撰，周妙中點校：《蔣士詮戲曲集》，中華書局，1993年，102頁。

〔註77〕 〔清〕蔣士詮著，邵海清校，李夢生箋：《忠雅堂集校箋》，《忠雅堂文集》，卷四，《熊貞女傳》，上海古籍出版社，1993年，2143頁。

能於萬難中，使宗廟不驚，人民安輯，斯無愧託孤寄命之義。嗚呼，

人臣能若是者，古今不數人而已。〔註78〕

通過這些論述可知，蔣士銓是在有意識地以女性之節烈影射士夫作為臣子所
應恪守的倫常。在一個社會相對穩定的昇平時代，忠臣烈士較為希見，通過
對女性的節烈要求來督促、提醒相對居於優勢地位的男子恪守臣道，往往是
正統文人們慣用的手段。雖然這種做法未必能夠起到真正的效果，甚至有著
掩耳盜鈴的嫌疑。

值得關注的還有，雖然不懈地頌揚「節烈」，蔣士銓對待女性的態度卻有
通達的一面。在《忠雅堂詩集》中，可見乾隆三十七年壬辰（1772）蔣士銓
主揚州安定書院之時，偶攜妻張氏至南京並同遊棲霞山的相關詩作：

六月同安人往秣陵，遂登棲霞，流連半日而去，僧雛樵婦不知
誰何也

聯車同向鹿門遊，雙鶴飄然一徑幽。羅襪上追飛鳥疾，縞衣時
爲白雲留。難尋冀缺揮鉏地，久別文簫寫韻樓。繡幰雕鞍已拋卻，
果然簪珮落林丘。

松濤石浪坐低回，展放愁眉笑眼開。偕老煙霞最宜稱，累他猿
鶴屢驚猜。遊仙境迴憑肩過，採藥圖新把臂才。歸寫夫妻改裝像，
布衣休浣攝山苔。

明日城中傳說有夫婦遊蹤甚異者，子才前輩來問，戲書奉答

田夫汲婦互穿雲，老佛低眉苦不分。客路偶然攜眷屬，遊蹤未
必感星文。漫勞史筆傳遺事，卻被山靈識細君。誰共洪厓描小影，
鹿皮冠畔著青裙。

在這些詩裏，我們可以很清晰地感受到心餘夫婦攜手同遊的安逸與愉悅。這
一在今日不能再平常的舉動，在當時卻成爲「事件」，轟動石頭城內外，足見
男女同遊在當時引人側目的程度。南京城中一日傳遍，致引好友袁枚寄詩探
問。後來，袁枚又特地將之錄於《隨園詩話》中，論爲一時佳話〔註79〕。心
餘對此的泰然與淡然，正是他對女性素不輕視的一種表現。

〔註78〕〔清〕蔣士銓著，邵海清校，李夢生箋：《忠雅堂集校箋》，《忠雅堂文集》，
卷四，《張節母傳》，上海古籍出版社，1993年，2156頁。
〔註79〕〔清〕袁枚著，顧學頡校點：《隨園詩話》，卷六，六五，人民文學出版社，
1982年，191頁。

　　攜婦同遊之外，在《臨川夢》一劇中，蔣士銓更明確地宣講「男女雖則異形，性天豈有分別」〔註 80〕，認爲男女之間雖然存在生理上的差別，但在天性上卻是平等的。此外，心餘對同時代的女性詩人，如胡愼容、潘素心等人，也都極爲讚賞和尊重。自此種種記載不難瞭解，蔣士銓對待女性的態度絕非一般腐儒可比。蔣氏之「節烈」觀念，在踐履對象的限定上，並不局囿於女性。「忠孝」也好，「義烈」或「節烈」也罷，都是針對全體社會成員而言的。或者可以說，在他那裡，「忠孝義烈」是對整個統治秩序中的被統治者的綱常要求。因此上，儘管蔣士銓的倫理道德觀念具有相對局促之處，但是他讚頌「節婦烈女」與他提倡「忠臣烈士」是基於同一標準之上的，並不存在對女性的格外歧視或擠壓。

　　倫理道德化，是乾隆時期戲曲創作的一大特點，其成因蓋與政道合一之後時主的把控與好尙直接相關。但蔣士銓對所謂「忠孝義烈」的提倡，絕非僅僅出於對統治者意識的盲從，而是有著一定的現實思考。在《高孝子傳》中，他曾說道：「德性漓而孝子出焉，財貨重而義士形焉，皆非世道之隆也」〔註81〕；《劉孝子傳》裏，心餘也曾發出過「苟世無人倫之變，則瘁盡天屬者皆庸行也，孝也云乎哉」〔註82〕的感慨；《張節母傳》又表達了他對當時社會「貨利重而骨肉輕，鬩牆之詠、尺布之謠響答」〔註 83〕的清醒認識。在蔣氏所在的乾隆時期，在「財貨」、「貨利」，是即余英時先生所指「商人精神」的衝擊之下，傳統道德再次面臨著舉步維艱的困難處境。公與私、義與利的激烈交鋒裏，究竟何者才是作爲社會中堅的士人的必然選擇？究竟哪一方更能代表整個社會的利益？對此，蔣士銓的回答無疑是明確而又堅定的。正是因爲對現實生活中道德澆漓的深切瞭解，心餘對傳統儒家道德的信奉與倡導才會具有那樣感人的眞誠，這也是他的劇作有別於當時一般曲作家，如夏綸等人，所作的圖解式迎合作品的原因之一。

　　總的來講，蔣士銓對「忠孝義烈」的苦心倡導幾乎縱貫一生，並體現在

〔註80〕　〔清〕蔣士銓撰，周妙中點校：《蔣士銓戲曲集》，《臨川夢》，中華書局，1993年，250 頁。

〔註81〕　〔清〕蔣士銓著，邵海清校，李夢生箋：《忠雅堂集校箋》，《忠雅堂文集》，卷三，《高孝子傳》，上海古籍出版社，1993 年，2101 頁。

〔註82〕　〔清〕蔣士銓著，邵海清校，李夢生箋：《忠雅堂集校箋》，《忠雅堂文集》，卷三，《劉孝子傳》，上海古籍出版社，1993 年，2104 頁。

〔註83〕　〔清〕蔣士銓著，邵海清校，李夢生箋：《忠雅堂集校箋》，《忠雅堂文集》，卷四，《張節母傳》，上海古籍出版社，1993 年，2146 頁。

他創作的各種文體中，其中流傳最廣的則是他的戲曲作品。無論是反覆吟詠的婁妃遺事，還是復仕之後所作的《冬青樹》傳奇，都是他至誠勸世心血的結晶。後來的《冬青樹》傳奇，甚至被梁啓超先生視作堪與《桃花扇》比肩的歷史巨作。〔註84〕可以說，在蔣士銓對倫理道德的捍衛中，蘊藏著他對經綸世事的深切用心。而在應該如何才能經世致用上，他給出的答案則是——「經師循吏」。

第二節 「經師循吏」的淑世熱望

如果說蔣士銓在倫理道德層面的堅持仍在很大程度上反映了一個傳統士人所固有的觀念與意識的話，那麼，對「經師循吏」的推崇則更直接地反映了他的經世意識中的特出之處。蔣士銓的倫理主張以儒家仁學為出發點和最終旨歸，在具體中則宜兼采諸子學作為手段，在此基礎上為循吏和經師樹立了新的標杆。在推尊程朱理學、忽視諸子之學的乾隆時期，心餘的這種觀念無疑是卓有見識的。

細繹蔣氏文學遺存便不難發現，無論是身為「經師」還是欲為「循吏」，在心餘那裡都絕非文人義氣那麼簡單。他面向現實吏制度的問題提出的解決方法，有著極強的現實針對性和上佳的實際操作性。但也正是這樣一位兼具用事之心和治世之能的才子，卻不得不在八年館閣生涯之後黯然南歸，其憾恨之深可想而知。書院時期的劇作，是蔣士銓淑世熱望的紓解和傾訴，其中涵蘊含深廣濃密的經世意味。

一、但為循吏死亦足

「我生不願為公卿，但為循吏死亦足！」〔註85〕早在青年時期，蔣士銓已經堅定了他的「循吏」理想，正如他詩中所說的那樣，心餘入仕的目的並不是為了高官厚利，而是希望通過教化實現自己的儒家治世理想。南歸之後，蔣氏的「循吏」之志並未減退，書院劇作中的眾多循吏形象，都稱謂他寄託言志的憑依。而在這些形象身上，則展現了作者循吏觀的豐富內涵。

〔註84〕 梁啓超著、夏曉虹輯：《〈飲冰室合集〉集外文》，《小說叢話》，北京大學出版社，2005年，148～152頁。
〔註85〕 〔清〕蔣士銓撰，邵海清校、李夢生箋：《忠雅堂集校箋》，《忠雅堂詩集》，卷六，《送張惕庵甄陶宰昆明》，上海古籍出版社，1993年，589頁。

　　《臨川夢》傳奇中的湯顯祖，「平生以經濟相期，恥爲俗學」〔註86〕，抗疏之後，被貶爲徐聞典史，後又升授浙江遂昌縣令。雖然官職卑微，但義仍在遂昌任上卻能夠興利除弊、施行教化。身兼「吏」「師」的湯顯祖，不僅是蔣士詮推崇備至的前輩，亦是他筆下循吏的代表。「宦成」一齣，湯顯祖爲民除害組織擒滅老虎，並在新年之時放獄中囚犯還家團聚：

　　　　（扮眾囚作醉飽歡悅情態上）除夜星灰氣燭天，醉酥銷恨獄神前。歸家
　　拜朔遲三日，到縣迎春又一年。（入拜介）各犯叩謝老爺新年大喜，並謝格外
　　仁恩！（生）爾等回來了。好百姓，這才是我湯顯祖的好子民。你們父母妻子，
　　過年都有飯喫麼？（眾）老爺聽稟。

　　【前腔（商調過曲·黃鶯兒）】血氣不能平，念無知犯罪刑。爺娘妻
　　子關天性，三朝笑聲，全家涕零，杯羹片肉今年幸。求老爺上了刑具
　　罷。綠莎廳，銀鐺再領，萬口祝長生。〔註87〕

湯顯祖的這種純然出於仁愛之心的感化之舉，無疑是儒家仁政理想的現世楷模。蔣士詮在劇中把這些視作父母官的眞正功績，並以之作爲「宦成」的標準，作爲官吏所應當傚仿的典範，這些無疑都凸顯了心餘「循吏觀」中對世道民心的眞摯關懷的一面。

　　不過，蔣士詮對「循吏」的要求雖然以儒家仁學爲根本，但在具體的施政方法上卻表現出一種對諸子學的兼蓄態度——或也可稱爲儒家爲「體」，子學爲「用」。《臨川夢》中湯顯祖的這樣一段話就頗有意味：

　　　　他（李於田）少年出宰嵩縣，能制奸胥蠹吏，歷官遼東巡撫擊
　　殺把兔兒，請開木市。昨總督川湖，平定播州。今官總河，與總漕
　　李道甫會議，奏開泇口淤河。眞經世之才也！〔註88〕

由此亦可得知，在心餘看來，道德只是士人操守的一個維度，眞正的「經世之才」還需要具有轄制下屬、平定叛亂和治理河務水利等方面的施政能力。《香祖樓》中，被蔣士詮冠以「循吏」之名的裴畹，甚至自述「研經讀史，喜翻循吏之書；捧檄專城，轉棄儒家之術。學宗孔孟，乃知都是迂談；法用申韓，

〔註86〕　〔清〕蔣士詮撰，周妙中點校：《蔣士詮戲曲集》，《臨川夢》，中華書局，1993
　　　　年，219頁。
〔註87〕　〔清〕蔣士詮撰，周妙中點校：《蔣士詮戲曲集》，《臨川夢》，中華書局，1993
　　　　年，254頁。
〔註88〕　同上，273頁。

守此方為治譜」〔註89〕。這種視儒學為空疏迂腐的鄙薄，也足見蔣士銓「循吏觀」的豐富與複雜。

蔣士銓早年曾作《官戒詩二十四首贈陶韋庵同年淑宰廣靈》。在這一組詩中，他從「親百姓」、「入田裏」、「圖村落」、「察隸役」、「正風俗」、「教儲蓄」、「崇文教」、「辦興革」、「審利害」、「事上官」、「處僚友」、「待賓從」、「省倉廩」、「謹奢侈」、「防窺伺」、「繹史鑒」、「安進退」這二十四個方面，全面思考並總結了居官之士所應當注意問題。〔註90〕時人魯仕驥曾評價蔣士銓曰：

> 鉛山蔣心餘太史少以詩名，余嘗愛頌其句曰：「平疇無公田，望雨皆及私。詎知農夫意，國家恒賴之。」以為國計民生肫然在抱，非凡詩人所能解也。及得讀其《官戒詩》，則於生民之休戚、吏治之隆污，洞若觀火。其為言也質而愨，懇惻而有條理。嗚呼！此《大雅》之遺，尹吉甫之作頌，所以其詩孔碩，穆如清風也。為吏者讀是詩能無惕然有省，憮然其難以為懷乎？奉此以為吏，吏治其日隆乎！持以贈人，其德庸有既乎！余是以書之，俾凡為吏者有所觀法焉。〔註91〕

魯九皋本人崇尚「實學」，且與蔣士銓頗有交往，因此他對心餘的推崇中頗有一些同調相惜之意味。《官戒詩》以親民愛民的仁政思想為根本旨歸，又在農田、水利、教化、風氣、官員管理、城防、方志編纂乃至進退等各個實踐方面提出了懇切的意見，其識見之深廣與實用性之強卻是不可否認的。從中也不難窺見蔣士銓的經世實才，和他對「循吏」二字的深層寄許。另外，在蔣士銓為他人所作的傳記或墓誌中，凡有為官良行實績者，也都會嘉以「循吏」而大書特書。蔣士銓循吏觀內涵的豐富從中亦可見其一斑。

余英時先生認為：「『循吏』之名始於《史記》的《循吏列傳》，而為班固《漢書》和范曄《後漢書》所承襲。從此『循吏』便成為中國正史列傳的一個典型，直到民國初年所修的《清史稿》仍然延續不變。」〔註92〕《史記·

〔註89〕〔清〕蔣士銓撰，周妙中點校．《蔣士銓戲曲集》，《香祖樓》，中華書局，1993年，568～569頁。

〔註90〕原詩見〔清〕蔣士銓著，邵海清校、李夢生箋：《忠雅堂集校箋》，《忠雅堂文集·卷一二》，上海古籍出版社，1993年，2456～2465頁。

〔註91〕〔清〕魯仕驥：《山木居士文集》，卷一，《書鉛山蔣太史官戒詩後》，清道光十四年刻本，國家圖書館館藏，編號002268582。

〔註92〕余英時：《士與中國文化》，上海人民出版社，1987年，151～152頁。

循吏列傳》開宗名義說：

> 法令所以導民也，刑罰所以禁奸也。文武不備，良民懼然身修
> 者，官未曾亂也。奉職循理，亦可以為治，何必威嚴哉？〔註93〕

姑且不論太史公是否是針對漢時酷吏滿朝的現狀曲筆加以針砭，藉由上面的
這段話至少可以知道，所謂「循吏」當指「奉職循理」的官吏。這種肩負吏
職又治民以理的循吏觀念，在後代均受到了不同程度的推崇，有清一代也不
例外。《明史・循吏》在評價明代吏治時以為：

> 明太祖懲元季吏治縱弛，民生凋敝，重繩貪吏，置之嚴典。府
> 州縣吏來朝，陛辭，諭曰：「天下新定，百姓財力俱困，如鳥初飛，
> 木初植，勿拔其羽，勿撼其根。然惟廉者能約己而愛人，貪者必朘
> 人以肥己，爾等戒之。」洪武五年，下詔有司考課，首學校、農桑
> 諸實政。日照知縣馬亮善督運，無課農興士效，立命黜之。一時守
> 令畏法，潔己愛民，以當上指，吏治煥然丕變矣。下逮仁、宣，撫
> 循休息，民人安樂，吏治澄清者百餘年。英、武之際，內外多故，
> 而民心無土崩瓦解之虞者，亦由吏鮮貪殘，故禍亂易弭也。嘉、隆
> 以後，資格既重甲科，縣令多以廉卓被徵，梯取臺省，而龔、黃之
> 治，或未之覯焉。神宗末年，徵發頻仍，礦稅四出，海內騷然煩費，
> 郡縣不克修舉厥職。而廟堂考課，一切以虛文從事，不復加意循良
> 之選。吏治既以日媮，民生由之益蹙。仁、宣之盛，邈乎不可復追，
> 而太祖之法蕆如矣。重內輕外，實政不修，謂非在上者不加之意使
> 然乎！〔註94〕

《明史》將官吏的施政行為如興辦學校、扶助農桑、廉潔、愛民等等都被視
作是循吏的功績。在字裏行間，也可以看到張廷玉等人乃至清初君主，對實
政的倡導與對吏制循良的贊許，清人對明代中後期「重內情外，實政不修」
的狀態所持的貶斥態度，及其欲以前朝之失為鑒的深意。《清史稿・循吏一》
在評價有清一代的吏治時也認為：

> 清初以武功定天下，日不暇給。世祖親政，始課吏治，詔嚴舉
> 劾，樹之風聲。聖祖平定三藩之後，與民休息，拔擢廉吏，如于成

〔註93〕 〔漢〕司馬遷：《史記》，《循吏列傳第五十九》，中華書局，1959 年，3099 頁。

〔註94〕 〔清〕張廷玉等：《明史》，卷二百八十一，《列傳第一百六十九・循吏》，中
華書局，1974 年，7185～7186 頁。

龍、彭鵬、陳璸、郭琇、趙申喬、陳鵬年等，皆由縣令洊歷部院封
疆，治理蒸蒸，於斯為盛。世宗綜覈名實，人知奉法。乾隆初政，
循而勿失。國家豐亨豫大之休，蓋數十年吏治修明之效也。及後權
相用事，政以賄成，蠹國病民，亂萌以作。……論者謂有清一代，
治民寬而治吏嚴，其敝也奉行故事，實政不修，吏道窳而民生益蹙。
迨紀綱漸隳，康、雍澄清之治，邈焉不可見。觀此，誠得失之林也。
〔註95〕

由此評議，可以瞭解到整個清代的吏治狀況及乾隆時期朝廷對於吏治「循而
勿失」的期許。而高宗統治晚期，「權相專事」、「紀綱漸隳」的狀況亦是史家
之共識。應該說，蔣上銓對於當時吏政的思索，以及據實提出的儒吏兼重的
解決途徑，是深切時弊且頗有見地的。但是，蔣士銓的蹇澀的仕途，顯然並
沒有為他提供多少實踐自己「循吏」理念的機會。南歸之後，他只能一面在
自己的文學創作中抒發自己的淑世熱望，一面利用自己的「經師」身份，宣
講自己的經世之思，冀望後學或可達成自己的治世夢想。

二、要將循吏出儒林

　　蔣士銓書院時期的劇作中，頗有借他人酒杯澆自己壘塊的意味，其中最
具代性的當屬《臨川夢》傳奇。由於從經歷、性格到觀念上的相似，劇中對
湯顯祖的塑造雖多本乎歷史，卻也不乏蔣士銓本人的個人寄寓。《臨川夢》傳
奇自序中，曾經特別提到湯顯祖的「經師」經歷：「徐聞之講學明道，遂昌之
滅虎縱囚。為經師，為循吏，又文翁、韓延壽、劉平、趙瑤、鍾離意、呂元
膺、唐臨之流也。詞人云乎哉？」〔註96〕與遂昌滅虎縱囚的循吏功績相似，
湯顯祖在徐聞期間建立貴生書院，施行教化的行為，也被心餘拈出，以專門
一齣的篇幅加以敷演：

　　　　（外、小生巾服上）子產本為民母，文翁兼做經師。難挽飛鳧去舄，請
　　看墮淚殘碑。老父師在上，門生輩特來拜送。（生）請坐。（外）老父師久屈海
　　濱，得遷花縣，故是蒼生之福。但門牆依戀情深，不能自解。（小生）尚求片

〔註95〕趙爾巽等：《清史稿》，卷四百七十六，「列傳二百六十三·循吏一」，中華書
　　　　局，1977 年，12967～12968 頁。
〔註96〕〔清〕蔣士銓著，周妙中點校：《蔣士銓戲曲集》，《臨川夢自序》，中華書局，
　　　　1993 年，209 頁。

言訓誨，使小子革終身服膺，不致墮落，感何可言！（生）善哉諸生之請也。僕生四十餘年矣，少時氣血未定，喜讀非聖之書。所遊四方，輒交其氣誼之士。蹈厲靡衍，幾失本性。久之自省有得，所以爲諸生諄諄指示。凡人之所貴者，吾生之理，仁孝之心也。苟不知吾生，與天下之生可貴，則仁孝之心盡死，雖存若亡，是自賤其生矣。諸生能各全其仁孝之心，則其生可貴，斯不愧爲人耳。

【仙呂過曲・八聲甘州】心長世短，歎乾坤戲劇，優孟衣冠。貪榮嗜利，眼花頭白難完。君親抱慚已蓋棺，富貴多虞猶叩槃。疑團，問天公可被遮瞞。

（外）性天之學，既聞命矣。敢問文章，以何爲貴？（生）僕學道未成而學爲文，學文無成而學詩賦，學詩賦無成轉而學道，然終未能忘情所習。竊謂漢宋文章各極其趣，學宋人不成，不失類鶩。學漢文不成，卻恐類狗。本朝文字當以宋景濂爲宗，李獻吉、李于麟，雖力氣強弱鉅細不同，等贗文耳。向在南都，曾取王鳳洲文集，指摘其中用事出處，及增減史漢唐詩字面。後來王鳳洲笑曰：「湯生標塗吾文，異日必有標塗湯生之文者。」僕未嘗不歎鳳洲爲達人也。

【前腔】篇成各自觀，笑還珠買櫝，胠篋探丸。英雄欺世，久之畢竟難瞞。胸中既無眞氣蟠，筆下焉能力量完。眉攢，恨盲稱瞎贊無端。〔註97〕

作者在此以兩支曲子，五百餘字的篇幅，概括了湯義仍在《貴生書院說》與《明性說》二文中所表達的「貴生」、「行仁」的「生生之旨」〔註98〕；同時借由湯氏《與陸景鄴》、《答王澹生》與沈際飛《玉茗堂文集題詞》〔註99〕等文章的文意，總結了湯顯祖的詩文觀念。姑且不論蔣士銓對於湯顯祖仁學與詩文觀念的深徹體認，特別在劇中設置了這樣的場景來突出湯顯祖的經師身份，這一舉動本身就顯得頗爲耐人尋味。

〔註97〕〔清〕蔣士銓撰，周妙中點校：《蔣士銓戲曲集》，《臨川夢》，中華書局，1993年，245～246頁。

〔註98〕詳參〔明〕湯顯祖著，徐朔方箋校：《湯顯祖詩文集》，卷三十七，《貴生書院說》、《明復說》，上海古籍出版社，1982年，1163頁～1165頁。

〔註99〕詳參〔明〕湯顯祖著，徐朔方箋校：《湯顯祖詩文集》，卷四十七，《與陸景鄴》、《答王澹生》，上海古籍出版社，1982年，1337～1339頁，1234～1235頁；明人沈際飛《文集題詞》亦可見於此書下冊附錄「玉茗堂選集題詞及序」的第六部分，1531～1532頁。

　　湯顯祖在進士及第之前曾經有過相當長一段時間的塾師生涯，後來又曾
先後創立了徐聞貴生書院、遂昌相圃書院和臨川的崇儒書院〔註100〕。「從中可
以看出，湯顯祖無論是深處逆境，還是身負重任，無論是在職，還是賦閒，
都一貫重視地方教育，並且身體力行地從事實際工作。」〔註101〕蔣士銓在乾
隆三十一年（1766）到乾隆四十年（1775）之間，在江浙一帶的書院經歷，
與湯義仍之間存在著極多的共同之處。從現存蔣氏在蕺山和崇文書院時所作
的揭壁文和訓士文中，也不難體會心餘對門下諸生的殷切希望。《揭蕺山講堂
壁》曰：

> 竭忠盡孝謂之人，治國經邦謂之學，安危定變謂之才，經天緯
> 地謂之文，海涵地負謂之量，嶽峙淵渟謂之器，光風霽月謂之度，
> 先覺四照謂之識，萬物一體謂之仁，急難赴義謂之勇，遺榮遠利謂
> 之廉，鏡空水止謂之靜，槁木死灰謂之定，美意良法謂之功，媲聖
> 追賢謂之名，安於習俗謂之無志，溺於富貴謂之無恥。〔註102〕

文中首倡忠孝，既是作者一貫秉持的倫理道德觀念，也是他對學子的才識、
能力、氣度乃至操守各方面提出的要求，而這些，顯與其「循吏」觀彼此唱
和。

　　在另一篇《杭州崇文書院訓士七則》中，蔣士銓又全面地闡釋了自己的
教育思想。文章重申了「書院舊為講習之地，所以講明聖賢身心之學，致君
澤民之道，為國家培養人才」〔註103〕的辦學宗旨，認為純粹從「今日通儒，
即異日名宦」〔註104〕的功利角度出發，師弟之間自矜自恃、相互菲薄、百計
相訌，是「天下書院之陋習」〔註105〕，應當毫不猶豫地加以摒棄。蔣士銓以
為，「若不知為學之本，專工文字，是自等於匠藝之賤，不過求其技術之可給
人而獲利也」，觀點直指當時科舉制度盛行之下，士人但求以文章之道獲取功
名的時弊，可謂一針見血的知人之見。因此蔣士銓在《七則》中，首倡「立
志」，他說道：

〔註100〕詳參毛效同編：《湯顯祖研究資料彙編》，上海古籍出版社，1986年。
〔註101〕鄒自振：《湯顯祖綜論》，巴蜀書社，2001年，284頁。
〔註102〕〔清〕蔣士銓著，邵海清校，李夢生箋：《忠雅堂集校箋》，《忠雅堂文集》卷
　　　　一二，上海古籍出版社，1993年，2453頁。
〔註103〕〔清〕蔣士銓著，邵海清校，李夢生箋：《忠雅堂集校箋》，《忠雅堂文集》卷
　　　　一二，《杭州崇文書院訓士七則》，上海古籍出版社，1993年，2449頁。
〔註104〕同上。
〔註105〕同上，2450頁。

> 志以帥氣，志以宰身。志之不立，浮沉窮達，一蠢然頑物耳。
> 富貴終身，草木同腐。凡負天地、負朝廷、負祖宗者，皆無志之人
> 也。志何以立？堯舜之道，孝弟而已矣，聖賢可志也；夫子之道，
> 忠恕而已矣，君子可志也。下此治國平天下之學，與夫兵、刑、錢、
> 穀、水利、河渠、象緯、算術之學，性之所近，則專心致志，以講
> 貫而討究之，他日見用於世，庶幾一長之可效。不然官職遷移，瞢
> 然木偶。奸胥猾役，玩於股掌之上；匪朋惡戚，牽於傀儡之場。獲
> 戾於上，流毒於民。幸而免三尺之誅，而子孫冥罰難逭。士不立志，
> 可勝痛哉！范文正志在任天下，文信國志在俎豆忠義間！嗚呼，是
> 可法也！〔註106〕

在此則中，最為引人矚目的就是他以「孝悌」、「忠恕」為立志之本，同時倡
導學子依據自己的興趣愛好，研習諸子治國平天下之學，以一技之長而濟世
利民的治學觀念。在「洗心」一則中，蔣士詮又鼓勵廣大學子「讀經以正其
志趨，閱史以發其醒悟」〔註107〕，澹營求之心以專心學業。「道學之辨」以「磊
落瀟灑，率真本色，必信必誠」〔註108〕的「真道學」作為學子的榜樣；「擇交
之法」告以君子小人義利之辨；「毋存菲薄萬物之見」提醒為學者毋自滿、毋
苛求他人；最後的「當存萬物一體之心」復又對回歸到民胞物與、惻隱仁愛
的「真儒至性」〔註109〕追求之上。

　　藉由此《訓士七則》可清晰地看到，蔣士詮以儒家仁學為根本出發點，
以諸子之學為主要手段，最後以實現自己的儒家仁政理想為最終目標。蔣士
詮的經世致用的思想，在他的教育觀念中得到了全方位的展現。即使無法官
居實職實現自己的「循吏」夙願，倘能夠在執掌書院的「經師」之職上，培
養、教育出真正於國於民有利的真正人才，則心餘亦可自命「於掌教二字，
可無汗顏也」〔註110〕。這一思路，在戲曲中，則通過人物言行的刻畫和場景
的細摹得以呈現。在《臨川夢》的第九齣「送尉」中，蔣士詮就借改職之際
徐聞百姓依依不捨為湯顯祖送行的情節，巧妙地展現了義仍「經師」風範，

〔註106〕同上。
〔註107〕同上，2451 頁。
〔註108〕同上。
〔註109〕同上，2452 頁。
〔註110〕〔清〕蔣士詮著，邵海清校，李夢生箋：《忠雅堂集校箋》，《忠雅堂文集》卷
　　　　一二，《杭州崇文書院訓士七則》，上海古籍出版社，1993 年，2450 頁。

同時描繪出一幅萬民向化的理想圖景：

（扮父老二人持香上）

【仙呂過曲・孝南歌】恩官去，魂暗銷。耆民白頭珠淚拋。家室免逋逃，閭閻無賊盜。陞遷太早。（生騎馬，雜挑行李隨上）去海已十年，看山猶萬重。（父老拜介）湯爺認眞去了，虧你撇得下小人們一班老民喲！（哭介）（生灑淚介）父老們，此乃官程所限，不能再留，自今以後，各自頤養壽命，約束子孫做好人。莫被官司筆撻。便不負我數年愛惜之意。去罷。（父老哭拜介）多謝湯爺，我們各備百錢，求爺收受。（生）昔年劉寵選受一錢，我並此不用。你們留著，買些甘旨罷！（生）父老共號咷，焉能戀爾曹。（父老）把龍鍾人慟倒。

（下）（扮二婦二兒上）

【前腔】恩官去，魂暗銷。婦女嬰兒珠淚拋。茅舍廢蠶繰，斜陽讀書了。行裝太早。（拜介）老爺，遲些去罷。我們實在捨不得。（生）婦女們，自後務需孝順公婆，尊敬丈夫，勤儉操持，未可懶惰。兒童們，當聽父母教訓，長大成人，各務生理，不可游蕩。（女）多謝教導。小婦人織得雷薏幾匹，獻與老爺。（兒）小子們採得些檳榔荔支，上獻老爺。（生）都不消如此，去罷。（眾哭介）（生）婦女共號咷，焉能庇爾曹。（眾）把村姑們慟倒。

（下）（扮黎人、蛋戶上）

【前腔】恩官去，魂暗銷。黎人蛋家珠淚拋。水窟遁鯨鮫，頑民解忠孝。登程太早。（拜介）小的們海邊蛋戶，山內黎人，感爺多年教訓，特地趕來拜送。些須沉香海味，求爺收受。（生）好！你們知道尊敬官長，向化守業，共享太平之福，便是良民。以後不可改變。去罷。（眾哭介）（生）異族共號咷，焉能棄爾曹。（眾）把海濱人慟倒。

（下）（扮二乞丐上）

【前腔】恩官去，魂暗銷。窮民乞兒珠淚拋。枷鎖脫監牢，飢寒不爲盜，收心太早。（拜介）我們都是積賊，蒙爺教訓，改過多年。爺去後，只怕新四衙來，又要叫馬快們從新要比較規禮，小人們就死了。（哭介）（生）不妨，這些捕役，我已教訓他們奉公守法，即使新官要難爲你們，他也不肯照從前作踐爾等。（眾）天下四衙靠馬快過活，馬快靠賊過活，哪有爺這等好官哪！（生）但能永做良民，自有鬼神默祐，斷無意外之禍。去罷。匪類共號

咷，焉能飯爾曹。（眾）把奇窮人慟倒。〔註111〕

曲家連續使用了四支【孝南歌】，力求呈現出徐聞當地的耆老婦孺、黎人蛋戶乃至於乞丐們在湯顯祖仁孝教化之下，由「輕生、不知禮義」〔註112〕，轉而重生向善的和樂。「致君堯舜上，再使風俗淳」，這恰是蔣士詮本人負經濟而言道德，苦心孤詣、為學為師的最終追求。

乾隆三十九年甲午（1774），也就是蔣士詮寫作《香祖樓》與《臨川夢》的那一年，他亦曾有《岑雲泉寫溫公獨樂園，置身其中屬題》詩云：「經世情懷託呂刑，代他裁定活人經，平生注遍長生籍，南斗中間作客星」，〔註113〕由此詩義亦可見知，心餘的經世思想並不局限於儒學，其中亦涵括申韓刑名等頗有實用功能的子學之術。乾隆四十二年（1777）丁酉，蔣士詮在為母守喪結束之後，也作詩贈友人魯仕驥，詩中說道：

> 經史圍身費討尋，要將循吏出儒林。商量廩藏憂民計，指授農
> 桑用世心。都鄙有秋多委積，河山無事屢登臨。誰知釋褐歸來後，
> 直以蒼生為己任。

> 經世文章貴可行，高談詞費笑書生。中年學問醇而肆，後日施
> 為老更成。刻苦薑鹽徵定力，擔持風雨謝虛名。連宵共作聞雞舞，
> 懷抱因君細細傾。〔註114〕

蔣氏作此詩時，已因母謝世之故離開揚州安定書院回到江西。但他在詩中表達的以蒼生為己任、以經世文章為追求、「要將循吏出儒林」的觀念，卻可視作是對其本人南歸之後多年經師生涯的最好評價。蔣士詮在「經師循吏」身上寄寓了強烈的「經世」之心，正是這種對蒼生的熱切關懷，使得他在那個「漢宋相爭」而漢學漸顯的時代顯得特立不群。可能也正是因此，蔣士詮的仕途才會如此之蹇澀。

〔註111〕　〔清〕蔣士詮撰，周妙中點校：《蔣士詮戲曲集》，《臨川夢》，中華書局，1993年，247～248頁。

〔註112〕　〔明〕湯顯祖著，徐朔方箋校：《湯顯祖詩文集》，卷四十八，《與汪雲陽》，上海古籍出版社，1982年，1407頁。

〔註113〕　〔清〕蔣士詮著，邵海清校，李夢生箋：《忠雅堂集校箋》，《忠雅堂詩集》，卷二二，《岑雲泉寫溫公獨樂園置身其中屬題》，上海古籍出版社，1993年，1412頁。

〔註114〕　〔清〕蔣士詮著，邵海清校，李夢生箋：《忠雅堂集校箋》，《忠雅堂詩集》，卷二三，《贈魯樂廬進士仕驥》，上海古籍出版社，1993年，1483頁。

第三節　經世致用思想的形成

　　在蔣士銓書院時期的劇作中，隨處可見他本人「經世致用」思想的痕迹。無論是對「忠孝義烈」的倫理道德的宣講，還是他在「循吏」身上所寄託的用世之心，都可以在當時的統治思想與學術走向中找到某些來源。而當我們將視角拉回到蔣士銓本人的時候，又可以窺見蔣氏自身的氣質稟賦對其劇作思想的影響。

一、程朱理學的歸正與諸子學的復興

　　細繹蔣士銓的經世意識，我們不難發現，它的形成與清代的統治思想與學術走向存在著千絲萬縷的必然聯繫。他「忠孝義烈」的道德倫理觀念，與程朱理學的某些觀念極爲一致；而在他所塑造的「經師循吏」身上，我們又可以看到子學的深刻影響。倘欲探討蔣士銓經世思想形成的原因，則先須從入清之後從政統到道統上對程朱理學認同，及明末以來諸子學的復興此二方面著眼。

　　有清一代對程朱理學的回歸，最早可以回溯到明末的東林黨人。「蓋東林承王學末流空疏之弊，早有避虛歸實之意。」〔註115〕「而東林講學頗欲挽王學末流之弊，乃不期然而有自王返朱之傾向。稍後劉蕺山講學山陰，獨標『愼獨』宗旨，論其大體，亦欲兼採朱、王，與東林無甚別也。清初學者，如太倉陸桴亭、容城孫夏峰，雖各有偏倚，而斟酌調停，去短集長，仍是東林以來舊轍。」〔註116〕隨後明清易代所引發的天翻地覆的變化，對於親歷了那場浩劫的文人而言，震撼激蕩之烈可謂透徹骨髓。由此所引發的各種思潮的相互衝擊，也使得清初理學呈現出極大的複雜性和綜合性。劫後餘生的士人經過深刻的反思，多有將明亡的原因歸結爲王學及其後學所導致的晚明學風空疏者。梁啓超先生在其《中國近三百年學術史》中說：「他們對於明朝之亡，認爲是學者社會的大恥辱大罪責，於是拋棄明心見性的空談，專講經世致用的實務。」〔註117〕。當時大儒如黃宗羲、顧炎武、王夫之、朱舜水等人均有志於「經世致用」之學，以求改變學風。由此，對陸王心學空疏的否定和對程朱理學的批判性復歸，成爲了當時思想界的主流。「王學反動，其第一步則反於程朱，自

〔註115〕錢穆：《中國近三百年學術史》，商務印書館，1997年，21頁。
〔註116〕同上，16頁。
〔註117〕梁啓超：《中國近三百年學術史》，東方出版社，1996年，17頁。

然之數也。因爲幾百年來好談性理之學風，不可碎易，而王學末流之弊，又已爲時代心理所厭，矯放縱之弊則尙持守，矯空疏之弊則尊博習，而程朱學派，比較的路線相近而毛病稍輕。故由王返朱，自然之數也。」〔註118〕有關程朱之學在清初的普及風靡程度，蕭一山先生《清代通史》如是描述：

> 清初之學術，幾無一不爲明代之反動，故其時之理學家，亦大抵力排明季學風者也。而其時承姚江餘緒，爲之收拾殘局者，尚有孫奇逢、李顒及姚江書院一派。……奇逢重實用，李顒重踐履，教人切已反躬，注意日課，其學與明人已大不同，若奇逢門人湯斌、耿介、張沐等，則於程朱且日趨接近矣。此清初王學之大勢也。此外，學者除王夫之與顏元二派外，則多自託於程朱之徒者也……夫之亦尊程朱，於張載則特別推崇……同時好談理學，兼治經術者更有張爾岐，其學以程朱爲宗，顧炎武稱其精於「三禮」，惟規模則不逮王夫之遠甚，然亦足徵清初之談理學者，已日趨於篤實矣。此外，以恪守程朱名者，則有張履祥、陸世儀、陸隴其、李光地諸人。履祥嘗從劉宗周問學，其後始宗程朱，深重踐履；世儀之學，以格、致、誠、敬、修、齊、治、平爲程序，以居敬窮理、省察克治爲工夫，而致用之思想亦盛。隴其攻擊王學不遺餘力，衛道之精神極熾，清代言程朱之學者宗焉。光地論學以志、敬、知、行爲序，又始治經術，而於歷數亦精，惟言漢學者不之宗耳。至其時置身顯宦而兼以理學名者，湯斌、光地外，更有魏象樞、魏裔介、熊賜履、張伯行諸人。魏等皆深於道統觀念，而以程朱爲宗，居權要之地位而提倡之，程朱之復盛於清初，雖由明學之反動，魏等實亦與之有力焉。
>
> 其時更有謝文洊、應撝謙、劉原淥、朱用純等，雖立說與程朱不盡吻合，然大旨皆宗程朱者也。此外以程朱自命者，尚有李生光、范鎬鼎、汪祐、勞史、李來章、張鵬翼、朱澧雲等，亦皆篤於躬行者也。清初承高、顧之緒，講學東林者，有高世泰、高愈、張夏、吳愼、施璜、顧樞、彭瓏等，其立言大旨亦與程朱爲近。祁州刁包嘗與高世泰往復論學，當時有南梁北祁之稱，所學亦與此派爲近。
>
> 總之，清初學者，力挽明季之學風以返於宋，其尊程朱者十之

〔註118〕同上，119頁。

八九，不尊程朱者十之一二而已。〔註119〕

蕭先生以為，清初對程朱理學的推尊有著這樣幾個特點：易代之際，有識學人深痛陸王心學空疏誤國，由此引發了學術風氣上，對程朱理學的某種回歸；進入康熙時期，程朱之學大盛，但這種興盛顯然與統治者由上而下的提倡密切相關；無論是最初的「遺民」學者，還是隨後的顯宦理學家如湯、李、熊者，都有著明顯的黜虛重實的傾向。可以說，蔣士銓「經世致用」思想的形成與有清一代前中期的學術走嚮之間存在某種一致性。

程朱理學在清代獨尊地位的確立，與清代君主，特別是聖祖康熙皇帝對朱子的推崇有著極為密切之關係。清聖祖在位計六十一年，酷好朱子之學。宋儒，尤其是朱熹，對康熙帝的影響極深。康熙以為「辨析心性之理而羽翼六經發揮聖道者，莫詳於宋諸儒」〔註120〕，「自宋儒起而有理學之名，至於朱子能擴而充之，方為理明道備，後人雖雜出議論，總不能破萬古之正理」〔註121〕，甚至認為朱熹有著「集大成而繼千百年絕傳之學，開愚蒙而立億萬一定之規」〔註122〕的功績。康熙五十一年（1712），康熙帝下詔將朱熹升位孔廟大成殿十哲，足見其本人對於朱子的肯定。當然，康熙帝對於程朱理學的推重，與他試圖集「君」、「師」於一身，合「治統」與「道統」為一體，並以程朱所謂「皇極」思想鞏固與加強自己的統治地位合法性密切相關。〔註123〕而李光地、熊賜履、魏裔介等人之所以能以程朱學者而官居要職，與康熙帝的好尚與選擇也存在著必然的關連。但康熙帝對於程朱理學的肯定乃是有所取棄的。鑑於明末文風浮靡、不切實際的教訓，康熙帝在推行理學的過程中，特別強調言行一致、躬行實踐。他對熊賜履等人說：「明理最是緊要，朕平日讀書窮理，總是要講求治道，見諸措施。故明理之後，又需實行，不行，圖空談耳。」〔註124〕在大力提倡理學的

〔註119〕蕭一山：《清代通史》，中華書局，1986年據臺灣商務印書館1980年修訂本第5版影印，993～994頁。

〔註120〕〔清〕愛新覺羅·玄燁著：《御製文集》，第一集，卷一九，清康熙五十三年武英殿刻本，國家圖書館館藏，編號002274456。

〔註121〕同上，第四集，卷二一。

〔註122〕同上。

〔註123〕詳參黃進興先生《清初政權意識形態探究——政治化的「道統觀」》一文，該文收錄於陳弱水、王汎森主編《思想與學術》，中國大百科全書出版社，2005年，245～270頁。

〔註124〕中國第一歷史檔案館編：《康熙起居注》，「十二年八月六日」，中華書局，1984年，116頁。

同時，康熙清醒地意識到可能會引發的僞道學的泛濫：「朕見言行不相符者甚多，終日講理學，而所行之事全與其言悖謬，豈可謂之理學？若口雖不講，而行事皆與理合，此即眞理學也」〔註125〕；「至近世則空疏不學之人，借理學以自文，其陋岸然，自負爲儒者，究其意解，不出庸人之見，眞可鄙也」〔註126〕。

雍正皇帝即位之後，轉而推崇佛道，認爲「三道之教，原不過勸人爲善，夫釋道之設，其論雖無益於吏治，其理也無害於民生。至於勉善警惡亦有補於世教，何必互相排壓，爲無容量之舉。但此輩率多下愚，但不可爲。朕則已敬重仙佛之禮不可輕忽。朕向來三教並重，視爲一體，每見讀書士子多有作踐釋道者，務理學者尤甚。朕意何必中國欲將此三途去二歸一歟？不能之事既與能，不過互相徒增愁怒耳。」〔註127〕但是，即使是雍正對佛教的推崇，亦是以不能觸動現存統治秩序爲前提的：「釋氏原以清淨無爲爲本，以明心見性爲功，所以自修自全之道莫善於此。若云必昧君臣之義，父子之親，棄置倫常，同歸寂滅，更有妄談福禍，扇惑凡庸，藉口空門，潛藏奸宄，此佛教之異端也」〔註128〕。也就是說，君臣父子的倫常道德觀念在任何時候、任何情況之下都是不容撼動的。因此，雍正雖然不以文治著稱，但仍然沿襲了乃父對程朱正學的尊崇。雍正五年（1726），雍正帝還監督刊行了《欽定翻譯孝經》，並在雍正十二年（1734）時規定考試童儒要依《孝經》出題，以求進一步鞏固以「孝」道爲基礎的倫理秩序在百姓及士子中間的影響。〔註129〕

在此種環境中成長起來的乾隆皇帝，所受的教育基本上是以宋學的內容爲主。他曾自述：

> 余生九年始讀書，十有四歲學屬文，今二十年矣。其間朝夕從事者，《四書》、《五經》、《性理》、《綱目》、《大學衍義》、《古文淵鑒》等書。顧資魯識昧，日取先聖賢所言者以內治身心，又以身心所得

〔註125〕同上，「二十二年十月二十四日」，1089頁。

〔註126〕趙之恒，牛耕，巴圖主編：《大清十朝聖訓》，《清聖祖聖訓》，卷五，北京燕京出版社，1998年，第一冊，197頁。

〔註127〕中國第一歷史檔案館編：《雍正朝漢文朱批奏摺彙編》，第1冊，江蘇古籍出版社，1989年，525～526頁。

〔註128〕中國第一歷史檔案館編：《雍正朝起居注冊》，五年四月，中華書局，1993年影印本。

〔註129〕詳參駱承烈編：《中國古代孝道資料選編》，第一部分「孝道論述資料」的「歷代帝王提倡《孝經》一覽表」，山東大學出版社，2003年，59～61頁。

者措之於文，均有所未逮也。〔註130〕

在《南宋總論》一文中，乾隆帝則提出：「自古無不亡之國，漢、唐、宋爲三
代以下享國長久之朝，漢、唐立國強盛過於有宋，而宋及末運，全節死義之
士遠過於漢、唐者，則又祖宗之餘澤與周、程、張、朱講明正學之功也。嗚
呼，誰謂德教學術非治天下之大本乎？」〔註131〕宋祚得享久年與宋末節士輩
出都和宋學有著密切的聯繫，周、程、張、朱之學應被視作正學，是則其德
教學術可以作爲治天下的根本來加以弘揚。乾隆皇帝對於宋學的態度，在乾
隆五年（1740）所頒的上諭中，尤可見知：

> 朕命翰詹科道諸臣，每日進呈經史講義，原欲探聖賢之精蘊，
> 爲致治寧人之本。道統學術無所不該，亦無所不貫。而兩年來諸臣
> 條舉經史，各就所見爲說，而未有將宋儒理性諸書切實敷陳，與先
> 儒相表裏者。蓋近來留意詞章之學者尚不乏人，而究心理學者蓋
> 鮮。……總因居恒肄業，未曾於宋儒之書沉潛往復，體之身心，以
> 求聖賢之道。故其見於議論者止於如此。夫治統原於道統，學不正
> 則道不明。有宋周、程、張、朱子於天人性命大本之所在，與夫用
> 功節目之詳，得孔、孟之心傳，而於理欲、公私、義利之界，辨之
> 至明。循之則爲君子，悖之則爲小人。爲國家者，由之則治，失之
> 則亂，實有裨於化民成俗、修己治人之要。所謂入聖之階梯，求道
> 之塗轍也。學者精察而力行之，則蘊之爲德行，學皆實學；行爲之
> 事業，治皆實功。此宋儒之書所以有功後學，不可不講明之切究
> 也。……學者正當持擇審處，存誠去僞，毋蹈循外驚名之陋習。所
> 繫綦重，非圖口耳之勤，盡功小補之術也。〔註132〕

通過此一聖諭，不難瞭解到，至少在乾隆帝統治的前期，他對宋學仍舊是推
崇備至。但是乾隆帝顯然對宋儒有關理欲、公私、義利的觀點更爲重視，要
求學者以程朱理學爲修養「德行」的基礎，並由此達成他所謂的「學皆實學」，
「治皆實功」的期許。雖然乾隆帝在此聖諭中明確提出所謂的「治統源於道

〔註130〕〔清〕愛新覺羅・弘曆撰，故宮博物院編：《清高宗樂善堂全集》，庚辰年原
序，海南出版社，2000 年影印本。

〔註131〕〔清〕愛新覺羅・弘曆撰，故宮博物院編：《清高宗樂善堂全集》，卷三，海
南出版社，2000 年影印本，6～7 頁。

〔註132〕《清實錄》，《高宗純皇帝實錄》，卷一二八，乾隆三年至六年，中華書局，1985
年影印本，875～876 頁。

統」，但在以何為治，由誰來治的問題上，則明顯地體現出合君師為己任的不容置疑。

錢穆先生對此的見解可謂一針見血，《中國近三百年學術史》「自序」：

> 乾隆御製《書程頤論經筵箚子後》有云：「夫用宰相者，非人君其誰乎？使為人君者，但深居高處，自修其德，惟以天下治亂付之宰相，己不過問，幸而所用韓、范，尤不免有上殿之相爭，設不幸而所用若王、呂，天下豈有不亂者！此不可也。且使為宰相者，居然以天下治亂為己任，而目無其君，此尤大不可也。」夫不以為相，則以為師，行君之道，以天下為己任，此宋明學者幟志也。今曰「以天下為己任尤大不可」，無怪乾嘉學派一趨訓詁考訂，以古書為消遣神明之林囿矣。〔註133〕

恰如賓四先生所講，清代君主之提倡程朱學說，具有極強的兩面性。一方面，他們看重程朱理學對於臣子道德臣倫的重視與約束；另一方面，則盡可能地對其學說中不利於君主集權統治的方面給予壓制。提倡實學與實功，也是從統治者的角度出發，帶有極強的功利色彩。

乾隆二十九年（1764），蔣士銓四十歲南歸之時，曾于歸舟中作《讀宋儒奏疏》詩，其中二首如下：

> 眼如澄波清，心如古鏡明。篷窗展書讀，妙趣紛然呈。古來治平理，一一為權衡。因時審其變，治亂天人並。可憐數老翁，力與元功爭。邪正迭消長，當者成其名。名成亦何益？國家尋欹傾。圖令百世下，感喟難為情。

> 古人不可作，簡編見其志。文字雖百變，忠孝旨無異。和平雜慷慨，情志語即至。容悅喪本心，激烈懼干戾。干戾亦奚惜？有補職無愧。謂君不足言，此念先自棄。食祿但俯仰，傷哉君子涕。〔註134〕

作為一個選擇了仕進之途的舉子，蔣士銓是不可能獨立於當時的社會環境的。無論是他「忠孝義烈」的道德觀念，還是向實摒虛的經世意識，都與當時整個社會的政治與學術風氣是密切相關。特別其是前者，更是明顯地受到

〔註133〕錢穆：《中國近三百年學術史》，自序，商務印書館，1997年，2頁。
〔註134〕〔清〕蔣士銓著，邵海清校，李夢生箋：《忠雅堂集校箋》，《忠雅堂詩集》，卷二一，上海古籍出版社，1993年，931頁。

了程朱理學所謂「理欲、公私、義利」之辨的種種影響。但蔣士銓對宋儒的尊尚又不僅僅是對統治者遵宋意識的簡單貫徹，從他的這組詩中，不難見到其對宋代儒士用世意識的強烈贊許，這也是十七歲後轉攻《朱子大全》對他最直接的影響。

與此相類，蔣士銓對「循吏」的頌揚，也是當時的政治風氣和他個人選擇共同作用的結果。《明史》和《清史稿》中的相關評述，前已詳論，此處不再贅述。心餘「循吏」觀中對諸子學提倡，不但卓有見識而且有著極為重要的學術意義。目前學界的研究來中往往以樸學為乾隆時期的顯學，在研究清代實學時，一般也會跳過乾隆時期，或者是擇取汪中、洪亮吉等晚於蔣士銓的學者作為該思潮在清中期的延續。即使是在以清代諸子學為研究對象時，也會將它置於考據學的背景之下，認為乾隆時期的諸子學研究主要是「以子證經」的需要與延伸。〔註135〕倘從這個角度來看，蔣士銓儒學為體、子學為用的觀念會在乾隆時期出現，這一現象本身，就有著一種斷弦重續的意義。

有清一代，諸子學的復興與其時重實學、興實治的務實意識關連甚大。明末黃宗羲、顧炎武、毛奇齡、傅山等人，無不從各自的學術角度出發留心著意於經世之學。被梁啓超先生譽為「清代王學唯一之大師」〔註136〕的黃宗羲，就曾親撰《明夷待訪錄》，闡釋自己的治世之方，「同時顧亭林貽書，歎為王佐之才，如有用之，三代可復」〔註137〕。在此文中，黃宗羲不僅「原君」、「原臣」、「原法」中明自己對於君主、臣下和法制的看法，更從「學校」、「取士」、「建都」、「方鎮」、「田制」、「兵制」、「財計」乃至「胥吏」、「奄宦」等與當時政治相關的一系列根本方面，發明了自己的見解。黃氏本人對此書亦極為看重，在其所著《明夷待訪錄》的序文中，他說到：「昔王冕倣周禮著書一卷，自謂『吾未即死，持此以遇明主，伊、呂事業不難致也』，終不得少試以死。冕之書未得見，其可致治與否，固未可知；然亂運未終，亦何能為「大壯」之交。吾雖老矣，如箕子之見訪，或庶幾焉。」〔註138〕以「天下興亡，

〔註135〕羅檢秋先生《近代諸子學與文化思潮》、劉仲華《清代諸子學研究》總體上持此觀點。

〔註136〕梁啓超：《中國近三百年學術史》，東方出版社，1996年，51頁。

〔註137〕〔清〕全祖望：《鮚埼亭集》，外編，卷三十一，《書明夷待訪錄後》，《萬有文庫》本，商務印書館，民國二十五年（1936），1109頁。

〔註138〕〔明〕黃宗羲：《明夷待訪錄序》，中華書局《叢書集成》本，1985年，〇七〇六冊，1頁。

匹夫有責」自任的顧炎武，二十七歲起便開始纂輯《天下郡國利病書》，鞭撻社會積弊。明亡之後所作的《軍制論》、《形勢論》、《田功論》、《錢法論》、《郡縣論》等文，也均從社會現實出發，闡述了自己的改革思想。此外，毛奇齡在《聖門是非錄》中，提倡做好兵、農、刑、禮、治亂、得失等事以求治人、治國；顏源《存治編》、李塨《擬太平策》的意旨也與此相似。在這些人中，尤為值得關注的還有「思以濟世自見，而不屑為空言」〔註 139〕的傅山。在儒家學說長期居於主流地位的背景之下，「傅山自居『異端』，開創諸子學的研究，這在當時不僅需要膽識，更需要極大的勇氣。」〔註 140〕傅山本人博學多才，涉獵十分廣泛，經史諸子、書畫醫學、詩文雜劇，無所不通。對宋學頗感不滿，講求經世實學的他，試圖在先秦諸子那裡找到自己的救世途路。他對先秦諸子，如《老子》、《莊子》、《列子》、《墨子》、《荀子》、《公孫龍子》、《管子》、《鄧析子》、《鬼谷子》、《亢倉子》、《尹文子》、《鶡冠子》、《淮南子》等，均曾親自做過評注，正是在這樣一個堅實的基礎之上，傅山提出了經、子平列的主張，反對儒家獨佔學壇：「仔細想來便此事到絕頂，要他（道統）何用！文事武備暗暗底吃了他沒影子虧，要將此事算接孔孟真脈，真噁心殺，真噁心殺！」〔註 141〕

由明入清的這些學者，在提倡實學的時候，往往基於在明亡過程中的親身體會。無論是程朱理學或是陸王心學，雖然可以從思想、道德的層面規範整個社會的秩序與士夫的個人踐履，但是在「文事武備」等等具體的事務上，所能起到的作用卻是微乎其微。因此，無論是黃宗羲、顧炎武這樣的儒家學者，還是傅青主這樣明確主張諸子學的學者，在為其經世主張提供具體途徑時，都有著向諸子之學回窺的某種意向。入清之後，程朱學派雖然成為了一時的主流，但是作為思想體系的理學本身，並不能解決所有現實問題。無論是世祖平定南方，還是聖祖康熙撤藩、治河、平蒙古、定西藏，抑或是高宗乾隆所謂的十全武功，都不是靠程朱儒學所能夠達成的。而對於管理一方事務或是專管某一方面事務的官員來講，「德」僅僅是其必要的素質之一，「德才兼備」才是從上到下對行政人員的真正要求。為民造福、為國盡忠不僅僅

〔註 139〕 〔清〕全祖望：《陽曲傅先生事略》，《霜紅龕集》，《附錄一》，山西古籍出版社影印〔清〕丁寶銓刻本，2007 年。
〔註 140〕陳鼓應，辛冠潔，葛榮晉主編：《明清實學思潮史》，1989 年，900 頁。
〔註 141〕〔明〕傅山：《霜紅龕集》，卷一八，山西人民出版社影印本，1985 年。

需要熱情，更需要才能。即使是乾隆時期的漢學家們，對此也有著一定的認識。《四庫全書總目提要・子部總敘》以爲：

> 自《六經》以外，立說者皆子書也。其初亦相淆，自《七略》區而列之，名品乃定；其初亦相軋，自董仲舒別而白之，醇駁乃分。其中或佚不傳，或傳而後莫爲繼，或古無其目而今增，古各爲類而今合，大都篇帙繁富，可以自爲部分者。儒家之外，有兵家，有法家，有農家，有醫家，有天文算法，有術數，有藝術，有譜錄，有雜家，有類書，有小說家；其別教則有釋家，有道家。敘而次之，凡十四類。

> 儒家尚矣。有文事者有武備，故次之以兵家，兵刑類也。唐虞無皋陶，則寇賊奸宄無所禁，必不能風動時雍，故次以法家。民，國之本也；谷，民之天也，故次以農家。本草經方，技術之事也，而生死繫焉；神農黃帝，以聖人爲天子，尚親治之，故次以醫家。重民事者先授時，授時本測候，測候本積數，故次以天文算法。以上六家，皆治世者所有事也。百家方技，或有益，或無益，而其說久行，理難竟廢，故次以術數。遊藝亦學問之餘事，一技入神，器或寓道，故次以藝術。以上二家，皆小道之可觀者也。《詩》取「多識」，《易》稱「製器」，博聞有取，利用攸資，故次以譜錄。群言岐出，不名一類，總爲薈粹，皆可採擷菁英，故次以雜家。隸事分類，亦雜言也，舊附於子部，今從其例，故次以類書。稗官所述，其事末矣，用廣見聞，愈於博弈，故次以小說家。以上四家，皆旁資參考者也。二氏外學也，故次以釋家、道家終焉。

> 夫學者研理於經，可以正天下之是非；徵事於史，可以明古今之成敗，餘皆雜家也。然儒家本《六藝》之支流，雖其間依草附木，不能免門戶之私，而數大儒明道立言，炳然具在，要可與經史旁參。其餘雖眞僞相雜，醇疵互見，然凡能自名一家者，必有一節之足以自立，即其不合於聖人者，存之亦可爲鑒戒。「雖有絲麻，無棄菅蒯」，「狂夫之言，聖人擇焉」，在博收而慎取之爾。〔註142〕

總敘中雖然一再強調儒家的絕對正統地位，但對兵、刑、法、農、醫等諸子學的價值也給予了相當程度的肯定，甚至認爲即使有於儒家學說不同之處，也應

〔註142〕〔清〕永瑢，紀昀等撰：《四庫全書總目》，卷九十一，「子部總敘」，上海古籍出版社影印文淵閣四庫全書本，2003 年，3-1～3-2 頁。

該從借鑒的角度予以保存。應該說，「子部總敘」的觀點與蔣士銓以孔孟之學
爲根本而輔之以諸子的具體技藝的吏治思想之間，是存在一定程度共性的。

心餘之後，汪中、洪亮吉、乃至龔自珍、姚瑩、路德、魏源等後繼文人，
突破「饾飣爲漢，空腐爲宋」的士林習氣，注重漕運、治河、邊防、鹽政、
屯田等事務，甚至舉出「通子致用」的旗幟，也都是從現實出發，關注民生
國計所做出的必然選擇。但在蔣士銓所處的乾隆時期，大張旗鼓地提倡「儒
學爲體，子學爲用」，甚至讓劇中角色發出孔孟之學空疏無用的言論，無疑也
是冒著被視作「異端」的危險。前所引及的《贈魯樂廬進士仕驥》、《岑雲泉
寫溫公獨樂園置身其中屬題》等詩，僅可見於蔣氏詩集手稿本，《忠雅堂詩集》
現存刻本中均不可尋覓，鑒於《忠雅堂詩集》的刊行乃在心餘身後，這些詩
歌被刪原因和標準就頗有疑點，或與其觀點的敏感性不無關聯。

至於蔣士銓對於申不害及韓非法家之術的推崇，則是來自乃父蔣堅的直
接影響。袁枚《贈編修蔣公適園傳》曾評述蔣堅說：「公精法家言，諸侯爭延
之。」〔註143〕在心餘自撰的《先考府君行狀》中，亦有對其父精通刑名之術，
並曾師從浙中名法家的記載：

> 先是，嵐縣令尹嚴公稱神明，本浙中名法家，又老於吏治，所
> 至輒有聲，時聞訃僦居，與守府近。攝令尹事者，張公故人羅丞也，
> 丞禮延府君入，凡文告興革，必稱嚴公以因之，而舊尹未曾完善者，
> 府君又多陰護之，由是嚴公感府君。新尹至，出，嚴公以書來招，
> 往見之，儼然長者也。公曰：「僕與君不相識，愛我乃至。每讀判獄，
> 輒歎君才識，然而無所師。」府君跪曰：「某幼失學，廢舉子業數十
> 年，敢竊師公，可乎？」嚴公慨然曰：「吾浙及大江南北，以法家遊
> 天下或數萬人，多碌碌求食者，吾家習此七世，舍君無可付者。」
> 於是約每夕相過，至則屏左右，語常達旦。旬日，嚴公攜十大獄，
> 令輕重其罪，府君判之得六七，匝月乃不失分寸。嚴公抵掌大笑曰：
> 「吾道西矣。」〔註144〕

除了蔣堅的法家背景之外，由其所轉述之嚴公之語也可窺知當時申韓之學盛

〔註143〕〔清〕袁枚著，周本淳標校：《小倉山房詩文集》，《小倉山房文集》，卷五，
　　　　上海古籍出版社，1988年，1301～1304頁。
〔註144〕〔清〕蔣士銓著，邵海清校，李夢生箋：《忠雅堂集校箋》，《忠雅堂文集》，
　　　　卷七，《先考府君行狀》，上海古籍出版社，1993年，2262頁。

行的狀況。倘浙江及長江地區刑名之士便不下數萬，放之天下其流佈之廣便也不難推知。然而，蔣堅本人並不主張兒子因仍自己申韓名世之路，《行狀》中記述了蔣堅爲心餘行冠禮時的言語，最足見之：

> 夜半寒甚，士銓奉觴請於府君曰：「漢四科取士，明習法令居其一，唐有律學，宋試律令有明法科，兒生二十年矣，未聞命，敢請。」府君喟然曰：「吁！今而後，吾其得死所哉！夫立法明刑，所以救衰亂之起，非以爲治也。故古之聽獄者，皆求人之生，今也反是。鄭昌有言：『鬻棺者欲歲疫，非惡人而殺之，利在人之死也。』我以名法遊天下三十年，每治官書，必惻然求其生，而失之死者猶未免，造物故顚倒而待我殊厚，故行年且七十，猶擁輕裘，對妻子，否則道路死耳，何有汝焉？汝他日苟用於世，但能熟玩呂刑，以郥都十三人爲戒，常存哀矜誠愨之心，行乎五聽三宥之間，汝有後矣。嚴公傳衣，吾其抱空山埋之。」士銓退而識之不敢忘。〔註145〕

也許正是蔣堅的這種以刑名之術施行仁厚之旨的訓導，深刻地影響了蔣士銓的循吏觀，並爲之賦予了超乎常儒的現實針對性，並促發了心餘「但爲循吏死亦足」的強烈用世之心。

二、趨人之難如恐不及的仁義襟懷

除了受到時代和社會的整體影響之外，蔣士銓經世思想的形成，與他本人以天下蒼生爲己任的俠義性格之間也有著密不可分的必然聯繫。在阮元所作的《蔣心餘先生傳》中，「用《國史・儒林傳》集句之法」〔註146〕綜合各家的評論說：

> 士銓長身玉立，眉目郎然，嵌崎磊落，遇忠孝節烈事，輒長歌紀之，淒鏘激楚，使人雪涕。（王昶《詩話》）生平無遺行，志節凜凜，以古丈夫自礪。（金德瑛《忠雅堂詩文集序》）遇不可於意，雖權貴幾微不能容，其胸中非一刻忘世者，趨人之急，若鷙鳥之發，恩鯤寡者又無所靳。（袁枚《蔣君墓誌》、《藏園詩序》）〔註147〕

〔註145〕同上，2274 頁。
〔註146〕〔清〕阮元：《蔣心餘先生傳》，《忠雅堂集校箋》附錄二，上海古籍出版社，1993 年，2492 頁。
〔註147〕同上。

金德瑛、袁枚、王昶等人對於心餘義舉的讚揚，絕非出於師友愛護的粉飾之詞。《清容居士行年錄》及蔣士詮本人和師友的詩文中，對他救助旁人的事迹均廣有記載。可見於《行年錄》之事迹，多發生在蔣士詮南歸之前：

（乾隆）十五年　庚午（1750）　二十六歲

　　餘干章水村秀才甫館西街，酬唱過從甚樂。一日往訪，見壁間詩甚古雅，云是前廣信太守靳大千椿，且詢知太守被劾逮入省，窶甚。予惻然，協水村往詣之。靳身長四尺餘，形貌古醜，前總河靳文襄輔孫也。談論博雅，吟聲鏗若金石。扣其獄，靳憮然曰：「復何言。」固請之，曰：「某迂儒也，由興國牧特蒙恩守此郡，飲冰自勵，懼辱先臣門地。詎前守某者，閩人，習貿易，攜貨若干簏，迫我代售於各令，冀獲數千金，我謝不能，餽四十金爲贐去。而臬司爲其鄉人也，乃造疑相陷，今一過司院，便成信讞。已矣，復何言！」予返館，饋米二石，靳立成十餘韻報謝。明日，予見方伯，力辨其枉，方伯爲心動。又明日，平反，實其二三事，擬流歸旗。後三月，靳得釋，予與同人醵金資以去。

（乾隆）十九年　甲戌（1754）　三十歲

　　十月，告假去。既買舟，有二老友來，一爲崑山夏翁，一爲江寧王翁，皆以有妾，懼凍餒長安，無力南去，向予泣。予乃雙延之於舟而南焉。

（乾隆）二十三年　戊寅（1758）　三十四歲

　　湖州老友沈秀才龍文卒，子北來相訪，乃助以葬貲，並給斧遣之。已未翰林姚天祐故後，次子某不肖，將鬻其女與秦某爲妾，予聞而憤之，鳴於有司，得配某侍御從子。前衛輝某太守之子，行乞於市，予資之衣裘行李，助以白鏹，使之歸。

（乾隆）二十七年　壬午（1762）　三十八歲

　　九月，葬亡友董經曆法熹。〔註148〕

另據袁枚回憶，「甲戌禮闈落第，上命九卿各保一人，涂少司空將薦君（士詮），君讓於孝廉某，以其母老也。有駱生者，負鹽課客死，君連夜作十三箚飛遞

〔註148〕以上引自〔清〕蔣士詮編，〔清〕蔣立仁補編：《清容居士行年錄》，國家圖書
　　　　館館藏，編號：001896878。

嶺南，俾其孤孀扶六櫬歸」〔註149〕。蔣士銓不計私利，見義必爲的性格氣血眾目昭昭。南歸之後，心餘依然秉承了自己急人之難如恐不及的一貫作風。乾隆三十七年（1772），蔣士銓應揚州運使鄭大進之請，主揚州安定書院。期間洪亮吉欲歸里葬母，貧而無計，心餘又慷慨助之，母親鍾氏夫人甚至質羊裘爲亮吉贈行。〔註150〕在這一椿椿、一件件中，我們不難感受到蔣士銓「與人交肝膽披露，趨急闡微如不及」〔註151〕的俠義熱腸。

　　蔣士銓的俠義之舉尚不限於對某些個人的救助，對關涉一方百姓福祉之事，他也是責無旁貸，即使這些事情本非他分內的職責。蔣士銓家鄉在江西的鉛山，在回鉛山掃墓之時，他曾「爲邑人建壩濬渠，以通水利；修佛母嶺塔，以利文風；建棚縣衙，便應試者；請移駐巡檢於西鄉湖坊，警不良者」。〔註152〕尤其是請移駐巡檢西鄉之事，更是從根本上改變了當地的治安狀況，於當地民生大有裨益。蔣氏《移某中丞書》亦曾記載，西鄉地區與福建接壤，遠離縣城，又地處山區，較爲險峻，因此往往成爲流賊乞丐的寓居之處。「捕蒯練總畏眾且強，又貪厥餌，無能制。」〔註153〕在地方吏員的縱容之下，諸丐爲害鄉里，欺壓百姓，無所不爲。蔣士銓感於這種狀況，毅然上書中丞，請求「移郡丞分駐於湖坊街，而西鄉之民乞丐皆有所隸」〔註154〕以安定一方治安，爲百姓謀福。此書上後，當時並未被採納，二十年餘之後，蔣士銓又再次上書，終使巡司由河口鎮移駐湖坊街，西鄉百姓由此乃有所憑藉。此外，蔣氏還曾移書紹興太守張三禮言河道阻絕之弊、箚衢州金華兩地太守言官差沿河道索賂之事。心餘當時已經居京官，在京師與家鄉之間往返之時，沿途

〔註149〕〔清〕袁枚著，周本淳標校：《小倉山房詩文集》，《小倉山房續文集》，卷二五，《翰林院編修候補御史蔣公墓誌銘》，上海古籍出版社，1988年，1698～1701頁。

〔註150〕〔清〕洪亮吉著、劉德全點校：《洪亮吉集》，《附鮚軒詩》，卷第四，《寄鉛山編修蔣士銓》，中華書局，2001年，1978～1979頁。

〔註151〕〔清〕張廷珩修、〔清〕華祝三纂：《鉛山縣志》，卷一五，「人物儒林傳」，「蔣士銓傳」，同治十二年刻本，中國國家圖書館館藏，編號001961466。

〔註152〕〔清〕袁枚著，周本淳標校：《小倉山房詩文集》，小倉山房續文集》，卷二五，《翰林院編修候補御史蔣公墓誌銘》，上海古籍出版社，1988年，1698～1701頁。

〔註153〕〔清〕蔣士銓著，邵海清校，李夢生箋：《忠雅堂集校箋》，忠雅堂文集，卷八，《移某中丞書》，上海古籍出版社，1993年，2312頁。

〔註154〕〔清〕蔣士銓著，邵海清校，李夢生箋：《忠雅堂集校箋》，《忠雅堂文集》，卷八，《移某中丞書》，上海古籍出版社，1993年，2313頁。

惡吏並未難之。但他仍堅持出位言事，懇切致書當地主事官員，希望他們可以掃除積弊，造福一方。倘不是以天下蒼生爲己任，當時居官京師的心餘決不會多此一番周折，干預地方政事。

南歸之後，蔣士銓以一介布衣之身，輾轉求食江浙之間，但他對民生世道發自內心的關懷卻一如既往。乾隆三十五年（1770），蔣士銓主紹興蕺山書院。當地地處沿海，海塘年久失修，存在著很大的安全隱患。爲此心餘特地兩次致書寧紹臺道潘蘭谷，告之「蕭山富家池土堤千百丈，向距海數十里，今海水侵蝕，沙岸偪堤只數里，風潮披猖，一堤如短垣，苟齧而踰之，越州數邑殆矣」的狀況，並親赴海塘勘查，與當地百姓計議應對之策，爲主事者擘劃，希望可以未雨綢繆，防患於未然。在《與寧紹臺道潘蘭谷觀察書恂》中，蔣士銓一腔赤誠，哇而出之：

> 某年四十六矣！不能爲天子守吏，竊尺寸之柄，以瘁其躬，然此拳拳利濟之心，不能與慕富貴之懷同歸淨盡，殆愚者喜於自用之過也。時不可失，人生數十寒暑，食人之祿，爲民具瞻，惟執事審之。〔註155〕

在另一封《再貽觀察書》中，心餘又言曰：

> 某局外迂生，何關疴癢，猥以食越人之粟已五年矣，則視越人如一家焉。爰不以曉曉避嫌，敢再布區區，以辱清聽。劉景木雖耄，視聽不衰。其徒尚有一二人可竭其力。夫越人以此聞之不能再修也久矣，重念其子若孫之爲魚鱉也亦甘心矣。苟得名公之一旦蘇其已死之心，轉其將殆之症，則尸祝執事者，當如何耶？倘以狂言爲謬，請博徵輿情，以窺其欣戚也可。死罪，死罪！〔註156〕

雖然明知事情不是自己一介經師所當管之事，但是考慮到百姓性命繫於一堤，蔣士銓惟知盡心竭力。可惜的是，潘恂未及有所作爲就遷嘉湖道而去。「而七月廿三，颶風作矣，蕭山沿海居民，遂成魚鱉」〔註157〕，面對此情此境，心餘也只能仰天長歎而已矣！

〔註155〕〔清〕蔣士銓著，邵海清校，李夢生箋：《忠雅堂集校箋》，《忠雅堂文集》，卷八，《與寧紹臺道潘蘭谷觀察書恂》，上海古籍出版社，1993年，2319頁。

〔註156〕〔清〕蔣士銓著，邵海清校，李夢生箋：《忠雅堂集校箋》，《忠雅堂文集》，卷八，《再貽觀察書》，上海古籍出版社，1993年，2321頁。

〔註157〕〔清〕蔣士銓著，邵海清校，李夢生箋：《忠雅堂集校箋》，《忠雅堂文集》，卷八，《再貽觀察書》，「自志」，上海古籍出版社，1993年，2321頁。

　　可以說，正是這種以天下蒼生爲己任的仁義襟懷，使得蔣士銓「經世致用」的思想格外眞摯，也正是這種眞摯情感的表達，使得他的劇作格外感人。尤其是在南歸之後，人既微而言遂輕，即便是有著濟物利民的志向與卓越才能，也只能是英雄無用武之地，唯有將自己的一腔熱願寄情詞曲，通過對忠孝義烈之事的讚揚和對「循吏」的呼喚，來表達自己對世道民生的關懷。儘管「經世致用」一直是蔣士銓劇作所表達的重要主題，但在書院劇作中，卻表現得格外殷切，其原因推想起來大概也與此有關。

第二章 情統一切與情理調和——
「性情論」的再思索

　　早在乾隆十九年，蔣士銓就曾在《中州愍烈記題詞》中說：「斯文如女有正色，此語前賢已道之。安肯輕題南、董筆，替人兒女寫相思。」〔註1〕在這首詩中，蔣士銓清晰地表達了自己對於男女之情這類題材的戲曲作品的態度，由此亦可見知蔣氏之於戲曲創作的嚴謹態度。蔣士銓本人很少創作以男女情愛爲主題的劇作，書院時期的所作《香祖樓》傳奇與早年創作《空谷香》是其目前可見的僅有的兩部言情作品。不論是與《空谷香》，還是與同一時期的其他言情作品相比較，《香祖樓》都是極爲獨特的。這不僅是因爲《香祖樓》故事情節的曲折，敘事結構的巧妙，更是由於心餘在這部作品中所表達的「情統一切」的觀念以及他對「情之正者」的訴求。而在另一部《臨川夢》中，蔣氏也借助俞二姑這一「讀曲而死」的人物形象，表達了自己對於湯顯祖這一前輩大師的景仰，並在其中寄寓了自己對於「臨川四夢」，尤其是《牡丹亭》這一言情巨作的看法。在他對杜麗娘這一人物形象的評價中，亦不難窺見他對「情」與「理」的調和態度。

第一節　從《空谷香》到《香祖樓》

　　《空谷香》和《香祖樓》，是蔣士銓一生曲作中少有的以男女情愛爲主題的作品。因爲蔣氏本人在文學創作方面有補於正道的堅持，他極少創作言情作品。但也正是因爲如此，才使得這兩部作品具有了非常特殊的價值。《香祖

〔註 1〕〔清〕蔣士銓著，邵海清校，李夢生箋：《忠雅堂集校箋》，《忠雅堂詩集》，卷四，上海古籍出版社，1993 年，390 頁。

樓》傳奇是心餘戲曲中少有的橫空結撰之作，其中也負載了更多的寄寓，尤堪矚目。蔣士銓著名的「情統一切」的觀念，更是在此劇中得到了最大程度的展現。通過此二劇作，不僅可以獲知蔣士銓前後兩個時期的觀念變化，也可以對其性情觀念有一個更加深入的瞭解。

蔣士銓揚州時期的密友，揚州八怪之一的羅聘，在爲《香祖樓》一劇所作的《論文一則》中以爲：

> 甚矣，《香祖樓》之難於下筆也。前有《空谷香》之夢蘭，而若蘭何以異焉？夢蘭、若蘭同一淑女也，孫虎、李蚓同一繼父也，吳公子、扈將軍同一樊籠也，紅絲、高駕同一介紹也，成君美、裴琬同一故人也，小婦同一短命也，大婦同一賢媛也，使各爲小傳，且難免雷同、瓜李之嫌。況又別撰三十二篇洋洋灑灑之文，必將襲馬爲班，本昀成祁。安能別貴於邕，判優於敖也乎？〔註2〕

恰如羅聘所言，《空谷香》和《香祖樓》存在著很多相類之處，體現在情節、結構、人物性格等等諸多方面。但是，兩者之間的差別也是顯而易見的，這種差異主要體現在作者的命意之上。

在蔣士銓爲《空谷香》傳奇所作的自序中，他曾經談及自己寫作此劇的緣由說：

> 海寧姚氏爲南昌縣令尹顧君瓚園賢姬，事令尹十有四載，乾隆庚午冬誕一子，甫及晬而姬死。時年二十有九。予往弔之。令尹瘠而慟，同人竊有笑之者。令尹獨留予飲。總帳側語姬生平事最詳，凡三易燭，而令尹色沮聲咽，予亦泫然不能去。夫姬以弱女子，未嘗學問，一絲既聘，能爲令尹數數死之，其志卒不見奪，雖烈丈夫可也。方欲爲姬作小傳，越日，晤方伯王宗之先生，語及之，先生曰：「吁！姬其可傳也已。天下事有可風者，與爲俗儒潦倒傳頌，曷若播之愚賤耳目間，尚足觀感勸懲、冀裨風教？」予唯唯。〔註3〕

是由此序可知，《空谷香》傳奇乃是爲南昌令尹顧瓚園之妾姚夢蘭所作。蔣士銓從顧瓚園處瞭解到夢蘭的事迹之後，受其節烈所感，最初計劃爲作一篇傳

〔註2〕〔清〕羅聘：《論文一則》，附於《香祖樓》之前，《蔣士銓戲曲集》，中華書局，1993年，549頁。

〔註3〕〔清〕蔣士銓撰，周妙中點校：《蔣士銓戲曲集》，《空谷香傳奇自序》，中華書局，1993年，434頁。

記文章。後來在方伯王宗之的提議之下，才答應改作傳奇，以茲裨益風化。
在此命意之下，劇中對於姚夢蘭這一形象的塑造，本乎實迹的前提之下，更
側重歌頌「姬之貞魂烈性」〔註4〕。曲家此劇從頭到尾都在歌頌姚夢蘭經歷劫
難卻始終如一的貞烈，這種基調，在第一齣「香生」裏，就借蘭仙被貶下界
之時花神之語奠定：

> 【北石榴花】虧了你豔晶晶一捻小嬋娟，則待把節義荷香肩。你植根
> 儒素，結果名門。中間離合轉移，幸與不幸，正難禁受。出落得枝枝葉葉太
> 牽纏，萍花孤梗逐，柳絮命絲懸。成就你矻錚錚，成就你矻錚錚，柯
> 銅榦鐵無更變。根深蒂固，雪融春轉。結一朵玉靈芝，結一朵玉靈芝，
> 畢罷了神仙眷。那時節重將因果證諸天。〔註5〕

而現實世界的夢蘭，確實用自己的志節和生命捍衛了自己的貞烈：她平日以
「流傳到後世去，叫人知道欽敬他」〔註6〕為自我期許；繼父將她許嫁顧家之
後又改嫁吳良時，「哭暈」、「吐血」乃至「自刎」；終於盼來了顧孝威前來迎
娶，卻又被繼父孫虎百般抵賴，不得已只好再度「自縊」以全節保貞。「節義」
既是此劇之宗旨，亦是劇本結構縮結之關鍵。

　　二十年後，蔣士銓在揚州安定書院時期又創作了《香祖樓》傳奇，其意
旨在「節烈」之外，又增加了更為複雜和厚重的承載。心餘在《香祖樓》自
序中說：

> 或謂藏園主人曰：「子《題愍烈記》云：『安肯輕提南董筆，替
> 人兒女寫相思。』今乃成《轉情關》一編，豈非破綺語之戒、涉欲
> 海之波、踐情塵之迹耶？」主人听然而笑曰：「否，否。風雅首於二
> 南，其閨房式好之詞，巾幗懷人之什，長言而嗟歎之，何為者？蓋
> 得乎情之正者也。惟然，故冠於三百之篇。」或曰：「敢問《香祖樓》
> 情何以為正？」主人曰：「曾氏得《螽斯》之正也，李氏得《小星》
> 之正也，仲子得《關雎》之正者也。發乎情，止乎禮義，聖人弗以
> 為非焉，豈兒女相思之謂耶？」或曰：「敢問兒女相思則何若？」主
> 人曰：「財色所觸，情慾相維，不待父母媒妁之言，意耦神搆，自行

〔註4〕同上，435頁。
〔註5〕〔清〕蔣士銓撰，周妙中點校：《蔣士銓戲曲集》，《空谷香》，中華書局，1993
　　　年，443頁。
〔註6〕同上，451頁。

> 其志，是淫奔之萌蘗也，君子惡焉。」或曰：「然則茲編仍南董之筆
> 歟？」主人曰：「知言哉！」於是以情關正其疆界，使言情者弗敢私
> 越焉。〔註7〕

在此序中，蔣士銓借用明清探討文學觀念時常用的主客問答形式，剖白自己著手創作《香祖樓》並非是對早年「安肯輕提南、董筆，替人兒女寫相思」理念的違背，而是以另一種方式使用自己的「南董之筆」。在蔣氏看來，「發乎情，止乎禮義」的儒家傳統觀念並沒有否定「情」存在的正當性，但也不是所有的男女之情都值得肯定，只有「情之正者」才是應該提倡的，而此「情正」的代表就是仲文及其原配夫人曾氏、姜室李若蘭。在這則序文裏，蔣士銓對「情」的看法，主要是對宋儒「吟詠性情之正」文學觀念的延續。

朱熹在《詩集傳序》中談論《風》時曾言道：

> 吾聞知，凡詩之所謂《風》者，多出於里巷歌謠之作，所謂男
> 女相與詠歌，各言其情也者。惟《周南》、《召南》，親被文王教化以
> 成德，而人皆有以得其性情之正，故其發於言者，樂而不過於淫，
> 哀而不及於傷。是以二篇獨爲風詩之正經。〔註8〕

蔣士銓的《香祖樓自序》，無論問答的形式，還是所傳達的主旨，多有對朱子論《詩》的模仿。如果僅讀過此序文的話，極有可能會認爲《香祖樓》傳奇乃是一部圖解程朱性情論的作品。事實上，蔣士銓在此劇中對「性情」問題做出了自己的探索。

據羅聘記載，蔣士銓曾自言此劇中「若蘭之外，皆不可深考」〔註9〕。後來讀者多有欲爲坐實者，但學界至今對李若蘭其人其事尚無確論。由於不必過多地遵從事實，作者得以放開手腳虛構情節，盡情舒展自己思想的羽翼。因此上，《香祖樓》傳奇也較其他劇作更多地擔荷了作者本人的意志。無論是從蔣士銓戲曲研究的角度出發，還是從分析他文學觀念的方面著眼，《香祖樓》都是一部不可忽視的重要作品。

〔註7〕〔清〕蔣士銓撰，周妙中點校：《蔣士銓戲曲集》，《香祖樓自序》，中華書局，1993年，541頁。

〔註8〕〔宋〕朱熹著，朱傑人，嚴佐之，劉永翔主編：《朱子全書》，《晦庵先生朱文公文集》，卷七十六，《詩集傳序》，上海古籍出版社、安徽教育出版社，2002年，3650～3651頁。

〔註9〕〔清〕羅聘：《論文一則》，原文附於《香祖樓》卷首，《蔣士銓戲曲集》，中華書局，1993年，549頁。

蔣士銓在這部劇作中所表達出的想法，遠遠超出了他在序文中所講到的對曾、李這樣「情之正者」的讚頌。更重要的是，他在這部傳奇中，第一次提出了「情統一切」的觀念。在《香祖樓》的愛情主線之外，蔣士銓通過「情關」所架設的平臺對「情」的來源發出了疑問，並從釋佛的角度爲「情」作出自己的評價：

> 問蒼蒼，情向那邊來？亂紛紛人間恩愛。迷芽穿地出，戀葉接天開，塵緣難諧。守定這一重關，教俺也不明白。〔註10〕

> 天眼旁觀眞無奈，男女團成塊，牽連不肯開。軟玉溫香，更番還債。……知覺禍胎芽，莽乾坤一個煙花寨。〔註11〕

> 花分牝牡樹雌雄，何況聰明智慧蟲。一個圈兒難跳出，人間何處著虛空。……虛空不有，其量無邊。世界無窮，其狀不一。憫三界之擾擾，歎六道之茫茫。既入眾生，合嬰諸苦。酸棗一樹，福薄者摘來，轉覺香甜；毒箭十枝，情癡者射去，尚誇爽快。觀其源始，不離色心，檢其會歸，莫非苦趣。風情即爲害本，愛戀便是禍胎。如線穿珠，線牽珠走；如鏡照影，影過鏡空。莫不孽由緣合，數極災生。唉！誰能以戒生定，以定生慧。大都著淨便縛，著空便迷。〔註12〕

在此基礎上，蔣士銓進一步引入了佛性論來爲「情」的存在與性質進行解釋，他以爲：

> 萬物成形之後，即於本性中自具苦惱。如智者死於多憂，愚者死於多欲；才士遭忌，美人見妒；忠良以介直受誅，雄傑以剛暴見殺；麝死於香，象死於齒；桂叢長蠹，醯甕生雞。莫不美因美而自戕，惡因惡而自毒。

> 【北鳳兒落帶德勝令】苦根芽一點性中來，莽風波各種生時帶。後凋的多受些雪天災，先零的早畢了風霜債。呀，到有時驀地現形骸，到無時兀自留魂魄。鬥知覺墮落陰陽界，逞聰明分填血肉胎。乖也麼乖，捉住了睡鄉中恩和愛，歪也麼歪，撐不起漏天中色與才。〔註13〕

〔註10〕〔清〕蔣士銓撰，周妙中點校：《蔣士銓戲曲集》，《香祖樓》，中華書局，1993年，553頁。
〔註11〕同上，554頁。
〔註12〕同上，553頁。
〔註13〕同上，555頁。

倘如佛家所言，人性之中本具苦惱，則由此種「性」而生發出來的「情」內在地便具有了不善的屬性，也正是因此才會有「各途人榮枯盛衰，各樣境盈虛去來，各種情貪嗔癡愛，盡氣力恣安排，沒把柄盡丟開」〔註14〕的情況產生。至此，蔣士詮的「人性論」與程朱等人所代表的新儒家「人性論」產生了較大分歧。

在第十齣「錄功」中，帝釋再次出場，這一次他宣講的則是蔣士詮對「情」之正變的界定：

　　　　（末）（帝釋）萬物性含於中，情見於外。男女之事，乃情天中一件勾當，大凡五倫百行，皆起於情。有情者，為孝子忠臣、仁人義士；無情者，為亂臣賊子、鄙夫忍人。爾等聽者：

　　　　【混江龍】這情字包羅天地，把三才穿貫總無遺。情光彩是雲霞日月，情慘戚是雨雪風雷。情厚重是泰華崧衡搖不動，情活潑是江淮河海挽難回。情變換是陰陽寒暑，情反覆是治亂安危。情順逆是征誅揖讓，情忠敬是夾輔維持。情剛直是臣工龍比，情友愛是兄弟夷齊。情中倫是顏曾父子，情合式是梁孟夫妻。情結納是綈袍墓劍，情感戴是敝蓋車帷。情之正有堯舜軒羲，情之變〔註15〕有桀辛幽厲。情之正有禹稷皋夔，情之變有廉來蜚羿。更有那蹇叔祁奚、申公伯嚭、轟政要離、汪錡鉏麑、妲己褒姒、呂雉驪姬。數不盡豺聲鳥喙，狐首蛾眉。一半是有情癡，一半是無情鬼。一班兒形骸髮齒，一班兒胎卵毛皮。〔註16〕

雖然心餘仍然引用了傳統儒學有關「性含於中，情見於外」的觀點，但這並沒有影響他本人「情統一切」思想的表達。無論是五倫還是忠孝義烈，都和男女之間的情愛一樣，是蔣士詮「情」概念的組成，雖然他仍然高舉「情之正者」的大纛對「欺君誤國」、「不孝不悌」、「不仁不義」、「寡廉鮮恥」〔註17〕的「情之變者」進行了激烈的批判，以促使觀賞者強化對所謂「有情」的印象，並表

〔註14〕　〔清〕蔣士詮撰，周妙中點校：《蔣士詮戲曲集》，《香祖樓》，中華書局，1993年，556頁。

〔註15〕　「情之變」三字，中華書局《蔣士詮戲曲集》本無，據首都圖書館館藏乾隆江西鉛山刻本《紅雪樓十二種填詞》補。

〔註16〕　〔清〕蔣士詮撰，周妙中點校：《蔣士詮戲曲集》，《香祖樓》，中華書局，1993年，579～580頁。

〔註17〕　詳參〔清〕蔣士詮撰，周妙中點校：《蔣士詮戲曲集》，《香祖樓》，第十齣「錄功」，中華書局，1993年，580～582頁。

現出其一貫的道德意識，但是「情」既有正有變，則「性」中亦不免有善有惡。

　　蔣士銓承襲了「性含於中，情現於外」的說法，但是其觀念中「性」的屬性已經發生了重大變化。在程朱理學居於絕對主導的時代，敢於挑戰「性即理」與「性善」的權威，發表「這情字包羅天地」的見解，仍然在相當程度上體現出了蔣士銓思想的獨立與勇氣之超拔。蔣氏的「性情論」在《香祖樓》最後一齣「情轉」中，得到了地全面展現。帝釋在第一齣中「若求大破情關，必要先除塵劫。更須一物不生，方可萬緣皆滅」〔註18〕的豪言壯語，並不能改變「情」的存在，「色天空，情關擾。斷腸枝旋長旋消。甚泥丸塞得住星兒竅。下場頭黑暗裏，難分曉」〔註19〕的局面並沒有出現什麼變化。心餘在此進一步肯定「情」的正當，以為無論是釋家斷欲之說，還是儒家戒淫之論都存在著一定的問題：

> 只因萬物各具陰陽，遂使二氣遞相交互。由你聖賢端正，閨房以內，難言五欲絕根；笑他尊貴威嚴，枕席之間，同是一絲不掛。看那欲界天中，四位護世天王，各生九十一子；即俺善法堂內，六種光明眷屬，分為九十億家。攜一攜，想一想，看一看，便成歡喜因緣；說一說，抱一抱，笑一笑，難免輪迴煩惱。雖然苦樂殊境，粗妙異容。不該六道區分，三屆定位。既已鑿開二漏，吐納安得不交；何苦判作兩形，凸凹自然相湊。咳！兵刑禮樂，徒勞以此坊民；治亂興亡，大半因之壞事。佛云斷欲絕人道，則後佛不生；聖曰戒淫化育除，則前聖亦斬。〔註20〕

真正合理的做法是通過自我克制，將「情」限制在一定的範圍之內，把控合適的尺度：「但願各修禮讓，人稟孝慈。息放蕩之心，斷怠荒之欲。乃能質齊金石，體固嵩衡，八難不親，九橫長遣也。」〔註21〕可以認為，蔣士銓在此又回歸了儒家的倫理道德觀念，試圖通過帝釋來肯定「情」並提倡「情正」：

> 【朝天子】入關的自饒，出關的最少，但是那有情人都來到。果然把綱常倫紀一肩挑，過關時渾不用交關料。俺這裏則例是天條，監

〔註18〕〔清〕蔣士銓撰，周妙中點校：《蔣士銓戲曲集》，《香祖樓》，中華書局，1993年，557頁。

〔註19〕同上，648頁。

〔註20〕同上。

〔註21〕〔清〕蔣士銓撰，周妙中點校：《蔣士銓戲曲集》，《香祖樓》，中華書局，1993年，651頁。

督是功曹，便巡攔鈔戶也皆公道，抽情絲幾毫，納情田半秒。俺這
本冊兒中，不曾掛一筆無情號。〔註22〕

自《空谷香》至《香祖樓》，蔣士銓經過了二十年的艱辛歷練。雖然在姚
夢蘭和李若蘭的身上，仍然佩戴作者一貫的貞烈標簽，顧孝威和仲文也是一
樣的癡情，但是較之前作，後來者無疑更為成熟、深刻。

從受命而為到主動選擇戲曲來表達自己的觀念，從傳統的兒女情長到肯
定男女之間的正當情感、標舉「情統一切」又堅持「情之正者」，這些都體現
出了曲家本人在思想觀念上的日漸獨立與成熟。而心餘在這段時間的創作欲
望又是如此的熾烈，寒食日完成《香祖樓》之後，同年（乾隆三十九年）三
月，他又完成了自己的另一部傳奇——《臨川夢》，在此劇中，蔣士銓延續了
他對「情」的思索與探尋。

第二節　杜麗娘、小青娘與俞二姑

《臨川夢》是蔣士銓在書院時期的最後一部作品，也是他所有劇作中內
容最豐富、內涵最複雜的一部。雖然作者在談論自己創作此劇的動機時說，
他之所以作此劇是為了改變湯顯祖在人們心目中的詞人形象，還臨川以真實
面目。然而，蔣士銓賦予這部作品的內蘊，遠遠超出了一部傳記式曲作擔
荷。但是，「經師循吏」、「忠孝完人」這些稱謂顯然並不能包攬湯顯祖的全部價值，
無視湯顯祖的曲家身份，絕不是普通的掛萬漏一那麼簡單，蔣士銓顯然也意
識到了這一點。因此，他在重塑湯顯祖「氣節如山搖不動」〔註23〕的形象的
同時，還試圖用「譜夢」、「想夢」、「改夢」、「殉夢」、「寄曲」、「訪夢」、「集
夢」、「說夢」、「了夢」等九齣之規模，來表現湯顯祖的戲曲創作過程和讀者
閱讀「四夢」時的感受。

在這部傳奇中，蔣士銓一方面通過對《牡丹亭》和《紫釵夢》的評論，
賡續了他在《香祖樓》中對「情」的探索；另一方面，他又著力塑造了俞二
姑這個湯義仍的真正知音，試圖一洗長久以來由小青娘這一舞臺形象所引發
的對《牡丹亭》主題的「曲解」，以自己的方式詮釋了「情」的真正內涵。

〔註22〕同上，652頁。
〔註23〕〔清〕蔣士銓撰，周妙中點校：《蔣士銓戲曲集》，《臨川夢》，中華書局，1993
年，218頁。

一、杜麗娘與霍小玉

在《臨川夢》裏，蔣士銓依託對《牡丹亭》和《紫釵記》的評論，進一步闡釋了自己對「情」的看法。他假口湯顯祖夫婦論議杜麗娘、柳夢梅的愛情而有言曰：

> （旦）妙阿！如此言情，真是廣大靈通也。（生取曲本對坐同看。婢下介）
>
> （生）
>
> 【過曲·金絡索】春從想處歸，愛向緣邊起。生自何來，死又因何及？這情絲一線微，受風吹，逗入花叢幽夢裏。尋來覓去渾無迹，病重愁深只自知。難迴避，仗花神老判暗扶持。……
>
> （旦）這柳生一發癡得奇妙哩。
>
> 【前腔】心從好夢依，像自荒原拾。一朵花魂，緊緊跟隨你。這珊珊影漸移。下來遲，叫得他金蠶繞墓飛。這《幽媾》、《冥誓》兩篇，比《驚夢》、《尋夢》時，愈覺纏綿悽楚也。搵得他紅生腮斗春回體，漾得他喜透眉渦暖到臍。綢繆細，約來朝活轉做夫妻。閃屍屍一個魂兒，軟丟丟一個身兒，向泉下偎扶起。
>
> 官人文心之妙，一至於此，只怕沒有這等可意之事唷。（生）娘子，但云理之所必無，不妨情之所或有，管他則甚。〔註24〕

湯顯祖《牡丹亭題詞》有云：

> 天下女子有情，寧有如杜麗娘者乎！夢其人即病，病而彌連，至手畫形容，傳於世而後死。死三年矣，復能溟莫中求得其所夢者而生。如麗娘者，乃可謂有情人耳。情不知所起，一往而深。生者可以死，死可以生。生而不可與死，死而不可復生者，皆非情之至也。夢中之情，何必非真？天下豈少夢中人耶！必因薦枕而成親，待掛冠而爲密者，皆形骸之論也。〔註25〕

蔣士銓在這兩支【金絡索】中，涵括了麗娘因想生夢、因夢生愛、因愛而死、又因愛而生的至情和柳生睹畫思人、見魂生戀的癡情，對湯顯祖劇作的主題把握得十分精準。蔣氏並認爲，《幽媾》、《冥誓》兩齣才是杜柳之情的最高潮：

〔註24〕同上，227 頁。
〔註25〕〔明〕湯顯祖著，徐朔方箋校：《湯顯祖詩文集》，卷三十三，《牡丹亭題詞》，上海古籍出版社，1982 年，1093 頁。

人鬼懸隔之下的深情款款，較之《驚夢》、《尋夢》時的意識世界的歡愛，更
爲悽楚纏綿，也勝過死而復生之後，世俗功利裹挾之下的夫妻情分。即使是
這種至情爲理所不容，「第云理之所必無，安知情之所必有邪」！〔註26〕蔣士
銓的這一見解，可謂深中肯綮的知人之語，不失爲義仍之眞正知音。當然，
心餘對杜麗娘「至情」的肯定，並不代表他由此放棄了自己一貫的名教職責。
在另一齣「改夢」中，他將杜麗娘與霍小玉做了比較，並以爲「霍小玉這妮
子，始以墮釵結緣，終以賣釵成病。比杜麗娘的婚姻，卻是正大光明」〔註27〕，
委婉地表達了自己對杜麗娘行爲的批評。

對於《紫釵記》中的霍小玉，心餘則毫不吝嗇地奉上了他的同情。他感
慨造化弄人，以爲「霍家人賣，恰彼盧家人買。語喃喃向舊婦分離，尾涎涎
趁新婦插戴。恨無情燕釵，恨無情燕釵。不念雕梁巢在，空梁泥壞。病難捱，
只落得悶掩樓中鏡，癡尋夢裏鞋」〔註28〕。同時他也指出，李益應對小玉的
不幸負直接責任，「只有李十郎這廝，最爲可恨！那盧太尉不過偷掌些陞遷降
調之權，那管得離合悲歡之事。苟能拚棄微名，何必定諧佳配」〔註29〕，並
且毫不留情地揭開了李十郎的虛僞面紗：

> 【前腔（金絡索）】官銜才拜，婚姻還再。但低頭宰相威權，全失記
> 夫妻恩愛。是天資忌猜，是天資忌猜，漫把屏風遮蓋。難脫斑犀冤
> 債，辱抹了狀元牌。這般牛馬襟裾貴，說甚風雲月露才。〔註30〕

蔣士銓一針見血地點明，李益所謂的天生多疑，只不過是一種掩人耳目的伎
倆，其人本質上不過是個阿附權貴的名利之徒。對這種無情無義之人，更是
恨不得殺之而後快：「那黃衫客空有俠腸，全無辣手，卻怎的不誅了這負心賊
來也」〔註31〕。

二、小青娘與兪二姑

蔣士銓在《臨川夢》中，對湯氏劇作中的「情」的分析已經非常透徹，

〔註26〕同上。
〔註27〕〔清〕蔣士銓撰，周妙中點校：《蔣士銓戲曲集》，《臨川夢》，中華書局，1993
　　　　年，234 頁。
〔註28〕同上。
〔註29〕同上，234～235 頁。
〔註30〕同上，235 頁。
〔註31〕同上，234～235 頁。

但是他本人顯然並不滿足這種「曲話」式的品評。爲了能夠更好地解讀《牡丹亭》的意外之旨，也爲了更好的表達自己對「情」的見解，蔣氏另別具匠心地在《臨川夢》裏塑造了俞二姑這一閨閣讀者形象。明人沈德符曾在《顧曲雜言》中說「《牡丹亭夢》一出，家傳戶誦，幾令《西廂》減價」〔註32〕，足見《牡丹亭》在當時流傳影響之廣泛。眾多讀者中，「閨閣中多有解人」〔註33〕，俞二娘、內江女子、金鳳鈿、馮小青、商小玲等等女子爲《牡丹亭》所深深打動，聲名達於後世，與原作一起成爲人們無限概歎的源流。在這些義仍的閨閣知己中，最爲人所熟知的當屬小青娘和俞二娘，她們都曾經品讀過《牡丹亭》，最終又都傷心而死的經歷，不僅見諸詩詞小說，也成爲眾多戲曲家筆下的重要角色。

　　在《牡丹亭》的閨閣解人中，小青娘的經歷最爲曲折，也是最爲有名的一個。蔣瑞藻先生考證小青的身世說：

> 女史馮元元，字小青，廣陵人。母爲女塾師。小青自幼嫻習翰墨。年十六，嫁杭州馮生爲妾。生固憒父，妻更悍妒。小青曲意之下，終不懈。後居孤山別業。小青深自斂戢。生妻有戚屬某夫人，才而賢。嘗從小青學奕。憐之，勸他適。小青曰：「吾自命薄，他適何益？」夫人重其行，謂曰：「子信如是，吾不子強。雖然，好自愛。彼或飲食汝，乃更可慮。即旦夕所需，第告我。」相顧泣下。後夫人從宦遠方，小青益復無聊。未幾，感疾卒。自歸生至卒，凡二年。妻取其遺像及所著書，悉焚之。存者惟古詩一，絕句九，詞一。……或謂小青實無其人，蓋拆「情」字爲小青耳。〔註34〕

據說，小青曾夜讀《牡丹亭》，作詩感慨身世曰：「冷雨幽窗不可聽，挑燈閒看《牡丹亭》。人間自有癡於我，豈獨傷心是小青。」〔註35〕雖然小青是否眞有其人很難斷定，但仍有爲數眾多的文人爲小青紅顏薄命的不幸經歷所觸

〔註32〕中國戲曲研究院編校：《中國古典戲曲論著集成·四》，《顧曲雜言》，「填詞名手」，中國戲劇出版社，1959年，206頁。

〔註33〕〔清〕顧姒．《三婦評本牡丹亭跋》，原文見〔清〕吳人輯《三婦評本牡丹亭雜紀》，清道光二十九年吳江沈氏世楷堂刻本，清光緒間重印，國家圖書館館藏，編號002048257。

〔註34〕蔣瑞藻：《小說考證》，續編卷二，「療妒羹第二十」，古典文學出版社，1957年，351～353頁。

〔註35〕蔣瑞藻：《小說考證》，續編卷二，「療妒羹第二十」，古典文學出版社，1957年，351～353頁。

動，將之譜成戲曲，使得小青娘和杜麗娘一樣，在七尺氍毹上獲得了永恒的生命。徐翽的《小青娘情死春波影》、吳炳的《療妒羹》、朱京藩的《小青娘風流院》，來集之《小青娘挑燈閒看牡丹亭》等等劇作俱是由此而來。

　　徐翽的《小青娘情死春波影》「作於明朝天啓己丑年也就是 1625 年，距離湯顯祖 1616 年去世不足十年」〔註36〕，是現存最早的小青娘題材戲曲。此劇不僅敷演了小青由嫁到死的悲劇過程，對她心理的描摹尤爲細膩感人。劇作以「春波影」爲名，主題的重心側重表達對青娘美好年華盡付無情逝水的感歎。評讀《牡丹亭》雖然不是主要情節，但是已經有所展現：

　　　　〔旦倚桌翻書介〕這一卷是《牡丹亭》，咳，杜麗娘煞有情人也！

　　【脫布衫】可意處夢到閒庭，柳枝兒擎得青青，下場頭梅窟裏孤清。

　　又有那湯若士，妙人兒一般點染。費臨川眼稍覷定。

　　　　我道世間只有小青癡得沒要緊，還有個杜麗娘早則恁般也！〔註37〕

《春波影》雜劇中，小青娘羨慕杜麗娘夢情的可意，也憐憫杜女孤清而亡的淒慘。這種調子在吳炳的《療妒羹》中得到了延續和進一步的渲染表現：

　　　　（小旦）《牡丹亭》翻閱已完，再看別種，原來只這幾本舊曲。

　　【長拍】一任你拍斷紅牙，拍斷紅牙，吹酸碧管，可賺得淚絲沾袖？總不如那《牡丹亭》，一聲河滿，便潸然四壁如秋。（又看介）待我當做杜麗娘摹想一回。這是芍藥欄，這是太湖石。呀，夢中人來了也。半晌好迷留，是那般憨愛，那般癆瘦。只見幾陣陰風涼到骨，想又是梅月下俏魂遊。天那！若都許死後自尋佳偶，豈惜留薄命活作羈囚！

　　　　只是他這樣夢，我小青怎不再做一個兒？

　　【短拍】便道今世緣慳，今世緣慳，難道來生信斷，假華胥也不許輕遊？只怕世上沒有柳夢梅，誰似他納采掛墳頭，把畫卷當彩球拋授。若未必情癡絕種，可容我偷識夢中愁。〔註38〕

《療妒羹》「題曲」的動人之處在於，它描摹出了無數女性讀者在閱讀《牡丹

〔註36〕 李祥林：《明清女性接受視野中的〈牡丹亭〉》，東南大學學報，2007 年 9 月。

〔註37〕 〔明〕徐翽，〔明〕卓人月評：《小青娘情死春波影》，第三齣，武進董康誦芬室，民國七年（1918）仿明精刻本，中國國家圖書館館藏，編號002389535。

〔註38〕 〔明〕槃花主人撰、〔明〕鷳鶼子評：《療妒羹記》，古本戲曲叢刊編輯委員會影印北京圖書館藏明末刊本，《古本戲曲叢刊三集》，文學古籍刊行社，1957年。

亭》時內心的聲音──一方面，她們對愛情的渴望在杜麗娘的身上得到了某種滿足，而另一方面，殘酷的現實又將她們的迷夢無情擊碎，使她們陷入更加絕望的傷心漩渦。蘭心蕙質卻被妒忌、被拋棄，小青的不幸也是那個時候眾多女性的不幸。

明末清初，蕭山人來集之再作《小青娘挑燈閒看牡丹亭》一劇，如果說吳炳劇中小青娘讀曲時觸動了她對夢中情緣豔羨，與對柳夢梅這樣的愛人的渴慕的話，來集之劇中小青娘的感慨則更為複雜：

〔看介〕呀，你看生生死死，一靈不滅，花花草草，萬種閒情。天下有情人，盡解相思死。我只道小青之後，再無小青，卻爭知小青之前，又有一個麗娘。麗娘，我怎生及你一些些。你則為柳和梅兩字，便輕輕斷送了花容，誰似我孤山梅枝數百，蘇堤柳煙千株也。〔唱〕

【十二紅】〔山坡羊〕他柳絲兒把寸腸孤弔，我滿長堤綠楊縈繞。他梅花樹下悄待知音，我盼梅花盼個人年少。〔五更轉〕他牡丹亭三二月花枝照，我南樓元夜燈花爆。他圖個夢兒裏姻緣，我圖個畫兒中笑。還是他相兒生的天然的好，怎便自己能描會脫。〔園林好〕他俊天生一筆勾描，我兩三番改換霜毫。他這一幅美人圖，好不便宜了他。〔江兒水〕他拾翠人端詳畫稿，我翰墨春容有心情無人喚叫。〔玉交枝〕他好逑窈窕，為詩云春心自挑，我新詞解廣關關鳥，誰和我月下推敲。〔五供養〕他做夢抵千金一覺，又做鬼風流夜闌人悄。我蓮香空有帶，梅信若為捎？怎比他太湖一靠！〔好姐姐〕他女教受腐儒煩惱，我伴個太學生憨跳嚎嘈。〔玉山供〕他淘生死裏掙破天荒雲老，我未死人翻寂寞夜迢迢，想夜臺中滋味先打遨。〔鮑老催〕他有春香賊牢，伴深閨拾花弄騷，我清清獨自擁鮫綃。〔川撥棹〕他到底呵，受狀元封誥，我倚憨生博甚花翹。我似他，情兒深海闊山遙。他不似我，命兒乖石爛山焦。〔前腔〕他千萬留戀，我一味拋。他戀得呵，死續鸞膠。我拋的呵，活鎖鸞牢。他杜陵花落了還開，我春波影流去只今朝。〔僥僥令〕他柳生向紙上叫，若十向筆下描，我小青剪燭臨風淒不了。這的是各種情根共發苗。〔註39〕

儘管來集之筆下的小青娘，很大程度上成為了來氏自身情懷的寄託，但是《挑

〔註39〕〔明〕來集之：《小青娘挑燈閒看牡丹房》，來氏倘湖小築，清初刻本，中國國學圖書館館藏編號 12415。

燈》一劇，卻比吳炳更深一層地揭露出了小青悲劇的殘酷。比起小青這樣的女子，文學世界裏的杜麗娘，無疑是幸福和幸運的。她有春香、有父母、有教授、有臆想世界裏的愛情，死後又得以在文學的世界裏復生，達成了所有的心願，並獲得了永恒的生命。

與小青娘相較，俞二娘的讀曲而亡，似乎沒有那麼多的枝葉。而且與小青身世的傳奇性不同，婁江俞二實有其人。湯顯祖《哭婁江女子二首有序》說：

　　　吳士張元長許子洽前來言，婁江女子俞二娘秀慧能文詞，未有所適。酷嗜《牡丹亭》傳奇，蠅頭細字，批註其側。幽思苦韻，有傷於本詞者。十七惋憤而終。元長得其別本寄謝耳伯，來示傷之。因憶周明行中丞言，向婁江王相國家勸駕，出家樂演此。相國曰：「吾老年人，近頗爲此曲惆悵！」

　　　畫燭搖金閣，眞珠泣繡簾。如何傷此曲，偏只在婁江。

　　　何自爲情死？悲傷自有神。一時文字業，天下有心人。〔註40〕

張元長即義仍友人張大復，在其《梅花草堂集》中，對俞娘之事也有記述，但在張文中，俞娘行三，而非行二。但無論誰人之言爲確鑿，俞娘的存在是勿庸置疑的。另外，在明人所作的《春波影》和《風流院》中，也都曾對俞二娘的事迹有所記述，但是在這些劇作中，俞二娘更多地是作爲小青娘的陪襯，或者說，她的出現主要起到了一種暗示性的作用，暗示著小青娘最終的悲劇結局。

應該說，俞二娘的形象眞正變得豐滿，是在蔣士銓的《臨川夢》傳奇中。蔣氏《臨川夢自序》說，「獨惜婁江女子，爲公而死，其識力過於當時執政遠矣。特兼寫之，以爲醉夢者愧焉」〔註41〕，自言兼寫俞娘的目的在於表彰其識力過人。但在這個人物身上，同樣寄託了蔣士銓對於「情」的思索。另外，倘從戲曲寫作的角度而言，相對於在受眾心中已經定型的小青，俞二娘無疑具有著更高的可塑性：一方面，她的眞實性與《臨川夢》的紀實性非常契合；另一方面，蔣士銓也可以通過這個塑造空間較大的人物，自由地表達自己對於湯顯祖、《牡丹亭》以及對「情」的見解。

俞二姑在《臨川夢》中的出場是從讀曲開始的，但與小青們不同的是，

〔註40〕　〔明〕湯顯祖著，徐朔方箋校：《湯顯祖詩文集》，卷十六，《哭婁江女子二首有序》，上海古籍出版社，1982年，654～655頁。

〔註41〕　〔清〕蔣士銓撰，周妙中點校：《蔣士銓戲曲集》，《臨川夢自序》，中華書局，1993年，210頁。

她在《牡丹亭》中看到的是不同的意義：

> 奴家俞氏，小名二姑，蘇州婁江人也。年方十七。不幸雙親早逝，孤苦
> 伶仃，依了一個養娘，讀書度日。前日購得《牡丹亭》曲本，乃是江西湯顯祖
> 所著。看他文字之中，意旨之外，情絲結網，恨淚成河。我想此君胸次，必有
> 萬分感歎，各種傷懷。乃以美人香草，寄託幽情。所謂嘻笑怒罵皆是微詞。咳，
> 非我佳人，莫之能解。湯君哪湯君，你有這等性情了悟，豈是雕蟲篆刻之筆。
> 世上那些蠢才，看了此曲，不以爲淫，必譏其豔。說你不過是一個詞章之士，
> 何異癡人說夢。那裡曉得你的文章，都是《國風》《小雅》之變相來喲。
>
> 【梁州新郎】春雲無著，微風舒卷，搖曳文心幽情。發揮奇妙，中
> 藏萬古情天。是你參尋知覺，打破虛空，筆下開生面。笑他蠶兒求
> 配偶，蟻兒旋，都向聲聞結幻緣。咳，但不識湯君是古人還是個今人？
> 令我有生不同時之歎。男女慕，人天願。無端夢魂隨君顫，何必做柳
> 郎眷。〔註42〕

透過《牡丹亭》，俞二姑看到的是作者湯顯祖的志節情操與胸懷。她欣賞的是
湯顯祖的文心妙筆，認爲《牡丹亭》並非宣淫之作，而是和《國風》、《小雅》
一樣，是作者以香草美人之筆，抒發自己幽思的文學作品。和小青們不同，
她並不渴望遇到柳夢梅那樣的愛人，打動她心懷的是戲曲家湯顯祖。她肯定
杜柳二人的情感，以爲「即以事迹而論，這杜麗娘，畢竟是癡人，方才生出
種種情境來」〔註43〕，「朝同坐，夕共眠。成人後，情更顛。還記得春蠶死後
吐絲纏，辭了地，瞞過天。脫鬼趣，想夫憐。說甚的天公不老月難圓，只要
寸心堅」〔註44〕，但她對杜麗娘的行爲又有所不滿：「他一不合銀鈎寫錦字松
煙，二不合關雎詠鄭注毛箋，三不合菱花照榮光自憐，四不合歡無人瞧見，
說春風誤了嬋娟」〔註45〕，對杜女還魂之後，督促丈夫進京趕考、謀取功名
更是頗爲不屑，「可笑那杜麗娘呵，識見淺，要夫婿宮花雙顫，險些兒被桃條
打散夢中緣。」〔註46〕在俞二姑眼裏，《牡丹亭》眞正值得贊許的原因，就在

〔註42〕　〔清〕蔣士銓撰，周妙中點校：《蔣士銓戲曲集》，《臨川夢》，中華書局，1993
　　　　年，230 頁。
〔註43〕　〔清〕蔣士銓撰，周妙中點校：《蔣士銓戲曲集》，《臨川夢》，中華書局，1993
　　　　年，230 頁。
〔註44〕　同上，231 頁。
〔註45〕　同上，229～230 頁。
〔註46〕　同上，232 頁。

於其中深藏的作者湯顯祖本人的性情與氣節，她以爲：

> 大凡人之性情氣節，文字中再掩不住。我看這本詞曲，雖是他遊戲之文，然其中感慨激昂，是一個有血性的丈夫。他寫杜女癡情，至死不變，正是藉以自況。〔註47〕

蔣士銓以爲，俞二姑之所以會因爲《牡丹亭》而死去，既不是因爲羨慕杜麗娘，也不是因爲愛慕柳夢梅。只有她眞正讀懂了《牡丹亭》的意外之旨，看到了湯顯祖詞人之外的胸襟與抱負。「殉夢」一齣裏，俞二姑死前抱曲的痛哭與慨歎，最集中地表達了心餘在這一人物身上的寄寓：

【巫山十二峰】〔三仙橋〕落紅霏霏成陣，亂年光才一瞬。便國色天香，料無人第品。〔白練序〕花信到幾分？算人與花枝作後身，都成恨。怕催粧雨急，卸粧風緊。（老旦）那杜小姐之病是向夢中起的，你又不曾夢見湯爺，卻是爲何？（小旦）我原不曾有病，那得有夢。那湯先生是一個奇男子，他豈肯容易入人夢中。我一個蓬門孤女，又豈敢容易夢見他來哟。〔醉太平〕評論，心兒自忖，笑蟲蟲蟻蟻才子佳人。沾泥漬水，低微煞暮雨朝雲。（老旦）如此說，二姑是不曾有病的了。（小旦）我怎麼沒病？（老旦）請問是什麼病呢？（小旦）含顰，〔普天樂〕眉峰翠壓心頭悶，一點眞愁難藏隱。也非關氣候寒溫，又何辭容顏瘦損。這精靈由他轉風輪。（老旦）這本《牡丹亭》畢竟如何作怪，把你害得如此？（小旦）咳！養娘，這是他自寫情懷之作，何曾有什麼杜小姐。若那柳郎君，不過一個貪名好色之人。雖極力寫他，卻是極力罵他呢。〔犯胡兵〕求名看寶無身分，秋風一棍。縱然帽壓宮花，被桃條敲的狠。至於遇鬼開墳，無非可發一笑。〔香遍滿〕甚河東舊族，倚他王叔文。貪著個鬼嬋娟，畢竟把東床認。（老旦）如此說，你爲甚吟哦圈點，不忍釋手哩。（小旦）養娘，此中會心，如何與你說得明白。〔鎖寒窗〕歎天生這個湯君，但把文章泣鬼神。讓和戎總制，報信黃門。〔劉潑帽〕憐他代管閻羅印，喜又嗔，把燕和鶯都安頓。咳，世無湯君，生我何爲；世有湯君，我生何樂。（抱書本哭介）〔三換頭〕茫茫大千，恁般方寸。憑誰慰藉，只形骸自親。（老旦）那湯爺已非年少，聞他兒女成行，即令你得見他，難道可以屈居副室麼？（小旦笑介）養娘說出這等癡話來，男女雖則異形，性天豈有分別。

〔註47〕 〔清〕蔣士銓撰，周妙中點校：《蔣士銓戲曲集》，《臨川夢》，中華書局，1993年，232頁。

人生所貴，相知者此心耳。古人云「得一知己，死不可恨」，何必定成眷屬乎？此事何須相溷，這其間只是我不合來塗脂傅粉。我死後，你託張、許二位相公，將我手批這個曲本，千萬寄與那湯老爺，不可錯誤。〔賀新郎〕怕官人也為我心傷盡，權當寫文簫韻。〔節節高〕這硃痕，共墨迹，漬啼痕，是兒家短命銷魂本。前世因，今生運，好心疼，人遠天涯近。（苦暈介）

（老旦）呀！不好了，二姑醒來，快醒來。我扶你床上睡去。（小旦醒介）養娘，咳！我魂銷不盡，你謾溫存，不願乞還魂。〔註48〕

俞二姑不屑世俗男女糾合肉體的情慾，在她看來所謂河東舊族之後的柳夢梅不過是個貪名好色，到處打秋風的無聊文棍。真正能打動她那顆高傲的心的是《牡丹亭》的作者湯顯祖，他的才情、他的氣節，讓她產生了強烈的共鳴，並深陷其中難以自拔。這種精神上的知音之感，雖然給她帶來了無限的慰藉甚至愉悅，以至讓她發出「世無湯君，我生何為」的慨歎，但是她所渴望的那種靈魂上相互平等與尊重，在當時的社會是沒有可能實現的。因此，湯顯祖的存在也更深地刺痛了她的心，因為她只能在對知音的渴望中形影相弔，孤淒寂寞而已，所謂「世有湯君，我生何樂」，其中的悲痛可謂銘心刻骨。然而即便如此，俞二姑仍然願意不求回報地付出自己的情感，直至生命消逝。她無怨無悔地以生命的為代價為「情」字作出的注解，遠遠逾越了小青們對柳夢梅的渴望。

雖然就情感付出的意義而言，無所謂孰多孰少、孰深孰淺，但從人之所以為人的精神角度來看，俞二姑對「情」的理解顯然更加深邃。蔣士銓在「寄曲」一齣中曾慨歎道：「錮南山，不銷磨的情塊。剪孤雲，沒黏連的情態。吐情絲，苦淒淒的自纏，陷情坑，白辣辣的將他害」〔註49〕，雖然他並不願意看到俞二姑的悲劇結局，但心餘也認為「人間只有情難盡，他情外生情特認真」〔註50〕，把俞二姑之死當作是情至之必然。因此，在俞二姑死後，心餘又安排了「訪夢」和「了夢」二齣，不但讓她獲得「永脫輪迴，任憑遊戲」〔註51〕的彼岸自由，還讓她的鬼魂得與湯顯祖相見，了卻了她的塵世夙願，借由神道設教，表達了自己對俞二姑的禮讚。

〔註48〕〔清〕蔣士銓撰，周妙中點校：《蔣士銓戲曲集》，《臨川夢》，中華書局，1993年，249～251頁。
〔註49〕同上，264頁。
〔註50〕同上，251頁。
〔註51〕同上，268頁。

以捍衛道德倫理爲己任的人，未必不懂得什麼是眞正的「情」與「愛」。相反，他們的情感可能更爲細膩，也更加深宏博大。通過俞二姑這一形象，蔣士銓傳達了他對湯顯祖氣節的肯定和他本人對男女情愛的理解。在他看來，眞正的「情」是基於平等之上的內心深處的交流，而僅僅不是由生理所促發的肉體欲望，這種「情」的範圍，也不應該局限在男女之間的層面。在《臨川夢》裏，心餘復借湯顯祖之口，更進一步地宣揚自己「情統一切」的觀念：

> 【前腔（金絡索）】情將萬物羈，情把三塗繫。《小雅》《離騷》結就情天地。娘子，這麗娘與柳生，是夫妻愛戀之情。那杜老與夫人，是兒女哀痛之情。就是腐儒、石姑亦有趨炎附勢之情。推而至於盜賊、蟲蟻，無不各具有貪嗔癡愛之情。惟有忠臣孝子、義夫節婦，能得其情之正耳。人苟無情，盜賊、禽獸之不若，雖生猶死。富貴壽考，曾何足云。是生來覺與知，共迷癡，認不出鬼做人身人做鬼。那一邊兵戈擾攘加官職，這一搭雲雨荒唐怕別離。難收拾，有誰能參透箭鋒機。娘子，我這一本《牡丹亭》呵，幾年間撥盡寒灰，吸盡空杯，成一串鮫人淚。〔註52〕

蔣士銓以爲，「情」統納天地萬物，《牡丹亭》和《小雅》、《離騷》一樣，都是言情的代表。「情」不僅限於夫妻愛戀之情，兒女哀痛、趨炎附勢、貪嗔癡愛都是「情」。「情」雖然兼有善惡兩種性質，但只有「忠孝節義」這樣的倫理道德才是眞正提倡的。「有情」是人之所以爲人的基本屬性，無情之人只是行尸走肉，雖然活著卻還不如死去。

羅聘在評價蔣士銓劇作時曾以爲：

> 玉茗先生寫杜女離魂若彼矣，作者偏不畏其難，而一再攖其鋒、犯其壘，弗以爲苦。寫夢蘭之死，則達也；寫俞娃之死，則戀也；寫若蘭之死，則恨也。皆非若麗娘死於情慾之感。而立言之旨，動關風化，較彼導欲宣淫之作，又何其婉而多風，嚴而有體也耶。〔註53〕

羅聘此言不僅分析了姚夢蘭、俞二姑、李若蘭各自之「情」的特色，也點明了蔣士銓言情的旨趣。肯定情又限制情，可以說是心餘「性情觀」的主要特

〔註52〕 〔清〕蔣士銓撰，周妙中點校：《蔣士銓戲曲集》，《臨川夢》，中華書局，1993年，227～228頁。

〔註53〕 〔清〕羅聘：《論文一則》，附於《蔣士銓戲曲集》，《香祖樓》之前，中華書局，1993年，549～550頁。

色。從《空谷香》到《香祖樓》，再到《臨川夢》，我們不難看到其觀念的日趨成熟與深刻。

第三節　「情統一切」與「情之正者」

在蔣士銓「情統一切」的觀念中，有著某種要在「情」與「理」之間進行調和的企圖。尊理未必需要滅情，因為人的社會屬性就已經決定了「情」之存在與影響是無法滅除的。但過分耽溺於一己之情感，或者是以「情」的必然性為理由放縱自己、妨害他人，勢必會給整個社會造成困擾。在「情」和「理」之間制定某種「度」的限制，個體自由與集體道德兩重兼取，則是蔣士銓就這一問題提出的解決方法。一方面，他肯定「情」存在的正當性，公然反對「滅人欲，存天理」；另一方面，他又肯定了宋儒以「情之正者」來對「情」加以限制的觀點，使之不至流於放縱。

蔣士銓之前，倡言情之正大者，代不乏人。心餘推重的湯顯祖，作為明末「主情說」的倡導者，就曾高舉「情」的大旗。湯顯祖《耳伯麻姑遊詩序》以為：「世總為情，情生詩歌，而行於神。天下之聲音笑貌大小生死，不出乎是。」〔註54〕由於《牡丹亭》對後世的深遠影響，人們往往誤解若士之「情」僅止於男女情愛，但事實並非如此。在湯氏那篇著名的《宜黃縣戲神清源師廟記》中，不僅可以瞭解到他的戲曲觀，也可以窺見其「主情說」中「情」之範圍的寬宏：

> 人生而有情。思歡怒愁，感於幽微，流乎嘯歌，形諸搖動。或一往而盡，或積日而不能自休。……可以合君臣之節，可以浹父子之恩，可以增長幼之睦，可以動夫婦之歡，可以發賓友之儀，可以釋怨毒之結，可以已愁憤之疾，可以渾庸鄙之好。然則斯道也，孝子以事其親，敬長而娛死；仁人以此奉其尊，享帝而事鬼；老者以此終，少者以此長。外戶可以不閉，嗜欲可以少營。人有此聲，家有此道，疫癘不作，天下和平。豈非以人情之大寶，為名教之至樂也哉。〔註55〕

〔註54〕〔明〕湯顯祖著，徐朔方箋校：《湯顯祖詩文集》，卷三十一，《耳伯麻姑遊詩序》，上海古籍出版社，1982年，1050頁。

〔註55〕〔明〕湯顯祖著，徐朔方箋校：《湯顯祖詩文集》，卷三十四，《宜黃縣戲神清源師廟記》，上海古籍出版社，1982年，1268頁。

兒女情長固然是義仍之「情」中不可或缺的組成部分，但是忠、孝、仁、義也是他所關注的重點。值得深思之處還在於，湯顯祖本人也有著融合儒釋道三家的傾向。《四夢》之中，《紫釵》、《牡丹》言情，《南柯》談佛，《邯鄲》論道，但是湯顯祖並未以釋家之滅情，道家之無情來否定「情」存在的正當。在《寄達觀》中他說：

> 情有者理必無，理有者情必無。眞是一刀兩斷語。使我奉教以來，神氣頓王。諦視久之，並理亦無，世界身器，且奈之何。以達觀而有癡人之疑，瘋鬼之困，況在區區，大細都無區別趣。……邇來情事，達師應憐我。白太傅蘇長公終是爲情使耳。〔註56〕

信中義仍首先訴說了自己在達觀啓發之下研習佛法的感受，但同時他又十分委婉的指出，即使進一步覷破「理」之虛空，也無法改變世界和個人都客觀存在的存在現實。加之自己天資不若達觀，難以超脫情事，因此自己修佛卻也只能像白居易和蘇軾一樣難以擺脫爲情驅使的狀態。蔣士銓不僅對湯氏一生的行事遭際頗爲熟悉，對義仍「主情」的思想觀念及其文學作品和文學觀念的把握也相當精準到位，因此，可以認爲心餘「情統一切」思想的形成是受到了湯顯祖的某些影響，蔣士銓之言情與義仍之言情是存在交集的。

　　雖然清初以還的尊朱反王，使得其時主情的聲浪大減，但是在蔣士銓所處的雍乾時期，蔣氏重情的聲音並不孤獨。蔣士銓的好友袁枚，就是其中風頭最勁的一個。《書復性書後》一文，是隨園「性情論」的精髓所在，他的主情觀念在此文中表現得最爲淋漓盡致，姑取此文重要部分引列於下：

> 唐李翱闢佛者也，其《復性書》尊性而黜情，已陰染佛氏而不覺，不可不辨。夫性體也，情用也。性不可見，於情而見之。見孺子入井惻然，此情也，於以見性之仁。呼爾而與，乞人不屑，此情也，於以見性之義。善復性者，不於空冥處治性，而於發見處求情。孔子之能近取譬，孟子之擴充四端，皆即情以求性也。使無惻隱羞惡之情，則性中之仁義，茫乎若迷，而何性之可復乎？孟子曰：「乃若其情，則可以爲善。」《記》曰「人情以爲田。」《大學》曰：「無情者不得盡其辭。」古聖賢未有尊性而黜情者。喜、怒、哀、樂、愛、惡、欲，此七者，聖人之所同也。惟其同，故所欲與聚，所惡

〔註56〕　〔明〕湯顯祖著，徐朔方箋校：《湯顯祖詩文集》，卷四十五，《寄達觀》，上海古籍出版社，1982年，1268頁。

勿施，而王道立焉。己欲立立人，己欲達達人，而仁人稱焉。習之以有是七者故情昏，情昏則性匿，勢必割愛絕欲，而遊於空。此佛氏剪除六賊之說也，非君子之言也。

　　孔子曰：「性相近，習相遠。」繼之曰：「上智下愚不移。」性有上中下之分，斯情亦有上中下之別。見舟車焉，賢者曰可以濟人，其次曰可以遊息，不肖者曰可乘以作賊。見美色焉，賢者曰勿使怨曠，其次曰勿惑爲戒，不肖者曰吾昵之而且黷以取利。其情之動而不同者，皆以其性之昏明高下而流露者也。情何累性之有？

　　且「夫子之言性與天道不可得聞」，夫子之情，則無行不與矣。弗狃召則喜，館人亡則悲，論戰則懼，聽韶則樂，思周公則夢，終其身循環於喜、怒、哀、懼、愛、惡、欲而不已也。堯舉十六相，未必非喜；舜除四凶，未必非怒。喜怒不必爲堯舜諱也。……文王赫斯，顏淵不遷，子路聞之則喜，皆喜怒也。後世惟晉惠帝流乃無喜無怒，童然若初生之犢，其性學之深，果賢於堯、舜、文王、顏淵、子路乎？孟子曰：「我四十不動心。」言當大任而不懼，即齊王反掌之意，翱誤認爲堅忍虛寂，則亦北宮黝、告子而已矣，奚稱爲孟子！〔註57〕

此文以宋明理學先導之一的唐代李翱的《復性書》爲對象，首段開宗名義，揭露李翱尊性黜情之說並非儒家的觀念，而是受到了佛家滅情理論的影響；隨後標舉先秦儒學諸家的觀點來支持自己「即情見性」的觀點；進而從「性體情用」的角度，分析「即情見性」的可能性；第三段中又以例證之法，試圖通過對比來表明有情者未必非聖，無情者未必爲賢。袁枚的這篇文章，向被研究者當作是袁氏本人性靈文學觀念的重要表徵，然而袁枚的觀點並非無源之水，即使他曾經宣稱自己「孔鄭門前不掉頭，程朱席上懶勾留」〔註58〕，但是他這篇文章中所有論點均是濫觴於朱熹，卻也是事實。

　　《禮記・禮運》篇以爲：

　　　　何謂人情？喜、怒、哀、樂、愛、惡、欲，七者弗學而能。何

〔註57〕〔清〕袁枚著，周本淳標校：《小倉山房詩文集》，《小倉山房文集》，卷二十三，上海古籍出版社，1988 年，1640～1642 頁。

〔註58〕〔清〕袁枚著，周本淳標校：《小倉山房詩文集》，《小倉山房詩集》，卷三十三，上海古籍出版社，1988 年，933 頁。

謂人義？父慈、子孝、兄良、弟悌、夫義、婦聽、長惠、幼順、君仁、臣忠，十者謂之人義。講信修睦，謂之人利，爭奪相殺，謂之人患。故聖人之所以治七情，修十義，講信修睦，尚辭讓，去爭奪，捨禮何以治之？飲食男女，人之大欲存焉。死亡貧苦，人之大惡存焉。故欲惡者，心之大端也。人藏其心，不可測度也。美惡皆在其心，不見其色也。欲一以窮之，捨禮何以哉！〔註59〕

朱子雖然贊同二程「存天理，滅人欲」，但是他本人卻基本上延續了《禮記》中「治情」的思路，並不支持滅情的說法。他曾批判李翱的「滅情復性」說：「情本不是不好底。李翱滅情之論，乃釋老之言。程子『情其性，性其情』之說，亦非全說情不好」〔註60〕，「李翱復性則是，云『滅情以復性』則非。情如何可滅」〔註61〕，並以為「性故天下之大本，而情亦天下之達道也，二者不能相無」〔註62〕。因此，朱子「性情論」標舉「伊川『性即理也』，橫渠『心統性情』二句，顛撲不破」〔註63〕，明確地以張載「心統性情」說補充程伊川「性即理」說法，並進一步闡釋說：「蓋心便是包得那性情，性是體，情是用。」〔註64〕朱子對「情」之持秉，由以上言論可見一斑。或可認為，朱子「性情論」雖不主情，卻也肯定「情」的客觀存在。

朱子本人雖未明確提出「即情見性」的說法，在他的語錄和文集中絕對不乏類似的見解：

> 有這性，便發出這情；因這情，便見得這性。因今日有這情，便見得本來有這性。〔註65〕

> 性不可言。所以言性善者，只看他惻隱、辭遜四端之善則可以見其性之善，如見水流之清，則知源頭必清矣。四端，情也，性則

〔註59〕〔漢〕鄭玄注，〔唐〕孔穎達疏：《禮記正義》，卷二十二，「禮運」，北京大學出版社標點本，1999年，689頁。

〔註60〕〔宋〕黎靖德編，王星賢點校：《朱子語類》，卷第五十九，「孟子九·告子上」，中華書局，1986年，1381頁。

〔註61〕同上。

〔註62〕〔宋〕朱熹著，朱傑人，嚴佐之，劉永翔主編：《朱子全書》，《晦庵先生朱文公文集》，卷七十三，《鬍子知言疑義》，上海古籍出版社，安徽教育出版社，2002年，3556頁。

〔註63〕〔宋〕黎靖德編，王星賢點校：《朱子語類》，卷第五，「性理二」，中華書局，1986年，93頁。

〔註64〕同上，91頁。

〔註65〕同上，89頁。

理也。發者，情也，其本則性也，如見影知形之意。〔註66〕

　　然四端之未發也，所謂渾然全體，無聲臭之可言，無形象之可見，何以知其粲然有條如此？蓋是理之可驗，乃仍就他處驗得。凡物必有本根，性之理雖無形，而端的之發最可驗，故由其惻隱所以必知其有仁，由其羞惡所以必知其有義，由其恭敬所以必知其有禮，由其是非必知其有智。使其本無是理於內，則何以有是端於外？由其有是端於外，所以知其必有是理於內而不可誣也。故孟子言「乃若有情，則可以爲善矣，乃所謂善也」，是則孟子之言性善，蓋亦溯其情而知逆知之耳。〔註67〕

朱熹「見影知形」、「溯其情而逆知其性」均是「即性見情」之意。袁氏《書復性書後》最大的貢獻，並不是其有「發前人所未發」的獨到見解，而在於他梳理集納了朱子「性情論」的主要觀念，並加以例證，以之作爲自己主情的支撐。

　　然而朱子雖然肯定了情，但他對「情」有可能引發的問題，也有著十分透徹的認識，因此他更強調「性即理」，對「欲」向來更是口誅筆伐：

　　　然人有是身，則有耳、目、鼻、口、四肢之欲，而或不能無害夫？人既不仁，則其所以滅天理而窮人欲者，將益無所不至。此君子之學所以汲汲於求仁，而求仁之要，亦曰去其所以害仁而已。蓋非禮而視，人欲之害仁也；非禮而聽，人欲之害仁也；非禮而言且動焉，人欲之害仁也。知人欲之所以害仁者是，於是乎有以拔其本，塞其源克之，克之而又克之，以至於一旦豁然。欲盡而理純，則其胸中所存者，豈不粹然天地生物之心，而藹然其若春陽之溫哉！〔註68〕

在詮釋《中庸》「喜怒哀樂之未發，謂之中。發而皆中節，謂之和。中也者，天下之大本也；和也者，天下之達道也」時，朱熹曰：

〔註66〕同上。

〔註67〕〔宋〕朱熹著，朱傑人，嚴佐之，劉永翔主編：《朱子全書》，《晦庵先生朱文公文集》，卷五十八，《答陳器之問〈玉山講義〉》，上海古籍出版社、安徽教育出版社，2002年，2778～2780頁。

〔註68〕〔宋〕朱熹著，朱傑人，嚴佐之，劉永翔主編：《朱子全書》，《晦庵先生朱文公文集》，卷七十七，《克齋記》，上海古籍出版社，安徽教育出版社，2002年，3709～3710頁。

> 喜怒哀樂，情也。其未發，則性也，無所偏倚，故謂之中。發
> 皆中節，情之正也，無所乖戾，故謂之和。大本者，天命之性，天
> 下之理皆由此出，道之體也。達道者，循性之謂，天下古今之所共
> 由，道之用也。此言性情之德，以明道之不可離之意。〔註69〕

這段話，是朱子性情思想的核心性表述之一，也可以說蔣士詮「情正」觀念的策源之處。但是，蔣氏「情統一切」的觀念，明顯出離了程朱理學的範疇。在釋家人性論的啟發之下，他緣情返溯，對「性」本質屬性進重新行了思索。

歷史上，朱熹的「心統性情」以「性善」作為其性情思想的核心觀點，並在此基礎上提出了他的道德倫理主張和踐履修為方法。但是這種絕對「性善」理論實際上自其構建的過程中便存在著先天的不足，其存在的主要問題在於：它無法為現實中確實存在著的種種不善作出毫無漏洞的解釋。也就是說，他們都必須對「善根如何結出惡果」給出一個說法。針對於此，朱子不僅發展了張載「心統性情」的性理學說，還試圖通過區分「人物之性」與「氣質之性」的方法來加以解釋。《朱子語類·性理一》一節專門討論了「人物之性」與「氣質之性」的關係與區別。歸納言之，朱子以為：

> 天地間只是一個道理。性便是理。人之所以有善有不善，只緣
> 氣質之稟各有清濁。〔去偽〕〔註70〕

> 論天地之性，則專指理言；論氣質之性，則以理與氣雜而言之。
> 未有此氣，已有此性。氣有不存，而性卻常在。雖其方在氣中，然
> 氣自是氣，性自是性，亦不相夾雜。至論其遍體於物，無處不在，
> 則又不論氣之精粗，莫不有是理。〔註71〕

但是朱子同時認為「人物之性」與「氣質之性」是不可分割的；人之所以會有善與不善的行為與表現，是因為至善之理為氣所蔽錮的結果；人的氣稟並非不可改變的，人們可以通過為學等方法自我修養改變稟賦，雖然這樣做很難：

> 性非氣質，則無所寄；氣非天性，則無所成。〔道夫〕〔註72〕

〔註69〕 〔宋〕朱熹撰：《四書章句集注》，「中庸章句」，中華書局，1983年，18頁。
〔註70〕 〔宋〕黎靖德編，王星賢點校：《朱子語類》，卷四，性理一，中華書局，1986年，68頁。
〔註71〕 同上，67頁。
〔註72〕 同上。

性只是理。然無那天氣地質，則此理沒安頓處。但得氣之清明則不蔽錮，此理順發出來。蔽錮少者，發出來天理勝；蔽錮多者，則私欲勝，便見得本原之性無有不善。孟子所謂性善，周子所謂純粹至善，程子所謂性之本，與夫反本窮源之性，是也。只被氣質有昏濁，則隔了，故「氣質之性，君子有弗性者焉。學以反之，則天地之性存矣。」故説性，須兼氣質説方備。〔端蒙〕〔註73〕

人之性皆善。然而有生下來善底，有生下來便惡底，此是氣稟不同。且如天地之運，萬端而無窮，其可見者，日月清明氣候和正之時，人生而稟此氣，則爲清明渾厚之氣，須做個好人；若是日月昏暗，寒暑反常，皆是天地之戾氣，人若稟此氣，則爲不好底人，何疑！人之爲學，卻是要變化氣稟，然極難變化。如「孟子道性善」，不言氣稟，只言「人皆可以爲堯舜」。若勇猛直前，氣稟之偏自消，功夫自成，故不言氣稟。看來吾性既善，何故不能爲聖賢，卻是被這氣稟害。如氣稟偏於剛，則一向剛暴；偏於柔，則一向柔弱之類。人一向推託道氣稟不好，不向前，又不得；一向不察氣稟之害，只昏昏地去，又不得。須知氣稟之害，要力去用功克治，裁其勝而歸於中乃可。濂溪云：「性者，剛柔善惡中而已。故聖人立教，俾人自易其惡，自至其中而止矣。」責沈言：「氣質之用狹，道學之功大。」〔註74〕

由此我們或可認爲，蔣士銓所謂「情之正者」用朱熹的説法便是「人物之性」的外現，而「情之變者」則是「人物之性」受到「氣」之錮蔽的體現。

袁枚在其《牘外餘言・卷一》中對宋儒性理學説批評道：「宋儒分氣質之性、義理之性，大謬。無氣質則義理何所寄耶？亦猶論刀者不當分芒與背也，無刀背則芒亦無有矣」〔註75〕。袁枚認爲，人的氣質之性無需義理之性的提升與改造，因爲所謂氣質之性的「情」才是絕假純眞的生命本然。而蔣士銓「情統一切」之「情」，實際上也是合朱子「氣質之性」與「人物之性」的「已發」狀態爲一體的。在這一點上，蔣士銓和袁枚的性情觀念之間無疑存在著

〔註73〕同上，66頁。
〔註74〕〔宋〕黎靖德編，王星賢點校：《朱子語類》，卷四，性理一，中華書局，1986年，69頁。
〔註75〕〔清〕袁枚著，王英志主編：《袁枚全集》，第五冊，《牘外餘言》，卷一，二一，江蘇古籍出版社，1993年，7頁。

一致性。但是蔣氏並沒有停留在對「情」的盲目認同之上，而是結合傳統儒家的性情觀念對「情」的過度放縱有所反撥。他肯定了「情」的合理性，又在權衡「情」之利弊的基礎上贊同「情正」觀念，試圖以此來修正釋家「滅情」、理學「去人欲」、性靈派放縱情慾的極端化做法。後世學人如阮元「性情論」的某些觀點有很多與之相似之處，這也說明蔣氏的這種思想是存在著相當的合理性和先進性。〔註76〕

事實上，比較袁、蔣二人的性情觀念我們會發現，無論是袁枚還是蔣士詮，他們「性情」思想的核心源頭仍然在於宋明理學。袁枚基本上是從宋學內部理路出發，尋章摘句加以梳理，又針鋒相對有所駁斥，為「情」的存在提供某種合理性依據。在「情」的具體取向上，隨園旗幟十分鮮明地宣揚「情之所先，莫若男女」〔註77〕，而心餘則在朱子肯定「情」的基礎上結合佛學「人性論」和湯顯祖「主情」的觀念，將「情」的地位擡高到統轄一切的高度。他還充分衡量了「情」有可能帶來的利弊，通過儒家倫常來規範「情之變者」，延續了朱熹對「情之正者」的堅持。在男女情愛的層面，蔣士詮在兩性平等基礎上的注重精神相知的看法，也明顯不同於袁氏的兩性、同性之間毫無節制的性愛觀念。此外，由於受到了禪學思想及其邏輯方式的影響，心餘之言情更負載了一種悲劇意識：無論是俞二姑的死亡，還是李若蘭懸崖撒手般的離世，都或多或少地透露了作者對「情」與生命之間關係的思索。生命瞬即逝，而「情」卻可穿越時空獲得永恒，或許這也正是蔣士詮面對年華老去、一事無成的自己而選擇的一種心理慰藉的方式。

雖然蔣士詮高揚「情」的旗幟又堅持「情正」的「性情」觀念，是在儒釋兩家的基礎之上調和與發展的成果，令他的主情不像袁枚那麼激進、那麼引人關注。但是這種調和並不意味著首鼠兩端、模糊或者是淺薄，至少在對性情的思考上，心餘超越了同時代包括袁枚在內的其他一些文人，體現了一個士人應有的責任意識。蔣士詮將他的性情觀念投注在自己的劇作之中，使得承載它們的書院劇作獲得了全新的、高於以往劇作的價值與意義。

〔註76〕有關阮元的相關觀念，詳參龔書鐸主編《清代理學史》，中卷，第五章「漢學家的義理思想」，廣東教育出版社，2007年，273～287頁。

〔註77〕〔清〕袁枚著，周本淳標校：《小倉山房詩文集》，《小倉山文集》，卷三十，《答戴園論詩書》，上海古籍出版社，1988年，1802頁。

第三章　身世之感與慰藉之道——
進退之間的兩難抉擇

　　在一生中最爲寶貴的中年時期，蔣士銓毅然選擇了退出官場、奉母南旋，個中緣由與悲苦倘細加探尋不難知之。南歸之後，心餘的生活並不如意，在南京攜家帶口貧窶難安的現實狀況，遠不像友人們送行詩中描摹的金陵那般美好。家計舉步維艱，甚至於典衣求食，現實生活的艱辛讓他不得不開始考慮爲一家老小的生計謀求出路。也就是在這種情況之下，蔣士銓接受了浙撫熊學鵬延主蕺山書院的邀請，開始了自己的書院教書生涯。

　　書院時期，蔣士銓的心態無疑是非常複雜的。作爲一介經師居身書院，想要實現自己「經世致用」的抱負幾乎是不可能的，但是身處民間又使他更多地瞭解到百姓的疾苦。不遺餘力地向爲政者進言，卻只能眼睜睜地看著百姓在水火中掙扎，更進一步地激發了心餘懷才不遇、壯志難酬的感慨。一方面，他爲自己及早抽身、得保性命感到慶幸：「貿貿求祿仕，自覺才有餘。默念古經綸，始愧腹空虛。小用輒自利，大用將如何？全身或僥倖，生子多頑愚。乃知竊位者，莫避冥冥誅」〔註1〕；另一方面，他無法忘懷自己的濟世熱望，不得其位故而只能通過文字來書寫情懷：「我本磊落人，與物亦何競？樓居觀萬象，自許目如鏡。潦倒文字間，勸懲比爲政」〔註2〕。

　　在其書院生涯的後半，特別是在移主揚州安定書院之後，蔣士銓漸漸地

〔註 1〕〔清〕蔣士銓著，邵海清校，李夢生箋：《忠雅堂集校箋》，《忠雅堂詩集》，
　　　　卷一六，《默念》，上海古籍出版社，1993 年，1149 頁。

〔註 2〕〔清〕蔣士銓著，邵海清校，李夢生箋：《忠雅堂集校箋》，《忠雅堂詩集》，
　　　　卷一五，《送揭廷裁還里》，上海古籍出版社，1993 年，1117 頁。

開始藉由佛學來安撫自己的心靈，並且產生了強烈歸隱的意向。可以說，他對禪佛傾心在書院後期表現得尤爲濃厚，雖然這種傾向在當時尙非其思想的主流，而這種內化或者個人化的思想轉向則與蔣氏的個人遭際相關甚深。在書院晚期所作《臨川夢》傳奇中，蔣士詮曾剖白說：「浮生夢太勞，寫幽懷歎寂寥；癡人夢太膠，畫凡情苦絮叨。除奸擊佞，詞鋒自豪；談空說有，禪心自超。文章旨趣歸忠孝」〔註3〕。心餘將其對人生、對命運的慨歎以及他在出世與入仕之間的掙扎與思索，都傾吐在他的劇作中，使其此期的戲曲作品在眞實、深刻之餘，平添了一抹濃鬱的悲情，涵蘊了別一種感染人心的力量。

第一節　胸中魁壘，發爲詞曲

　　蔣士詮曾在評價前輩湯顯祖時曰：「顯祖志意激昂，風節遒勁，平生以天下爲己任。因爲執政者所抑，遂窮老而歿，天下惜之。……所居玉茗堂，文史狼藉，雞塒豕圈，雜沓庭戶。蕭閒詠歌，俯仰自得，胸中魁壘，發爲詞曲」〔註4〕。這段文字，或許也可以視作是蔣士詮本人的夫子自道之語。在京之日，心餘個人的意志和才能，因爲他本人的正直性格而受到了旁人構陷，並爲上官所壓制；出京之後，他胸中的憤慨悲涼無人可訴，只能將之投入文字之中，借他人酒杯澆自己壘塊。蔣士詮的悲慨中，摻合了他的盛衰之感與不遇之憤，也裹挾著他對世風日下的不滿與撻伐。

一、中年南歸的原因及其書院時期的心境

　　欲解析蔣士詮書院時期心態，則必須回溯他早年仕宦的經歷，特別是他中年退鷁的原因。作爲蔣氏一生的重大轉折，其壯年歸隱的原因一直是後人研究的癥結所在。徐珂《曲稗·演臨川夢傳奇》曾言：「蔣心餘太史士詮，性峭直，不苟隨時，以剛介爲和珅所抑。留京八年，無所遇，以母老乞歸。」〔註5〕此說在後世影響甚大，但熊澄宇先生據史書考證以爲「蔣士詮離京時，

〔註3〕〔清〕蔣士詮撰，周妙中點校：《蔣士詮戲曲集》，《臨川夢》，中華書局，1993年，285頁。

〔註4〕〔清〕蔣士詮撰，周妙中點校：《蔣士詮戲曲集》，《玉茗先生傳》，中華書局，1993年，285頁。

〔註5〕徐珂：《曲稗》，「演臨川夢傳奇」，中華書局《新曲苑》本，民國二十九年（1940），冊七，11～12頁。

和珅僅十四歲，此說實不可信」〔註6〕。從目前的所掌握的資料來看，蔣士銓辭官南旋的主要原因大概與以下幾個方面密切相關：

首先，蔣士銓出身寒門但卻性格剛直、不屑攀附，導致小人構陷，在母親鍾氏夫人的勸令之下決定歸里。好友袁枚在《翰林院編修候補御史蔣公墓誌銘》中說「（心餘）胸無單復，不解囁嚅耳語。遇不可於意，雖權貴幾微不能容。太夫人慮其性剛，勸令歸里」〔註7〕，在為蔣士銓詩集所作的序中，袁枚又云，「（心餘）初入京師，望之者萬頸胥延，登玉堂將速飛，忽不可於意，掉頭歸，其行止奇」〔註8〕。

同治年編訂的《鉛山縣志・蔣士銓傳》中基本上延續了袁氏的說法，但又以為蔣士銓不願攀附顯宦也是其歸里的重要原因：

> 甲戌考授內閣中書，丁丑成進士，改庶吉士。庚辰散館，授編修，充武英殿纂修，壬午充順天鄉試同考官，尋充《續文獻通考》纂修官。當是時，士銓名震京師，名公卿爭以識面為快。有顯宦某欲羅致之，士銓意不屑，自以方柄入圓鑿，恐不合，且得禍。鍾太安人亦不樂俯仰黃塵中，遂奉以南旋，繪《歸舟安穩圖》，遍徵題詠焉。〔註9〕

除了已被推翻的徐珂的記載，目前尚無其他資料印證「顯宦羅致」之事是否屬實。但從眾多友人對《歸舟安穩圖》的題詠及本人的詩作中卻可以發現，蔣士銓在這段時間極有可能因不屑依傍而遭人構陷。心餘好友，時居北京的王文治有詩《蔣心餘前輩請假出都，將卜居江南之金陵，觀其意氣蕭疏，似有終焉之志。惜賢哲之難留，羨高潔之莫逮，賦詩述別，情現乎辭》云：

> 有美一人兮在玉堂，懷煙水兮不能忘。舟橫桂楫欲徑渡，江波春壯天茫茫。金陵地肺，仙靈之都，琅玕一碧，琪花並柟。鍾山之雲欲去不竟去，散為空翠時有無。嗟君一生江海客，臥嵩立華天為窄。身長八尺口懸河，柱腹便便濟時策。幾多寒士待手援，亦有達

〔註6〕熊澄宇：《蔣士銓劇作研究》，中國戲劇出版社，1988年，13頁。

〔註7〕〔清〕袁枚著、周本淳標校：《小倉山房續文集》，卷二五，《翰林院編修候補御史蔣公墓誌銘》，上海古籍出版社，1988年，1689～1701頁。

〔註8〕〔清〕蔣士銓著，邵海清校，李夢生箋：《忠雅堂集校箋》，附錄三，《袁枚序》，上海古籍出版社，1993年，2498頁。

〔註9〕〔清〕張廷珩修，〔清〕華祝三纂：《鉛山縣志》，卷一五，「人物儒林傳」，「蔣士銓傳」，同治十二年刻本，中國國家圖書館館藏，編號001961466。

官遭面斥。中年通籍登金閨，囊粟不療東方饑。自願退飛同鷗翼，

難免謠諑加蛾眉。〔註10〕

詩言「達官遭面斥」、「謠諑加蛾眉」或非虛言。好友趙翼《送蔣心餘編修南
歸》詩也曾言「世謂灌夫能罵座，我援瀧吏勸書紳」，「繁捷詩如馬脫銜，才
高翻致謗難緘。有間之於掌院者，故云」，〔註11〕前者援引韓愈《瀧吏》之詩，
意在規勸蔣氏不要過於剛直；後一句則直接點明翰林院掌院學士處有人構陷
士銓的事實。

此一時期蔣士銓本人的作品中，有一些也可以驗證王、趙二人之語：

再疊韻東心齋匏齋　賀新涼

水鳥愁鐘鼓。問如何、猩猩鸚鵡，皆能言語？燕子顛當誰高下，

一樣傍人門戶。孤雁把，更籌細數。蜂蜜蠶絲因何事？轉香丸，只有

蜣蜋許。蟬吸露，太清苦。　　百蟲墐戶爭銜土，費商量、狐假虎威，

鵲巢鳩主。蝴蝶飛飛迷香國，心死那家園墅。脫羽毛，號寒艱窶。不

若蜉蝣衣裳美，海茫茫，精衛思填補。一聲鶴，渺然去。〔註12〕

不屑爭辯，也不屑依傍，蔣士銓以孤雁精衛自擬，決意以歸隱全節以明志。
當然，心餘的這種堅定與母親的督促也不無關係。蔣母鍾氏夫人《自題歸舟
安穩圖七首》第一首云：

館閣看兒十載陪，慮他福薄易生災。寒儒所得要知足，隨我扁

舟歸去來。〔註13〕

鍾氏夫人的擔心並非杞人憂天，乾隆時期是整個中國封建時期文字獄最
為嚴重的時期之一，且從初年到後期呈現明顯的遞增趨勢。僅依照鄧之誠先
生《中華二千年史》卷五的記述進行統計就會發現，從乾隆元年（1736）到
十年（1745），文字獄有 2 起，十年（1745）到二十年（1755）有 6 起，二十
年（1755）到三十年（1765）有 9 起，三十年（1765）到四十年（1775）10

〔註10〕〔清〕王文治：《王夢樓詩集》，卷六，同文圖書館印行，民國五年（1916年）
　　　　石印本，國家圖書館館藏，編號 002099102。

〔註11〕〔清〕趙翼著，李學穎、曹光甫校點：《甌北集》，卷十，上海古籍出版社，
　　　　1997年，184頁。

〔註12〕〔清〕蔣士銓著，邵海清校，李夢生箋：《忠雅堂集校箋》，《忠雅堂詞集》，
　　　　卷下，《銅弦詞》，上海古籍出版社，1993年，1911頁。

〔註13〕〔清〕鍾令嘉：《柴車倦遊集》，《自題歸舟安穩圖七首》，清道光二十四年，
　　　　蔡氏蔡氏嫏嬛別館刻本，國家圖書館館藏，編號 002057364。

起，四十年（1775）到五十年（1785）竟達44起。〔註14〕在這些文字獄中，不乏為人構陷而導致的冤案，亦有與蔣士銓密切相關之人因為文字獄而付出了生命的代價。這就是爆發於乾隆二十二年（1757）的彭家屏案。據《清史稿，卷三百三十八，列傳一百二十五，彭家屏傳》記載：

> 彭家屏，字樂君，河南夏邑人。康熙六十年進士，授刑部主事，累遷郎中。考選山西道御史，外授直隸清河道。三遷江西布政使。移雲南，再移江蘇。以病乞罷。乾隆二十二年春，高宗南巡，家屏迎謁。上諮歲事，家屏奏：「夏邑及鄰縣永城上年被水災獨重。」河南巡撫圖爾炳阿朝行在，上以家屏語詰之，猶言水未為災，上命偕家屏往勘；又以問河東河道總督張師載，師載奏如家屏言，上謂師載篤實，語當不誑，飭圖爾炳阿秉公勘奏，毋更迴護。上幸徐州，見饑民困苦狀，念夏邑、永城壤相接，被災狀亦當同；密令步軍統領衙門員外郎觀音保微服往視。上北還，發徐州，夏邑民張欽遮道言縣吏諱災，上申命圖爾炳阿詳勘。次鄰縣，夏邑民劉元德復訴縣吏施賑不實，上不憚，詰主使，元德舉諸生段昌緒，命侍衛成林監元德還夏邑按其事；而觀音保還奏夏邑、永城、虞城、商丘四縣災甚重，積水久，田不可耕；災民鬻子女，人不過錢二三百，觀音保收災民子二，以其券呈上。上為動容，詔舉其事，謂：「為吾赤子，而使骨肉不相顧至此，事不忍言。」因奪圖爾炳阿職，戍烏里雅蘇臺，諸縣吏皆坐罪。
>
> 成林至夏邑，與知縣孫默召昌緒不至，捕諸家，於臥室得傳鈔吳三桂檄，以聞上。上遂怒，貸圖爾炳阿遣戍及諸縣吏罪，令直隸總督方觀承覆按。召家屏詣京師，問其家有無三桂傳鈔檄及他禁書。家屏言有明季野史數種，未嘗檢閱，上責其辭遁，命奪職下刑部，使侍衛三泰按驗。家屏子傳笏慮得罪，焚其書，命逮昌緒、傳笏下刑部，誅昌緒，家屏、傳笏亦坐斬，籍其家，分田予貧民。圖爾炳阿又以家屏族譜上，譜號大彭統記，御名皆直書不缺筆，上益怒，責家屏狂悖無君，即獄中賜自盡。秋讞，刑部入傳笏情實，上以子

〔註14〕詳參鄧之誠《中華二千年史・卷五》，中華書局，1956～1958年。亦可參高翔《康雍乾三帝統治思想研究》，卷之三「盛世的思慮：乾隆政治軌迹」，「持盈保泰：文治與高壓」，中國人民大學出版社，1995年。

為父隱，貸其死。上既讁家屏等，召圖爾炳阿還京師，逮默下刑部，命觀音保以通判知夏邑。手詔戒敕，謂：「刁頑既除，良懦可憫。當善為撫綏，毋俾災民失所也。」〔註15〕

有關彭家屏一案，孟森先生曾作《彭家屏收藏明季野史案》一文，輯錄《清史稿》、《乾隆東華錄》及《實錄》所載相關史實。從其中資料來看，彭家屏之死一方面固然由於其供述私藏《潞鶴紀聞》、《日本乞師》、《豫變紀略》、《酌中志》、《南遷錄》這些所謂的「逆書」，以及「犯諱」之罪，但此案背後似乎有著更為重要的隱情。〔註16〕清史研究學者高翔先生以為，「彭家屏文字獄是徹頭徹尾的冤案」，〔註17〕「導致彭家屏慘遭文字之禍的最重要的原因是他的政治表現與專制皇帝的獨裁意旨發生了衝突」〔註18〕。參《實錄》中有「定彭家屏斬罪，並指其為李衛門下走狗，每當奏對，於鄂爾泰父子極力詆毀」〔註19〕等語，則彭家屏被賜死在「圖尓炳阿之株求，既抱怨而又圖邀寵免罪」〔註20〕的原因之外，也可被視作乾隆帝平衡滿漢大臣、防範朋黨之弊的犧牲品。

蔣士銓與彭家屏之間不僅關係密切，而且交誼深厚。蔣氏《行年錄》「乾隆十一年（1746）」記載：「其年冬，受知於方伯彭青原先生，每相見，則呼曰蔣秀才。」〔註21〕乾隆十四年（1749）父喪之後，蔣士銓家貧衣食無所出，後於十五年（1750）正月赴南昌主纂南昌縣志，也是應彭家屏之邀。心餘《一片石》雜劇中方伯的原型，就是時任江西布政使的彭家屏。蔣士銓一生對彭氏感佩有加，袁枚《翰林院編修候補御史蔣公墓誌銘》記述說：「常至其家，見供奉兩木主，曰方伯彭公，曰督學金公，蓋君少時受知最深者。其敦師友之誼，死生不易如此。」〔註22〕乾隆二十七年（1762）壬午，彭家屏死後五年，蔣士銓三十八歲，彭子重光、觀光前往北京探親並與心餘相見。蔣士銓

〔註15〕 趙爾巽等：《清史稿》，中華書局，1977 年，11061～11062 頁。

〔註16〕 詳參孟森《明清史論著集刊》，上，《彭家屏收藏明季野史案》，中華書局，2006 年，202～207 頁。

〔註17〕 高翔：《康雍乾三帝統治思想研究》，中國人民大學出版社，1995 年，339 頁。

〔註18〕 同上。

〔註19〕 轉引自孟森《明清史論著集刊》，中華書局，2006 年，207 頁。

〔註20〕 孟森：《明清史論著集刊》，上，《彭家屏收藏明季野史案》，中華書局，2006 年，207 頁。

〔註21〕 〔清〕蔣士銓編，〔清〕蔣立仁補編：《清容居士行年錄》，清刻本，國家圖書館館藏，編號 001896878。

〔註22〕 〔清〕袁枚著，周本淳標校：《小倉山房詩文集》，《小倉山續文集》，卷二五，《翰林院編修候補御史蔣公墓誌銘》，上海古籍出版社，1988 年，1698～1701 頁。

爲作《感事述懷詩爲重光、觀光兩彭郎作，並示衣春觀同年》長詩，懷念自己的師友彭家屏，詩中毫不避逆案之嫌稱讚彭家屏「政舉人心和」〔註23〕，並自責不能代彭赴難說：「身代無由能，驚慟惟自傷」〔註24〕。此時雖距離彭家屏案發已有幾年，彭家後人亦已被赦免，但是蔣氏的這一舉動仍有以身犯險的可能性。心餘性格剛直、見義勇爲又不屑依附，難免得罪小人，招致謗言。與彭門遺孤關係密切也極有可能授人口實，並惹禍上身。因此壬午年冬，蔣士銓以爲母守恪守孝道爲由請假南旋，或是出於母親的嚴命，但亦是明哲保身不得不爲之舉。

　　其次，蔣士銓向負濟世利民之志，在京八年卻一直居身館臣，自覺懷才不遇。蔣士銓文集中，現存乾隆二十四年（1759）他寫給江蘇巡撫的陳宏謀的自薦信，信中言詞懇切地說：

　　　　某家素貧苦，生甫一齡，先君子寄室外家，遠遊天末，乃從母教，得卒《六經》。十歲從父浮漢涉河，出入梁、晉，束縛馬背，馳騁誦書。二十三歲倖舉於鄉，明年失怙，伶仃求食，支持家累六七載。三十官中書，越三載，乃得讀書詞館，今且三十五齡矣。少學多病，憂道之念，不勝於貧，處世之愚，日形其拙。舉粗糲爲甘旨之供，對晨昏傷敬養之薄，依依衰疾，懼切於懷。當此艱難，不遑曠達，既欲曲全其定守，焉能倖冀於儻來？心已寡懼，學難漸進。且近來相尚文詞，不務根柢，牽附餖飣，義難诵曉，伊川所謂「有之無所補，無之亦所闕」，以某駑鈍，平居非有關於世道人心之書，未敢涉獵，媲青配白，少時雖曾爲之，今已棄去，莫知所底，精力有限，可勝坐廢？故知此職十年內外，可躋顯要，自維小器，力不能堪，以是思得一官，從守令奔走，稍求自效。蓋自識字後，本以明體達用，濟物利人，未嘗令人專心剽竊無用之言，苟求富貴，言念及此，身世渺然。十年來屈指二三有學君子，篤實愛民，皆登上考，黜陟之公，於斯已見，循良之業，豈不可期？而況內外之受恩如一，尊卑之效忠不殊，此志士不樂爲文人，而懼空言之無益於實用也。〔註25〕

〔註23〕〔清〕蔣士銓著，邵海清校，李夢生箋：《忠雅堂集校箋》，《忠雅堂詩集》，卷九，上海古籍出版社，1993 年，763 頁。
〔註24〕同上。
〔註25〕〔清〕蔣士銓著，邵海清校，李夢生箋：《忠雅堂集校箋》，《忠雅堂文集》，

陳宏謀是乾隆時期著名的封疆大吏、理學名臣，曾歷任六省巡撫，在任頗有令聲並深得乾隆皇帝器重。蔣氏此書作於其寫作《官戒詩》之後，信中坦言自己並非不知任職翰林院十年左右多有官居顯要的可能，但是他還是請求陳宏謀可以考慮給自己一官半職，讓自己可以真正地利國利民有所作爲。從蔣士詮的生平經歷來看，他的這一願望當時並未能達成。

蔣士詮業師金德瑛在《忠雅堂詩序》中說：

> 編修蔣君清容，予視學江西所拔士。君起寒畯，四齡，母授書，斷竹篾爲波磔點畫，攢簇成字教之。十一，父縛之馬背，遊太行。十五，完《九經》，乃就傅，甫冠而歸。二十二，予以詩古文辭識之。明年食餼，登賢書。自是數從予使車遊，請業甚勤。甲戌，釋褐官中書。丁丑，予主禮闈，君成進士，朝考冠其列。三年散館，授今職。君耿介廉敏，不諧於俗。官都下，閉門謝客，日依侍母側，刻苦齏鹽中。且數數拯人患苦，以是日空乏。壬午，分校京闈，得士十五人。每慨然向予曰：「某以窮士，忝竊侍從，拙於仕宦，自揣宜教授於鄉；吾母又不樂俯仰塵土中。明年且令乞請去，公爲何如？」
> 予曰：「君行其志可耳，又奚疑？」〔註26〕

從此序文所載來看，蔣士詮似乎早有退意。他繼續留身京師，或許是爲了等待一個外放的機會。但是乾隆二十七年正月（1762），金德瑛的去世使得出身寒門的心餘在京更無憑靠。此年八月六日，蔣士詮與王文治、趙翼、紀昀等人一起以翰林院編修的身份充順天鄉試同考官。期間心餘詩興頗健，深以自己得以爲國選材而幸。但是一年之後，蔣士詮便告假南旋，起因當是由於趙翼所言有人構陷之事。南旋之前，蔣氏詩詞中多有慨歎懷才不遇之語：

無題

官柳琅邪本易攀，長條踠地惜春殘。如何解作漫天絮，不點王孫八寶鞍。

紅酣綠瘦小庭芳，乳燕鳴鳩取次狂。不信桃花人影亂，翻令仙

卷八，上海古籍出版社，1993 年，2310～2311 頁。

〔註26〕〔清〕蔣士詮著，邵海清校，李夢生箋：《忠雅堂集校箋》，附錄三，《金德瑛序》，上海古籍出版社，1993 年，2496 頁。筆者案，金德瑛亡於乾隆二十七年壬午正月，而詩序所言分校京闈事發生於是年秋，金德瑛此序或曾經人添纂，但所記之事當屬實，姑引之。

犬吠劉郎。〔註27〕

同年李衣山以內憂別去賦

　　中年盛哀樂，況與君別離。君去得所託，我窮欲之何？悠悠人海中，九陌車雷馳。知己古曰難，頗戒求人知。坐廢兀兀身，日誦無益詞。嗟哉同年友，死亡間仳離。食祿感深恩，抱志將語誰？當秋兩行淚，因君情益悲。〔註28〕

疊韻留別紀心齋戴匏齋　賀新涼

　　挺拔蘭臺鼓，信從來、銷魂惟別，黯然難語。說《禮》敦《詩》周旋久，夢繞兩公堂戶。把人物、恒沙量數。只有惺惺解憐惜，是斯文、未喪天公許。識字矣，者般苦。　　落紅已葬胭脂土。算楊花、漂茵入溷，年年誰主？猿鶴形骸麋鹿性，未可久居亭墅。況臣是、孤生寒窶。哀哀諸公登臺省，看明時、無闕須人補。不才者，義當去。〔註29〕

從這些詩詞中不難看出，生於寒門而又志節凜然的心餘在當時無人識舉的狀況。乾隆二十九年甲申（1764），「裘師穎薦予（蔣士銓）入景山為內伶填詞，或可受上知，予力拒之。」〔註30〕裘師穎即裘曰修，蔣士銓與裘氏二子超然、超臣交往密切，亦深得裘曰修賞識。裘氏本人喜愛戲曲，也曾有過戲曲創作實踐，他的舉薦並無惡意，或是他為了挽留心餘所作的最後努力。但是對於蔣士銓來說，「三復館閣文，郁郁傷懷抱。豈無俳優詞？所慮終害道」〔註31〕，居身館閣文臣尚且擔心被人以俳優視之，有損自己的名節，入景山為內伶填詞的事情更是他所不能夠接受的。因此，裘曰修的這一舉動反而使得他的去意更為堅定也更為迫切。

〔註27〕　〔清〕蔣士銓著，邵海清校，李夢生箋：《忠雅堂集校箋》，《忠雅堂詩集》，卷九，上海古籍出版社，1993年，778頁。

〔註28〕　〔清〕蔣士銓著，邵海清校，李夢生箋：《忠雅堂集校箋》，《忠雅堂詩集》，卷一〇，上海古籍出版社，1993年，840頁。

〔註29〕　〔清〕蔣士銓著，邵海清校，李夢生箋：《忠雅堂集校箋》，《忠雅堂詞集》，卷下，《銅弦詞》，上海古籍出版社，1993年，1909頁。

〔註30〕　〔清〕蔣士銓編，〔清〕蔣立仁補編：《清容居士行年錄》，清刻本，國家圖書館館藏，編號001896878。

〔註31〕　〔清〕蔣士銓著，邵海清校，李夢生箋：《忠雅堂集校箋》，《忠雅堂詩集》，卷一〇，《再酬補園》，上海古籍出版社，1993年，820頁。

這年八月，蔣士銓離開京師，由通州經由運河水路舉家南歸。臨行《自題歸舟安穩圖》詞云：

水調歌頭

緩緩弄春水，未是急流中。舟比退飛六鷁，那要滿帆風。畫裏溪山不改，鏡裏鬚眉可笑，骨肉老詩翁。瀟灑一官足，磊落半生窮。　　母康寧，妻婉娩，子童蒙。去揀江山佳處，小築百花叢。醒則奉觴上壽，醉則關門熟睡，舊事海天空。勿以悠悠說，亂我讀書胸。〔註32〕

熊澄宇先生在《蔣士銓劇作研究》中認為，裘曰修的舉薦是蔣氏南歸的直接原因，除了個性剛直之外，蔣士銓居京生活貧窶也是他辭官歸隱的原因之一。但心餘的離京更重要的原因可能仍在於旁人的構陷和出身寒門長期沉於下僚。首先，在裘曰修薦舉之前的壬午年冬，蔣士銓就已經向主事請辭，而裘氏舉薦則是次年之事。再者，在蔣士銓居京及南歸之後的詩詞中，確實都曾描述過自己早年在京時的貧寒生活，作於晚年的《述懷》詩中就曾云「索米金馬門，忍饑求豆區。覤然人子心，慷慨歸來兮」〔註33〕。但是較之離職之後典裘度日，翰林院編修七品的俸祿，畢竟聊勝於無。也正是因為上述種種遭際，南旋之後蔣士銓的心境才會如此地複雜與憂鬱。《臨川夢》中，湯顯祖拒絕張居正羅致又婉拒入京徵召的相關情節，與蔣士銓本人的遭遇如斯相類。劇中對該情節的細緻描畫，也足見此段遭際對心餘一生影響之深。

二、複雜心態在書院劇作中的表現

南歸之後，蔣士銓藉由戲曲創作紓解心志。他懷才不遇的幽憤與苦悶，最早體現在《雪中人》中。劇中儒生查培繼在出場之時業已歸隱，他雖對時事頗為不滿，但通過縱情詩酒，似乎尚可安於這種得過且過的簡淡生活：

一領青袍報國難，不如高臥且加餐。英雄豎子都無用，莫怪書生白眼看。……稱心文字，幸中鄉科，聒耳兵戈，怕登甲第。年來

〔註32〕〔清〕蔣士銓著，邵海清校，李夢生箋：《忠雅堂集校箋》，《忠雅堂詞集》，卷下，《自題歸舟安穩圖》，上海古籍出版社，1993年，1914頁。

〔註33〕〔清〕蔣士銓著，邵海清校，李夢生箋：《忠雅堂集校箋》，《忠雅堂詩集》，卷二六，《述懷》，上海古籍出版社，1993年，1759頁。

流賊鴟張，饑民魚爛。守一城即獻一城，拜一相又換一相。醫多藥雜，脈亂病深。算來不過這條擔兒，肩者自肩，卸者自卸；望去可惜恁般架子，挽者共挽，推者共推。咳！養士尤說洪武年間，用人竟到崇禎時候。爲此卑人絕意功名，放情詩酒。哭一場，笑一場，得一日，過一日。〔註34〕

但查培繼的強作豁達，卻是十分脆弱的。聽不完夫人所制的一支詠梅之曲，便已情腸百轉，涕淚雙懸：

> 我想唐時宰相宋璟，年二十五歲，應舉不第，見官舍梅花，歎其託根非所，以爲眾草雜沓，蕪沒荊榛，感而作賦。我查伊璜生不逢時，沉淪亂世，何以別乎！

> 【學士解酲】獨立孤芳難自達，撐持空自槎牙。（旦）官人，你既泉石膏肓，煙霞痼疾，這些豪傑初心，英雄習氣，都該洗盡，才是個眞正達人。無端客感，何必動心。你既然不貪夜識金銀氣，又何必冷眼旁觀富貴花。（生）娘子，我學窮萬卷，年甫三旬。本懷經世之心，豈有入林之癖。無奈衣冠掃地，盜賊薰天。上以實求，下以虛應，是以自棄如此。因此上槁木形留身若死，驀忽地鐵石心酸淚似麻。（旦）拋空罷，拼淺斟低唱，斷送韶華。

> （生酸倚梅樹介）娘子，這一株枯樹橫偃雪中，眞可憐也！（旦扶介）（生）

> 【尾聲】尋春肉眼都如瞎。咳！老梅呵，今生今世你共咱。（旦）相公，此梅雖枯偃，生氣未衰。君不見雪後園林半樹花。〔註35〕

蔣士銓之南歸，歲在乾隆二十九年甲申（1764），這一年他只有四十歲，正當壯年。寄身書院之後，雖然生活上有了著落，但內心的苦悶卻是難以擺脫的。「本懷經濟之心，豈有入林之癖」，對於以忠孝自命的蔣士銓來說，守全孝道的藉口顯然並不足以抹殺他君恩難酬的自慚，也不足以遏止他經世濟民的願望。「尋春肉眼都如瞎」，便是他對無人識己之才的怨歎。

蔣士銓書院時期的劇作中，像前述《雪中人》「弄香」這樣，託身劇中人物宣泄自己幽憤情懷的情節，比比皆是。《四弦秋》雜劇，白居易感人生興廢、淚濕青衫的場景，堪稱典型：

> （生）盛衰之感，煞是傷心也。

〔註34〕〔清〕蔣士銓撰，周妙中點校：《蔣士銓戲曲集》，《雪中人》，中華書局，1993年，290～291頁。
〔註35〕同上，292頁。

【南園林好】瘦嬋娟啼痕暗揩，鈍男兒珠淚似篩，同一樣天涯愁憶。
（灑淚介）（小生、丑）呀！樂天何以大慟起來？（生）我出官兩載，恬然自
安。忽聽此婦之言，令我無端感觸人生榮悴，大都如是耳。流落恨，怎丟開。
邊謫恨，上心來。〔註36〕

【尾聲】看江山不改人相代，歎兒女收場一樣哀。明日下官將此事譜
作《琵琶行》一首，使他日播於樂府，教那普天下不得意的人兒淚同灑。

〔註37〕

吳梅先生曾評蔣士銓《臨川夢》云：

> 蓋若士一生不遇權貴，遞爲執政者所抑，一官潦倒。里居二十
> 年，白首事親，哀毀而卒，固爲忠孝完人。而心餘自通籍後，亦不
> 樂仕進，與臨川同，作此曲亦有深意也。〔註38〕

與湯顯祖從經歷到性格的相似，確實使得蔣士銓在這部戲裏獲得了更大的宣
泄空間。「譜夢」一出裏，湯顯祖在創作《牡丹亭》時說：「但情懷萬種，文
字難傳，只得藉此塡詞寫吾幽意。」〔註39〕「改夢」一齣，又有湯顯祖將早
年的《紫簫記》刪改添作了《紫釵記》的情節，「但將愁向天邊寄，一任憂從
地下埋。」〔註40〕十三齣「續夢」，湯顯祖在寫作《南柯記》和《邯鄲記》的
過程中發出了這樣的感慨：「想我湯若士，閱過浮雲，參來幻泡，何異夢中兩
人也？」〔註41〕在這裡，蔣士銓正是通過湯顯祖之口，發出了自己的疑問與
歎息。在這部傳奇裏，蔣士銓還感歎「古來大才難爲用」〔註42〕，特別塑造
了俞二姑這一眞正識才的奇女子來反襯執政者的有眼無珠。梁啓超先生也認
爲，「蔣藏園著《臨川夢》設言有俞二姑者，讀《牡丹亭》而生感致病，此不
過爲自己寫照，極表景仰臨川之熱誠而已。」〔註43〕

〔註36〕〔清〕蔣士銓撰，周妙中點校：《蔣士銓戲曲集》，《四弦秋》，中華書局，1993
年，208 頁。

〔註37〕同上

〔註38〕吳梅：《霜厓曲跋》，卷二，「臨川夢記」，中華書局《新曲苑》本，民國二十
九年（1940），冊九，20～21 頁。

〔註39〕〔清〕蔣士銓撰，周妙中點校：《蔣士銓戲曲集》，《臨川夢》，中華書局，1993
年，226 頁。

〔註40〕同上，235 頁。

〔註41〕同上，260 頁。

〔註42〕同上，218 頁。

〔註43〕梁啓超著、夏曉虹輯：《〈飲冰室合集〉集外文》，《小說叢話》，北京大學出版

　　劇中對於那些攀附富貴、醉心名利的所謂儒士，也進行了不遺餘力的諷刺：

　　【商調引子・繞池遊】風雲淺陋，打疊攀援手。問才人此生能否，蛛絲掣肘，龍門開竇？咳，甚公車猶難罷休！〔註44〕

　　【琥珀貓兒墜】蒼顏玉貌，轉眼幾骷髏。何況榮華不到頭，千般智巧積愆尤。陽秋，暗去明來，多少恩仇。〔註45〕

《雪中人》裏查培繼這樣知人善認的人，則受到了他的贊許：

　　【西江月】酒肉堆中打盹，笙歌隊裏酣眠。雪中臥者臉朝天，欲把陽春睡轉。乞丐醉詞湖寺，將軍笑倚樓船。羅浮開闔好雲煙，一對郎君俊眼。〔註46〕

　　像所有的文學作品一樣，蔣士銓的劇作承載了他的情懷與哀樂，而借他人酒杯澆自己壘塊的結果，使得他這一時期的劇作擁有了極強的文學性，使得劇中的人物，如白居易、湯顯祖等人，得以洗盡歷代詞客塗抹的俗媚鉛華，回歸本色，並擁有了永恒的生命。乾隆三十年丁亥（1765），蔣士銓至蕺山書院一年之後，有《斜曛》詩云：

　　　翠屏風展碧波紋，縷縷炊煙合暮雲。海閘全開行潦去，魚梁半啓綠疇分。閭閻弊久誰能革，盜賊巢深孰與焚？袖手憐余棋局畔，兀然無語對斜曛。〔註47〕

在前兩聯看似平靜的南方田園情景中，抒發的卻是作者憂心民生但也只能袖手旁觀的無奈與自責。也許正是因為這樣，蔣士銓在此年的十二月離開蕺山，擬赴山東應巡撫李清時之幕，企圖通過為人幕僚來達成自己為民興利除弊的夙願。但是事與願違，李清時此時突然罹患重病，心餘被阻杭州。在當地崇文書院停留了六十七日之後，他再度返回蕺山，此後一直居留江浙一帶的書院，直至乾隆四十年（1775）母親辭世。

社，2005年，152頁。

〔註44〕〔清〕蔣士銓撰，周妙中點校：《蔣士銓戲曲集》，《臨川夢》，中華書局，1993年，218。

〔註45〕同上，221頁。

〔註46〕〔清〕蔣士銓撰，周妙中點校：《蔣士銓戲曲集》，《雪中人》，中華書局，1993年，290頁。

〔註47〕〔清〕蔣士銓著，邵海清校，李夢生箋：《忠雅堂集校箋》，《忠雅堂詩集》，卷一六，上海古籍出版社，1993年，1163頁。

在《天鏡樓銷夏雜詩》中，蔣士銓也曾心聲吐露說：

> 十口無家客，中年未死身。誰吹獨孤笛，自飲會稽醇。食祿恩難報，
> 傳經學未眞。莊生齊物後，不敢怨清貧。〔註48〕

全孝棄忠，雖然保全了蔣士銓的性命，但對於他這樣以忠孝爲終身不二信仰的人來說，由此產生的精神痛苦也是無法比擬的。文學創作固然可以寄寓自己的幽懷別恨、不平之鳴，但從事實情況來看，這種單純的抒發並不能夠眞正化解蔣士銓胸中的憤懣。書院後期，心餘開始漸次地轉向佛學尋求心理慰藉，並通過劇作表現了自己對現世的彼岸關照。

第二節　談空說有，禪心難超

在書院生涯的後期，尤其是在改主揚州安定書院之後，時光壯志兩消磨，周圍友人如羅聘、王文治、夢因等人又紛紛研佛，令到蔣士銓有了更多的機會接觸佛學。在《香祖樓》和《臨川夢》中，蔣士銓均著意構建了某種雙層的空間結構，試圖在故事之外通過一種冷眼旁觀的方式來表達自己對現實人生的思索。當然，蔣氏的這種「談空說有」很難被看作是眞正的超脫：他的《轉情關》並沒有否定「情」，而是轉回了對「情正」的肯定；《臨川夢》也並沒有覷破有如夢幻泡影的一切有爲，而是表達了自己對人生無常的感慨。在這些劇作中，蔣士銓在不同程度上表達了自己的出世之想，但是對於他這樣一個係懷民寞卻又一直沒有機會施展的人來講，想要在中年實現眞正的歸隱猶然爲時過早。

一、書院劇作中的佛禪傾向

從目前蔣氏所存的詩文詞及戲曲來看，其以佛學的方式對現實人生加以關照要表現在揚州時期的劇作中。乾隆三十九年甲午（1774），蔣士銓五十歲這一年所作的《香祖樓》和《臨川夢》兩劇，最稱典型的。

《香祖樓》又名《轉情關》，揚州八怪之一的羅聘曾評論此劇說：「至首尾二篇，以情關爲轉捩，發出徹地驚天之論。造語神奇，說理平實；括三乘於半偈，韜萬派於一源，又何其解悟神通若是歟！」〔註49〕蔣士銓在揚州期

〔註48〕同上，1160 頁。
〔註49〕〔清〕羅聘：《論文一則》，附於《蔣士銓戲曲集》，《香祖樓》之前，中華書

間與羅聘過從甚密，兩人屢有詩畫往來，羅聘對《香祖樓》的評價決非虛語。
蔣氏此劇首尾二齣表現出非常強烈的佛禪意識，觀其為《香祖樓》自作之題
詞即可見一斑：

水調歌頭

　　萬縷亂愁緒，一塊大疑團。任爾風輪旋轉，難透此重關。聖賢
幾多苦趣，仙佛幾多惡劫，舊案怕尋看。細想不能語，老淚濕闌干。
　　收白眼，拾翠管，寫烏欄。偶譜斷腸情事，舉一例千端。不管
周郎顧曲，誰道醉翁嗜酒，作者意漫漫。一切有情物，如是可參觀。
〔註50〕

《香祖樓》以才子佳人為外殼，但是此劇之作，卻絕非普通的男女情愛
那麼簡單。「楔子情網」總領全劇大要說：

　　【沁園春】天上人間，蘭蕚三枝，情關一重。在去來因裏，結成眷
屬。牽連網內，漏出沙蟲，以福完全，以緣離合，興盡悲來頃刻中。
郎和妾，迸兩行愁淚，哭煞西風。憐他袞袞羣公，向宦海奔馳苦建
功。有許多縈絆，難忘兒女，許多感傷，斷送英雄。夢境團圓，天
門證果，轉透情關萬法空。知音者，聽滿堂絲竹，點點晨鐘。〔註51〕

與早前的《空谷香》相較，此劇最大的特色在於，作者刻意構建了「仙界貶
謫——人間歷劫——完劫歸返」這樣一種雙重的空間結構。〔註52〕全劇以帝
釋掌管的「情關」為扭結，從「轉情」始又以「情轉」終，首尾兩齣為作者
宣表個人見解提供了極好的平臺。

第一齣「轉情」中，帝釋天尊照得花蔓天幽蘭院內的一段公案，示下因
果：

　　草木昆蟲，皆含佛性。生滅不已，是曰無常。蘭花為眾香之祖，
其品最貴。內有紫梗具男根者，名曰陳夢良。白梗具女根者，名曰
李判官。兩花靈性芳魂，迴翔相向。每當風露之下，佇立凝盼，如

　　　　局，1993年，549～550頁。
〔註50〕〔清〕蔣士銓撰，周妙中點校：《蔣士銓戲曲集》，《香祖樓》，中華書局，1993
　　　　年，552頁。
〔註51〕〔清〕蔣士銓撰，周妙中點校：《蔣士銓戲曲集》，《香祖樓》，中華書局，1993
　　　　年，552頁。
〔註52〕有關蔣士銓劇作的敘事結構詳參郭英德先生所著《明清傳奇戲曲文體研究》
　　　　「蔣士銓」相關條目，此處不作贅述。

不勝情。以此因緣，當落塵世。結三月伉儷之歡，遂入離恨天中，
不能偕老。〔註53〕

儘管全劇發展之關目至此已然點明，但心餘的用意顯然不止於此。帝釋這個
角色不僅爲他宣講自己對「情」的思考提供了良好的憑藉，也使他可以卸下
真實身份的包袱，傾吐自己對現實的批判。

「唱道哀猿第五聲，就中消息未分明」〔註54〕，蔣士銓毫不掩飾自己對
徐渭《四聲猿》倣仿，在第十齣中他通過帝釋與判官們考錄人間功過的情節
設置宣洩了自己對現實的種種不滿。他痛斥欺君誤國、貪財壞法之人：

> 你們這一班賊子，雖然異姓隔朝，倒像同胞共乳，流毒相延，種子不絕，
> 好可恨也！
>
> 【油葫蘆】都是些一介布衣小民，一旦的竊科名，受官職，享用著
> 榮華封陰掌權威。爲甚麼他人貧賤，你偏尊貴？忘記了朝廷爵祿恩
> 加你。卻怎生委託事椿椿賣，奉承事件件欺。試把你良心拍著，難
> 道該如是！縱然你逃顯戮，我這裡怎容伊。〔註55〕

他怒罵不孝不悌之事：

> 父母有懷胎乳養之恩，兄弟有同氣分形之誼，爾等因何迷昧至此！
>
> 【天下樂】怎忍說養大毛乾各自飛，食也麼衣，單認得子共妻，全不
> 念一椿椿一件件從幼兒。扭著心把朋友稱兄弟，黑了眼看骨肉如仇
> 敵，皆爲著銀錢田宅起。〔註56〕

他質問不仁不義之人：

> 天上人間，方便第一。你這班蠢才，掌著權柄，守著銀錢，一
> 味自私自利；不肯絲毫與人利益。兩耳如聾，雙眸似瞽。只說富不
> 能貧，貴不能賤。豈知奸貪竊位，孽根房內已添丁。慳吝守財，敗
> 子身邊爭繞膝。轉眼之間，那件東西是你的喲！
>
> 【哪吒令】笑伊行俸祿錢幾堆，從不曾與誰。米穀錢幾堆，從不曾

〔註53〕〔清〕蔣士銓撰，周妙中點校：《蔣士銓戲曲集》，《香祖樓》，中華書局，1993
年，554 頁。
〔註54〕同上，652 頁。
〔註55〕〔清〕蔣士銓撰，周妙中點校：《蔣士銓戲曲集》，《香祖樓》，中華書局，1993
年，580 頁。
〔註56〕同上，581 頁。

給誰。利息錢幾堆，從不曾捨誰。猛然間禍患來，平白地災殃及。看青蚨子母一齊飛〔註57〕。

他鞭撻寡廉鮮恥之人：

升沉貧薄皆由定數，爾等各逞機謀，全無廉恥。或搖尾於當路，或鑽賣於豪門。但能稍乞其餘，可以無所不至。豈知千人笑罵，百醜播揚。及至冰山已消，試問腐鼠何恃。

【鵲踏枝】打夥子竊光輝，打夥子慕輕肥。不思量一發如雷，一敗如灰。枉了你兩隻眼光睞睞，專謀財利。一個心黑魆魆，但想便宜。

〔註58〕

不難發現，這些激烈的言辭很難被視作是「談空說有」的偈語，更像蔣氏胸中幽憤淋漓傾瀉。不能為國盡忠的他，對於那些尸位素餐的官僚尤其憤恨。至於那些有違倫常之舉、貪圖私利之人，他也是不遺餘力地加以詰責。當然，心餘的這種做法，與前論其人之抱負、經歷及性格之間的關聯，也是顯而易見的。

一番傾吐之後，蔣士銓又試圖以佛學思想進行自我勸慰。他評說男女情愛，以為人生能否得遇眷屬存在著很大偶然性：「只不過是水與風遭，比如那月共雲交。鏡裏花難攀怎拋，轉鏡兒都無歸著」〔註59〕，即使有緣相守，也終有分離之日：「一樣的皮肉身形甚醜嬌，當不起血氣搬挑。盡力價舔蜜聞香不肯饒，葫蘆倒，臭爛的一包糟」〔註60〕。他指點人生榮利，以為生命就是「一點靈光附在身軀，就像過客租了一間房屋，暫且居住，原與自己無涉，卻千方百計將此屋彩畫裝修，鋪陳粉飾，及到客去房空，兩不相干，何必恁般破費也」〔註61〕。

然而，能看得透並不意味著能看得開，伶俐人也往往比愚鈍者更多煩惱痛苦，心餘就是前者的典型。正是因此，他才會一面要求世人通過禪定破執來達到清心寡欲：「自今以後，當過一切色界想，滅一切有對想，庶幾入識處定，入無所有處定，入非想非非想處定」〔註62〕；同時又念念不忘自己作為

〔註57〕〔清〕蔣士銓撰，周妙中點校：《蔣士銓戲曲集》，《香祖樓》，中華書局，1993年，581頁。
〔註58〕同上。
〔註59〕同上，650頁。
〔註60〕同上。
〔註61〕同上。
〔註62〕同上，651頁。

儒士的道德責任：

> 【滿庭芳】做官的當盡心報酬，不許你欺君罔法，撞騙招搖。防你那妻兒逐件多顛倒，將一個好人家瓦解冰消。冥罰你更狠似軍流斬絞，天譴你不爭差釐忽絲毫。想一想忠和孝，爲甚把承先啓後，身子賣錢刀。

> 【么篇】做妻的要無慚封誥，佐夫君仁民愛物，節儉勤勞。第一戒金珠錦繡相誇耀，謹防著穿戴的百姓脂膏。養兒郎早打點心神胎教，訓媳婦也還須井臼親操。何損你富貴人身和貌，切不可貪嗔淫虐，暗裏犯天條。〔註63〕

蔣士銓在出世與入世之間的這種搖擺，在他隨後所作的《臨川夢》中也有著很強烈的表現。其中最爲人知、也最有影響的，當屬第十九齣「說夢」中覺華天王對霍小玉、淳于棼、盧生和俞二姑等人進行的布道與宣講。在這裡，蔣氏揭開了人作爲個體生命費心勞力卻無法把握生老病死的徒然：

> 把不定陰陽機械，將一個虛空架子立將來。神與氣生下幾家宗派，精和血巧製就各樣形骸。無生有，有生無，便叫那鄒衍談天難考究。治復亂，亂復治，假饒他屈原呵壁也費疑猜。有男女乃有夫婦，有境界乃有苦樂。生下一窩兒，啞債主有威權，暗使的親孃孃，忍著疼輪班服役；供養著幾張嘴，肉衙門無盡藏。明捉住老爺爺，掙著命逐日銷差。苦煞了懦兒郎，聽憑恁掯金播兩；愁煞了窮夫婿，忍他數米量柴。這一個積趲家私，醉死夢生錢眼坐；那一個填還孽帳，穿衣吃飯肉身挨。捧定這臭皮囊，較勝爭強，成佛昇天都要死；戴了那粉骷髏，追歡取樂，嫁雞隨犬各當災。羞答答喪門神，一把兒冰肌玉骨。笑嘻嘻勾死鬼，兩行兒紅粉金釵。百年間名韁利鎖苦牽連，一家兒男婚女嫁難交代。蓋棺時，博得個夫妻恩愛一聲天；散夥時，償不了兒孫衣食三生債。墳頭上幾點淚，當不得返魂香；醉鄉中一杯茶，衝破了鏖糟塊。〔註64〕

對自己曾經汲汲以求，但卻最終放棄的功名富貴，心餘也進行了尖刻、辛辣的鞭撻。他嘲笑耽於科舉之道的士子，也不忘揭露科舉制度的黑暗：

〔註63〕同上。
〔註64〕〔清〕蔣士銓撰，周妙中點校：《蔣士銓戲曲集》，《臨川夢》，中華書局，1993年，267～277頁。

甚來由兩朵宮花，十年間，嘗遍了那些兒酸甜苦辣；沒出息一
枝班管，半生來弄不清這幾個者也乎哉。不過是小聰明，刻鵠雕蟲，
被幾個活窮鬼弄得你喪氣垂頭休怨命；果然有大本領，安邦定國，
這一位醜魁星雖然是張牙舞爪也肯憐才。主考試，少什麼蘇玉局，
領著那名士衡文，且無三隻眼；坐衙門，縱有那包鐵面，難保他窮
人告狀，不破一分財。沒相干壞墨卷，考得上，便算他文星透露；
有憑據定例本，捐得出，也就是官鬼詼諧。光閃閃雪砌冰山，炙手
後終會逐天消；硬幫襯紙糊紗帽，下場時未可連頭賣。假慈悲，越
句踐、漢劉邦，用人時妝出些豁達真誠；善逢迎，韓退之、杜子美，
應制日藏過了悲歌慷慨。〔註65〕

蔣士銓認為，科舉制很難真正地為國家選拔良材，即使是有才之人僥倖居官
也很難維護下層民眾的利益。富貴名利不過是過眼雲煙，封建君主任用賢才，
背後往往存在虛偽的實用目的，而即使像韓愈杜甫這樣的儒士為求功名也往
往會逢迎上官，掩飾自己的真實品性。不僅仕宦權勢終會消亡，武將的功勳、
文官的著作這些「立功」、「立言」的不朽之名，也都是靠著運氣，誰榮誰辱
純屬偶然：

拼性命幹功名，活累煞故將軍，北討南征，枉射斷兩壺弓箭；
嘔心肝做文字，可憐見腐太史，東奔西跑，也踏破了幾對靴鞋。江
心裏掛了帆，廟門前斷了碑，沒情面的風雷多勢利；銅爐閃熄了香，
石鼎中減了火，有威靈的神鬼也癡呆。放不下長樓梯，井底蝦蟆難
求千佛救；提得穩巧線索，棚中傀儡也有八人抬。〔註66〕

尚義氣不過是一時的謊言，共榮華容易，共患難難：

花開了白玉堂黃金窟，熱鬧裏結拜了弟弟兄兄；風吹到鬼門關
奈何橋，急切中失脫了爺爺奶奶。〔註67〕

像曹操、嬴政那樣地耍弄權術不過是自欺欺人：

蠢曹瞞，關自家造疑冢，末了兒藏不過腐骨幾根；獸嬴政，替後
世造長城，預先的落下了臭名千載。怕甚麼猙獰鬼、邋遢鬼、刁鑽鬼、
俊俏鬼，在陽世上枉自會掉舌搖頭稱爾汝；看這般狠毒人、良善人、

〔註65〕同上。
〔註66〕同上，277～278頁。
〔註67〕同上，278頁。

伶俐人、古怪人，到陰司裏，卻仍要打恭作揖喚臺台。〔註68〕

而恪守本分的人更是麻木不仁，等同蟣虱禽獸：

> 苦守定幾所田園，生不多，死不少，真個是禪中蟣虱；緊藏著一包敕印，降便愁，升便喜，也不過櫃下駑駘。聽著他打就行喝就止，黑洞洞驢兒推磨；看定人喜就笑怒就哭，明顯顯花子排街。〔註69〕

面對現實的灰暗，蔣士銓不禁置疑所謂報應的存在：

> 猛霹靂，捉不去瞌睡蟲，任他們打了爺、罵了娘，須索要喫緊的連夜驅車尋閃電；善閻羅，苦用著褦襶鬼，盡他們欺了君、賣了國，為甚麼不早些兒預先把筆判搆牌。〔註70〕

對自己一直堅持的青史，心餘也產生了疑惑：

> 青史也是夢。訂幾本大帳簿，記載些好本紀、窮世家、混列傳，輪流著邪正君臣填注腳；打一回長算盤，扣除了壞心腸、劣皮毛、醜嘴臉，準折出聖賢忠孝細分腮。〔註71〕

功業的無常對蔣士銓產生了極大的刺激，也促使他進一步思索這一切背後的原因與規律：

> 天地也是無可奈何，所以造出這些圈套，盡世上的人跳去。設下這千鍾粟、九品官，牢籠定十萬八千才智愚蒙，一堆兒同掙扎；劈開了九層天、十重地，捉弄著東西南北榮枯壽夭，都聽著大安排。五瘟神肩挑上百般病，沿門硬派；九子母手牽定各樣兒，隨意投胎。打一面喬鼓兒，休要怨老神明差了果報；使一會天性子，也須知大氣運關著興衰。小團圓，鳳皇冠，麒麟報，好蔭封，合得上厚祿高官，都只為積祖承恩相挈帶；大劫數，離亂年，饑荒歲，劣殘生，逃出天羅地網那裡是排家造惡盡應該。沒對證的鬼變人，人變畜，鬧轟轟轉不了雜碎輪迴；喜更張的水成田，田成海，急攘攘算不盡的糊塗世界。〔註72〕

但是如此淋漓酣暢地宣講人生就是無奈與無常的同時，也意味著作者本

〔註68〕同上。

〔註69〕同上。

〔註70〕同上。

〔註71〕〔清〕蔣士銓撰，周妙中點校：《蔣士銓戲曲集》，《臨川夢》，中華書局，1993年，278頁。

〔註72〕同上，278～279頁。

人人生意義的消解與自我價值的泯滅。無論是過程還是結果,都令蔣士銓痛苦萬分:

> 俺的參悟,好不苦也。哭一聲,豁剌剌,驚得個揭諦神落了銅叉;笑一聲,谷都都,嚇得個彌勒佛躲入布袋。歎口氣,走進了蟻兒般的戲場中;發個狠,跳出了雞蛋大的乾坤外。翻筋斗,撞破了女媧補的天;轉喉嚨,吸乾了精衛兒填的海。硬睜著大眼孔,生怕老天瞞;肯鑽入悶葫蘆,浪被世人紿。眞豪傑,腔子裏都忘了生死窮通;大英雄,夢兒中肯露出輸贏成敗。這便是俺覺華王領受了天封拜,俺與你合盤托出,您可也徹底丟開![註73]

在《臨川夢》劇末的題詩中,蔣士銓說道:「人間遍佈珊蝴網,造化兒牽傀儡絲。脫屣榮枯生死外,老夫叉手看多時。」[註74]但現實中,他很難做到詩中描畫的那般豁達。這曲一千八百餘字的【混江龍】,固然含有他對人生的透徹發見,但其中也不乏自相矛盾之處。比如說,他指謫科舉制的弊端與黑暗,但卻對安邦定國的眞才予以肯定;他以天地爲無常以果報爲虛空,卻又以爲少數人的現世名祿爲「積祖承恩相契帶」。之所以會有這樣的矛盾,既與蔣士銓的人生遭際有著極爲厚密的關係,亦是其在儒釋之間尋求調和的結果。心餘借助佛學的思維方式架構了一個「虛空」的形上世界,但他本人對現實世界其無法以割捨。一旦將目光回照此岸,蔣氏的倫理綱常意識便表露無疑了。

二、佛禪思想的來源與歸隱意願的表達

蔣士銓在揚州時期所交往之友人,多有醉心佛法者或者僧侶。前面已經多次述及的羅聘就是其中的代表。羅聘號兩峰、兩峰道人、金牛山人、花之寺僧、衣雲和尚等,原籍安徽歙縣,僑居江蘇揚州,是金農的入室弟子,終生布衣。羅聘本人篤信佛法,並試圖熔儒釋於一爐,所作《正信錄》,「凡世俗所疑之事,如天堂地獄,人畜輪迴,前身後身等,一一據經引史,證明其事。而道學淵源,名人至論,以及各種修持,與夫仗佛慈力,橫超三界之法。悉皆詳示所以,使人知其門徑,有所依憑」[註75]。從儒釋兼容來看,羅聘

[註73] 同上,279 頁。
[註74] 同上,286 頁。
[註75] 〔釋〕印光法師:《印光法師文鈔》,續編卷下,《羅兩峰居士正信錄序》,中

與蔣士銓多有共同之處，但與羅聘「據經引史」證明輪迴不虛不同，蔣士銓對所謂的佛力靈異毫無興趣，甚至尖刻地揭露其虛妄：

題《法苑珠林》謝夢因上人

《莊》《列》言神仙，《左》《國》陳妖鬼。《離騷》說地獄，遊戲爲文耳。六朝尚玄談，竊取無生旨。佛經本不多，過欲存天理。附會梵筴書，詭怪欺愚子。斤斤司果報，瑣屑何其鄙？於此不能空，所空先泥矣。

萬物自起滅，轉輪毋乃煩？解脫即死耳，貪念期生天。現在忍枯寂，求福虛無間。大姓婆羅門，富貴享長年。救度眾生願，甘露誰實餐？佛未入中國，何處棲聖賢？不聞三代人，魄返毘尼園。

佛不尚語言，亦不尚文字。六百七十函，毋乃傷詞費？惲公撰《珠林》，種種搜奇異。我愛其荒唐，說鬼資破睡。向師乞殘編，手錄相補綴。稗史小說同，不必求精義。師本智慧人，逃儒亦遊戲。成佛究何時？笑指蒲團地。

默默蓮臺人，袒跣亦何樂？燃薪而鑄錢，所見豈云薄？讀書淡榮利，是即不染者。布地求黃金，誰解空門縛？師尋夢中因，因盡緣乃脫。利口箭鋒機，談柄宗雷托。於法了無涉，貝葉皆可灼。還書免一瓻，他日具酥酪。〔註76〕

此詩作於乾隆三十七年壬辰（1772）之秋，蔣士銓時居揚州。從題目及詩意來看，此詩應該是心餘在奉還夢因借給自己的《法苑珠林》時，爲感謝夢因所作的題詩，或者也可以視作蔣士銓對《法苑珠林》這類證信之書的共同看法。蔣氏在詩中指出：《法苑珠林》中的種種果報是在以詭異之說欺騙無知百姓；上古三代時佛教尚未傳入中國，也沒有死後魂歸釋迦生地毘尼園聖地的說法，但那時已然是聖賢屢現；佛祖本不尚言語文字，因此搜羅奇異證明佛法本身就有違佛家宗旨，自己向夢因索取《法苑珠林》的目的，不過是將之視作稗史小說一樣的消遣，並沒有以之參悟佛法精義的意思；僧人化緣求施的行爲證明託身空門並不能真正解脫現世物欲的束縛，

華書局，民國十八年（1929）鉛印本，國家圖書館館藏，編號002244261。

〔註76〕 〔清〕蔣士銓著，邵海清校，李夢生箋：《忠雅堂集校箋》，《忠雅堂詩集》，卷二十，1319～1320頁。

動輒談禪參話頭等種種機鋒也並不是真正的參禪修道之法。自此來看，蔣士銓本人之研佛，主要是以禪學作爲涵養方式來沖淡自己的榮利之心，內在超越，是其所圖。

有關蔣士銓與夢因的交往，徐珂《清稗類鈔・方外類》「雪廬翛然自遠」條曾記載云：

> 乾隆壬辰，蔣心餘太史士銓至揚州，聞建隆寺僧雪廬名，偕其同年生金棕亭教授兆燕訪之。鐘魚佛語，吟聲滿林。雪廬方伏几，手披口授，以訓兩僧雛，讀書臨帖，咕嗶如學究，心餘竊異之。棕亭曰：「此靈山二童子者，曰巨超，曰道揆，其孫行也。詞氣既接，儒雅浸流，以視動容於宰官富人者，翛然遠矣。」雪廬俗家爲桐鄉張氏，名復顯，字夢因。〔註77〕

阮元《淮海英靈集》：

> 復顯，字夢因，別號雪廬，浙江海寧人。張氏子，能詩，兼善雲林山水。主揚州建隆寺。有《雪廬詩草》四卷，鉛山蔣太史士銓序之。〔註78〕

夢因在同揚州江南諸名士來往密切，金棕亭、程晉芳、袁枚等人均曾有詩與之唱和。《雪廬詩草》筆者無由得見，但從阮元的記載及蔣氏詩文來看，夢因與心餘的交誼頗爲深厚。乾隆三十九年（1774），蔣士銓三女孫阿寶、阿鸞、阿賓染痘俱殤，蔣氏均乞夢因葬於建隆寺內，從中亦不難見兩人關係之密切。

羅聘、夢因之外，與蔣士銓早年同居京師的王文治，中年之後亦歸隱南方，並曾任杭州崇文書院掌教。夢樓四十歲時便已耽於佛法研習，嘗自稱「吾詩、字皆禪理也」〔註79〕。心餘的母親鍾氏夫人令嘉，晚年也曾修習佛法。自此而言，蔣士銓研佛除了慰藉自我心靈的精神需要之外，應該與眾親友的影響也有一定關係。但是，恰如心餘在給夢因的詩中所寫的那樣，他研習佛法只是爲了「讀書淡榮利」，將之作爲一種慰藉來平復自己的心靈創傷。對於世俗佛教的荒誕性和功利性，他始終保持著一貫的清醒。因此上可以認爲，

〔註77〕徐珂編撰：《清稗類鈔》，「方外類」，「雪廬翛然自遠」，中華書局，1984 年，第十冊，2040 頁。

〔註78〕〔清〕阮元：《淮海英靈集》，癸集，卷一，儀徵阮亨珠湖草堂清道光二十二年刻本，國家圖書館館藏，編號 001972263。

〔註79〕〔清〕姚鼐：《惜抱軒全集》，《王禹卿七十壽序》，中國書店，1991 年，267 頁。

蔣氏雖然談空說有，卻很難眞正的以佛禪爲自己的信仰，也很難通過沉溺佛法世界來獲得精神世界的眞正超越。

另一方面，心餘之學佛與他在書院時期心態的變化也不無關係。這一點從前面我們對其戢山時期劇作和揚州時期劇作的比較中，就可以瞭解。另在蔣氏此期所作的詩歌中，也可以明顯地感覺到這種變化，以下姑摘其要者以爲佐證：

病中生日感作

（乾隆三十二年　丁亥　四十三歲　在戢山）

忽忽行年四十三，病眠身似半僵蠶。此生窮困由天授，後日功名厭客談。肌肉全銷山露骨，因緣已澈佛同龕。君親恩重無從答，不死微軀只自慚。

一樓霜氣擁重衾，多謝門生取次臨。談孝說忠猶耿耿，傷離感逝自沉沉。艱難久絕資身計，惻隱空存未死心。盡典春衣投藥肆，卻憐甘旨不勝任。〔註80〕

醉歌

（乾隆三十二年　戊子　四十四歲　在戢山）

前有千古，後有萬年。數十寒暑中，我忽生其間。前身後世不可識，人物鳥獸蟲沙草木然不然？識字數，不過萬。讀書卷，不及千。十載竊科第，出入館閣承主恩。所識盡窮乏，所棲無一塵。郁郁貧病奉母去，覥顏教授居名山。神道牽我作傀儡，山靈借我爲雲煙。倚樓兀然坐終日，千岩萬壑百變陰晴天。聖賢可學學者少，紛紛墨守經生言。相習俳優之文志富貴，所以古語嗟才難。朝聞官人買田宅，暮聞官人購亭園。飲食歌舞待鍾漏，汲汲厚積遺子孫。將軍死難士死綏，至尊宵旰爲籌邊。忠臣孝子出至性，舉以責備難具論。葵藋託生太陽下，弱草向陽心猶存。鳥欲扶搖羽翼薄，木思栽削枝節拳。數十寒暑中，我忽生其間，弱水之羽滄海粟，何不化去供蟻蔦？飲酒一斗亦既醉，以夢代死誰周旋？〔註81〕

〔註80〕　〔清〕蔣士銓著，邵海清校，李夢生箋：《忠雅堂集校箋》，《忠雅堂詩集》卷一七，上海古籍出版社，1993年，1186頁。

〔註81〕　〔清〕蔣士銓著，邵海清校，李夢生箋：《忠雅堂集校箋》，《忠雅堂詩集》卷一八，上海古籍出版社，1993年，1223～1224頁。

病中和答海隱解元原埜

（乾隆三十八年癸巳　1773　四十九歲　在揚州）

　　健翮曾搏第一天，笑從蟾窟領群仙。公車屢上翻成阻，花信愆期不似前。感遇寧須傷往事？讀書還未到中年。文章九命吾參過，他日名山訂後緣。

　　攜家久別大羅天，卻向江湖作散仙。論世知人千古上，抱孫娛母一燈前。浮雲各自乘風勢，病葉生來怯閏年。底事皋禽憐退鷁？屢傳清唳結深緣。〔註82〕

五十初度漫成

（乾隆三十九年甲午　1774　五十歲　在揚州）

　　昨非今是豈其然？轉境虛雲後勝前。一事無成由宿命，百年過半守吾天。文章報國誰能稱？菽水承歡亦可憐。了徹彭殤齊得喪，壯心奇節等雲煙。〔註83〕

從蕺山時期的談孝說忠、憤懣自責，到揚州時期雄心不再、隱居之念漸漸萌發，近十年的書院生活，對蔣士銓的鬥志產生了極大的消磨。雖然蔣氏的道德意識和他對世道民心的關懷依然如一，但是早期的激憤與自責已經漸漸地被一種隱逸的希圖心所替代。

　　在書院劇作裏，蔣士銓的這種心態都有著或顯或隱地傳達。《香祖樓》中，就有一個人物的設置頗為耐人尋味，此人即是「學紹白沙，壺藏冰雪」〔註84〕的仲文之父仲元修。仲元修在整部戲中沒有一次正面出場，但第八齣「發廩」與第十齣「錄功」卻是專為此人而作無疑。蔣士銓通過其他人物講述側面評價此公的行事以為：「此翁起家窮苦，辛勤積累數十餘年，乃稱饒裕。今力行善事如此（發粟救饑，施棺掩骨），真可嘉也。」〔註85〕蔣氏並進一步讚歎曰：「他籽粒皆辛苦，倉箱極捨施。他黃虀淡飯才充食，葛衣布被才遮體，包纏得生人死鬼無顛沛。則他這滿腔慈善人心，合得上因時長養蒼天意……俯視

〔註82〕〔清〕蔣士銓著，邵海清校，李夢生箋：《忠雅堂集校箋》，《忠雅堂詩集》卷二二，上海古籍出版社，1993年，1377～1378頁。

〔註83〕〔清〕蔣士銓著，邵海清校，李夢生箋：《忠雅堂集校箋》，《忠雅堂詩集》卷二三，上海古籍出版社，1993年，1428頁。

〔註84〕〔清〕蔣士銓撰，周妙中點校：《蔣士銓戲曲集》，《香祖樓》，中華書局，1993年，558頁。

〔註85〕同上，582頁。

北邙山，埋骨無餘地，算不盡新墳故鬼，把他那一寸心田藏萬壘，死安眠，生無饋」。〔註86〕在這樣一部虛構的劇作中，插入這樣一個學宗白沙人物，又如此著意地曲筆描摹，不能不令人對作者的意圖感到好奇。聯繫到《自題喻義齋銘》曾經提到的象山講學之事；晚年所作《採樵圖》中，也加入了王守仁平定宸濠之變的情節；是則蔣士詮在書院時期極有可能已經開始研讀某些陸王一脈心學的學說。

黃宗羲《明儒學案》「師說」曾評價白沙之學說：

> 先生學宗自然，而要歸於自得。自得故資深逢源，與鳶魚同一活潑，而還以握造化之樞機，可謂獨開門戶，超然不凡。至問所謂得，則曰「靜中養出端倪」。向求之典冊，累年無所得，而一朝以靜坐得之，似與古人之言自得異。孟子曰：「君子深造之以道，欲其自得之也。」不聞其以自然得也。靜坐一機，無乃淺嘗而捷取之乎？自然而得者，不思而得，不勉而中，從容中道，聖人也，不聞其以靜坐得也。先生蓋亦得其所得而已矣。道本自然，人不可以智力與，才欲自然，便不自然。故曰「會得的活潑潑地，不會得的只是弄精魂。」靜中養出端倪，不知果是何物？端倪云者，心可得而擬，口不可得而言，畢竟不離精魂者近是。今考先生證學諸語，大都說一段自然工夫高妙處不容湊泊，終是精魂作弄處。蓋先生識趣近濂溪，而窮理不逮；學術類康節，而受用太早。質之聖門，難免欲速見小之病者也。似禪非禪，不必論矣。〔註87〕

兩相比較可以見知，蔣士詮在書院後期尋求靜養自得、「似禪非禪」的思想傾向確實與白沙「歸寂」之學存在一定的共性。

此外，《臨川夢》中，蔣士詮又曾以湯顯祖為「完人」表率。通繹心餘現存別集可以發現，他對「完人」的定義十分苛刻。《楊岸堂先生傳》中，蔣士詮曾經說道：「士生太平之世，篤孝悌，能文章，居官各盡其職，出處皜皜然，知幾恬退，樂志林泉，子孫立如筍，嗚呼，可謂完人矣。」〔註88〕《洛川劉公墓誌銘》中他又感慨說：「嗚呼，公生富貴之家，處豐樂之境，文足以振膠

〔註86〕同上。

〔註87〕〔清〕黃宗羲著、沈芝盈點校：《明儒學案》，上冊，「師說」，「陳白沙獻章」，中華書局，1985 年，4～5 頁。

〔註88〕〔清〕蔣士詮著，邵海清校，李夢生箋：《忠雅堂集校箋》，《忠雅堂文集》，卷四，《楊岸堂先生傳》，上海古籍出版社，1993 年，2127 頁。

庠,行足以式閭黨,居官治民,皆有以自見,而恬然知止,無所耽溺。豈非於仁人孝子敦善力行之道,賢臣循吏不辱不殆之義,瞭然心目,故能立身有本末,濟時有體用,全受全歸,如公者豈非完人也哉!」〔註89〕蔣士銓心目中的「完人」,不僅需要有極高的道德素養,仁愛襟懷,而且需要不泥於富貴功名、及早全身而退歸隱田園,也就是唐人李商隱所謂「欲迴天地入扁舟」之意。《臨川夢》中,湯顯祖曾言:

> 【三學士】及第登科陞又貶,革了職反本還原。宦囊籍沒官追欠,
>
> 家產收完命苟延。怎似柴門閒過遣,一家兒花下眠。〔註90〕

宦途沉浮不如隱居自安,這段話中也隱微透露出蔣士銓在這一時期的某些心緒。可能也正是因為如此,蔣士銓才會在此劇中對陳眉公的行為頗有微詞。「糚點江山大架子,附庸風雅小明家。終南捷徑無心走,處士虛聲盡力誇。獺祭詩書充著作,蠅營鍾鼎潤煙霞。翩然一隻雲間鶴,飛去飛來宰相衙」〔註91〕,陳氏假借隱逸之名攢書貸利,巴結顯門的行為顯非真正隱者。但陳繼儒的「年未三十,焚棄儒冠,自稱高隱」〔註92〕與蔣士銓四十歲辭官歸南之間,倘僅從表面行為來看確實頗有相似之處。蔣士銓對陳氏的鞭撻,或有某種辨白明志之意,也未可知。

以禪自解又不忘世事,體現了蔣士銓書院時期歷經曲折之後的複雜心境。但是對他來說,要做到真正的歸隱仍需時日。「鉛刀貴一割,夢想騁良圖」,滿懷利民之心與濟世之才,卻連一次真正施展的機會都沒有,對心餘來講,內心的渴望是很難抑止的。《香祖樓》和《臨川夢》中複雜的思想與意蘊,也足見其在出世入世之間痛苦的搖擺與糾結。無論是參禪還是研習白沙之學,都無法讓心餘對民生利弊熟視無睹,也無法讓他徹底發下倫理綱常自命的道德重擔。

乾隆三十九甲午(1774),蔣士銓在完成《香祖樓》及《臨川夢》之後,將昔年北京所得之史可法畫像及手卷託彭元瑞轉呈高宗。心餘此年《行年錄》對此事的記載尤為詳盡:

> 同年彭芸楣元瑞來視江南學,余以史像示之,彭曰:「去年皇
>
> 上命搜內閣庫,得史公與攝政睿親王書手迹,大讚賞,深責當年纂

〔註89〕同上,卷四,《洛川劉公墓誌銘》,上海古籍出版社,1993 年,2221～2222 頁。

〔註90〕〔清〕蔣士銓撰,周妙中點校:《蔣士銓戲曲集》,《臨川夢》,中華書局,1993 年,275 頁。

〔註91〕同上,222 頁。

〔註92〕同上。

修《明史》諸臣無識，不以其書載入本傳。乃御跋一首，重裝收藏。」
予因以畫像卷受之，曰：「何不以入奏？」彭許諾，及差滿入覲，
遂具以進。上大喜，爲七律一首題之，並令內廷諸臣屬和。即發原
卷，交兩淮鹽政冶石，大興工作，費一萬六千金，建祠及御書樓云。
〔註 93〕

李斗《揚州畫舫錄》對史閣部墓的記載與蔣士詮所言大致相類。〔註 94〕蔣氏
此舉蓋出於其褒貶忠孝的一貫堅持，並沒有主動迎合聖意有所圖謀之意。但
是他的這一行爲本身卻足以表明，他雖然談禪談隱，卻很難不問世事，跳出
紅塵。

乾隆四十二年（1777），蔣士詮已經因母喪離開揚州回鄉守制。這一年，
乾隆帝在南巡之時賜詩彭元瑞，詩中說道：「江右兩名士，汝今爲貳卿」，其注
云「蔣士詮，與元瑞同年入翰林」〔註 95〕。一國之君對自己這樣一介草民的記
掛，讓蔣氏不禁感激涕零，也讓他萌生了再報君恩的想法。乾隆四十三年
（1778），彭元瑞以上屢問及，疊書促其入京，心餘乃於六月攜子入京。〔註 96〕
據袁枚記述，「及君（蔣士詮）再至長安，浮沉舊職，一二知己已盡矣。同列
皆闖然少年，趨尚寡諧，愈益不自喜，遂有輕死生一晝夜之意。」〔註 97〕遺憾
的是，蔣士詮的再度出仕，並未給他帶來期盼已久的經世致用的機會。年事漸
高的他，置身館臣之中，更感格格難入。心餘晚年更加地耽溺佛教，並以離垢
居士自稱，眞正有了「輕生死一晝夜」的自棄傾向。

縱觀蔣士詮一生，或可認爲，在其思想中存在著一種由儒向禪的轉向。
早年的蔣士詮關懷世道，並以經世自期；南歸之後，他開始以佛禪之道自我
慰藉，雖然對自己的儒家仁政理想一直難以忘懷，但也只能出之以冷峻的社
會批判，並在文學的想像空間中構建自己的理想圖景；二度入仕之後，蔣氏

〔註 93〕 〔清〕蔣士詮編，〔清〕蔣立仁補編：《清容居士行年錄》，「三十九年甲午」，
　　　　 國家圖書館館藏，編號：001896878。
〔註 94〕 詳見〔清〕李斗：《揚州畫舫錄》，卷三，第 73 條，中華書局，1960 年，77
　　　　 頁。
〔註 95〕 詳見〔清〕蔣士詮編，〔清〕蔣立仁補編：《清容居士行年錄》，「四十二年丁
　　　　 酉」，中國國家圖書館館藏，編號：001896878。
〔註 96〕 同上，「四十三年戊戌」。
〔註 97〕 〔清〕袁枚著，周本淳標校：《小倉山房詩文集》，《小倉山房續文集》，卷二
　　　　 五，《翰林院編修候補御史墓誌銘》，上海古籍出版社，1988 年，1698～1701
　　　　 頁。

經世利民的願望徹底破滅，此時他對佛學更加依賴，並且由藉之自慰走向因之棄世，這一點在其晚年所作《採樵圖》雜劇中很明顯地得以體現。在蔣士銓生命的幾個階段中，中年書院時期是其中的中間過渡時期，也是其思想最為複雜的一個時期。在這段時間裏，敘事性與抒情性兼容的戲曲體裁成為心餘展現其才華與胸懷的最好媒介。他的經濟之心、性情之思、身世之感、慰藉之道，百般糾結地呈現在其書院劇作中，向我們傳達了某些他在詩、詞、文中隱去或者未被保存下來的珍貴訊息。此外，倘從戲曲曲體本身來看，蔣士銓這段時期的劇作，無論在觀念、聲腔還是曲詞方面都表現出相當高的水平，雖然其中的某些劇作（如《香祖樓》、《臨川夢》）由於擔荷了作者過多的期望，而顯得有些枝蔓和晦澀。

第四章　花雅爭勝時期崑曲的最後一位殿軍——書院時期的劇作特色及其成因

　　蔣士銓被譽爲花雅爭勝時期的最後一位殿軍，他的劇作不僅在思想上具有與眾不同的卓越之處，從曲學角度而言，亦有著當時一流戲曲作品的風範。縱觀蔣士銓的戲曲創作生涯我們可以發現，書院時期是其劇作由稚嫩走向成熟的過渡時期，也是最爲關鍵的時期之一。蔣士銓的戲曲觀念及其對聲腔運用的思索，都在這一時期取得了豐碩的成果。另一方面，書院劇作也秉繼了蔣士銓一貫文辭清峻與構思謹密。雖然以曲爲史和以文爲曲的做法，爲蔣氏劇作的舞臺搬演製造了一些障礙，但是某一兩部作品的缺陷不應該也不足以掩蓋蔣士銓劇作的優異特質。

第一節　戲曲觀念的明確樹立

　　與「經世致用」的思想相呼應，蔣士銓的戲曲觀念也體現出對於世道民心的強烈干預的趨勢，在黜虛尚實的取向上，兩者之間也存在著共通之處。可以說，蔣士銓在書院劇作中對「忠孝義烈」、「經師循吏」的揭倡，與他對戲曲這一體裁的認識是密切相關的。因爲以經世致用爲己任，所以才會在自己的劇作中展現出對「道德」和「事功」的強烈關注，從而使得戲曲這一文體，成爲了載道的工具。與其時戲曲普遍的倫理道德化有別，蔣士銓並將戲曲視爲一種記錄、再現歷史的載體，通過舞臺來承擔自己的史官職責。而在

另一方面，出於對其時男女風情戲只重愛情風氣的不滿，蔣士銓相對提出了自己的「情統一切」的言情觀念，將「情」字的範圍從男女之間的情愛，擴大到包容一切的人類情感，並以所謂的「情之正者」作為尺度對情的性質加以衡量，體現了他性情思想中承繼新儒家而調和情理的傾向。當然，蔣士銓還將戲曲作為抒發自己身世之感的載體，以此作為自己中年辭官、懷才不遇的悲憤慷慨。從心餘的劇作生涯來看，他早年雖然曾經創作過一些戲曲作品，但是蔣氏劇作觀念的真正明確與成熟卻是在書院時期。無論是歷史劇作還是言情之作，在這一時期都呈現出了大師的品格，這與蔣氏此時對戲曲文體本身的思索與認識深切相關。

一、曲關名教的觀念

蔣士銓南歸之後，重濡翰墨再作戲曲的時間是在乾隆三十六年（1771）。這一年的五月，心餘在蕺山書院寫就了歷史題材的《桂林霜》傳奇。此時距離他上次寫作戲曲《空谷香》傳奇的乾隆十九年（1754），已經過去了整整十七個年頭。在開始這次創作之前的二月，心餘的好友，時任越州太守的張三禮，為他的舊作《空谷香》寫作了序文。在此序中，張三禮說道：

> 文字無關風教者，雖炳耀藝林，膾炙人口，皆為苟作。填詞其一體也。史家傳志之文，學士大夫或艱涉獵，及播諸管絃，託於優孟，轉令天下後世觀場者，若古來忠孝賢奸凜然在目，則填詞足資勸懲感發者亦重。元人雜劇，限於篇幅，故事曲繁白贅，節目殊多牽混。南曲既興，名作亦鮮。《琵琶》詞意深摯，質樸高華，無有倫比，雖以《幽閨》《祝髮》專工本色，且難追步。其他淺俚癡肥者，固不足道，而妖豔靡曼之音，誨淫倡亂，甘以詞章得罪名教，遂使毛穎陳元失身溷廁，楚炬陳灰不能廓清摧陷，豈非詞場冤山苦海歟？或有迂儒，解談忠孝，又苦筆陣庸腐，麻木不仁；而輪囷稚拙，使人讀之不快，亦恨事也。〔註1〕

張三禮的這種「關乎名教」的戲曲觀念，與蔣氏本人對戲曲曲體的看法是一致的。早在乾隆十三年（1748）蔣士銓二十四歲時，他就在為唐英所作的《蘆花絮題詞》中就曾說過「第學士葆爾秉彝，或可涵融自盡；奈愚民忽於天性，必

〔註1〕〔清〕張三禮：《空谷香序》，《蔣士銓戲曲集》，《空谷香》，中華書局，1993年，433頁。

需感發乃堅。此有心世道者往往即遊戲作菩提，藉謳歌爲木鐸也」〔註2〕，肯定了唐英以戲曲宣達名教、匡正世道的做法，但蔣士銓本人眞正有意識地「藉謳歌爲木鐸」卻是從《桂林霜》開始的。《桂林霜》以褒揚忠孝爲基本宗旨，從「提綱」中「爲人臣者，豈能一一如此」〔註3〕的言語就可見之。張三禮在《桂林霜序》中完全贊同蔣氏的觀點，以爲「一丈氍毹，兩床絲竹，關乎名教風化也亦大哉。」〔註4〕應該說，蔣士銓在他書院時期的五部劇作中，通過對「忠孝義烈」的讚頌，不遺餘力地推行自己關乎名教的劇作思想。在《香祖樓》裏對李若蘭的貞烈進行了褒揚，在《臨川夢》中，他又借湯顯祖筆下的人物說道「先生妙作，不但使我輩姓氏長存，實有功於名教不小也」〔註5〕，表達了自己以戲曲作爲道德載體的文學觀念。

　　與劇關風化的戲曲觀念相對的是蔣士銓對「才子佳人」低俗溺情思想的抵制。在《臨川夢》末尾蔣士銓旗幟鮮明地指出：

　　　　腐儒談理俗難醫，下士言情格苦卑。苟合皆無持正想，流連爭賞誨淫詞。〔註6〕

有關蔣氏對「情」的詮釋與理解，前已論及，此處不再贅述。但倘從其時戲曲創作「言情」之風泛濫鄙俗的狀況來加以考量，蔣士銓通過戲曲的形式來表達自己的「情正」觀念似乎也就暗含了一種與卑俗言情之風相頡頏的意味。相較於張堅《夢中緣》掛「情眞」之旗寫登徒好色之事的表裏不一，《臨川夢》、《香祖樓》之言情無疑要正大光明得多。蔣士銓的劇作之所以促發觀者、讀者的上述體驗，應該說，是與蔣氏對戲曲功能的清楚認識是息息相關的。吳梅先生就曾經評價說：「自藏園獨標曲關風化之幟，而作者皆愼重下筆，無青襟挑達事，此亦清曲家之勝處也。」〔註7〕

〔註2〕〔清〕蔣士銓：《蘆花絮題詞》，原附〔清〕唐英《蘆花絮》前，《古柏堂戲曲集》，上海古籍出版社，1987年，45頁。

〔註3〕〔清〕蔣士銓撰、周妙中點校：《蔣士銓戲曲集》，《桂林霜》，中華書局，1993年，93頁。

〔註4〕〔清〕張三禮：《桂林霜序》，《蔣士銓戲曲集》，《桂林霜》，中華書局，1993年，80頁。

〔註5〕〔清〕蔣士銓撰，周妙中點校：《蔣士銓戲曲集》，《臨川夢》，中華書局，1993年，285頁。

〔註6〕〔清〕蔣士銓撰，周妙中點校：《蔣士銓戲曲集》，《臨川夢》，中華書局，1993年，286頁。

〔註7〕吳梅：《霜厓曲跋》，「桃溪雪記」，中華書局《新曲苑》本，民國二十九年（1940），冊九，23頁。

　　在中國古代戲曲觀念中，類似「不關風化體，縱好也枉然」的觀點幾乎是一貫的，雖然在明代的中後期，以戲曲宣講名教的做法受到了某種衝擊，然而它的存在與綿延卻始終沒有中斷過。尤其是在以理學爲正宗的清代前中期，這種觀念更是得到了從上而下的強化。乾隆皇帝本人對於戲曲的教化功能也是格外地重視。在他命宮廷詞臣張照、周祥鈺等人創作的內廷大戲中，無不灌輸了統治階層的倫理道德意識。其中的《忠義璇圖》雖然是拼集了前人水滸戲而成，但在這部長達十本二百四十齣的長編巨製中，卻充滿了以「眞忠義」矯正「假忠義」的統治意圖，從中亦不難見知高宗皇帝以戲曲維持風化之目的。例如，在《忠義璇圖》第五齣「歸正傳副末開宗」中便有這樣赤裸裸的宣講：

　　　　當今聖天子，作之君、作之師，教育群生，甄陶萬類，令我們就歌詠太平之文，寓維持風化之意。稗官野史，亦有助於彰癉；假面傀儡，實感發乎忠孝。今日個把這本傳奇，前按舊文，後增正史。眞忠眞孝，任他生土生天；假仁假義，難騙愚夫愚婦。是人知尊君親上畏法懷刑，到處盡講讓型仁風行俗美。長享生平之福，永登仁壽之鄉。〔註8〕

此外，其他內廷承應大戲，如講述目連救母故事的《勸善金科》，搬演楊家將故事的《昭代簫韶》等劇中也充斥著對君師合一、政教合一的宣講。

　　高宗對忠烈的大力倡導，輔酷烈的文字獄以爲手段，加之清初以來演《桃花扇》、《長生殿》而釀禍的教訓，使得乾隆時期的劇作家往往以「關乎名教」、「有裨風化」自命，戲曲的倫理道德化是普遍傾向。蔣士銓同時的正統戲曲家，如楊潮觀、唐英、董榕、崔應階、夏綸等人，在他們的劇作中都自覺地響應了君王之意志。甚至連以言情劇名世的張堅，也彪炳戲曲爲「興觀群怨之道，正維風化俗之幾」〔註9〕。夏綸更是自命「獨從扶掖正氣起見」〔註10〕，創作了五種戲曲來宣講「五倫」。作爲當時的著名文人，蔣士銓的戲曲觀念也體現了那個時代共同的特質，但是與夏綸「頭巾氣重」〔註11〕的圖解劇作不

〔註8〕〔清〕周祥鈺等：《忠義璇圖》，第一本，第五齣，《古本戲曲叢刊》九集之十，商務印書館，1964年影印北京圖書館藏清內府鈔本。

〔註9〕〔清〕張堅：《玉燕堂四種》，《梅花簪自序》，清乾隆間刻本，國家圖書館館藏，編號002387920。

〔註10〕〔清〕夏綸：《新曲六種》，《五種自序》，乾隆癸酉世光堂合刻本，國家圖書館館藏，編號：002126850。

〔註11〕王衛民編：《吳梅戲曲論文集》，《中國戲曲概論》，中國戲曲出版社，1983年，176頁。

同，蔣氏得戲曲觀念中還蘊含了極爲深厚的歷史意識，並在視野和境界上超越了同時的其他作家。

二、以劇補史的取向

除了扶持風化之外，通過戲曲的方式來記述史事也是蔣士銓劇作的一大特色。這種特色的形成，與蔣氏對戲曲曲體宣傳功能的認識很有關係。蔣士銓首部劇作《一片石》雜劇作於早年，是一部以紀實爲主的作品，其《自序》曰：

> 余時撰《南昌縣志》，乃紀其事，參雜誌中。以地屬新建，故祠墓篇中，例不得載。尚竊懼其弗播人口。霢雨溜簷，稍設神道附會，精誠所動又何必不爾耶。〔註12〕

蔣氏認爲，縣志之類的著作固然可以起到保存歷史的作用，然而這種文獻資料顯然無法達到人盡皆知的宣傳效果，在這方面戲曲無疑是更爲有效的傳播形式。但是這部只有四折的雜劇，主要描寫了從發現婁妃墓到重建該墓的過程，其中也夾雜了一定的神道附會因素，很難被視作是歷史劇。蔣士銓眞正意義上的歷史劇創作始於書院時期的《桂林霜》。他在劇中說道：

> 【前腔（川撥棹）換頭】古史忠良有萬千，國史忠良後媲前。雖然是載入青編，雖然是載入青編，姓和名閭閻未傳，藉詞人特筆宣，教鸚哥慧舌言。〔註13〕

較之其《一片石》的創作宗旨與觀念，此時的心餘「史院塡詞」〔註14〕的意識顯已明確。張三禮「史冊載忠貞義烈之臣，或異或同，後先輝映。即學士大夫不能僂指。其幸而傳播天壤，雖愚賤皆知姓名者，則託於詞客，演於優伶之故」〔註15〕的論斷，可謂是知人之語。

蔣士銓不但爲此劇寫作了《馬文毅公傳》附於卷首，在劇作完成之後仍

〔註12〕〔清〕蔣士銓撰，周妙中點校：《蔣士銓戲曲集》，《一片石自序》，中華書局，1993 年，342 頁。

〔註13〕〔清〕蔣士銓撰，周妙中點校：《蔣士銓戲曲集》，《桂林霜》，中華書局，1993 年，160 頁。

〔註14〕目前可見的蔣氏劇作清刊本，多在卷首覆刻「史院塡詞」「史院」、或「史筆」印章，由此可見蔣士銓戲曲創作中的歷史意識。

〔註15〕〔清〕張三禮：《桂林霜序》，《蔣士銓戲曲集》，《桂林霜》，中華書局，1993 年，80 頁。

然意猶未盡，又有《書後》曰：

> 馬氏世篤忠貞，備邀恩禮。惟同殉之子女、奴婢等三十五人、
> 未叨矜卹。想國初功令，例未及此。或以順重勳勞，隄防冒濫，未
> 可知也。伏見我皇上宣威闢土，賞罰嚴明，雖至微極賤之人，苟能
> 盡力捐軀，則絲綸渙汗之必及，而錄其姓名，矜其妻子，使枯骸剩
> 鬼，淪浹仁恩於九原者，咸思結草仰報，以傚犬馬未終之志。嗚呼！
> 彼三十五人者，時命事會之遭耳，奚敢稍存遺憾歟！此篇以神道結
> 之，人天感應，都無二致，因申論之，使愚賤者咸知所勵焉。〔註16〕

由此可見，蔣士銓以《桂林霜》寫史的同時，還抱有一種以戲曲來補彌正史
不足的意願。

　　除《香祖樓》之外，蔣士銓書院時期的其他作品雖不以寫史爲主，但也
都體現出一種嚴肅的史證意識。《臨川夢》傳奇對湯顯祖生平經歷與時代背景
的渲染全遵史書和湯氏詩文，《四弦秋》雜劇對白居易的塑造亦復如是。雖然
某些劇作中仍然有著對神道或者是夢境的描摹，但是較之同期其他作家的作
品，蔣氏填詞顯然眞實得多。時人董榕《芝龕記》雖名曰紀實之作，然動輒
上天入地、鬼神滿紙，情節上也是陳腐拖沓令人難以卒讀。心餘早年曾經見
過董氏此作，並曾爲此劇題詩多首。但蔣士銓顯然並沒有過多地受到董榕的
誤導，在他本人所作的一系列歷史題材劇作中，都避免了上述問題。

　　蔣士銓以曲爲史的傾向，不僅限於思想觀念的層面。在具體創作過程中，
他也將史傳的結構方法融入戲曲創作中。羅聘在評價蔣士銓戲曲時說：

> 昔人以填詞爲俳優之文，不復經意，作者獨以古文法律行之。『搏
> 兔用全力』，君子於其言所苟而已矣，不信然乎。〔註17〕

羅氏對蔣士銓戲曲創作的嚴肅態度和高超手法的評定是十分精準的。當然，
蔣士銓以曲爲史的弊端也是十分明顯的。書院時期的《臨川夢》之所以在備
受讚譽的同時也飽受貶評，就與它的繁複的敘事關係密切。在這部劇中，湯
顯祖的生平經歷、戲曲創作、哮承恩叛變、俞二姑各牽一線，迴環往復，中
間又不時穿插著曲筆或補敘。讀者不時會產生一種行船於蛛網水道之上茫然

〔註16〕　〔清〕蔣士銓撰，周妙中點校：《蔣士銓戲曲集》，《桂林霜》，「書後」，中華
　　　　　書局，1993 年，161 頁。
〔註17〕　〔清〕羅聘：《論文一則》，附於《蔣士銓戲曲集》，《香祖樓》之前，中華書
　　　　　局，1993 年，549～550 頁。

與惶惑——雖然觸目所及無不是水，然而身處何方、去向何處卻如在五里霧中。在這場作者與受眾的智力博弈中，後者毫無勝算可言，而前者的勝利其實也是另一種意義上的失敗——複雜的表現手法模糊了創作意圖，作者的本義隱晦難明。《臨川夢》完成之後，一時評者蜂起，卻沒有任何關於此劇演出的記載，從這個意義上來講，蔣士銓的這部作品雖然深邃廣博、一時難覓比肩，但卻並不能稱得上是好的劇作。心餘本人可能也意識到了這個問題，其晚年的《採樵圖》和一生心血凝鑄而成的《冬青樹》都是歷史題材的作品，但此二劇手法顯然更爲老辣，不惟關目新巧，敘事線索也清晰得多。

三、虛實之間的把控

　　離開書院之後的幾年裏，蔣士銓對他的戲曲思想做了進一步的歸納。乾隆四十二年（1777），蔣士銓爲母守喪居江西。在這一年裏，他在爲龍變的《江花夢》傳奇寫作了序文，文中闡述自己的見解說：

> 事業不遽見，文其先見者也；功名不可期，文其自操者也。甚矣，士之自寶其文，而重知己之爲貴也。蓋我不見古人讀其文則知之，後人不見我讀我之文則知之。苟生同斯世，而人不我知，將何託而抒其感以發其歡？嗚呼，塵世中眾生所豔羨而不可必得者，爵祿聲色之好而已。苟既得之，則長生沖舉之願起，自達人視之，則一夢境起滅也。夫人既有身則墮劫而刑清而國勢昌，和氣流行而天休滋生也。雖幻也，有不幻者存焉，天下事未可盡以戲觀也。此吾名教之說也。

> 《江花》所譜，嬌資玉質，才士佳人。以文章作因緣，假癡呆爲笑謔。出方略見才智，用錦衣以團圓。似《南華》之編，晉人之塵，仙侶之簫，瞿雲之缽。以夢名之，而實非夢也。事有不可直致者，不妨旁引曲喻而闡揚之；語有不可顯告者，則貴借境婉譬而默曉之。欲教孝教思，去奸去佞，入人倍深，感人倍切，同一救世之苦衷也，安可曰夢耶夢耶？吾案頭所列者，五經四子之書，諸子百家之言，及騷人詞客長歌短詠之章，即稗官野史小說家著作，有妙理存焉者亦不廢棄。若詞曲則《琵琶》、《西廂》及臨川《四夢》外，惟雷岸所著《江花夢》。又時時點次而諷誦之。非昵其事也，愛其文也，非耽其詞，愛其筆靈而摹擬曲肖，情眞而形容盡變也。雷岸告

我曰：「《江花》之梓行自益都相國，而亟賞詠以十絕者，新城阮亭少司農，並列名公也。」嗟嗟！列公梁園庭樹，隋苑鴛鴦也。獨有愁雲一片，盡可障日彌天；思海一漚，翻足飛濤鼓浪。是真者反幻，幻者反真。此則吾之所不能解也者矣。

　　《南華》一編，最幻者之書也。晉人一塵，至幻之態也。瓊島仙侶，洞簫吹月，朝折扶桑，暮宴瑤池，極幻之談也。瞿雲憂缽，馴象騎獅，幡蓋飄搖，雨花繽紛，盡幻之象也。其所謂神道而設教者，天龍八部，牛鬼蛇神，刀山油鍋，湯鼎鐵鋸，墜之則入無間，升之則上九天，羽節導迎，仙真侍衛。謂幻乎恐報施理有之，謂有乎則又倘恍而不可執也，總之皆所以示教也。堯舜禹湯，文武周公，孔子之聖人出，憫斯世斯民之愚蒙，舉世盡夢也。故以身立範，而又著為五經四子之書，以醒世而啟迷焉，故天下群然而知向也。知綱常名教之為重，則群趨於臣忠子孝弟悌友信之一途；知《詩》、《書》、《禮》、《樂》之可遵，斯共習於仁義道德之一說。世道由此乃有綱紀，政治由此乃有法度，人性乃有大奸大佞。亂臣賊子之是務去，所以兵入夢矣。必欲於爵祿聲色外，別求長生沖舉之術，固妄。即學志聖賢，倘七情五欲之不中乎節，轉有累其所學，則亦終無異於眾人也。奈何哉？奈何哉！〔註18〕

在此序中，蔣士銓不僅針對《江花夢》傳奇提出了自己的看法，並適時地表達了自己對戲劇中夢幻、神道情節的見解。一方面，他認識到在這些虛構的現象背後所存在的現實性因素，提醒人們注意「雖幻也，有不幻者存焉，天下事未可盡以戲觀也」〔註 19〕，認為在不能夠直書的情況下，通過某些具有神秘性的虛構手段來間接表達自己的觀點和勸懲之意，是存在可取之處的。但他同時也對當時劇作中比比皆是的虛幻情節提出置疑。蔣氏認為古代聖人宣講綱常名教並沒有使用這些方式，也一樣取到了很好的效果；神道設教固然可以用來宣示教化，但同時也會掩藏真相，甚至使其良好的教化初衷為世俗化的宗教法術所掩蓋。應該說，蔣士銓此文很好地表達了他虛實結合又以實為正的戲曲創作觀念。

〔註18〕〔清〕蔣士銓：《江花夢序》，原文附於〔清〕龍燮撰《江花夢》，《古本戲曲叢刊五集》，第四函，上海古籍出版社，1986年。

〔註19〕同上。

　　在乾隆時期，以夢爲情節甚至以夢爲題的劇作亦不寡見，但是劇作的成就卻並不是很高。以張堅《夢中緣》一種來講，此劇雖是號稱「始幻緣終後夢」〔註20〕但夢在其中不過起到兆示情節發展的敘事功用而已，與蔣士銓《四弦秋》、《香祖樓》、《臨川夢》等劇中通過夢境描寫拓展敘事空間，表現人物細膩的心理情感相比較，張堅做法顯得老套、膚淺了許多。蔣氏的戲曲觀念中確實存在著強烈的現實主義傾向，但這並不意味著他對虛幻手法的絕對排斥。當然，蔣氏在使用這些方式時的現實目的也是十分明顯的。

　　乾隆四十三年戊戌（1778），蔣士銓應彭元瑞之邀北上，甫一入京，便爲胡業宏的《珊瑚鞭》傳奇寫作了序文。序文中又言曰：

　　　　原夫詩編樂府，事同古史之特書；曲變詞家，聲繼遺音於協律。字存褒貶，凜直筆乎陽秋；意屬勸懲，等法言於象魏。効文兼各體，綜箴銘志傳，互見剪裁；態合眾情，極怒罵笑嬉，皆含美刺羌抑鬱於諢語，載笑載言；不得志者所爲，或歌或哭。必待文章大手，乃能寫萬物之生；苟無仙佛靈光，難與拭千秋之鑒。第金元院本，陋習既多；而風月良家，名篇絕少。僅使參軍、蒼鶻，冒庸鄙之衣冠；鮑豹孤揉，演淫邪之男女。遂令腐儒掉舌，斥文體爲徘優；俗子效顰，扮戾家之把戲。豈但又詞章之辱，實足傷楮墨之心已。〔註21〕

蔣士銓認爲，戲曲同時涵納了史書的敘事功能和詞的音樂性，兼備各體而又獨具特色。他進一步追溯並批評了金元以來戲劇「誨淫」的不良傾向，重申了自己以曲爲史、曲關教化和虛實結合、以實爲主的基本觀念。

　　在乾隆三十九年（1774）春創作《香祖樓》、《雪中人》傳奇之後，次年正月蔣士銓的母親過世。此後的三年裏，他不但停止了詩歌創作，也極少寫作其他體裁的作品，戲曲方面的情況也大致如是。除了乾隆四十一年（1776）所作的《第二碑》雜劇外，上述兩篇序文可以視作是此期蔣士銓在戲曲方面最重要的成果，或者我們也可以把它們看成是蔣氏書院劇作高潮之後，在下一個創作高潮到來之前的某種沉澱與思索的結晶。應該說，文中的一些看法在書院時期的劇作中就已經得到了某種吐露，只不過相比當時的零散和模

〔註20〕〔清〕王魯川撰：《夢中緣跋》，原附〔清〕張堅《玉燕堂四種》前，清乾隆間刻本，國家圖書館館藏，編號002387920。
〔註21〕〔清〕蔣士銓：《珊瑚鞭序》，原文附於〔清〕胡業宏撰《珊瑚鞭》卷首，國家圖書館館藏縮微膠片，編號002601582。

糊，這兩篇文章更爲清晰和明確罷了。但即便如此，書院時期的劇作在蔣士詮戲曲理論形成過程中仍然居於重要位置，這也是毋庸置疑的。

第二節　聲腔表現的豐富多彩

蔣士詮在早年爲《空谷香》傳奇所作的序文曾描述說：「脫稿後，擊唾壺而歌，聲情颯颯，與波濤相激蕩，此身若有所憑者。回視同舟之客，皆唏噓泣數行下。」〔註22〕通過這段話不難瞭解到，蔣氏本人不僅通曉音律而且懂得演唱，作劇當不是爲了案頭供取。從目前所存蔣士詮的劇作來看，其所探聲腔非常豐富，在運用上也非常講究，不知音者斷難成之。在傳統崑曲的聲腔之外，心餘還使用了某些花部的聲腔，曲調的豐富表現亦在某種意義上反映出其時花雅爭勝而花部漸興的嬗遞特點。本章擬選取蔣士詮劇作中的「南北合套」和北曲套爲研究對象，對心餘戲曲在聲腔上的特色加以說明。同時，也將通過這些劇作對蔣士詮之於花部諸腔的態度加以考量。

一、「南北合套」的嫻熟運用

曲牌聯套被視爲南北曲的音樂載體和唱詞格律的外在形式，是我國古代戲曲的重要的規定性程序之一。在中國古代戲曲的發展過程中，北曲與南曲雖然經歷了各自不同的發展過程，並在此消彼漲中形成了相對獨立的結構方式和聲腔體系，但是南曲和北曲並非水火不容，它們既區別又互爲補充，極大地豐富了中國古代戲曲的聲腔多樣性和藝術表現力。「南北合套」就是在南北曲發展過程中所出現的最有兼容性的曲牌聯套體制。明清時期的著名劇作家都曾在他們的劇作中使用過這種獨特的體。蔣士詮本人就是大量運用「南北合套」，並且在套式和使用方法上頗有見解的代表劇作家之一。

據《錄鬼簿》「沈和」條記載：「以南北調合腔，自和甫始，如《瀟湘八景》、《歡喜冤家》等曲，極爲工巧。」〔註23〕雖然吳梅先生在其《顧曲塵談》中對鍾嗣成的觀點持肯定態度，但是這一說法的準確性仍然值得商榷。錢南揚先生在其《戲文概論》中就曾指出「南北合套」的方法在沈和之前的元初

〔註22〕〔清〕蔣士詮撰，周妙中點校：《蔣士詮戲曲集》，《空谷香傳奇自序》，中華書局，1993 年，435 頁。
〔註23〕〔元〕鍾嗣成著，中國戲曲研究院編：《錄鬼簿》，《中國古典戲曲論著集成》，第二冊，中國戲劇出版社，1959 年，121 頁。

或者更早的南宋末年就已出現。值得注意的是，在初始時期，「南北合套」更
多地體現了居於優勢地位的北方雜劇對南戲的吸納與兼容，而在北曲漸漸失
去了統治地位之後的明代，尤其是崑腔誕生之後的明代晚期，雖然傳奇、散
曲中「南北合套」和北曲聯套的使用依然較爲廣泛，但此時「南曲既已壓倒
北曲，同時又漸行合併之矣」〔註 24〕，故而在這一時期純粹的北曲已經類似
於空谷足音，被保留在傳奇作品中的北曲已經有南曲化的傾向。

　　及至清代，「南北合套」已經是曲作家經常使用的選擇之一，孔尚任、洪
昇、李玉及至乾隆時期的唐英、蔣士銓等劇作家不僅在他們的戲曲作品中大
量使用這種曲牌聯套形式，並且在使用的方式上進行了大膽多樣的開拓。這
一時期的「南北合套」無疑是最成熟、也最具舞臺實用意義的。雖然就像青
木正兒先生在其《中國近世戲曲史》中所論述的那樣，此時的北曲已經被極
大程度地「崑曲化」，「萬無可保純粹北調之理」〔註 25〕，但是這一時期的北
曲仍然保留了一些敦樸遒勁的聲腔特色卻是無可否認的。周維培先生在其《曲
譜研究》中曾經這樣總結了「南北合套」的特色與優異，他說：「合套形式是
南北曲聯套體制中的別裁。它把南北兩種風格和旋律的曲牌，融會在一套中
使用，既擴大了套式音樂的容量，又取得了非同尋常的聽覺效果，堪稱一種
具有特殊表現力的變套形式。」〔註 26〕作爲花雅爭勝時期崑曲的最後一個重
鎮，蔣士銓的劇作不僅在主題、內容、結構、文辭等方面卓爾不群，在曲律
方面也是深諳熟用。王季烈在《螾廬曲談》中也評價說：「蔣士銓之曲，學湯
顯祖作風，而能謹守曲律，不稍逾越，洵爲近代曲家所難得云。」〔註 27〕

　　在蔣士銓的作品中，我們同樣會發現，幾乎所有劇作中都出現了「南北
合套」這種曲牌聯套的形式。在蔣氏現存的十六種劇作中，共有十四種、二
十五齣應用了「南北合套」的形式，書院時期的五部作品中，全部都有「南
北合套」形式的使用。不但應用頻率高，而且使用方法多樣、純熟，在輔助
挖掘了人物的角色、性格特點的同時，還極大地豐富了戲曲的聲腔表現力和
舞臺效果。在這些合套中，存在著多種不同的形式：既有兩種不同南北曲牌

〔註 24〕〔日〕青木正兒著，王古魯譯：《中國近世戲曲史》，作家出版社，1958 年，
　　　　　176 頁。
〔註 25〕同上。
〔註 26〕周維培：《曲譜研究》，江西古籍出版社，1997 年，313 頁。
〔註 27〕王季烈：《螾廬曲談》，卷四，商務印書館，民國十七年（1928 年）石印本，
　　　　　國家圖書館館藏，編號 002258065。

的交替反覆出現，又有在一個北曲套中插入幾支不同南曲曲牌的現象。蔣氏劇作中的兩種南北曲牌交替使用的「南北合套」套式主要是：南曲正宮曲牌【普天樂】和北曲曲牌【朝天子】的輪換，其在《采石磯・第七齣　捉月》中具體套式爲：【正宮・南普天樂】、【北朝天子】、【南普天樂】、【北朝天子】。此外，在《臨川夢・第十二齣　遣跋》、《雪中人・第六齣　放鶴》、《第二碑・第五齣　題坊》中，蔣士銓也都使用了此種套式，但在交替次數上因劇目的具體情況有所區別。

此類兩種南北曲牌間隔交替的聯套方式早在元代雜劇中就已出現了，在雜劇套式中亦被稱作「子母調」，據稱是由宋代「纏踏」發展而來。【正宮・南普天樂】、【北朝天子】的間套是明清劇作家經常使用的套式。它往往被用於出場人物較多，場上氣氛相對緊張或是喧鬧的情境之下。明代邵璨《香囊記》的第十四齣「打圍」，王錂《春蕪記》第十四齣「宸遊」和許三階原著、許自昌改訂的《節俠記》第二十四齣「圍獵」中都曾使用過這一套式，在這些劇作中都將【普天樂】、【朝天子】套用於打圍或是出遊這樣的情節，由眾人交替演唱或合唱，層層推進渲染了場上的熱鬧氣氛。清初蘇州派著名曲作家李玉在其《麒麟閣・第一本第五齣　臨潼》和《兩鬚眉・第十四折　殺賊》中也曾經使用了這種【南正宮過曲・普天樂】和北曲曲牌【朝天子】交叉使用以構成套曲的手法，用以強化戰爭中的緊張和嘈雜，調節演出過程中場上的冷熱。蔣士銓正是充分認識到了這種形式的獨特魅力，並將之應用於自己的劇作，並且因其對聲腔變化的獨特理解和把握運用，使得這一套式煥發了新的光彩。《臨川夢・第十二齣　遣跋》和《第二碑・第五齣　題坊》中，演出時的主要人物均和隊子一起出場，而且出場人物較多。蔣氏極好地利用了【普天樂】、【朝天子】套循環推進過程中所具有的獨特的聲腔和結構上的單元特性，在每一個單元中安排不同的人物登場，唱完即帶領隊子下場。這種安排不僅使得劇中人物的態度得到鮮明的表達，而且對情節發展的關目安排起到了一種提綱式的提示作用，較之明代曲家單純的氣氛烘託有了更進一步的深入。而在《雪中人》和《采石磯》中的【普天樂】、【朝天子】套，則更多地發揮了「南北合套」的聲腔特色。比如在《雪中人・第六齣　放鶴》中，蔣士銓就安排生、淨分別演唱南、北曲，使觀眾在聲腔的不同和曲式單元的重複中充分感受到查培繼和吳六奇鮮明的性格差異，並在二人你來我往的輪唱中將劇中二位主角的相識相知這一重要關目的展開，非有大才且知音如心

餘者難爲此曲。

　　在一個北曲套中插入不同南曲曲牌也是明清戲曲創作中經常使用的曲牌聯套方式，較之兩種曲牌的交替，這種方式更爲複雜，也更具藝術魅力。蔣士銓在他的戲曲中充分汲納了歷來曲家「南北合套」的精華，使用了多種不同的套式來豐富劇作。

　　【北新水令】、【南步步嬌】套，是明清傳奇作家使用頻率最高地「南北合套」套式。早在明代嘉靖時期，被稱作南曲崑山腔步入劇壇的首部成功之作的梁辰魚的《浣紗記》就在最後一齣「泛湖」中使用了這一套式。雖然現在還很難確定這一套式出現的最早時間，但是可以肯定的是其在《浣紗記》產生的時候就已經相當成熟了。在《六十種曲》所保留下來得戲曲作品中可以發現很多這一套式，比如在張鳳翼《紅拂記》的第二十一齣「髯客歸海」、湯顯祖《還魂記》第五十三齣「硬拷」、徐霖《繡襦記》第二十五齣「責善則離」、顧大典《青衫記》第二十八齣「坐濕青衫」等等劇作中，都使用了【新水令】、【步步嬌】套。在李玉現存的十七種劇作中，也曾九次使用了這一聯套方式。因此可以說，【新水令】、【步步嬌】套是明清傳奇劇作中使用最多、最成熟的「南北合套」套式。在《冬青樹・第三十一齣　遇婢》、《桂林霜・第十七齣　完忠》、《四弦秋・第四齣送客》、《雪中人・第三齣　角酒》、《一片石・第三齣　祭碑》、《採樵圖・第十二齣　學道》、《空谷香・第二十四齣　心夢》、《香祖樓・第一齣　轉情》等八齣中，蔣士銓使用了【北新水令】、【南步步嬌】套，其具體南北合套套式爲：【仙呂入雙調・北新水令】、【南步步嬌】、【北折桂令】【南江兒水】、【北雁兒落帶德勝令】、【南僥僥令】、【北收江南】、【南園林好】、【北沽美酒帶太平令】、【南尾聲】。

　　我們還可以在蔣氏的劇作中發現其他的「南北合套」套式。在《冬青樹・第三十三齣　碎琴》中，作家使用了【北點絳唇】、【南劍器令】套。其具體套式爲：【仙呂・北點絳唇】、【南劍器令】、【北混江龍】、【南桂枝香】、【北油葫蘆】【南八聲甘州】、【北天下樂】、【南醉扶歸】、【北寄生草】、【南尾聲】。在《冬青樹・第三十八齣　勘獄》、《雪中人・第十五齣　花交》、《空谷香・第一齣　香生》中，蔣士銓還使用了【北粉蝶兒】、【南泣顏回】套。其具體套式是在北中呂【粉蝶兒】套曲中分別重複兩次插入同宮調南曲曲牌【泣顏回】和【撲燈蛾】並以南曲中呂尾聲作結。此外，【黃鍾・北醉花陰】、【南畫眉序】套也是心餘戲曲中經常使用的套式，比如在其歷史劇《桂林霜》的第

二十二齣「歸骸」就使用了這中聯套方法。

嘉靖時，崑腔創始人之一的魏良輔就曾在其《曲律》中指出：「北曲以遒勁爲主，南曲婉轉爲主，各有不同。」〔註28〕吳梅先生也曾就南北曲的特點進行過這樣的總結：「北主剛勁，南主柔媚；北字多而調促，促處見筋，南字少而調緩，緩處見眼；北宜合歌，南宜獨奏。」〔註29〕「南北合套」最大的特色即在於南北曲不同聲腔輪流交替出現對觀眾聽覺上的豐富。因此，明清時的曲作家在應用「南北合套」時，或者安排男性角色專唱北曲、女性角色專唱南曲，將北曲剛勁、南曲柔媚的特點與末、旦或生、旦與生俱來的性別特色結合，或者在「南北合套」中安排主角演唱北曲，配角演唱南曲。在有眾多人物出場的場次中，聲腔的不同使得主角的作用、特色和敘事主線得到了凸顯，也使得主要角色得到了眾星拱月般的烘託映襯。除此之外，曲作家還利用北曲獨特的聲腔特色和演唱方式來彰顯劇中某些人物的身份、性格特色。在明清傳奇中我們就經常可以發現武將、番將、探子之類的剛勇之士，或者是僧道、仙佛、皇宮黃門之類的高出凡俗的角色演唱北曲的現象。蔣士銓在使用「南北合套」時，極大程度地表現了他這種自覺的角色意識。

南曲的柔媚與北曲的剛勁在「南北合套」中經常被用來展現女性角色與男性角色不同的性別特質，蔣士銓在他的戲曲創作中同樣注意到了這一點。《冬青樹・第三十一齣　遇婢》中的【新水令】、【步步嬌】套中，就是由生演唱北曲，旦演唱南曲。《香祖樓・第一齣　轉情》也是由老生演唱北曲，老旦演唱南曲。南北曲的不同聲腔特色與男性與女性的天賦性別特點的對應在這些段落中得到了良好的發揮，使得角色本身的色彩更爲鮮明，色調更加陰陽分明。

同樣出於這種聲腔特色的考慮，蔣士銓還將「南北合套」用於區分不同角色的年齡、身份、性格，以襯托劇中人物的特色。在《空谷香・第一齣　香生》中，老旦演唱北曲，小旦演唱南曲，在相互映襯中不僅體現了老旦的端莊與小旦的風流韻致，並且彰示了劇中由老旦飾演的花神身份的高貴。《雪中人・第十三齣　賞石》中，武將吳六奇演唱北曲，儒士查培繼演唱南曲。雖

〔註28〕　〔明〕魏良輔著，中國戲曲研究院編：《曲律》，《中國古典戲曲論著集成》，
　　　　　第五冊，中國戲劇出版社，1959年，6頁。
〔註29〕　王衛民編：《吳梅戲曲論文集》，中國戲劇出版社，1983年，3頁。

然這種生唱南曲、淨唱北曲的形式在「南北合套」中很是常見，但是這種做法還是極好地突出了吳六奇的剛猛與查培繼的儒雅。《忉利天》的第一齣「祝壽」中，天神演唱北曲、世間眾人演唱南曲的獨特安排，也使聲腔與人物身份也產生了一種巧妙的呼應。

　　此外，「南北合套」中由主角演唱北曲，配角演唱南曲，也是成熟時期合套的主要形式。清初「南洪北孔」之一的洪昇，在其代表作《長生殿》的第二十七齣「冥追」中，就使用了【新水令】、【步步嬌】套。此齣中由主角楊玉環演唱北曲，南曲則由生扮明皇、貼扮虢國夫人魂、副淨扮楊國忠魂、副淨扮土地等眾配角合唱。李玉等人的劇作在使用「南北合套」時，也是以這種方式為其主流。在蔣士銓的戲曲中，我們同樣可以看到這種南北曲牌與主角配角搭配的現象。《桂林霜·第二十二齣　歸骸》使用的是【醉花陰】、【畫眉序】套。在此套中，小生扮演主角馬世濟，演唱北曲；老旦、丑等扮配角則演唱南曲。另外，在《冬青樹·第三十三齣　碎琴》等「南北合套」的場次中也出現了主角演唱北曲，眾配角演唱南曲的現象。通過這種方式，主角與配角得到了很好的區分，也使得主要角色的個性統一性得到了更完美的展示。

　　雖然傳統崑曲是綜合性的表演藝術，但歌唱和舞蹈卻是其最重要的舞臺表現方式，而敘事的展開與情節的推動，也主要通過不同角色的穿插得以實現。因此上，歷代曲家對戲曲的排場都有著嚴格的要求和設定。從上述的這些分析中我們可以發現，蔣士銓在使用「南北合套」時有著自覺的角色意識。他將南北曲與不同角色的性別、身份、年齡、性格等等相結合，並考慮到劇中人物的不同作用對其演唱進行了巧妙的設計。儘管蔣氏的劇作在其後相當長的一段時間內被某些論者視作是案頭之作，但是從其「南北合套」的使用技巧來看，他的戲曲創作或曾為演出的效果做出過某些設計與努力。

　　蔣士銓在使用「南北合套」時，不僅從上述兩個方面進行了考量，還將人物角色的聲腔分配與故事情節的發展相聯繫，充分借助了北曲與南曲之間的強烈對比，凸顯了角色在特定情景之下的特殊心境，並且使得劇作在更深廣的層面上獲得了某種質的提升與超越。在其書院劇作中，這樣的使用情況也是屢有所見。在《香祖樓·第二十七齣　訪葉》中，作者一反常態地安排女主角若蘭演唱北曲，男主角仲文演唱南曲。雖然在人物性別上有悖於南北曲各自不同的風格，但是從故事情節的發展上來看卻是合情合理的。在本齣

中，男女主角經歷離別戰亂之後，夫婦暫會於落葉庵中。此時，女方自知久罹病患，生年不永，故而雖與愛人重逢，心中卻是充滿了悽楚與傷感：

> 【北水仙子】（小旦）俺俺俺，俺神氣微，猛猛猛，猛向那空處盤旋沉又起。料料料，料非因受慣風霜。也也也，也沒有飛來神鬼。是是是，是天公派下的。他他他，他不許凡人調理。只只只，只不過百事思量總不甚宜。想想想，想不出人間境界如吾意。這這這，這的是奴命短，佛難依。〔註30〕

仲文對愛妾的病況卻並不深知，言語中充滿了久別重逢後的柔情與纏綿，甚至許諾「明日著鼓吹安車來接你」〔註31〕：

> 【南雙聲子】（小生）香肩倚，香肩倚，似一片輕雲委。秋波滯，秋波滯，似兩點明星啓。蘭娘，好將息。庵主，全仗你，只今宵一夕，加意扶持。〔註32〕

若蘭對於生命無常、天違人意的感歎在仲文深情款款的關愛中更顯得動人心魄，催人淚下，並由此更進一步地觸發了觀者對於生活、生命本身的深層思索。

　　在據白樂天《琵琶行》詩意創作的雜劇《四弦秋》中，也有兩折使用了「南北合套」。在此二折中，作者同樣設計由琵琶女花退紅演唱北曲，通過北曲的聲腔特色巧妙地暗示了花氏的悲劇性命運，渲染和表現了她的悲涼心境，並由此引導觀眾更深入地體會作者所著意表現的「看江山不改人相代，歎兒女收場一樣哀」〔註33〕永恒主題，其中的第四折「送客」向來備受讚譽，也是蔣士銓劇作中舞臺搬演最爲頻繁的一折：

> （小旦）老爺聽啓。（彈介）

> 【北折桂令】住平康十字南街，下馬陵邊貼翠門開，十三齡五色衣裁。試舞宜春，掌上飛來。第一所煙花錦寨，第一面風月牙牌。颭鴉鬢紫燕橫釵，蹴羅裙金縷兜鞋。這朵雲不借風行，這枝花不倩人栽。

〔註30〕〔清〕蔣士銓撰，周妙中點校：《蔣士銓戲曲集》，《香祖樓》，中華書局，1993年，634頁。

〔註31〕同上。

〔註32〕同上。

〔註33〕〔清〕蔣士銓撰，周妙中點校：《蔣士銓戲曲集》，《四弦秋》，中華書局，1993年，208頁。

（生）好手法也！

【南江兒水】玉箭斜飛處，珠盤亂落來。似雨聲點滴泉聲帶，似人語淒涼鶯聲賽，似軍聲雜遝刀聲快。看信手低眉情態，這切切嘈嘈，說不盡心中無奈。

你這琵琶是誰傳授的？（小旦彈介）

【北雁兒落帶德勝令】老伶工梨園兩善才，小忽雷樂府雙渠帥，武陵兒同催百寶粧，錦纏頭一笑千人買。呀！但歌成擊節碎金釵，但粧成借手添螺黛。甚冬郎媚得眼兒乖，甚秋娘妒得心兒壞。筵開，酒污了芙蓉色。花開，香迷了荳蔻胎。

（小生、丑）彈得一發入神了。

【南僥僥令】弦弦聲掩抑，字字韻和諧。慢撚輕挑無妨礙，何必聽湘靈鼓瑟來。

（生）你如何得到到此地？

【北收江南】呀！算一年間歡笑一年來，把春花秋月漸丟開，可憐人福過定生災。（悲泣介）歎從軍弟幼姨衰邁，赴黃泉死埋，葬沙場活該。只留下江湖憔悴一裙釵。

（哭介）（眾掩泣介）（生）盛衰之感，煞是傷心也。

【南園林好】瘦嬋娟啼痕暗揩，鈍男兒珠淚似篩，同一樣天涯愁慽。

（灑淚介）（小生、丑）呀！樂天何以大慟起來？（生）我出官兩載，恬然自安。忽聽此婦之言，令我無端感觸人生榮悴，大都如是耳。流落恨，怎丟開；遷謫恨，上心來。〔註34〕

花退紅含羞過船，在眾人的詢問之下，琵琶掩面訴說自己淒涼的身世。在這個場面裏，花氏的唱段通過北曲慷慨淒切的唱腔加以表達，更有效地傳遞出一種悲傷無奈之感；而白居易等人則以南曲進行演唱，既很好地突出了主角，又起到了某種掩映的作用。此一折之所以會成為經常搬演的選場之一，與蔣士銓對聲腔和角色特色的把握是有著密切的聯繫的。

　　通過戲曲中的「南北合套」現象我們可以看出，蔣氏劇中的「南北合套」在曲牌聯套形式上的豐富多彩。它們不僅繼承了歷代曲作的精華，而且融會

〔註34〕同上，206～208頁。

了時代聲腔的風貌，可謂是古今彙成。在「南北合套」的使用上，蔣士銓也充分體現了不同角色的性別、性格、身份，並對戲劇衝突中的人物性格也給予了相當的關注與表現，不愧爲中國古代崑曲藝術的最後一個殿軍。心餘劇作中的這些套式均是明清曲作家慣用的「南北合套」，清人輯錄的《九宮大成南北譜》中對它們都曾有述及。除了「南北合套」之外，蔣士銓劇作中也使用了一些北曲套曲。書院劇作中，《臨川夢》「說夢」、《香祖樓》「錄功」等齣都使用了【北仙呂・點絳唇】套曲，《雪中人》第九齣「掛弓」和《香祖樓》第三十二齣「情轉」則使用了【北正宮・端正好】套曲。蔣士銓劇作中的北曲套和「南北合套」中的北曲，在使用上是十分類似的，或者說，如果將整部劇作視爲一個大的「南北合套」，則北曲套就好像其中的北曲。蔣氏在運用這些北曲套曲時，同樣注重以聲腔特色配合角色的身份、性格和心態。可以說，蔣士銓對北曲套曲把握和他對「南北合套」的操控都是非常成功的。

二、對花部諸腔的借鑒

所謂的「雅部」和「花部」，也就是崑劇和崑劇以外的各種聲腔劇種。這種說法最早見於乾隆時人李斗所著的《揚州畫舫錄》。其卷五「新城北錄下」有云：

> 兩淮鹽務例蓄花、雅兩部以備大戲。雅部即崑山腔；花部爲京腔、秦腔、弋陽腔、梆子腔、羅羅腔、二簧調，統謂之亂彈。〔註35〕

李斗此書自序作於乾隆六十年（1795），書中所錄揚州之事多爲乾隆時期的情況。在這樣一個花雅爭勝的特殊時期，蔣士銓並沒有將自己牢牢地束縛在原有曲律的園圃之內，像某些保守製曲家那樣不肯越雷池一步。在他的劇作中，我們還可以驚喜地看到崑曲對其他姐妹藝術形式的借鑒。在《忉利天・第三齣　天逅》中，作家使用了【北點絳唇】、【南劍器令】套，但爲了增強祝壽的喜慶氛圍，在入套之前插入了更爲通俗歡快的弋陽腔。《長生籙・第一齣　煉石》的尾聲處也曾引入【高腔・駐雲飛】和梆子腔。此外，在寫作《雪中人・第十三齣　賞石》時，蔣氏甚至出人意料地將「蠻歌」這種民間歌謠也穿插於「合套」之內。這種做法巧妙地利用了花部唱腔通俗、幽默的一面，打破崑曲過於雅化所帶來的沉悶，使得場上氛圍爲之一轉，渲染了吉祥、歡樂的情緒。

〔註35〕〔清〕李斗：《揚州畫舫錄》，卷五，中華書局，1960年，107頁。

　　在早年所作的《昇平瑞》中，曾有過對高府壽慶時戲曲表演場面的描摹。劇中傀儡戲班「餬品班」演出，不僅記錄了一個極爲值得關注的現象，也表現了此時心餘對花部諸腔所持的看法。「餬品班」的班名，劇中班主解釋說是因爲「夥計三個，兩個掌線，一個打傢夥。三張口湊成一個『品』字，生意冷淡，只要餬得三張口來就好」〔註36〕。這個情節固然可能是曲家爲了加強戲曲的趣味性而設置的，但對傀儡班組成（三人）、戲價（「二錢紋銀一本」〔註37〕）聲腔（「崑腔、漢腔、弋陽、亂彈、廣東摸魚歌、山東姑娘腔、山西啹戲、河南囉戲、福建烏腔」〔註38〕）和戲碼（「江湖十八本」〔註39〕）的描述則有相當的可信性。劇中高府壽筵大請賓客，席間聘請戲班演劇助興，以崑腔大戲爲主，但眞正看戲的人卻是寥寥：「那些教官老爺，就如幾十年沒有吃肉的，打倒頭一味老飯。可惜這樣好班子的崑腔，只對牛彈琴呢」〔註40〕。不僅賓客如此，主人對崑腔大戲也感到無聊，以爲「崑腔唧唧噥噥，高腔又過於吵鬧，就是梆子腔唱唱，倒也文雅明白」〔註41〕，還另聘請了傀儡戲班在小廳演出。

　　類似的對乾隆時期崑曲演出狀況的敘述，在徐孝常爲張堅《夢中緣》傳奇所作的序文中也曾經有過：

　　　　長安梨園稱盛，管絃相應，遠近不絕。子弟裝飾倍極靡麗，臺榭輝煌，觀者疊股倚肩，飲食若吸鯨塡壑。而所好惟秦聲囉弋，厭聽吳騷，聞歌崑曲輒闃然散去。故漱石嘗謂吾，雅奏不見賞。時或有人購去，將以弋腔演出之。漱石則大恐，急索其原本歸曰：「吾寧糊瓴」。〔註42〕

在乾隆時期，無論是在傳統的重鎮江浙地區還是京城一帶，崑曲都面臨著花部諸腔的嚴峻挑戰。除了花部戲曲文辭曉易，便於大眾所接受之外，在《昇平瑞》中，蔣士銓還對崑曲演出走向低谷的原因作出了自己的解讀：「他們蘇

〔註36〕〔清〕蔣士銓著，周妙中點校：《蔣士銓戲曲集》，《西江祝嘏》，《昇平瑞》，中華書局，1993 年，763 頁。
〔註37〕同上，762 頁。
〔註38〕同上，763 頁。
〔註39〕同上。
〔註40〕同上，766 頁。
〔註41〕同上，768 頁。
〔註42〕〔清〕徐孝常：《夢中緣序》，原附〔清〕張堅：《玉燕堂四種‧夢中緣》之前，清乾隆刻本，國家圖書館館藏，編號：002387920。

州班子，總是這幾齣熟戲」〔註43〕，「這本《滿床笏》生平看過幾十遍，卻是幾個字也聽不出」〔註44〕。劇目缺少變化，聲腔又與入清後的官話體系距離較大，聽眾理解漸成難事……可以說，蔣士詮對其時崑班演出的狀況的這種評價是直指鵠的、一陣見血。

鄭振鐸先生在他的《中國戲曲的選本》一文中，曾將《納書楹》、《綴白裘》、《審音鑒古錄》、《六也曲譜》、《集成曲譜》這五部戲曲選本中所列的劇名和具體各出的名稱進行過列表統計。〔註45〕雖然此五部著作的成書年代不同，在收曲上也有不同的側重，但是在這些選本中，我們也可以直觀地瞭解當時民間戲曲演出的實際狀況。參考莊一拂先生《古典戲曲存目彙考》對鄭先生的統計結果加以考察，我們會發現在這五部書中所收錄的劇作，絕大多數為清代乾隆以前的作品，乾隆時期作家的作品僅有蔣士詮的《臨川夢》、楊潮觀的《吟風閣·罷宴》和舒位的《修簫譜》。成書於乾隆時期的《綴白裘》，在崑腔之外還專門收錄了梆子腔、亂彈腔和高腔的一些唱段。從這些情況看來，乾隆時期花部諸腔儘管沒有取得地位上的合法性，但是在民間的演出市場卻日趨繁榮；而與之相對的則是崑班演出的陳陳相因與刪繁就簡式的折子戲演出。雖然在創作戲曲時，曲家多以崑腔填詞，但是由於清廷對官員蓄養家班的禁止，除了少數豪商富賈所蓄家班的零星演出之外，崑曲演出已經被完全推向民間市場。相對於花部雜彈，崑曲的演出難度無疑要大得多。曲辭的文雅、唱腔的繁難、行頭道具的複雜等等，對伶人和劇班均是較高難度的挑戰。對於依靠演出報酬作為生計來源的職業戲班來說，排演新的崑劇不僅耗時耗力，也不一定可以保證收益。因此即使是天下聞名的蘇班，也只能以幾齣熟戲應付觀眾，並由此造成了觀眾的進一步流失。

正是基於對崑劇缺點的深刻認識，蔣士詮在其戲曲創作中開始借鑒花部甚至是民歌的某些唱腔，試圖通過聲腔的豐富打破崑曲演出中的乏味。《雪中人》第十二齣《營巢》就插入了「傜僮蠻歌」《劉三妹》的演出，令人有耳目一新之感：

（旦仙裝上）郎種合歡花，儂種合歡菜。菜好為郎餐，花好為郎戴。小

〔註43〕〔清〕蔣士詮撰，周妙中點校：《蔣士詮戲曲集》，《西江祝嘏》，《昇平瑞》，中華書局，1993 年，769 頁。

〔註44〕同上。

〔註45〕詳參鄭振鐸著：《鄭振鐸全集》，第六冊，《中國古典文學文論》，「中國戲曲的選本」，花山文藝出版社，1998 年，392～428 頁。

仙劉三妹，新興人也。生於唐時，年方十二，淹通經史，妙解音律。遊戲得道，往來谿峒間，與諸蠻操土音作歌唱和。後來得遇白鶴秀才，遂爲夫婦，成仙而去。今諸蠻跳月成親，祀我二人爲歌仙。你看秀才乘鶴來也。（小生仙裝乘鶴唱上）

【蠻歌】思想妹，蝴蝶思想也爲花。蝴蝶思花不思草，我思情妹不思家。（下鶴介）三妹，你看月淡風和，和你聽蠻子們兒女踏歌去。（攜手行介）（旦唱）妹相思，不作風流到幾時。只見風吹花落地，不見風吹花上枝。（立高處介）（小旦頭頂橫一箭，以發上纏垂下。戴各花。身穿長黑裙，上畫白粉花水紋。胸背間垂鈴錢數串。唱上）誰說山高不種田，誰說路遠不偷蓮。高山種田喫白米，路遠偷蓮花正鮮。俺曲江傜女，今日唱歌擇配，你聽一個哥哥唱得來也。（雜扮男傜首裹花帕，穿彩衣，赤腳，腰刀掛弩，耳垂大銀環，唱上）娘在一峰也無遠，弟在一岸也無遙。兩岸火煙相對出，獨隔青龍水一條。（相摟介）（女）俺愛煞你也！（雜）俺愛煞你也！（女唱）妹同庚，同弟一年一月生。同弟一年一個月，大門同出同路行。（男唱）思娘猛，行路思娘睡思娘。行路思娘留半路，睡也思娘留半床。（負女下）（貼穿白布桶裙，自腰托地，裙上畫五色花。額聳一髻，上插大釵，釵上掛銅環。耳墜雙肩。兩頰上畫五色花卉，手持花扁擔一條。唱上）妹金龍，日夜思想路難通。寄歌又沒親人送，寄書又怕人開封。俺黎女是也。（雜坦胸赤足，頭挽一髻，上豎雄雞毛一根，橫插牛骨簪，兩邊插金銀鈀。身穿短衣及腰，手持藤弓竹箭。唱上）妹嬌娥，憐兄一個莫憐多。勸娘莫學鯉魚子，那河又過別條河。（相見笑介）（貼唱）妹相思，妹有眞心弟也知。蜘蛛結網三江口，水推不斷是眞絲。

（雜唱）妹珍珠，偷蓮在要同居。妹有眞心兄有意，結成東海一雙魚。

（負貼下）（旦）仙郎，你看他們一個個成雙作對去也。（小生）便是。（合唱）蟲兒蟻兒都成配偶，各自風情各自有。俊的俊來醜的醜，蠢蠢癡癡不丟手。怎如我兩個石人緊緊的摟。（相抱下）〔註46〕

這段「蠻歌」與今天瑤族和黎族的跳月、對歌習俗極爲相近，從蔣士銓對民族服飾等的詳細描述來看，他本人當曾親見過這種風俗或是演出。雖然在崑腔中穿插民歌俗謳自晚明就已有之，但少數民族風情的新奇情調和質樸天然

〔註46〕〔清〕蔣士銓撰，周妙中點校：《蔣士銓戲曲集》，《雪中人》，中華書局，1993年，329～330頁。

的情感，顯爲此劇注入了時代的活力，爲傳統的崑劇演出增色不少。

乾隆時期的一些其他劇作家也試圖借鑒花部對傳統的崑劇作出改良，但是相對來講，他們還沒有真正深入到唱腔設計的層面。唐英對花部的借鑒主要體現在改編花部劇作爲崑劇上，而楊潮觀的《吟風閣雜劇》則將劇作的規模縮短至一折。對於戲曲這樣依託演唱講述故事的藝術形式而言，聲腔是其最根本的屬性。一旦聽眾對唱腔本身感到厭倦，僅在內容和篇幅上做出變化時顯然無法維持劇種的活力。從現在可見的資料來看，在乾隆時期已經出現了文人參與花部劇作創作的現象。曾經與蔣士銓有過交往的山西文人周大榜，就寫作過傳奇《十出奇》。該劇抄本現存，它雜合了梆子腔、梆子補缸腔、吹腔、高腔等花部聲腔，偶而使用的一二支崑曲曲牌也都詳細注明改作他種腔調演唱，或以嗩吶配唱。〔註47〕因此上，此期崑劇和其他地方劇種雖然呈現出一種此消彼漲的競爭態勢，但是像張堅那樣頑固地堅守崑腔的一成不變，並不能給爲它的傳承與發展帶來眞正的益處。雖然蔣士銓對聲腔的揣摩和設計也無法從整體上改變崑曲江河日下的衰弱趨勢，但他至少看到了傳統崑曲所處的不利局面，並爲扭轉這種劣勢付出了自己的辛勤努力。從這一點來講，蔣氏崑曲最後殿軍的稱謂並非妄譽。

第三節　清婉俊爽之風與本色警煉之辭

清代著名曲家梁廷枬在評價蔣士銓的戲曲時曾有言曰：「蔣心餘太史士銓九種曲，吐屬清婉，自是詩人本色，不以矜才、使氣爲能，故近數十年作者，亦無遺尚之。」〔註48〕清末楊恩壽也曾評論說：

> 藏園九種，爲乾隆時一大著作，專以性靈爲宗。具史官才學之長，兼畫家皺、瘦、透之妙，洋洋灑灑，筆無停機。乍讀之，幾疑發泄無餘，似少餘味；究竟無語不煉，無意不新，無調不諧，無韻不響。虎步龍驤，仍復周規折矩，非臬西、笠翁所敢望其肩背，其詩之勝唐乎？〔註49〕

〔註47〕詳參〔清〕周大榜：《十出奇傳奇》，清抄本，國家圖書館館藏，編號 001782947。

〔註48〕〔清〕梁廷枬：《曲話》，卷三，《中國古典戲曲論著集成》，第八冊，中國戲曲出版社，1960 年，272～273 頁。

〔註49〕〔清〕楊恩壽：《詞餘叢話》，卷二，《中國古典戲曲論著集成》，第九冊，中國戲曲出版社，1960 年，251 頁。

清代曲評家對蔣士銓清婉爽豁的曲風和本色精鍊的表達方式的甚爲讚賞，而上述特點在蔣氏書院及晚年的劇作中表現得尤爲突出。之所以會形成這樣的風格特點，或與蔣士銓的詩風和文風有著密不可分的關聯。當然，蔣士銓以文爲曲的做法不僅爲其劇作帶來了諸多優異卓越之處，也爲後人「案頭化」的指謫與批評埋下了隱憂。

一、俊爽清婉的曲風

　　清人在評價蔣士銓的詩歌時往往認爲，其詩「以排奡勝」〔註50〕、有「俊爽之氣」、〔註51〕「足以開撥萬古之心胸，推倒一時之豪傑也」〔註52〕。心餘的戲曲作品一方面存在著與詩文類似之處，另一方面則結合了戲曲本身的敘事抒情特色，時而溫柔纏綿，時而低回婉轉。蔣氏書院時期的作品，在整體上就呈現出這種俊爽清婉的曲風，其中的一些曲子向來爲人稱道。《雪中人》裏查培繼和吳六奇的某些唱詞，尤其體現出蔣士銓戲曲俊爽沉雄的氣質。第二齣「角酒」的開篇唱道：

　　　　【北雙調·新水令】好溪山都被凍雲埋，透簾櫳雪痕尤白。停樽難
　　　　獨飲，掃逕待誰來。說甚麼瀟灑書齋，可有個灞橋邊跨驢客。〔註53〕
閒居在家又難以忘懷天下的查培繼，冬日獨坐書齋，孤獨憤懣渴望知己的心情在這裡得到了很好的渲染。作者視角由景即人，由外而內，情景適會，內外呼應。著一「埋」字，一語雙關地透露出冬天自然環境和當時政治環境的沉悶和嚴酷。即使退居書齋，也很難眞正擺脫這種沉悶的氛圍，出一「透」字，又將舊日雪痕的一絲寒意彌散室內。出不去又再也無處可退，孤獨鬱悶之下連美酒都變得難以下咽，只有殷勤地打掃落雪，期待詩友的到來。心餘此曲以曉易之詞寫颯爽之氣，既凸顯了查氏作爲文士的儒雅，又考慮到戲曲以聲傳情的特色，大有元人小令之風致，尤稱難能，故而可貴。

〔註50〕〔清〕袁枚著，顧學頡校點：《隨園詩話》，卷十六，一八，人民文學出版社，
　　　　1982年，543頁。
〔註51〕〔清〕方恒泰：《橡坪詩話》，卷九，轉引自上饒師專中文系歷代作家研究室
　　　　編《蔣士銓研究資料集》，江西人民出版社，1985年，134頁。
〔註52〕〔清〕王昶：《湖海詩傳》，卷二十一，《蒲褐山房詩話》，清嘉慶十年刻本，
　　　　國家圖書館館藏，編號002257625。
〔註53〕〔清〕蔣士銓撰，周妙中點校：《蔣士銓戲曲集》，《雪中人》，中華書局，1993
　　　　年，297頁。

在武將吳六奇身上，這種俊爽之氣更因人物的身份和性格再添一股豪氣：

> 【南泣顏回】人立朔風前，頭上梨花千片。寒威難動，筋骸與鐵同堅。銷金帳底電光身，卻笑英雄賤。判軍符鵝鴨驚飛，戲銀沙虎豹安眠。〔註54〕

> 【正宮過曲·錦纏道】戰群龍，剪殘鱗，逐梨花墮空。天地大包容，把閻浮茫茫遮蓋無蹤。則待學避冰山無言夏蟲，翻做了印霜泥有迹秋鴻。獨自弔英雄，幾時得皇天心動。煎煎的熱血湧，算只有剛腸難凍，對殘杯冷炙氣如虹。〔註55〕

「力能扛鼎，氣可擎天」〔註56〕的吳六奇，不願寄人籬下看人臉色，「不做公侯，寧爲乞丐」〔註57〕，即便是只能醉眠雪中，仍不忘時時演練判字。兩支曲子，文辭爽利，氣勢沉雄，【纏綿道】一曲雄豪，大得《刀會》之風味，呈露出吳六奇不俗的人品與志節。

與《雪中人》不同，以女性爲主角的《四弦秋》裏，花褪紅的唱段則展露出蔣士銓曲作「清婉」的一面。在向受激賞的《四弦秋》「秋夢」一齣裏，琵琶女撫今追昔，無限感慨卻又只能獨自傷感怨艾：

> 【小桃紅】曾記得一江春水向東流，忽忽的傷春後也。我去來江邊，怎比他閨中少婦不知愁。才眼底，又在心頭。捱不過夜潮生暮帆收。雁聲來，趁著蟲聲逗也。靠牙檣，數遍更籌。難道是我教他，教他去覓封侯。〔註58〕

> 【黑麻令】拋撇下青樓翠樓，便飄零江州外州，訴不盡新愁舊愁。做了個半老佳人，廝〔註59〕守定蘆洲荻洲。渾不是花柔柳柔，結果在漁舟釣舟。剩當時一面琵琶，斷送了紅粧白頭。〔註60〕

〔註54〕同上書，335頁。

〔註55〕同上書，293頁。

〔註56〕同上。

〔註57〕同上。

〔註58〕〔清〕蔣士銓撰，周妙中點校：《蔣士銓戲曲集》，《四弦秋》，中華書局，1993年，202頁。

〔註59〕「廝」，中華書局點校本作「廂」，據乾隆江西鉛山刻本《紅雪樓十二種填詞》改。

〔註60〕〔清〕蔣士銓撰，周妙中點校：《蔣士銓戲曲集》，《四弦秋》，中華書局，1993年，204頁。

【小桃紅】中巧妙地化用了唐宋詩詞名家耳熟能詳的佳句，又自出機杼，體現出江西文人「點石成金」的高超化工。融情於景，又情景交融，細膩敷演了花氏年華逝去之後，寄身江船、獨守長夜的淒清與落寞。【黑麻令】則是巧妙運用韻字，以一種繁音促節方式，透露了花氏心緒由憂而怨的急切轉化，哀婉之餘更加動人心魄。

《香祖樓》第二十四齣「懷驛」中仲文的唱詞也與《四弦秋》「秋夢」的風格有著異曲同工之妙：

【商調·字字錦】蓬門困苦他，古驛淒涼我。愁深定少眠，燈暗應常坐。轉秋波，一樣望斷天河。天河畔，隔著路兒未多。知麼？連營鼓角，有人低喚奈何。誰憐奈何？奈何人一個。(扮守備領卒繞行，打二更下)(小生)銷魂是兩聲鑼，銷魂是兩聲夜鑼，淚珠兒幾顆？卿卿在哪裏，卿卿在哪裏，鬟低手軃？悲悲楚楚，蕭蕭瑟瑟。咱這裡思思想想，孤孤另另，各自悶懷堆垛。

(扮督司領卒繞行，打三更下)(小生)

【滿園春】空庭內，樹陰挪。(雁鳴介)荒戍外，雁聲過。(擁肩避風介)霜風刺骨巡簷躲，我想這些軍士們，新婚的、無家的、離別情如何？征袍上一樣淚痕多。想家人也波，念家鄉也波。轉盼冰輪，轉盼冰輪，枕戈難臥。怎知俺憂國鬢先皤。

(扮參將領卒繞行，打四更下)(小生)此刻若蘭敢是睡了哩？

【前腔換頭】捱長夜，應難過。倚薰籠，倦眼摩挲。他指望夢中尋見我，可恨我愁無寐，愁無寐教他怎樣尋得著？只怕我睡眠時，他又醒來呵。(雞鳴介)當日裏詠雞鳴有他，戒雞鳴有他。到而今薄命兒郎，命薄兒郎，魂差夢錯。又不是因封事問夜如何。

(扮副將引卒繞行，打五更下)(小生)為甚曉風直恁寒冷也？

【喜梧桐】五更風，埋冤錯。你自不安眠，獨自的通宵坐，哪裏是鐵甲將軍戰馬馱。他為我守殘燈，我怎忍偏他臥。(內發擂介)呀，天明了。若蘭呵，這一夜的心情，明日見你時，如何說得了也！百字令定索，定索伊從新和。〔註61〕

〔註61〕　〔清〕蔣士銓撰、周妙中點校：《蔣士銓戲曲集》，《香祖樓》，中華書局，1993年，623～624頁。

從二更至天明，仲文對若蘭的思念在長夜之中變得更加深切。由己及彼又由彼及己；思念對方，又在幻想中揣測對方同樣也在思念自己；感到孤獨而回憶往昔歡愉，而這種懷念又讓此時此刻的自己變得更加孤獨。這種因感念而產生的刻骨銘心的愁緒，在鐘鼓、明月、風聲、雁聲的襯托之下生長得更加濃稠，難以化解；而唱句的重複和疊音詞大量使用，既表現了仲文心情的婉轉低回，又彷彿聲聲淚滴敲打離人心扉，在深得白仁甫《梧桐雨》及馬致遠《漢宮秋》第四折之妙意的同時，結合具體的人物身份、故事情節體現出自己的獨到之處。鋪敘刻畫上，亦是得柳七羈旅詞之佳處。

蔣士銓劇作的這種清婉俊爽的文辭風格顯然與其詩歌創作有著一致的特色。蔣氏《學詩記》曾自述說：

> 予十五齡學詩，讀李義山愛之，積之成四百首而病矣，十九付之一炬；改讀少陵、昌黎，四十始兼取蘇、黃而學之；五十棄去，惟直抒所見，不依傍古人，而爲我之詩矣。友則楊垕、汪軔。予最賞汪詩「磬中聞午至，石上見寒過」之句，以爲今之賈島也。後來有廣昌何在田，亦一時之作者，有「欄邊花草牛羊路，樹裏人家杵臼聲」之句，不減孟襄陽也。〔註62〕

袁枚《隨園詩話》亦有記載：

> 蔣苕生與余互相推許，惟詩論不合者：余不喜黃山谷而喜楊誠齋；蔣不喜楊而喜黃。可謂和而不同。〔註63〕

蔣士銓的詩風由早年的情思宛轉，一變而取杜之沉鬱、韓之奇崛，再變而學蘇軾之清雄、黃庭堅的奇崛瘦硬，直至盡脫窠臼、自成一家。從蔣士銓現存詩歌的情況來看，《學詩記》中所言當爲各個時期的一種整體取向，未必每首詩歌的風格都與此相符。從這兩段文字中也可以發現，心餘似乎不喜楊萬里詩歌自然卻略嫌輕俗的風格，更贊同賈島的平淡而見深警、孟浩然沖淡而有餘味悠遠詩歌格調。可以說，蔣士銓俊爽清婉曲風的形成也是他上述詩歌審美取向的另一種表達。

蔣士銓師法黃庭堅這段期間，與其書院時期存在時間交合，其劇作中也

〔註62〕 〔清〕蔣士銓著、邵海清校、李夢生箋：《忠雅堂集校箋》，《忠雅堂文集》，卷二，上海古籍出版社，1993 年，2060 頁。

〔註63〕 〔清〕袁枚著，顧學頡校點：《隨園詩話》，卷八，九二，人民文學出版社，1982 年，282 頁。

有著學黃的影響存在。前面《四弦秋》中的【小桃紅】一支，就與黃山谷「以故爲新」、「點石成金」的詩歌創作手法存在共通之處。此外，比較明顯地運用了這種手法的還有《雪中人・弄香》中的【宜春樂】：

> 【宜春樂】香成國，月放葦，似〔註64〕相逢羅浮趙家。啁啾翠羽，
> 學桐花小鳳釵頭掛。唱六么紅雪林間，交三九玉梅枝下。調羹笑煞，
> 問百花頭上甚的年華。〔註65〕

蔣士銓酷愛梅花，南京寓所植有梅花，並命名爲「紅雪樓」。在這支詠梅之曲中，他集納了《龍城錄》中趙師雄羅浮山遇梅仙、桐花小鳳的故事，以及《尚書》「若作和羹，你惟梅鹽」〔註66〕這些歷代詠梅詞中常用的典故，並將陳維崧《蝶戀花・紀豔》詞中的名句「玉梅花下交三九」〔註67〕化用其中，很好地表達了自己對梅花的讚賞之情，唱起來卻又琅琅上口無過多生澀之感。《四弦秋・送客》也多化用了白居易《琵琶行》原詩詩句，又做到了明白蘊藉兼而有之，備受當時及後世觀眾的喜愛。心餘作爲「清中三大家」的文學創作功力，由此亦可見其一隅。

　　當然，蔣士銓的曲詞之所以會廣受好評，和他對戲曲體制的深刻認識關係甚大。姑引袁枚之語以爲證：

> 　　余不解詞曲。蔣心餘強余觀所撰曲本，且曰：「先生只當算小病
> 一場，寵賜披覽。」余不得已，爲覽數闋。次日，心餘來問：「其中
> 可有得意語否？」余曰：「只愛二句，云：『任汝忒聰明，猜不出天
> 情性』」。心餘笑曰：「先生畢竟是詩人，非曲客也。」余問何故。曰：
> 「商寶意《聞雷詩》云：『造物豈憑翻覆手，窺天難用揣摩心。』此
> 我十一個字之藍本也。」〔註68〕

從商盤的「造物豈憑翻覆手，窺天難用揣摩心」，到蔣士銓的「任汝忒聰明，猜不出天情性」，不惟字數更爲精簡，語言也變得更加明白易曉，更利於演員、

〔註64〕「似」，中華書局點校本作「以」，據乾隆紅雪樓刻本改。

〔註65〕〔清〕蔣士銓撰，周妙中點校：《蔣士銓戲曲集》，《雪中人》，中華書局，1993
　　　　年，292頁。

〔註66〕〔清〕阮元校勘：《十三經注疏》，《尚書》，《商書》，「說命下第十四」，中華
　　　　書局，1980年影印本。

〔註67〕〔清〕陳維崧：《迦陵詞全集》，卷六，上海商務印書館《四部叢刊》本，民
　　　　國二十五年（1936）。

〔註68〕〔清〕袁枚著，顧學頡校點：《隨園詩話》，卷十五，八二，人民文學出版社，
　　　　535。

聽眾把捉劇情。原詩中所蘊含的「天心難窺」之義，也得到了很好的保留和傳達。心餘在化用詩詞時，充分考慮了戲曲獨特傳播特點，「以故為新」增加了曲詞的審美特質，卻沒有使之變得晦澀難懂或是難於演唱。蔣士銓「曲客」之言也表明，他對戲曲曲詞的表演性特徵深有體悟，在自己的戲曲創作中也力圖對此有所體現。也正是因為如此，蔣士銓的戲曲才會散發出清而婉、俊且爽兼而有之的風格特色。

二、本色警煉的曲辭

楊恩壽在評價《空谷香》和《香祖樓》時說：

> 夢蘭啟口便烈，若蘭啟口便恨，孫虎之愚，李蚓之狡，吳公子之戇，扈將軍之俠，紅絲之忠，高駕之智，王夫人則以賢御下，曾夫人則因愛生憐。此外如成、裴諸君，各有性情，各分口吻。無他，由於審題眞，措辭確也。〔註69〕

楊氏「審題眞，措詞確」一語，道破了心餘劇作對人物語言的精心打磨，也點出了其「本色當行」的人物語言特色。

不惟《空谷香》、《香祖樓》，蔣士銓的其他劇作也都表現出這樣的特色。仍以《雪中人》「角酒」為例：

> （淨起立，背介）這官人不是書生流輩，可敬，可敬！

> 【南園林好】他電岩岩雙睜鏡揩，貌堂堂玉山自排，沒半點儒生情態。（副淨）請吃大碗。（生）壯士，俺再陪你十杯。（淨飲介）乾！強弩末，再全開，神臂力，不能衰。

> （生亦飲介）乾！

> 【北沽美酒帶太平令】罄生平痛飲懷，罄生平痛飲懷，把鬱鬱向君開。（連乾介）乾，乾，乾！（淨亦答乾介）（生起立，醉介）我本是荷鋪劉伶死便埋，甚浮生可愛，老居士，號乖崖。壯士，我醉欲眠矣！哪，看天地風雲變態，看古今榮華機械。（副淨扶生介）夢境中更番驚駭，戲場中更番利害。恁呵，眉開眼開，笑吟吟都無掛礙。呀，誰似你做一個清閒乞丐。

〔註69〕〔清〕楊恩壽：《詞餘叢話》，卷二，《中國古典戲曲論著集成》，第九冊，中國戲曲出版社，1960年，251頁。

（下）（小生）你也去罷。（副淨持裘上）來，官人說你身上寒冷，將這狐裘贈你，你要不要？（淨）官人所贈，俺怎麼不要。（披裘介）咳！傾翻北海千杯酒，繫住浮雲一片心。（竟下）（副淨）臭賊！謝也不謝一聲，竟自去了。哥呀，這是哪裏晦氣，服侍了花子一日！（小生）官人賞識，自然不差的。（淨）扯淡，收拾碗筷進去罷！

【南清江引】碗和盤，精光不用揩，還了酒肉前生債。明日把大門緊閉，不要叫他又走進來。這臭賊，今夜必定脹煞了。羊從廟裏來，踏爛園中菜。明日門口若有人問起，只說是韓湘子結交了個李鐵拐。

（下）〔註70〕

在這個場景中查培繼、吳六奇一見如故，把酒言歡，慶得知己。吳六奇表現出其武將本色，句句雄豪，以習武喻飲酒之酣暢，更是深切符合人物的個性和身份；查培繼酒醉之後，言語較之平日略顯激切，卻仍不失文人本色；而兩個小廝對主人的所作所為不甚理解：在他們看來，吳六奇和路邊的其他乞丐並無二致。二人或因為主人的影響而對鐵丐另眼看待，或始終以「臭賊」視之，認為吳到府中不過是混吃混喝而已。副淨角色的言行尤為生動自然，活畫出一個市井小民的勢利之態，又不失其可愛之處，令人觀之不禁莞爾。出場四人，各有各性情，各有各口吻，從中亦不難見知蔣士銓通過語言塑造人物的高超技藝。心餘他種劇作中的人物語言，也都符合其各自的身份、性格又別有特色，可見楊恩壽之評的是知人之語。

除了注重語言與人物的關係之外，蔣氏曲辭的另外一個特點也十分突出，這就是「警煉」。書院劇作中，《香祖樓》中帝釋的唱段、《臨川夢》裏覺華天王演唱的【混江龍】，都堪稱「警策」的代表。除此而外，為了完成《臨川夢》再現湯顯祖一生經歷與創作的主題，蔣士銓在此劇中大量化用了湯氏的詩文、戲曲，這樣做雖然可以極大地提高該劇的真實性，更準確地還原湯顯祖的歷史形象，但同時也對作者的鎔鑄提煉能力提出了更高的要求。《臨川夢》中的曲辭也驗證了蔣士銓在此方面的技藝確實超出一般曲家甚遠。「送尉」一齣中，心餘兩支曲子概括湯顯祖《貴生書院說》、《明性說》、《與陸景鄴》、《答王澹生》與沈際飛《玉茗堂文集題詞》五篇文章之義的例子，前已言及，此處不再贅述。蔣士銓在此劇中對「臨川四夢」所做出的品評，也充分體現

〔註70〕〔清〕蔣士銓撰，周妙中點校：《蔣士銓戲曲集》，《雪中人》，中華書局，1993年，299～300頁。

了他優異的把控、涵納和表達功力。他評價《邯鄲》、《南柯》二記說：

【正宮過曲·雁魚錦】〔雁過聲〕誰家夢短誰夢長，做千般睡法千般樣。驢子喚那人來騎上，好無聊，影郎當，被仙翁瞥見行藏。愁他沒主張，跳不過愛河，守著恩情障。覷不透戲局，寫著功勞狀。〔二犯漁家傲〕荒唐，那答泥床，似這般磁枕，怎露出些兒亮。其中甚廣，那知道逐件隨心蕩？一霎裏金屋洞房，一霎裏沙場夜郎，一霎裏拜平章。紅翠餉，蕭蕭白髮如霜。（笑介）我想士當窮苦無聊之際，說到出將入相，未嘗不憮然太息，妄想庶幾一遇。及已得之後，飽饜濃腥，迫束形勢。說到神仙境界，又未嘗不欣然而羨之，這盧生於夢中沉酣唅嚄以致於死，一哭而醒。咳！夢死可醒；真死何及！須臾，崔盧在那廂？那壁廂坐著個酒糟頭，醒耳聽驢叫；這壁廂挺著個瞌睡漢，饑腸覺飯香。若是個淳于棼，不過一落魄武弁，名心未除，愛根不斷，所以在甘露寺中，遇著幾個蟻兒，便生留戀。比邯鄲道上，枕頭裏面，更加細碎齷齪也。〔二犯漁家燈〕顛狂，他看上蟲娘。甚槐安國土王姬降，遞了絲鞭，除了都尉，築了瑤臺，坐了黃堂。龜山冀壤，悼亡心痛，可是玉棺才葬。為甚麼三星斜滾桃花浪，九曲細穿牡蠣房。〔喜漁燈〕咸池犯字，上乾元象。誰鑽穴？是金枝貴婿，恁地無狀。況藤蘿冒功，把泥頭亂堆古戰場。本是個戀花迷酒淮南客，怎做得蟲王槐相，合教他解綬還鄉。可笑他歸田誰祖東門帳，再休想侍獵同牽上蔡黃。（笑介）寫至此，可發一笑。

記得白樂天詩云：「蟻王乞食為臣妾，螺母偷蟲做子孫。彼此假名本非物，其間何怨亦何恩。」且叫他燒個指頭，好去立地成佛也。〔錦纏道犯〕漫回想，二十年南柯印箱，踽踽更涼涼，剩依然隻影眷屬何方？似這個淳于指頭兒痛傷，倒不如蠢盧生枕頭兒無恙。兩夢俱已脫稿，咳，湯若士，湯若士，你自己的夢幾時才醒哪！掩卷自思量，正是叫人急挽江心舵，自己難收馬背韁。〔註71〕

在八百不到的文字裏，蔣士詮納兩部劇作的情節、主旨和自己的對劇中人物和劇作家的評價於一爐，重新提煉鎔鑄使之成為自己劇作中的一部分。從《臨川夢》這部劇作內容來看，它有點類似於我們今天所謂的作家評傳。要在二十齣之內以戲曲的形式來展現湯顯祖的生平、觀念、戲曲創作又要恰當地穿

〔註71〕　〔清〕蔣士詮撰，周妙中點校：《蔣士詮戲曲集》，《臨川夢》，中華書局，1993年，260～261頁。

插自己的相關評價，其難度之大，令人望而生畏。蔣士銓不但敢於迎難而上，而且很好地完成了這常人難以想像的重任，其才思之闊大令人讚佩。

《鉛山縣志・蔣士銓傳》對蔣士銓的文學創作曾有這樣的評價：

> 其寫忠節事，運龍門紀傳體於古樂府音節中，詳明賅洽，仍自伸縮變化，則尤爲獨開生面，前無古人。所著古文十二卷，亦潔練老橫，勁氣直達如其詩。間以餘力塡詞度曲，促節曼聲，悉關風化。國史稱爲天授，洵不虛也。〔註72〕

在心餘的文學作品中，「賅洽」、「潔練」的風格是一以貫之的，不僅詩文，戲曲作品也是如此。羅聘以爲將「古文法律」行之戲曲、「搏兔用全力」，是蔣士銓在戲曲創作方法上的獨到之處，從現存蔣氏劇作的情況來看，羅聘的評價是十分精到的。正是蔣士銓這種全力以赴的態度，爲其劇作賦予了永恒的魅力與生命。

在以上的三節中，我們以書院劇作爲中心，對蔣士銓的戲曲觀念、其聲腔特色和曲辭的風格進行了一個簡要的概括。雖然以某段時期的作品爲視角考量心餘的劇作特色略嫌局促和片面，但是管窺蠡測，所見仍是豹斑，所挹也不失爲海水。蔣士銓書院時期的五部作品，由於題材、主旨的差異而各具特色，但是從聲腔和語言的表現來看，仍然不失爲一流的作品。蔣氏生前好友、乾隆時期著名曲家李調元激賞心餘之曲，所著《雨村曲話》曾指「鉛山編修蔣士銓曲，爲近時第一」〔註73〕，其後的歷代曲家和論者對蔣士銓的劇作也多有良評，甚至有人以之爲崑曲的最後一位殿軍。雖然「最後」的說法或有過譽之嫌，但是倘從此後崑曲的日衰的走勢來看，這種說法倒也有一定的道理。

吳梅先生在評價清人傳奇時說：

> 鉛山蔣士銓，錢塘夏綸，皆稱詞宗，而惺齋頭巾氣重，不及藏園《臨川夢》、《桂林霜》允推傑作，一傳爲黃韻珊，尚不失矩度，再傳爲楊恩壽，已昧厥源流，宣城李文瀚、陽湖陳烺等諸自鄶，更無譏焉。金氏《旗亭》、董氏《芝龕》，一拾安史之昔塵，一志邊徼

〔註72〕〔清〕張廷珩修，〔清〕華祝三纂：《鉛山縣志》，卷一五，「人物儒林傳」，「蔣士銓傳」，同治十二年刻本，中國國家圖書館館藏，編號001961466。

〔註73〕〔清〕李調元：《雨村曲話》，卷下，《中國古典戲曲論著集成》，第8冊，中國戲劇出版社，1960年，27頁。

之逸史，駸駸入南聲之室，惜董作略覺冗雜耳。陳厚甫《紅樓夢》，
曲律乖方，未能搬演，益信荊山石民之雅矣。同光之際，作者幾絕，
惟《梨花雪》、《芙蓉碣》二記，略傳人口，顧皆拾藏園之餘唾，且
耳不聞其吳謳，又何從是正句律乎？〔註74〕

瞿庵先生不僅肯定了蔣士銓在清代曲壇的地位，對蔣氏對其後作家的影響及
崑曲的發展趨勢也做了簡明扼要的評價。乾隆以後，雅部劇作的「案頭」傾
向已經無可挽回，一些以蔣士銓爲楷模的作家對他的學習更多地表現在劇作
的結構或是文辭方面，對蔣氏在聲腔多樣化和曲辭本色化上所做出的有益探
討卻絕少繼承。以吳先生所言的「一傳」黃燮清爲例，在其今存《倚晴樓七
種曲》中，對蔣士銓劇作的仿傚俯拾皆是。黃氏忠孝義烈之事的讚揚、經世
致用情懷抒發，對「性情」見解的表達均可在心餘的劇作中找到源頭。《帝女
花》一劇更是兼學蔣氏《香祖樓》、《臨川夢》。該劇在敘事上採用了「仙界受
貶——人間歷劫——完劫返回」的雙重空間結構，其中的第二十齣「散花」
也是對《臨川夢·說夢》仿製。此齣演釋迦如來點化公主、駙馬的情節，由
淨角扮一人主唱北曲套曲；在具體的套式上參照了「說夢」的【北仙呂·點
絳唇】、【混江龍】、【油葫蘆】、【天下樂】、【那吒令】、【鵲踏枝】、【寄生草】、
【煞尾】；【混江龍】一曲無論在篇幅上還是內容上都是蔣士銓【混江龍】的
翻版。〔註75〕黃燮清尚且如此，其他再傳者的情況由此亦可見一斑。遺憾的
是，這些曲家所著意的往往恰是心餘劇作中某些精彩但卻不利於搬演之處，
且往往流於一味模仿沒有創新。這種情況下創出之劇作，最多也只能做到求
似而似之，有所發展或逾越根本無從談起。更何況，模仿者往往在才華識力
上與模仿的對象存在著一定的差距，時移勢易之下，這種做法不但不能改變
崑曲所面臨的困難局面，反而倒是成爲了雅部徹底敗落的明證。從這個意義
上來看，蔣士銓劇作的價值和地位也的確是乃後曲家之作所難以逾越的。

〔註74〕 王衛民編：《吳梅戲曲論文集》，《中國戲曲概論》，中國戲曲出版社，1983年，
196頁。
〔註75〕 詳參〔清〕黃燮清撰、〔清〕瞿世瑛評：《倚晴樓七種曲》，清光緒七年刻本，
國家圖書館館藏，編號：002120665。

餘論　書院戲曲創作高潮形成的客觀原因

　　以上，我們分四章對蔣士銓書院時期的劇作進行了一些淺要的探討。蔣士銓早年坎坷的遭際和南歸之後複雜的思想和心態，確是其書院劇作高潮形成的主要原因。但是如果我們將目光轉移到蔣氏的周遭，就會發現蔣士銓這次劇作高峰期的到來和他所處的環境之間也存在著極爲密切的關連。江浙地區文人騷客雲集，他們對戲曲作品的品評爲蔣士銓的戲曲創作活動增加了很大的動力；心餘移主揚州安定書院之後，與當地著名的鹽商富賈江春交往密切，蔣士銓的劇作《四弦秋》不僅是應江春之請而作，曲成之後更是多次由江春家班進行搬演。戲曲品評與戲劇演出，對蔣銓書院戲曲創作高潮的形成同樣有著極大的促進作用，這一點也是不應該被忽視的。

一、戲曲品評的激勵

　　蔣士銓請假南歸離開北京是在乾隆二十九年甲申（1764），而他的書院生涯始於兩年之後的乾隆三十一年（1766），在這一年他應浙江巡撫熊學鵬的邀請，前往紹興主掌蕺山書院。但是蔣士銓重新開始戲曲創作卻是乾隆三十六年（1771）的事。究竟是什麼促使他在這個時候重新開始寫作戲劇呢？細繹蔣氏的詩文、劇作和《行午錄》，就會發現與此相關的某些線索。這其中最引人關注的當屬乾隆三十六年春天張三禮爲士銓舊作《空谷香》所作的序文。在這則序中，張三禮宣講了自己戲曲關乎風化的觀念，並對蔣士銓的《空谷香》傳奇給予了肯定：「此有關風教之文也」〔註1〕。張三禮出任越州知州是

〔註1〕〔清〕張三禮：《空谷香序》，附於〔清〕蔣士銓《空谷香》卷首，《蔣士銓戲

在乾隆三十四年（1769），在任期間與蔣士銓交往甚密，曾自稱「余守越州，獲交茗生太史，最爲契闊」〔註2〕。他不僅對蔣氏的劇作和戲曲創作才華極爲欣賞，還對心餘的劇作進行了品評並努力促成了《空谷香》傳奇的刊刻：「亟授梓氏，使讀其曲者，共思其人云」〔註3〕。

《空谷香》的乾隆紅雪樓刊本現存，劇前除了蔣士銓本人的自序、題詞和張三禮的序文之外，尚有多人題詩。這些題評人包括：劉文蔚、戴永植、錢載之子錢世錫、陳夢說、高文照和平聖臺。除了陳夢說爲居官浙江之外，其餘諸人均是浙籍，且均與心餘有所往來。友人們的戲曲品評以及《空谷香》的刊刻再次激發了蔣士銓的創作熱情。三十四年（1769）五月，心餘在蕺山書院完成了他書院時期的第一部劇作《桂林霜》，此前蔣士銓的最後一部戲曲作品《空谷香》完成於乾隆十九年（1754），中間中斷了近十七年。《桂林霜》的創作標誌著蔣士銓又一個戲曲寫作高潮的到來，而此劇完成之後也激發了新一輪的品評熱潮。張三禮爲此劇再次作序，平聖臺、高文照等人也有詩歌評點，江浙一帶的文人騷士如紀復亨、江松泉、秦黌、吳璸、鍾錫圭等人也紛紛加入了點評者的行列，其中亦不乏王亶望這樣的地方要員和江春一類鹽商大賈的身影。蔣氏書院時期的其他一些作品如《四弦秋》、《香祖樓》，也都風靡一時，評者如雲。這些品評人或記述戲曲創作的過程，或著眼內容、思想，或從結構、技巧入手發表自己的見解，雖然有著一定的「案頭化」傾向，但對心餘本人來講無疑是一種極大的肯定和鼓勵。

書院時期，這種創作者與欣賞者之間的交流活動並不僅僅局限在文學作品完成之後，在創作之前的某些行爲甚至直接影響到創作本身。乾隆三十七年三月（1772），蔣士銓應揚州運使鄭大進的邀請改主揚州安定書院。這一年的九月，他寫作了飽受讚譽的《四弦秋》雜劇，而這部戲曲創作的動因，則是由於江春的邀約：

> 壬辰晚秋，鶴亭主人邀袁春圃觀察、金椶亭教授及予，宴於秋聲之館。竹石蕭瑟，酒半，鶴亭偶舉白傅《琵琶行》，謂向有《青衫記》院本，以香山素狹此妓，乃於江州送客時仍歸於司馬，踐成前約。命意敷詞，庸劣可鄙。同人以予粗知音韻，相屬別傳撰一劇，

曲集》，中華書局，1993年，434頁。
〔註2〕同上，433頁。
〔註3〕同上，434頁。

當付伶人演習，用洗前陋。予唯唯。〔註4〕

江春本人對此事的描述大致類此，在細節上則更爲詳盡：

> 白太傅文章風節，載在正史。余讀其詩，每心儀其人，將重編
> 《長慶集》付諸梓。適鉛山蔣太史心餘，過我秋聲館，因出所創凡
> 例就質焉。太史抃掌曰善。遂相與上下其議論，偶及《琵琶行》。
> 舊人撰有《青衫記院本》，命意遣詞，俱傷雅道。太史工塡詞，請
> 別撰一劇湔雪之。太史欣然諾從，閱五日即脫稿，題曰《四弦秋》，
> 示余。〔註5〕

《雪中人》一劇的創作情況，與《四弦秋》也有著類似之處。蔣士銓《雪中人塡詞自序》中說：

> 癸巳臘日，與錢百泉孝廉圍爐飲護春堂中，簷雪如毳。百泉偶
> 舉鐵丐事，談笑甚樂，慫予塡新詞寫其狀。百泉既去，除夜兀坐，
> 意有所觸，遂構局成篇，竟夕成一首，天已達曙。〔註6〕

文學創作活動本身受到各種因素的影響，這種行爲的發生也存在著很大的偶然性。《四弦秋》和《雪中人》的創作都肇始於極爲巧合的文人聚會，而這種品評者的主動激發對蔣士銓的創作活動的影響也是十分明顯的。

二、戲劇演出的影響

品評和創作的相互促進與激勵，是蔣士銓書院創作高潮的促因之一，也是其書院時期戲曲創作活動的重要特徵。此外，在蔣氏遷居揚州之後，戲曲演出和觀賞活動對他的影響也是非常顯著的。特別是與兩淮鹽業總商江春的交往，對蔣士銓的戲曲創作促進尤爲突出。

李斗《揚州畫舫錄》記載：

> 江方伯名春，字潁長，號鶴亭，歙縣人。初爲儀征諸生，工制
> 藝。精於詩，與齊次風、馬秋玉齊名。先是論詩有南馬北查之譽，
> 迨秋玉下世，方伯遂爲秋玉後一人。體貌風澤，美鬚髯。爲人含養

〔註4〕〔清〕蔣士銓著，周妙中點校：《蔣士銓戲曲集》，《四弦秋序》，中華書局，1993年，185頁。

〔註5〕〔清〕江春：《四弦秋序》，原附蔣士銓《四弦秋》前，《蔣士銓戲曲集》，中華書局，1993年，187頁。

〔註6〕〔清〕蔣士銓撰，周妙中點校：《蔣士銓戲曲集》，《雪中人塡詞自序》，中華書局，1993年，288頁。

圭角，風格高邁，遇事識大體。……方伯以獲逸犯張鳳，欽賞布政使秩銜。復以兩淮提引案就逮京師，獲免。曾奉旨借帑三十萬，與千叟宴，其際遇如此。方伯死，拜泣於門下不言姓氏者，日數十人。或比之於陳孟公之流，非其倫也。〔註7〕

吳錫麒《新安二江先生集序》對江春的事迹也有所記述：

往時廣陵風雅之盛則有馬氏嶰谷、半查昆仲，開設壇坫，號召賓客，藏書至數萬卷，海內之稱小玲瓏山館者，與吾杭之趙氏小山堂、天津查氏之水西草堂鼎足而峙，聞者豔焉。馬氏既衰，乃有江君鶴亭而承之，其弟橙裏輔而翼之，一時翰苑之輩，南北往來之士大夫莫不縞紵雜投，觴詠交作，推襟送抱，申旦忘疲。〔註8〕

江春擔任兩淮鹽運總商四十餘載，乾隆皇帝南巡時曾多次接駕，深受高宗賞識。袁枚《誥封光祿大夫奉宸苑卿布政使江公墓誌銘》：

公（江春）閱歷既久，神解獨超。輔志弊謀，動中款要。每發一言，定一計，群商張目拱手，畫諾而已。四十年來，凡供張南巡者六，祝太后壽者三，迎駕山左、天津者一而再。最後赴千叟宴，公年已六十餘。每跪道旁，上望見輒喜，召前慰勞，詢問家常。所賜上方珍玩加級紀錄之恩，莫可紀算。轉運使出都，請訓，上面諭江廣達任老成，可與咨商。廣達者，公行鹽旗號也。公自念一商人，並非勳舊閥閱，而帝心簡重如此，受寵若驚，朐朐如畏，亦不自知其所以然。

丁丑，辦治淨香園，稱旨，賞給奉宸苑卿銜。壬午盤獲內監逸犯有功，晉秩布政使銜。辛卯，上知公貧，借三十萬，以資營連。〔註9〕

江春本人不僅擁有良好的文化素養，而且「性好客，招集名流，酒賦琴歌，不申旦不止」〔註10〕。阮元《江君鶴亭橙裏二公合傳》中稱：

〔註7〕　〔清〕李斗：《揚州畫舫錄》，卷十二，中華書局，1960 年，274 頁。
〔註8〕　〔清〕吳錫麒：《新安二江先生集序》，〔清〕江春《隨月讀書樓集》附錄，清嘉慶九年揚州康山草堂刻本，國家圖書館館藏，編號 002055671。
〔註9〕　〔清〕袁枚著，周本淳標校：《小倉山房詩文集》，《小倉山房續文集》，卷三一，《誥封光祿大夫奉宸苑卿布政使江公墓誌銘》，上海古籍出版社，1988 年，1862 頁。
〔註10〕　同上。

　　　　公（江春）偉岸豐頤，美鬚髯，喜吟詠，好藏書，廣結納，主
　　持淮南風雅，與盧轉運見曾同意趣。……一時文人學士如錢司寇陳
　　群、曹學士仁虎、蔣編修士銓、金壽門農、陳受衣章、鄭板橋燮、
　　黃比垞裕、戴東原震、沈學子大成、江雲溪立、吳杉亭娘、金棕亭
　　兆燕，或結縞紵，或致館餐，卑節虛懷，人樂與遊。風亭月榭，觴
　　詠無廢。與玲瓏山館馬氏相埒。〔註11〕

由這些描述不難見知江春不僅是「以布衣結交天子」的第一人，也是乾隆時
期揚州乃至江浙地區文人雅集活動的中心人物，在當時有著重要的地位和廣
泛的影響力。他在揚州廣建庭園，並蓄有家班，所築康山草堂是當時揚州重
要的戲曲演出場所。阮元曾記述江春府內演劇狀況說：「或曲劇三四部同日分
亭館宴客，客至以數百計」〔註12〕。

　　從目前的資料來看，蔣士銓與江春相識的具體時間尚難確定，但是兩人
的密切往來則是乾隆三十七年（1772）蔣士銓來到揚州之後開始的。此年秋
天，心餘應江春之請寫作了《四弦秋》雜劇，該劇完成後得到了江春的贊許，
並當即安排其家班組織演出，延客觀賞：

　　　　余讀之而歎，歎太史之才之大，微引不出本事，而閨房婉轉，
　　遷客羈愁，描摹鏤刻，一一曲盡其妙。乃益笑昔人之拙，其增添新
　　意，正苦才窘耳。亟付家伶，使登場按板，延客共賞，則觀劇者輒
　　唏噓太息，殆人人如司馬青衫矣。〔註13〕

次年，也就是乾隆三十八年（1773）的秋天，江春康山草堂再次搬演《四弦
秋》，一時觀者雲集。蔣氏本人也觀看了這次演出，並作《康山宴集，酬鶴亭
主人，並邀邊都轉霽峰、袁觀察春圃、陳太守體齋、家舍人春農、江大令階
平同作》詩紀之，其一云：

　　　　腰鼓琵琶駐此間，借他明月照酡顏。城低不礙登高眼，亭迥全
　　收隔郡山。舊宰官身留十笏，小秦王曲付雙鬟。就中鴻爪分明在，
　　雪磴嵐梯好細攀。〔註14〕

〔註11〕　〔清〕阮元：《江君鶴亭橙裏二公合傳》，〔清〕江春《隨月讀書樓集》附錄，
　　　　　　清嘉慶九年揚州康山草堂刻本，國家圖書館館藏，編號002055671。
〔註12〕　同上。
〔註13〕　〔清〕江春：《四弦秋序》，原附蔣士銓《四弦秋》前，《蔣士銓戲曲集》，中
　　　　　　華書局，1993年，187頁。
〔註14〕　〔清〕蔣士銓著、邵海清校、李夢生箋：《忠雅堂集校箋》，《忠雅堂詩集》，

除了詩中提到了這幾位之外，江春之弟江昉、蔣士銓友人袁枚、王文治、錢世錫、金兆燕、高文照等人也都曾在江春處觀看過《四弦秋》的演出，並寫詩作詞歌詠其事。

此外，吳梅先生還曾考證說：「時丹徒王夢樓，精音律，家有伎樂，即據以付梨園，一時交口稱之。故《納書楹譜》尚存『送客』一齣也」〔註15〕，如果情況屬實的話，則蔣氏此劇的演出範圍尚不限於揚州一地。《四弦秋》的演出成功不僅提高了蔣士銓劇作的影響力，也促使他將更多的精力投入到戲曲創作中。三十八年（1773）多十二月，心餘八日內完成了《雪中人》的創作〔註16〕；三十九年（1774）春天，他在寒食日譜成《香祖樓》傳奇〔註17〕，之後又在三月上巳日譜成《臨川夢》傳奇〔註18〕。四個月之內，蔣士銓完成了三部傳奇作品，才思之大令人咋舌，創作熱情之高也堪稱灼人。

乾隆時期，朝廷對官員蓄養家伶嚴格禁止，但對商人的類似行為卻未加干涉。揚州是兩淮鹽政的府治所在地，也是當時漕運的重要樞紐，巨商富賈的蜂集帶動了當地戲曲演出市場的繁榮。當時揚州著名的九大戲班的班主多為富甲一方的鹽商，當地的戲曲演出主要是由這些家班承擔的。李斗《揚州畫舫錄》除了對兩淮鹽務存蓄花雅兩部的狀況有所記述之外，對這些家班的情況也做了介紹：

> 崑腔之盛，始於商人徐尚志徵蘇州名優為老徐班。而黃元德、張大安、汪啓源、程謙德各有班。洪充實為大洪班。江廣達為德音班，復徵花部為春臺班。自是德音班為內江班，春臺班為外江班。今內江班歸洪箴遠，外江班隸於羅榮泰。此所謂之內班，所以備演大戲也。〔註19〕

在這則資料中，李斗簡明扼要地介紹了揚州鹽商家班的興起、發展和變遷狀

卷二一，上海古籍出版社，1993年，1353頁。

〔註15〕吳梅：《霜厓曲跋》，卷二，「四弦秋記」，中華書局《新曲苑》本，民國二十九年（1940），冊九，21頁。

〔註16〕〔清〕蔣士銓撰、周妙中點校：《蔣士銓戲曲集》，《雪中人填詞自序》，中華書局，1993年，288頁。

〔註17〕〔清〕蔣士銓撰、周妙中點校：《蔣士銓戲曲集》，《臨川夢自序》，中華書局，1993年，209～210頁。

〔註18〕〔清〕蔣士銓撰、周妙中點校：《蔣士銓戲曲集》，《香祖樓自序》，中華書局，1993年，541頁。

〔註19〕〔清〕李斗：《揚州畫舫錄》，卷五，中華書局，1960年，107頁。

況，春臺班和德音班的班主江廣達，也就是江春。值得注意的還有，江春的
家班不僅演出崑腔，也有專門演出花部的春臺班。維揚之地不僅聚集了諸多
來自蘇州的著名崑曲演員，而且吸引了爲數眾多的花部劇目在此爭相上演。
揚州豐富的戲曲演出極大地拓寬了蔣士銓的眼界。《雪中人》中「蠻歌」的表
演場面極爲細緻，對演員服飾髮型的介紹與今天我們所見到的黎族、瑤族的
民族特色非常接近。心餘本人從未到過廣西，此前和此後的劇作中也再沒有
過類似的情節，或許他曾在揚州觀賞過此類演出也未可知，此處姑且存疑，
以待後考。

　　蔣士銓劇作的乾隆紅雪樓原刊本現存，這些劇本中除了作者、友人的序
文和題詩、眉批、夾批或其他形式的評文之外，有一些還標明由某某正譜或
正拍，（如《桂林霜》乾隆紅雪樓刻本題署：鉛山蔣士銓定甫填詞，大興張三
禮椿山評文，鳳翔楊迎鶴松軒正譜；《四弦秋》題署：鶴亭居士正拍，清容主
人填詞，夢樓居士題評；《雪中人》題署：鉛山蔣士銓定甫填詞，秀水錢世錫
百泉評點，泰安李士珠寶嚴正譜；《香祖樓》題署：鵝湖藏園居士填詞，天都
兩峰外史評文，新城種木山人訂譜；《臨川夢》題署：鉛山蔣士銓定甫填詞，
秀水錢世錫評校，長白明新春岩正譜。〔註20〕）是則蔣士銓其他劇作似乎也
有曾經演出過的可能。〔註21〕此外，清人梁章鉅在其所著《浪迹叢談》中也
曾提及「蔣心餘先生常主其（江春）秋聲館中，所撰九種曲，內《空谷香》、
《四弦秋》皆朝拈斑管，夕登氍毹」〔註22〕，雖然這則記載中存在一些乖謬
不實之處〔註23〕，但也可以從某個角度呈現蔣氏戲曲作品的搬演狀況。

　　清中葉江浙地區文人雅集、劇作品評的情況和揚州地區的戲曲演出狀況
是一個非常複雜的問題。筆者限於能力和材料的不足，只能圍繞蔣士銓書院
時期的戲曲創作活動就事論事，這不能不說是一個遺憾。在乾隆三十六年
（1771）到乾隆三十九年（1774）這段蔣士銓戲曲創作活動相對集中的時期

〔註20〕詳參首都圖書館綏中吳氏藏書室館藏《《紅雪樓十二種填詞》乾隆江西鉛山紅
　　　　雪樓刻本。
〔註21〕張敬先生《蔣士銓〈藏園九種曲〉析論》一文以爲「正譜云云，不過擺設」。
　　　　張敬先生此文原載〔臺灣〕《書目集刊》，1975年，第9卷第1期。
〔註22〕〔清〕梁章鉅：《浪迹叢談 續談 三談》，卷二，「小玲瓏山館」，中華書局，
　　　　1981年，21頁。
〔註23〕據李斗《揚州畫舫錄》卷十二，長期館於江春秋聲館者爲金棕亭和蔣宗海，
　　　　梁章鉅以蔣士銓常主秋聲館之語不確；此外，《空谷香》之寫作亦不在揚州，
　　　　「朝拈斑管，夕登氍毹」之語同樣值得商榷。

裏，他早年的好友王文治、金兆燕均在杭州和揚州地區活動。從目前可見的資料來看，他們都曾經從事過戲曲創作。王文治曾爲乾隆帝南巡寫作過《浙江迎鑾樂府》。徐珂《曲稗》「王夢樓教僮度曲」條也記載：

> 丹徒王夢樓太守文治，嘗買僮，教之度曲。行無遠近，必以歌伶自隨，辯論音樂，窮極幽渺。客至其家，張樂共聽，窮日不倦。海内求其書者，歲有饋遺，率費於聲伎。人或諫之，不聽，其自喜故彌甚也。……如是者數年。〔註24〕

王文治對戲曲非常癡迷，金兆燕的情況也大致相類。棕亭劇作現存《旗亭記》和《嬰兒幻》兩種，從中也不難窺見當時江浙地區的戲曲創作狀況。盧見曾在爲其《旗亭記》所作的序文中說：

> 揚州繁華甲天下，竹西歌吹之盛自唐以至於今，梨園之多名部，宜矣。顧人情厭故，得坊間一新劇本則爭相購演，致時下操觚多出射利之徒。導淫者既蕩而忘返，述怪者又荒誕而不經。愚夫愚婦及小兒女輩且豔稱之，將流而爲人心風俗之害，心甚非之而無以易也。……蘭皋（金兆燕）唯唯去，經年復遊於揚，出所爲《旗亭記》全本於篋中。余愛其詞之清雋而病其頭緒之繁，按以宮商亦有未盡協者，乃歎之於西園，與共商略。又延請梨園老教師爲點板排場，稍變易其機杼，俾兼宜於雅俗之間。……〔註25〕

這則序文一方面展現了揚州當時戲劇演出狀況的繁盛，同時也向我們透露了戲曲演出活動對相關創作活動的整體促進。

徐珂曾做《崑曲戲》一文，對有清一代的崑劇演出的狀況做出了總體評價。文中以爲乾隆時期是清代崑曲的最盛時期，以爲：

> 康熙朝京師内聚家班之演《長生殿》，乾隆時淮商夏某之家演《桃花扇》，與明季南都《燕子箋》之盛，可相頡頏。淮南商家羨名流，專門製曲，如蔣苕生輩，均嘗涉足於此。故其時爲崑曲最盛時代。而崑山之市井鄙夫，及鄉曲細民，雖一字不識，亦能拍板唱一二折也。

〔註24〕 徐珂：《曲稗》，「崑曲戲」，中華書局《新曲苑》本，民國二十九年（1940），冊七，4～5頁。

〔註25〕 〔清〕盧見曾：《旗亭記序》，原附於〔清〕金兆燕《旗亭記》前，縮微膠片，編號：003012128。

徐珂對乾隆時期淮南地區戲曲演出的描述基本上是當時的實際情況，從中亦不難窺見揚州鹽商對當時曲壇從演出到創作的全面影響。徐文中關於蔣士銓為淮商所「豢」之語雖不符合事實，但心餘的戲曲創作是受到了當時揚州文化風氣的影響，這也是十分明顯的。

乾隆四十三年戊戌（1778），已經五十四歲的蔣士銓在北上入京之前再次來到揚州。在江春康山草堂他再一次觀看了《四弦秋》、尤侗《弔琵琶》和楊潮觀的《寇萊公思親罷宴》、《窮阮籍醉罵財神》、《賀蘭山謫仙贈帶》等戲曲的演出。蔣氏《康山草堂觀劇》詩云：

> 綺筵重聽《四弦秋》，一夜尊前盡白頭。何必官人皆失意？歡場各有淚難收。

> 能傳幽怨寫琵琶，來自東皋太守家。唱到空船秋夢後，滿堂清淚滴胡笳。

> 蠟淚成堆老淚垂，萊公乳婢不勝悲。後人歡樂前人苦，誰肯迴心富貴時。

> 憂貧心迫罵錢神，苟得黃金便轉嗔。原憲艱難端木富，天公平看讀書人。

> 守珪庵下救蕃兒，太白山前認子儀。管領興亡憑隻眼，人當微賤最難知。〔註26〕

此次演出的劇目雖然都是體制短小的雜劇，但除了《弔琵琶》之外都是乾隆時期的作品，結合前引盧見曾的話來看，至少在揚州地區，崑腔仍然保有一定的活力。這種仍然繁榮的演出狀況對於蔣士銓等曲家而言，無疑是有著相當的推動力的。或許也正是因為如此，清中期的崑曲雖然面對花部的衝擊表現出衰退的迹象，但卻仍可與花部頡頏而未至於徹底敗落。

〔註26〕〔清〕蔣士銓著，邵海清校，李夢生箋：《忠雅堂集校箋》，《忠雅堂詩集》，卷二四，1569～1570頁。

附錄一：蔣心餘先生年譜新編

（1725～1785）

　　說明：目前筆者可見的蔣士銓年譜主要有蔣氏自制之《清容居士行年錄》；陳述先生於民國二十二年（1933）發表於《師大月刊》第六期上的《蔣心餘先生年譜》；詹松濤先生民國三十七年（1948）在《京滬周刊》發表的《蔣心餘先生年譜》；趙舜先生民國六十四年（1975）撰寫、1979年發表在《宋元明清劇曲研究·第四集》上的《蔣士銓年譜》；邵海清先生1985年發表在《蔣士銓研究資料集》中的《蔣士銓年表》；熊澄宇先生 1985 年撰寫的《蔣士銓年譜》，該年譜附錄在其《蔣士銓劇作研究》中；簡有儀先生民國九十年（2001）附錄在其《蔣士銓及其詩文研究》一書中的《蔣士銓家族世系表與行年紀事錄》；以及徐國華先生 2005 年在其博士論文《蔣士銓研究》中附錄的《蔣士銓年譜新編》。

　　年譜重新編定時，在參考以上諸譜的基礎上，針對研究方向和需要，對蔣氏中年書院時期的經歷與交友進行了更為細緻的考察，對蔣氏與戲曲創作、賞析相關的詩文及活動也特加關注。同時增加的還有，清代雍、乾時期的文化、文藝政策及其他曲家的戲曲創作、批評狀況等相關內容。

雍正三年　乙巳（1725）　一歲

　　十月二十八日卯時〔註1〕，先生生於江西省南昌垠東街小金臺前舊宅。父

〔註 1〕關於蔣士銓出生的具體時辰，向有分歧，蔣士銓本人著錄亦有矛盾之處。蔣氏自撰之《清容居士行年錄》記載其生在卯時，而《先考府君行狀》又說：「先一夕將子，天大雨，及寅，雷聲轟然震者三，而不孝生矣」，今姑取《行年錄》之說。

年四十八歲，母年二十歲（蔣士銓《先考府君行狀》）。前一日，寒旭晴霽，夜半，風雨如注，及卯而震者三（蔣士銓編，蔣立仁補編《清容居士行年錄》），父因字先生曰雷鳴。

是年先生師金檜門先生（1701～1762）二十五歲。先生友袁枚（1716～1798）十歲（方濬師《隨園先生年譜》），饒學曙（1720～1770）六歲，楊垕（1723～1766）三歲，汪軔（1723～1785）三歲，趙由儀（1725～1747）生（謝鳴謙《書趙山南事》，《國朝文匯·乙集·卷十九》），王昶（1725～1806）生（《清史列傳·王昶傳》）。

雍正四年　丙午（1726）　二歲

居南昌。

是年，查嗣庭試題案起，以查嗣庭、汪景祺均爲浙人，詔停浙江八鄉會試（世宗憲皇帝上諭內閣·卷四八》）。

雍正五年　丁未（1727）　三歲

二月，隨母至瑞洪。

五月，父北征。自是年始先生隨母寄養於瑞洪外家，直至八歲。

是年十月二十二日，先生友趙翼（1727～1784）生（佚名《甌北先生年譜》），吳璜（1727～1773）生。

雍正六年　戊申（1728）　四歲

母教先生識字，苦先生年幼不能執筆，縷竹爲絲，攢簇成字以訓之（蔣士銓編，蔣立仁補編《清容居士行年錄》）。

是年，錢大昕（1728～1804）生（錢大昕編，錢慶曾校注《竹汀居士年譜》）。

準浙江士子明年鄉會試（蔣良騏《東華錄·卷二九》）。江西清江縣知縣牛元弼以張筵唱戲被參（《大清世宗憲皇帝實錄·卷七一》）。

雍正七年　己酉（1729）　五歲

伯舅致光公教作字，日授《四子書》五行，母爲加訓詁（蔣士銓編，蔣立仁補編《清容居士行年錄》）。

是年，下湖南曾靜獄，剉已故浙江呂留良屍，盡誅其族（蔣良騏《東華錄·卷三〇》）。

雍正十年　壬子（1732）　八歲

十二月，父由蒲州歸里來瑞洪，留十餘日，乃攜先生母子歸南昌舊宅（蔣士銓編，蔣立仁補編《清容居士行年錄》）。

是年，蔣廷埏（生卒不詳）自序《錫六環》傳奇（《中國古典戲曲序跋彙編・卷一二》）。

雍正十一年　癸丑（1733）　九歲

居南昌。母授以《禮記》、《周易》、《毛詩》皆成誦，暇時更錄唐宋人詩，教之為吟哦聲（蔣士銓《鳴機夜課圖記》）。

是年，先生友羅聘（1733～1799）生（俞蛟《羅兩峰傳》，《夢廠雜錄》，卷七），翁方綱（1733～1818）生（張維屏《翁覃溪先生年譜稿》）。

雍正十三年　乙卯（1735）　十一歲

五月，父戒行李，以室行。

八月三日入澤州，館王氏（蔣士銓《先考府君行狀》）。途中攜母及士銓遍歷燕、秦、趙、魏、齊、梁、吳、楚間（蔣士銓《鳴機夜課圖記》）。

是年，朱孝純（1735～1801）生；董榕（1711～1760）拔貢（乾隆《豐潤縣志》卷四，《方志著錄元明清曲家傳略》）。

上諭禁止搬演雜劇（《大清高宗純皇帝實錄・卷六》）。

乾隆元年　丙辰（1736）　十二歲

十月，聞外祖滋生公訃（蔣士銓編，蔣立仁補編《清容居士行年錄》）。

是年，金德瑛中狀元。宗聖垣（1737～1815）生。

本年，江西巡撫俞兆岳奏禁演扮淫戲以厚風俗。無名氏《情中幻》傳奇有本年抄本（莊一拂《古典戲曲存目彙考》）；蔡應龍（生卒不詳）作《紫玉記》傳奇（《古本戲曲劇目提要》）。

乾隆四年　己未（1739）　十五歲

先生受業於王庸（蔣士銓編，蔣立仁補編《清容居士行年錄》）。

完九經（金德瑛《忠雅堂詩集序》，《忠雅堂集校箋》附錄）。

學詩讀李義山，愛之（蔣士銓《學詩記》，《忠雅堂文集・卷二》）。

是年，《欽定四書文》告成（方苞《進四書文選表》，《方苞集集外文・卷二》）。

乾隆六年　辛酉（1741）　十七歲

先生病劇，醫藥無效。

秋八月一夕，若有所悟。出簏中淫靡綺麗之書數十冊，並所著豔詩四百餘首，火於庭，誓絕妄念。詰朝，購朱子語錄觀之，至仲冬而神氣復強如初（蔣士詮編，蔣立仁補編《清容居士行年錄》）。

是年沈起鳳（1741～1802）生。

本年，崔應階（生卒不詳）自撰《煙花債》雜劇小引（《中國古典戲曲序跋彙編·卷一三》）。

謝濟世著書案發（《清代文字獄檔》）。

乾隆七年　壬戌（1742）　十八歲

先生於王氏藏書樓涉獵歷二年，是年始讀少陵、昌黎、太白、東坡各家集（蔣士詮編，蔣立仁補編《清容居士行年錄》）。

本年，唐英（1682～1756）囑伶人吹奏新作《笳騷》（唐英《笳騷題詞》，《中國古典戲曲序跋彙編·卷八》）；許廷錄自序《五鹿塊》傳奇（許廷錄《五鹿塊自序》，《中國古典戲曲序跋彙編·卷一二》）。

乾隆八年　癸亥（1743）　十九歲

棄李義山詩，改讀少陵、昌黎（蔣士詮《學詩記》，《忠雅堂文集·卷二》）。

是年，唐英自序《轉天心》傳奇（唐英《轉天心自序》，《中國古典戲曲序跋彙編·補遺》）。

乾隆九年　甲子（1744）　二十歲

父既倦遊，母亦思歸，九月，隨家南下。

十一月，至瑞洪（蔣士詮編，蔣立仁補編《清容居士行年錄》）。

十二月，抵南昌（蔣士詮《先考府君行狀》）。

是年，先生因楊垕（1723～1754）交汪軔（1710～1766）（蔣士詮《汪魚亭學博傳》《忠雅堂文集·卷四》）。先生詩集編年亦自此年始。

乾隆十年　乙丑（1745）　二十一歲

四月，卜居鄱陽月波門內。

十月，復入南昌。

十一月，爲先生娶婦張氏，氏年十九（蔣士詮編，蔣立仁補編《清容居士行年錄》）。

本年先生有《長生殿題詞》詩二首、《桃花扇題詞》五首（蔣士銓《忠雅堂詩集・卷一》）。

是年，趙翼入常州府學，補弟子員（佚名《甌北先生年譜》）；袁枚調江寧縣知縣（袁枚《隨園詩話》卷一三）。

乾隆十一年　丙寅（1746）　二十二歲

隨父返鉛山，讀書於張氏宜園。五月應童子試，督學金檜門先生目之為「孤鳳凰」，拔先生第一，入縣學，且令負書從使車遊（蔣士銓《先考府君行狀》）。

是年春，趙由儀始知先生名（謝鳴謙《書趙山南事》，《國朝文匯》乙集・卷十九）。冬，先生受知於方伯彭青原（？～1757）先生，每相見，則呼曰蔣秀才（蔣士銓編，蔣立仁補編《清容居士行年錄》）。

本年，洪亮吉（1746～1809）生。

乾隆十二年　丁卯（1747）　二十三歲

三月，始食饎。

八月，應江西鄉試，成舉人（蔣士銓編，蔣立仁補編《清容居士行年錄》）。

十月，詣景德鎮，結識唐英，有《唐蝸寄榷使招飲珠山官署，出家伶演其自譜雜劇，賦謝》八首（蔣士銓《忠雅堂詩集・卷一》）。

十一月，隨父至鉛山。除夕，抵揚州（蔣士銓編，蔣立仁補編《清容居士行年錄》）。

是年八月，趙由儀卒，年二十三（謝鳴謙《書趙山南事》，國朝文匯，乙集・卷十九）。

乾隆十三年　戊辰（1748）　二十四歲

進京應會試，被放（蔣士銓編，蔣立仁補編《清容居士行年錄》）。

八月，附唐英舟南還，並於舟中為唐英《三元報》雜劇題詞，後又為其雜劇《蘆花絮》題詞（唐英《古柏堂戲曲集》）。

十二月初十，父卒，享年七十一歲（蔣士銓《先考府君行狀》，《忠雅堂文集・卷七》）。

是年秋，全祖望（1705～1755）主蕺山書院講席（董秉純《全謝山先生年譜》）；袁枚解組歸隨園（袁枚《隨園詩話》，卷五）。

乾隆十四年　己巳（1749）　二十五歲

南昌老畫師至鄱陽，爲母請繪《鳴機夜課圖》，作《鳴機夜課圖記》（蔣士詮《鳴機夜課圖記》）。友楊垕、汪韌亦有題詩。

十二月，爲父舉殯（蔣士詮編，蔣立仁補編《清容居士行年錄》）。

是年，正月黃景仁生（毛慶善，季錫疇《黃仲則先生年譜》）；全祖望辭蕺山書院講席（董秉純《全謝山先生年譜》）；趙翼進京，寓劉統勳第（佚名《甌北先生年譜》）。

本年壺天隱叟爲夏綸（1680～1753）《杏花村》、《瑞筠圖》、《廣寒梯》題辭，夏綸自跋《南陽樂》（《中國古典戲曲序跋彙編・卷十二》）。

乾隆十五年　庚午（1750）　二十六歲

上元後一日，先生買舟赴南昌，主纂《南昌縣志》，與同事楊垕、萬廷蘭（1719～1807）、邊鏞（生卒不詳）稱莫逆。

春，訪得伊桓墓於南昌縣城南，作記付南昌令，立碑表之。

五月，長女寧意（字若男）生。

同年，先生與前廣信太守靳椿（生卒不詳）訂交，並爲靳洗冤使其出獄，助其還籍（蔣士詮編，蔣立仁補編《清容居士行年錄》）。

是年冬，趙翼館汪由敦第，考取禮部義學教習（佚名《甌北先生年譜》）。

此年春，張堅（1681～1763）《夢中緣》傳奇刊行（該劇作於康熙三十八年）；夏綸《惺齋五種曲》世光堂本刊行（夏綸《五種自序》，《中國古典戲曲序跋彙編》卷十二）。

乾隆十六年　辛未（1751）　二十七歲

正月，先生自鄱陽至志局。

三月，因蔡書存（生卒不詳）進士之言，往求婁妃墓，得之於上饒、新建兩漕倉之間，以告彭方伯（家屏）（？～1757）。時彭家屏調任滇南，行有日矣，以先生慫恿，故爲短碑立趺前，且親往祭之。祭畢，有婁妃後人伏道側叩首謝，先生爲之做《一片石》雜劇。因送方伯至豐城，識袁守定，訂交而別（蔣士詮編，蔣立仁補編《清容居士行年錄》）。

穀雨日，撰《一片石自序》。

冬，恭逢皇太后萬壽，代江西紳民做遠祝純嘏雜劇四種，第一種曰《康衢樂》，第二種曰《忉利天》，第三種曰《長生籙》，第四種曰《昇平瑞》（梁

廷枬《曲話》卷三）。

十二月十四日，小女寧意殤（蔣士銓《十二月十四日悼小女寧意》，《忠雅堂詩集‧卷三》）。

是年，饒學曙殿試得中榜眼；洪亮吉六歲，喪父（呂培等《洪北江先生年譜》）。

董榕作《芝龕記》。

乾隆十七年　壬申（1752）　二十八歲

先生將北行會試，買宅於南昌東街水口巷，旋自鄱陽移居此處。

六月，偕饒學曙（1720～1770）眷北上會試（蔣士銓編，蔣立仁補編《清容居士行年錄》）。

八月初三，張塤（1731～1789）將出應秋試，留詞二首別先生，先生次調答之。先是，張塤入使院，受業於金德瑛，先生與之燈窗對榻，朝夕與俱（蔣士銓《蝶戀花》，《忠雅堂詞集‧卷上‧銅弦詞》）。

九月，會試榜發，主司以江西春秋已中六卷，不再閱，先生被放（蔣士銓編，蔣立仁補編《清容居士行年錄》）。於黃獲村處得董榕《芝龕記》，為之作詩一十二首（董榕《芝龕記》，乾隆十六年初刊本）。

出京，過青州，訪金德瑛，被留山左學使幕中不放行，因辭廣州太守張嗣衍（生卒不詳）聘（蔣士銓編，蔣立仁補編《清容居士行年錄》）。

十二月，得家信，知長子知廉十一月十日生（蔣士銓編，蔣立仁補編《清容居士行年錄》）。

是年正月，張堅《梅花簪》傳奇成。二月，壺天隱叟為夏綸《花萼吟》題辭（《中國古典戲曲序跋彙編》卷十二）。

乾隆十八年　癸酉（1753）　二十九歲

先生一載居東，周流十郡，登山觀海，與檜門先生極倡酬之雅（蔣士銓編，蔣立仁補編《清容居士行年錄》）。

是年，韓錫胙《漁村記》傳奇成書（莊一拂《古典戲曲存目彙考》）；唐英《虞兮夢》有成稿（張慧劍《明清江蘇文人年表》）；董榕序唐英《傭中人》雜劇（《中國古典戲曲序跋彙編‧補遺》）；夏綸《新曲六種》世光堂刊行。

本年六月，丁文彬逆詞案發；十月，劉震宇《治平新策》案發（《清代文字獄檔》）。

乾隆十九年　甲戌（1754）　三十歲

先生應會試，識趙翼闈中，因表文將及兩千字，謄錄以卷短不敷謄寫，稟請加頁，不許，遂被放（蔣士詮編，蔣立仁補編《清容居士行年錄》）。

四月，考試內閣中書，欽取第四名（蔣士詮編，蔣立仁補編《清容居士行年錄》）。趙翼會試中明通榜，亦考取內閣中書（佚名《甌北先生年譜》）。

五月，入閣管漢票籤事。

秋，居北京，作《中州愍烈記題詞》十首（蔣士詮《忠雅堂詩集・卷四》）。

十月，告假去。友人夏翁、王翁，以貧鄙請附舟南去，先生許之（蔣士詮編，蔣立仁補編《清容居士行年錄》）。於舟中作《空谷香》傳奇，並於小雪日自序於濟寧舟次（蔣士詮《空谷香傳奇序》）。

生辰初度，泊舟吳門，友人張塤約遊虎丘。歸，失足溺胥門萬年橋下，旋得出。歲末抵家。

是年春，袁枚初見先生詩於揚州宏濟寺；〔註2〕七月，趙翼回鄉省親（佚名《甌北先生年譜》）；楊垕卒，年三十二（鄧長風《明清戲曲家考略・〈忠雅堂集校箋〉訂補》）。

董榕為唐英《清忠譜正案》雜劇、《女彈詞》雜劇、《天緣債》傳奇題辭。（《中國古典戲曲序跋彙編・補遺》）

乾隆二十年　乙亥（1755）　三十一歲

居南昌。

四月返鉛山祭父（蔣士詮《乙亥四月祭顯考府君墓告詞》）。

九月，次子知節生（蔣士詮編，蔣立仁補編《清容居士行年錄》）。

是年，先生與何在田（生卒不詳）訂交；並有《題嫠妃墓圖》詩四首及《焚券記題詞》五首。

六月，趙翼補受內閣中書（佚名《甌北先生年譜》）。

本年二月，胡中藻《堅磨生詩鈔》案發；十二月，楊淮震投獻《霹靂神策》案發。（《清代文字獄檔》）

〔註2〕此據袁枚《隨園詩話・卷一》。有關袁枚初見蔣士詮詩的時間，亦有分歧。袁枚《蔣心餘藏園詩序》（《小倉山房續文集・卷二三》）、《篁村題壁記》（《小倉山房文集・卷一二》）記初見苕生寺壁詩於癸酉年，即前一年。

乾隆二十一年　丙子（1756）　三十二歲

二月，離南昌赴鉛山祭掃（蔣士銓《忠雅堂文集·丁丑顯考府君諱日告詞》）。

六月，與汪軔入城南僧舍銷暑（蔣士銓《忠雅堂詩集·卷五》）。

七月，有《寄董恒嚴太守兼問蝸寄使君》詩四首（蔣士銓《忠雅堂詩集·卷五》）。

九月，假滿，盡室買舟北行（蔣士銓《忠雅堂詩集·卷五·典屋六十韻》）。

十一月二十二日到京，借寓饒學曙家中。

是年二月，鄭燮（1693～1765）、王文治（1730～1802）、金兆燕（約1718～約1789），（等九人聚飲於揚州竹西亭（鄭燮《板橋題畫》，《鄭板橋全集·板橋集》）。夏，趙翼選入軍機處行走（佚名《甌北先生年譜》）。

本年，張堅訪袁枚（袁枚《隨園詩話·卷六》）；唐英卒，年七十五（張慧劍《明清江蘇文人年表》）。

乾隆二十二年　丁丑（1757）　三十三歲

先生會試卷在錢載房，薦中第十三名。座主為劉統勳（1699～1773）、介福（生卒不詳）、金德瑛。殿試二甲十二名，朝考欽取第一，授庶吉士。

是年，胡慎容（？～1763）《紅鶴山莊詩》二卷、《二集》一卷、《紅鶴詞》一卷刊行，先生與王金英（生卒不詳）同評（《販書偶記·卷一八》）。

此年會試，趙翼（佚名《甌北先生年譜》）、何在田報罷，同鄉彭元瑞（1731～1803）中進士（蔣士銓《何鶴年遺集序》，《忠雅堂文集·卷一》）。

本年，彭家屏因私藏明季野史及族譜《大彭統記》中御名皆直書不缺筆而獲罪，令獄中自盡，被籍家，財產沒官（《清史稿·卷三百三十八·列傳一百二十五·彭家屏傳》）；十一月，陳安兆著書案發（《清代文字獄檔》）。

乾隆二十三年　戊寅（1758）　三十四歲

居北京，官庶常。

二月，三子知讓生。

湖州老友沈秀才龍文（生卒不詳）卒，子北來相訪，先生乃助以葬費，並給資斧遣之。己未翰林姚天祐故後，其子不肖，將鬻其女為妾，先生聞而憤之，為其鳴於有司，得配某侍郎從子。前衛輝某太守之子，行乞於市，先生資之衣裘行李，助以白鏹，使之歸。（蔣士銓編，蔣立仁補編《清容居士行

年錄》）

是年，張塤進京（蔣士詮《張吟鄉塤秀才至京，喜，爲長歌》，《忠雅堂詩集・卷七》）；趙翼出軍機處（佚名《甌北先生年譜》）。

乾隆二十四年　己卯（1759）　三十五歲

居北京。

春，汪軔至京，先生甚喜（蔣士詮《喜汪辇雲至》《忠雅堂詩集・卷七》）。

七月，四子斗郎生（蔣士詮編，蔣立仁補編《清容居士行年錄》）。

九月，汪軔落第，南歸江西（蔣士詮《汪辇雲落第京兆解，南歸，長歌效山谷體，送之》，《忠雅堂詩集・卷七》）。

是年，盧見曾（1690～1768）序金兆燕《旗亭記》傳奇（《中國古典戲曲序跋彙編・卷十三》）。

乾隆二十五年　庚辰（1760）　三十六歲

居北京。

散館，欽取第一，授職編修（蔣士詮編，蔣立仁補編《清容居士行年錄》），充武英殿纂修（《蔣士詮傳》，《（同治）鉛山縣志・卷一五・人物儒林傳》）。

是年，四月董榕卒，年五十（桑調元《觀察虔南定岩董君墓誌銘》，《發甫集・卷一八》）；胡慎容卒（蔣士詮《石蘭詩傳》，《忠雅堂文集・卷五》）。

張堅作《玉獅墜》傳奇（張慧劍《明清江蘇文人年表》）；周書（生卒不詳）自序《魚水緣》傳奇（周書（《魚水緣自序》，《中國古典戲曲序跋彙編・卷一三》）。

乾隆二十六年　辛巳（1761）　三十七歲

居北京。

考試差名列二等二十五名（蔣士詮編，蔣立仁補編《清容居士行年錄》）。

夏，彭元瑞移居先生宅附近（蔣士詮《和彭芸楣元瑞同年移居詩》，《忠雅堂詩集・卷八》）。

九月，四子斗郎殤，寄埋永樂庵後園（蔣士詮《哭四兒斗斗》，《忠雅堂詩集・卷八》）。

是年，李調元（1734～1802）官內閣中書，補國子監學錄（嘉慶《羅江縣志・卷七》，《方志著錄元明清曲家傳略》）；王昇跋崔應階《情中幻》雜劇（《中國古典戲曲序跋彙編・卷一三》）。

同年八月，余騰蛟（生卒不詳）詩詞案發；九月，李雍和潛遞呈詞案發，王寂元投詞案發。（《清代文字獄檔》）

乾隆二十七年　壬午（1762）　三十八歲

正月，金德瑛卒，年六十二（蔣士銓《左都御史檜門金公行狀》，《忠雅堂文集·卷七》）。

八月，充順天府同考官，得士十五名，充《續文獻通考》纂修官（蔣士銓編，蔣立仁補編《清容居士行年錄》）。

九月，葬亡友董法熹（？～1761）（蔣士銓編，蔣立仁補編《清容居士行年錄》）。

太后壽辰，敕贈父為編修，時父堅已過世十四年（蔣士銓《壬午敕贈顯考編修改題告詞》，《忠雅堂文集·卷九》）。

此年，先生有《感事述懷詩，為重光、觀光兩彭郎作，並示衣春冠同年》，懷念被賜死的彭家屏（《忠雅堂詩集·卷九》）。

是年，崔燕山（生卒不詳）序臨汾徐昆（1715～？）《雨花臺》傳奇。

本年，禁五城寺觀僧尼開場演劇；又禁需次人員、旗人出入戲園。（光緒延熹等纂《臺規·卷二五》，王利器《元明清三代禁燬小說戲曲史料·第一編引》）

乾隆二十八年　癸未（1763）　三十九歲

大考，先生列三等一名（蔣士銓編，蔣立仁補編《清容居士行年錄》）。

正月一日，典喪葬亡友靳椿樹（蔣士銓《靳大千哀詞》，《忠雅堂詩集·卷十》）。十三日，於琉璃廠得明史可法遺像及手卷，吟詩題跋以藏之，時寓北京宣武門外官菜園上街東嚮之屋（蔣士銓《得史閣部遺像並家書真迹》，《忠雅堂詩集·卷一〇》）。

汪韌為趙由儀作《芙蓉城》雜劇，先生題詩四首（蔣士銓《汪魚亭為亡友趙山南由儀作芙蓉城雜劇題詞》）。秋，汪韌還里（蔣士銓《送汪魚亭還里》）。

十一月請畫家華冠（生卒不詳）繪《歸舟安穩圖》，十二月初一日作《歸舟安穩圖記》。（蔣士銓《歸舟安穩圖記》，《忠雅堂文集·卷二》）

是年，張堅卒。（郭英德《明清傳奇史·第四編·第十八章》）

乾隆二十九年　甲申（1764）　四十歲

裘日修（1712～1773）薦先生入景山為內伶填詞，或可受上知，先生力

拒之（蔣士銓編，蔣立仁補編《清容居士行年錄》）。

四月，出都往河北一帶訪友（蔣士銓《四月二十日出都口占》，《忠雅堂詩集・卷一一》）。

夏，友王文治出守臨安（蔣士銓《送王夢樓侍讀文治守臨安》，《忠雅堂詩集・卷一一》）。

八月，舉家買舟南下（蔣士銓編，蔣立仁補編《清容居士行年錄》）。

十二月，先生初晤袁枚（蔣士銓《喜晤袁簡齋前輩即次見懷舊韻》，《忠雅堂詩集・卷一三》）。尹繼善（1696～1771）招先生與袁枚、秦大士（約1715～1777）小集（蔣士銓《尹望山督相招飲，同袁簡齋、秦澗泉兩前輩席上作》，《忠雅堂詩集・卷一三》。同月卜居江寧十廟前（蔣士銓《卜居》，《忠雅堂詩集・卷一三》）。

是年，楊潮觀（1710～1788）《吟風閣雜劇》刊行。

同年，禁止五城戲園夜唱。（《北京梨園掌故長編・曉諭戲館》，《燕都梨園史料彙編》）

乾隆三十年　乙酉（1765）　四十一歲〔註3〕

正月，訪友返家（蔣士銓《到家》，《忠雅堂詩集・卷十三》）。與袁枚遊棲霞山（蔣士銓《偕袁簡齋前輩遊棲霞》，《忠雅堂詩集・卷一三》）。

二月，返南昌。三月，贖南昌舊屋（蔣士銓《乙酉三月贖南昌舊宅，立饗堂合祀先靈，家祭告詞》，《忠雅堂文集・卷九》）。奉母至瑞洪為外祖掃墓（蔣士銓《瑞洪鎮奉太安人展外祖考妣墓》，《忠雅堂詩集・卷一三》）。

夏，回鉛山。為父掃墓，並倡重建狀元峰淩雲塔。秋，塔成，先生為作塔記（蔣士銓《鉛山狀元峰重建淩雲塔記》，《忠雅堂文集・卷二》）。

多，離鉛山，小除日在南昌（蔣士銓《小除日在南昌有作》，《忠雅堂詩集・卷一四》）。

是年，鄭燮卒，年七十三。

乾隆三十一年　丙戌（1766）　四十二歲

二月，自南昌返江寧（蔣士銓《二月自南昌買江船泛宅還白下》，《忠雅堂詩集・卷一四》）。

〔註3〕先生《行年錄》記是年「暫居江寧十廟前，貧甚」，但此年二月先生即返江西，直至次年二月。

夏，貧甚，典衣（蔣士銓《典衣》，《忠雅堂詩集・卷一四》）。浙撫熊學鵬以書來，延主蕺山書院（蔣士銓編，蔣立仁補編《清容居士行年錄》），攜長子知廉離家赴蕺山（蔣士銓《出門》，《忠雅堂詩集・卷一五》）。途經嘉興，謁錢陳群，請爲檜門先生遺像題詩（《謁香樹先生於里第，爲補書題檜門先生遺像詩》，《忠雅堂詩集・卷一五》）。經杭州，攜子同遊。

六月，至蕺山，居蕺山書院天鏡樓（蔣士銓《樓居》，《忠雅堂詩集・卷一五》）。得交任英烈（生卒不詳）、劉文蔚（生卒不詳）。

十一月，自蕺山返江寧（蔣士銓《十一月二十四日爲內子生日，泊京口待風，感憶》，《忠雅堂詩集・卷一五》）。

是年，趙翼由翰林院編修授廣西鎮安知府（佚名《甌北先生年譜》）；黃景仁與洪亮吉訂交（毛慶善、季錫疇《黃仲則先生年譜》）。

同年，臨汾徐昆《碧天霞》傳奇成書（《常庚辛序》，《中國古典戲曲序跋彙編・卷一三》）。

乾隆三十二年　丁亥（1767）　四十三歲

春，與袁枚登清涼山（蔣士銓《偕袁簡齋前輩登清涼山》，《忠雅堂詩集・卷一六》）。攜子知廉渡江赴天長探視親家林師（蔣士銓《至汊澗遊桂園感作呈承政親家二首》，《忠雅堂詩集・卷一六》）。有詩贈林師侄女林秀中（蔣士銓《贈林氏四女秀中》、《辭林氏歸白下，秀中四女寄詩懷我，語意懇摯，答寄一章》，《忠雅堂詩集・卷一六》）。返南京後，奉母攜家前往紹興（蔣士銓《奉太安人赴會稽登舟有做》，《忠雅堂詩集・卷一六》）。

夏，居蕺山天鏡樓，聞友汪韌訃，痛不可抑（蔣士銓《哭汪魚亭訓導》，《忠雅堂詩集・卷一六》）。

秋，爲知節授室，九月攜歸鉛山，一月仍返越中（蔣士銓編，蔣立仁補編《清容居士行年錄》）。

十二月，攜知廉、知節、知讓三子與劉文蔚等共十一人遊蘭亭，有《遊蘭亭詩》（蔣士銓《後遊蘭亭圖跋》，《忠雅堂文集・卷一〇》）。屬王生爲夫婦小像，爲《黻珮偕老圖》，先生爲之作《自題黻珮偕老圖》詩（蔣士銓《自題黻珮偕老圖》，《忠雅堂詩集・卷一七》）。同月，以將赴山東應李清時（1705～1768）之招，留詩別諸友及蕺山同學（蔣士銓《將之山左留別蕺山講院諸同學兼謝同好鄉先生二首》，《忠雅堂詩集・卷一七》。

先生爲袁枚校定詩集亦於此年（袁枚《謝苕生校定拙集》，《小倉山房詩

集·卷二〇》）。

是年，商盤卒，年六十七（蔣士銓《寶意先生傳》，《忠雅堂文集·卷三》）；
王文治被劾罷歸（張慧劍《明清江蘇文人年表》）。

同年，崔應階（生卒不詳）、吳恒憲（生卒不詳）合撰《雙仙記》傳奇（《中
國古典戲曲序跋彙編·卷一三》）；夏秉衡（1726～？）自序《雙翠圓》傳奇
（《中國古典戲曲序跋彙編·卷一二》）。

乾隆三十三年　戊子（1768）　四十四歲

正月，離開蕺山，擬北上山東（蔣士銓《去越州》，《忠雅堂詩集·卷一
七》）。至杭州，聞李清時病重，並爲浙江巡撫熊學鵬所留，乃主杭州崇文書
院（蔣士銓《欲去不得去》，《忠雅堂詩集·卷一七》）。六十七日後，仍回紹
興主蕺山書院（蔣士銓《還蕺山作》，《忠雅堂詩集·卷一七》）。

九月，再別蕺山返南京（蔣士銓《再別蕺山》，《忠雅堂詩集·卷一七》）。

冬，居南京，與袁枚往來頻仍。

是年，趙翼在廣西鎮安知府任，以忤上官，被命從軍入滇（張慧劍《明
清江蘇文人年表》）。

王筠（女，生卒不詳）《繁華夢》傳奇成（《明清婦女戲曲集·繁華夢》）；
金昌世跋韓錫胙《南山法曲》雜劇（金昌世《南山法曲跋》，《中國古典戲曲
序跋彙編·卷八》）；錢維喬自序《鸚鵡媒》傳奇（錢喬維《鸚鵡媒自序》，《中
國古典戲曲序跋彙編·卷一三》）。

本年正月，柴世進投遞詞帖案發；三月，李紱詩文案發；八月，徐鼎
試卷書有平緬句表文案發；九月，王道定《汗漫詩草》案發。（《清代文字
獄檔》）

乾隆三十四年　己丑（1769）　四十五歲

在蕺山。

十一月，長孫立中生，知廉出（蔣士銓編，蔣立仁補編《清容居士行年
錄》）。

是年，張三禮（生卒不詳）守越州，先生與之交厚。

本年，禁官員蓄養歌童（《大清高宗純皇帝實錄·卷八四五》）。錢維城
（1702～1772）序錢維喬（1739～1806）傳奇《碧落緣》、《鸚鵡媒》（《中國
古典戲曲序跋彙編·卷一三》）。

安能敬試卷詩案發（《清代文字獄檔》）。毀錢謙益（1582～1664）所著書。
（《清史列傳・錢謙益傳》）

乾隆三十五年　庚寅（1770）　四十六歲

正月，與張三禮太守赴杭州謁中丞，議海塘事，歸作《與寧紹臺道潘蘭谷觀察書恂》、《再貽觀察書》（蔣士銓《忠雅堂文集・卷八》）。在杭州晤袁枚（袁枚《在杭州晤苕生太史即事有贈》，《小倉山房詩集・卷二十二》）。

是年，先生摯友饒學曙以右中允卒於官。趙翼調任廣東廣州知府（佚名《甌北先生年譜》）。

本年，沈起鳳（1741～？）作《泥金帶》傳奇（沈起鳳《鏡戲》，《諧鐸・卷三》）；石琰（生卒不詳）《天燈記》、《忠烈傳》傳奇刊行（張慧劍《明清江蘇文人年表》）；孔光林（生卒不詳）自序《璿璣錦》雜劇（《中國古典戲曲序跋彙編・卷八》）。

乾隆三十六年　辛卯（1771）　四十七歲

春二月，張三禮為先生《空谷香》傳奇作序（張三禮《空谷香傳奇序》，《蔣士銓戲曲集》）。

五月，於戢山書院作《桂林霜》傳奇（蔣士銓《桂林霜傳奇自序》，《蔣士銓戲曲集》）。九月，張三禮為之序（張三禮《桂林霜傳奇序》，《蔣士銓戲曲集》附錄）。

此年王文治掌教杭州崇文書院（張慧劍《明清江蘇文人年表》），秋，先生在杭州與之會（王文治《立秋日，同蔣心餘前輩暨諸子聽王范二女彈詞，二女皆盲於目》，《王夢樓詩集》）。

是年，尹繼善卒，年七十七（袁枚《文華殿大學士尹文端公神道碑》，《小倉山房文集・卷三》）；趙翼擢貴州分巡貴西兵備道（佚名《甌北先生年譜》）。

本年，王寬（生卒不詳）序汪柱（生卒不詳）《夢裏緣》傳奇（《中國古典戲曲序跋彙編・卷一四》）；方成培（約1808年前後）自序《雷鋒塔》傳奇（方培成《雷鋒塔》傳奇卷首）；王筠《全福記》傳奇定稿（朱珪《全福記序》，《明清婦女戲曲集・繁華夢》附錄）；石琰《錦香亭》、《酒家俑》傳奇刊行。

乾隆三十七年　壬辰（1772）　四十八歲

三月，揚州運使鄭大進（1709～1782）延主安定書院，遂去越之維揚（蔣士銓編，蔣立仁補編《清容居士行年錄》）。

六月，攜妻往南京，登棲霞山（蔣士詮《六月，同安人往秣陵，遂登棲霞。流連半日而去，僧雛樵婦不知誰何也》，《忠雅堂詩集‧卷二〇》）。

九月，應江春（1721～1789）囑，五日而成《四弦秋》雜劇（蔣士詮《四弦秋雜劇序》，《蔣士詮戲曲集》）。

此年秋，江春秋聲館落成，先生為作《秋聲館題壁詩》十首（《忠雅堂詩集》，卷二十）。

十二月，洪亮吉歸里葬母，先生助之，鍾太安人為質羊裘贈行（洪亮吉《寄鉛山蔣編修士詮》）。

是年，趙翼以廣州讞獄舊案降級，遂乞歸（佚名《甌北先生年譜》）；時人集趙翼、孔繼涵（1739～1783）、沈德潛（1673～1769）金德瑛及先生詩作，取名「五家詩」行世。

本年，黃振（生卒不詳）自為《石榴記》小引（黃振《石榴記小引》，《中國古典戲曲序跋彙編‧卷一三》；黎簡（1747～1799）作《芙蓉亭》傳奇（周錫馥《黎簡年譜》）。

正月初四，上諭纂修《四庫全書》。（《四庫全書總目提要‧卷首》）

乾隆三十八年　癸巳（1773）　四十九歲

五月，裘日修卒，年六十二，先生為作墓誌銘（蔣士詮《太子太傅工部尚書裘文達公墓誌銘，代》，《忠雅堂文集‧卷五》）。

秋，康山宴集，於江春秋聲館中觀演《四弦秋》雜劇（蔣士詮《康山宴集，酬鶴亭主人，並邀邊都轉霽峰、袁觀察春圃、陳太守體齋、家舍人春農、江大令階平同作》，《忠雅堂詩集‧卷二一》）。與袁枚、金兆燕同遊揚州建隆寺（袁枚《隨園詩話補遺‧卷五》）。

十二月，先生作《雪中人》傳奇，八日成（蔣士詮《雪中人填詞自序》，《蔣士詮戲曲集》）。

是年，先生有詩寄懷林秀中（《寄懷林氏四女秀中》，《忠雅堂詩集‧卷二一》），並與揚州八怪中的羅聘往來甚密，為羅氏多幅畫作題詩，羅聘亦有畫作相贈。王文治以詩題先生《四弦秋》雜劇（《夢樓詩集》，卷一二）。趙翼抵里（佚名《甌北先生年譜》）。

本年，傅玉書（約 1755 年前後）作《鴛鴦鏡》傳奇。（傅玉書《鴛鴦鏡自序》，《中國古典戲曲序跋集‧卷一三》

同年二月，開四庫全書館。（《四庫全書總目提要‧卷首》）

乾隆三十九年　甲午（1774）　五十歲

春，寒食日譜成《香祖樓》傳奇（蔣士銓《香祖樓自序》，《蔣士銓戲曲集》）。三月，上巳日譜成《臨川夢》傳奇（蔣士銓《臨川夢自序》，《蔣士銓戲曲集》）。

秋，聞座師錢陳群亡訊，前往秀州哭之（蔣士銓《秀州哭奠座主錢文端公》，《忠雅堂詩集·卷二二》）。

冬，三孫女阿寶、阿賓、阿鸞罹痘俱殤，先生悲不自勝（蔣士銓《悼三孫女》，《忠雅堂詩集·卷二二》）。

是年，先生將昔年北京所得之史可法畫像及手卷託彭元瑞轉呈聖上，上大喜，爲七律一首，並將原卷交兩淮鹽政，建史公祠及御書樓（蔣士銓編，蔣立仁補編《清容居士行年錄》）。先生好友羅聘序評《香祖樓》傳奇（羅聘《論文一則》，《蔣士銓戲曲集》附錄）。先生《題金陵某三雜劇後》詩三首亦作於此年（蔣士銓《忠雅堂詩集·卷二二》）。

本年，楊潮觀（1710～1788）自序《吟風閣雜劇》（《吟風閣雜劇》卷首、附錄）；胡業宏（生卒不詳）作《珊瑚鞭》傳奇（《中國古典戲曲序跋集·卷一三》）；夏秉衡寓吳門秋水堂，作《詩中聖》傳奇成（張慧劍《明清江蘇文人年表》）；張塤所著《督亢圖》、《中郎女》二傳奇有成稿（張慧劍《明清江蘇文人年表》）。

同年，再禁旗人出入戲園。（《北京梨園掌故長編·曉諭戲館》，《清代燕都梨園史料》）

乾隆四十年　乙未（1775）　五十一歲

正月二十四日，先生母以疾終於揚州安定書院。越二日，五子知白生，妾王氏出（蔣士銓編，蔣立仁補編《清容居士行年錄》）。

六月，奉母樞登舟返里（蔣士銓編，蔣立仁補編《清容居士行年錄》）。

是年起至四十二年，先生居母喪，無詩作。

本年，宮敬軒（生卒不詳）自題《海嶽圓》傳奇（《中國古典戲曲序跋彙編·卷一三》）。

三月，陸顯仁《格物廣義》案發；閏十月，澹歸和尚《遍行堂集》案發。（《清代文字獄檔》）

乾隆四十一年　丙申（1776）　五十二歲

爲母卜地鉛山，得之於天井塘。

五月，知讓入庠府。

六月，卜葬成禮（蔣士詮編，蔣立仁補編《清容居士行年錄》）。

八月，作《第二碑》雜劇，又名《後一片石》（蔣士詮《第二碑自序》，《蔣士詮戲曲集》）。

是年，程枚（約1808年前後）始作《一斛珠》傳奇（凌廷堪《一斛珠傳奇序》，《校禮堂文集·卷二八》）。

本年，又禁旗人進出戲園。（《北京梨園掌故長編·曉諭戲館》，《清代燕都梨園史料》）

乾隆四十二年　丁酉（1777）　五十三歲

二月，爲趙翼詩集撰序（蔣士詮《趙雲松觀察詩集序》，《忠雅堂文集·卷一》）。

七月十二日，在撫州蕭公渡覆舟，失戊子至庚辰四卷詩（蔣士詮編，蔣立仁補編《清容居士行年錄》）。

是年，先生倡本縣佛母嶺文峰塔，開焦溪壩，建試院，修縣內署，開黃柏坡水利，潤田六千畝。開縣東門兩耳門，皆告成。乾隆帝南巡，賜彭元瑞詩云：「江右兩名士，汝今爲貳卿。」注云「其一蔣士詮，與元瑞同年入翰林」，先生不勝感激，乃萌復仕之想。家居南昌，葺藏園。知廉充選拔貢生。十二月，六子知重生，妾王氏出（蔣士詮編，蔣立仁補編《清容居士行年錄》）。

此年，先生序龍變《江花夢》傳奇（蔣士詮《江花夢序》，原文附在龍變《龍改庵二種曲》，《江花夢》卷首。）。

本年，有禁搬做雜劇律例（《大清律例案語·卷十六·刑律雜犯》，王利器《元明清三代小說戲曲禁燬史料·第一編引》）；於揚州設局修改劇曲，總校爲黃文暘（1736～1809後）。

乾隆四十三年　戊戌（1778）　五十四歲

三月，先生至揚州。在嘉福堂觀劇，劇演明建文帝失國事（蔣士詮《嘉福堂觀劇呈李西華友棠張秋芷馨松坪恒諸前輩》，《忠雅堂詩集》卷二四）；在江春康山草堂觀演自制《四弦秋》雜劇，期間亦曾觀賞尤侗《弔琵琶》、楊潮觀《寇萊公思親罷宴》、《窮阮籍醉罵財神》、《賀蘭山謫仙贈帶》等劇，作《康

山草堂觀劇》詩（蔣士銓《康山草堂觀劇》，《忠雅堂詩集》，卷二四）。

彭元瑞疊書促入京，以上數問先生名，乃於六月買舟攜知廉、知讓北上（蔣士銓編，蔣立仁補編《清容居士行年錄》）。

至京之後，病痢二月（蔣士銓編，蔣立仁補編《清容居士行年錄》）。

十一月十日，家人到京（蔣士銓《十一月十日家人至》，《忠雅堂詩集》卷二四）。

是年，先生在京序胡業宏《珊瑚鞭》傳奇（蔣士銓《珊瑚鞭傳奇序》，《珊瑚鞭》傳奇卷首）。

同年，傅岩（生卒不詳）序吳恒憲（生卒不詳）《義貞記》傳奇（《中國古典戲曲序跋彙編·卷一三》）；王筠《繁華夢》傳奇刊行（王元長《繁華夢後序》，《明清婦女戲曲集·繁華夢》）；徐曦（生卒不詳）作《鏡光緣》傳奇（徐曦《鏡光緣自序》，《中國古典戲曲序跋彙編·卷一三》）；汪柱作《詩扇記》傳奇（汪柱《詩扇記自序》，《中國古典戲曲序跋彙編·卷一四》）。

四月，王爾揚撰李範墓誌稱皇考案發。五月，劉翱供狀案發，七月止。六月，黎大本私刻《資孝集》案發，七月止。（《清代文字獄檔》）

乾隆四十四年　己亥（1779）　五十五歲

二月上丁，太學分獻禮，上命協辦大學士尚書英廉行禮，翰林官二人分獻，先生居其一（蔣士銓《二月上丁，太學分獻，禮成恭記》，《忠雅堂詩集·卷二五》）。

夏，與翁方綱、程晉芳、周厚轅、吳錫麟、張塤等共結都門詩社，並邀黃景仁、洪亮吉入社（毛慶善、季錫疇《黃仲則先生年譜》）。

秋，知節中式本省鄉試十三名（蔣士銓編，蔣立仁補編《清容居士行年錄》）。

是年，王筠《全福記》傳奇刊行（朱珪《全福記序》，《明清婦女戲曲集·全福記》附錄）。

正月，李騏《蚪峰集》案發；二月，陳希聖誣告鄧慤收藏禁書案發，黃檢私刻其祖父奏疏案發；四月，智天豹編造本朝萬年書案發；六月，王大蕃撰寄奏疏書信案發；十月，石卓槐《芥圃詩》案發；十二月，祝廷諍《續三字經》案發。（《清代文字獄檔》）

乾隆四十五年　庚子（1780）　五十六歲

春，上南巡，子知讓在江南行在所應試，欽取第一，賞給舉人（蔣士詮編，蔣立仁補編《清容居士行年錄》）。

夏，京察先生列一等，引見（蔣士詮編，蔣立仁補編《清容居士行年錄》）。

七月，羅聘爲畫《藏園圖》，翁方綱爲之題詞。

十二月十九日，翁方綱招集先生等人瞻拜蘇軾遺像（蔣士詮《十二月十九日，東坡生日，翁學士招集蘇齋，瞻拜遺像，分得南字》，《忠雅堂詩集·卷二五》）。

是年，趙翼北上，旋以病歸（佚名《甌北先生年譜》）；王文治爲乾隆帝南巡塡製新劇九折（梁廷枏《曲話·卷三》）。

四月，魏塾妄批江統《徙戎論》案發；九月，吳英欄輿獻策案發，劉遴宗譜案發；十一月，上令刪改抽徹劇本（《大清高宗純皇帝實錄·卷一一一八》）；冬，伊齡阿奉旨於揚州設局修改曲局，修改既成，黃文暘著有《曲海》二十卷（李斗《揚州畫舫錄·卷五》。

乾隆四十六年　辛丑（1781）　五十七歲

先生充國史館纂修官，專修《開國方略》十四卷（蔣士詮編，蔣立仁補編《清容居士行年錄》）。

五月，自選《藏園詩鈔》定本凡十卷、雜文若干卷付兒子（蔣士詮編，蔣立仁補編《清容居士行年錄》）。

八月，作《冬青樹》、《采石磯》兩院本，作《採樵圖》雜劇，撰《定齀瑣語》（蔣士詮編，蔣立仁補編《清容居士行年錄》）。

十一月二十八日，保送御史引見，名在第四，奉旨著記名以御史補用（蔣士詮編，蔣立仁補編《清容居士行年錄》）。

是年，梅窗主人作《百寶箱》傳奇（梅窗主人《百寶箱傳奇自序》，《中國古典戲曲序跋彙編·卷一三》）；金兆燕自序《嬰兒幻》傳奇（金兆燕《棕亭古文鈔·卷六》）呂公溥自序《彌勒笑》傳奇。（《古本戲曲劇目提要》）；

三月，梁三川《奇冤錄》案發，尹嘉銓爲父請諡並從祀文廟案發，四月以罪處絞；五月，焦祿謗帖案發；十一月，吳碧峰刊刻《孝經對問》及《體孝錄》案發，葉廷推《海澄縣志》案發。（《清代文字獄檔》）

乾隆四十七年　壬寅（1782）　五十八歲

九月，七子知簡生，妾戴氏出（蔣士銓編，蔣立仁補編《清容居士行年錄》）。

此年，先生晤李調元於北京順城門之撫臨館（李調元《雨村曲話・卷下》）。作《論詩雜詠》，評楊鐵崖等三十人詩（蔣士銓《忠雅堂詩集・卷二六》）。

是年，《四庫全書》告成。信天齋朦道人作《如意緣》傳奇（《古本戲曲劇目提要》）。

四月，方國泰收藏《濤浣亭詩集》案發；五月，海富潤攜帶《回字經》及漢字書五種案發。（《清代文字獄檔》）

乾隆四十八年　癸卯（1783）　五十九歲

春，因病辭官，離京返里。（蔣士銓《雜感》，《忠雅堂詩集・卷二三》）

六月，八子知約生，妾王氏出（蔣士銓編，蔣立仁補編《清容居士行年錄》）。

是年，黃景仁卒，年三十五。

李鱗平作《桐花鳳》傳奇，年僅十四歲（梁廷枏《昭文縣知縣李君墓誌銘》，《續碑傳集・卷七二》）。

二月，喬廷英、李一互訐悖逆及喬廷英家藏明傅梅《雉園存稿》案發，馮起炎注解《易》、《詩》二經欲行投呈案發；四月，戴如煌《秋鶴近草》詩案發；五月，樓繩等呈首《河山氏諭家言》暨《巢穴圖略》案發。（《清代文字獄檔》）

乾隆四十九年　甲辰（1784）　六十歲

病廢家居，右半體枯，左手作字。

三月，袁枚過訪，喜陪歡飲，臨別囑袁枚為作墓誌銘，並託為詩集作序（袁枚《蔣苕生太史病廢家居，因余到後，力疾追陪，作平原十日之飲，臨別贈歌》，《小倉山房詩集・卷二十二》）。

夏，翁方綱作《寄題心餘藏園養痾圖》，先生賦詩答之（蔣士銓《次韻答翁覃溪學士》，《忠雅堂詩集・卷二六》）。

《忠雅堂詩集》編年止於是年。

是年冬，趙翼主揚州安定書院講席（佚名《甌北先生年譜》）；程晉芳卒，

年六十七。

乾隆五十年　乙巳（1785）　六十一歲

二月二十四日，先生辭世於南昌藏園，是日，無雨而雷電繞屋，與生時同（蔣士銓編，蔣立仁補編《清容居士行年錄》）。袁枚、趙翼有詩哭之。

逾二年，先生之子葬先生於鉛山七都董家塢。

是年，禁秦腔戲班。（《北京梨園掌故・曉諭戲班》，《清代燕都梨園史料》）

附錄二：二百餘年來蔣士銓劇作研究狀況綜述

　　蔣士銓是清代中葉與袁枚、趙翼齊名的文學大家。他不僅以詩、文、詞聞名於世，同時也是當時首屈一指的戲曲家。其劇作不僅在當時備受讚譽與好評，身後兩百餘年以來也受到研究者們相當的關注。雖然所受的評價褒貶不一，但卻足以證明他在清代曲壇不可小覷的地位。

　　清代中葉至 1919 年「五四運動」之前，可以視作是蔣士銓劇作研究的雛形時期。此一時期，不僅有蔣士銓生前好友對其劇作進行相關的詩詞題作與序文寫作，亦有後世清代戲曲評論家對其劇作給與評點或論述。但總的來說，這些評論仍以傳統曲學感悟式的評價、文辭曲律的分析或本事的考據爲主。1920 年至 1949 年，是蔣士銓劇作研究的初始時期。五四「新文化運動」爲傳統的中國文學研究帶來了新的思路和方法，也使得蔣氏劇作的研究呈現出新的面貌。但是，此期仍有吳梅、盧前等曲學大師依託傳統方法進行相關探索，並取得了巨大的學術成就。因此，將這一時段概括爲初始時期似乎更爲符合當時學界的研究狀況。1949 年以後，蔣士銓劇作的研究層層展開，更多的研究著作相繼問世。其中不僅有論文的發表、獨立研究論著的出版，更有相關研究資料的集納與將士銓戲曲集的校刊發行，爲後來研究者工作的開展提供了極大的便利。雖然由於政治環境的影響，大陸學者的研究工作在某段時間出現了中斷，但是港臺學者卻仍在堅守學術陣地，賡續了蔣士銓劇作研究的血脈。因此，本文姑且將 1949 年以來的相關研究概括爲蔣士銓劇作研究的發展階段進行綜述。下面，筆者即將按照以上劃分的三個時期，對蔣士銓劇作

的研究狀況進行梳理與概括。

一、清中葉至五四運動：蔣士銓劇作研究的雛形時期

蔣士銓的生前好友是蔣士銓劇作的第一批讀者，同時也可以被稱作是蔣氏劇作最早的評點研究者。蔣士銓去世之後，清代曲論家如梁廷枏、楊恩壽、焦循等亦對其戲曲進行了研究與點評。

（一）生前友人的評價

現存的蔣氏劇作多有友人的序文或評點詩詞，內容涉及題材、思想、結構、風格及蔣士銓的生平與身世諸多方面，其中不乏特秀之論。蔣氏同門張塤在為《冬青樹》所作之序中，對心餘的劇作給予了精到的評價，他說：

> 文章爛漫易，老境難。老而乾癟，非老也。老而健，老而腴，刊去枝葉，言無餘賸，此為老境，非少年學人才人所可幾及也。心餘先生所撰院本，如《空谷香》、《桂林霜》、《臨川夢》若干種，流播藝苑，家豔其書。而《冬青樹》一種最後出，其時落葉打窗，風雨蕭寂，三日而成此書。以文山、疊山為經，以趙王孫、汪水雲、幕府諸參軍及一切遺民為緯，採掇既廣，感激亦切。振筆而書，褒貶各見。此良史之三長略現於此。而韻如鐵鑄，文成花粲，此先生老境之文如此。〔註1〕

短短兩百餘字，不僅論及蔣士銓劇作的風格、流傳狀況、寫作情況、結構與格律，並隻眼獨具地指出蔣士銓以史筆作劇獨特方式與長處，不愧為蔣氏的知音密友。蔣士銓揚州時期的密友，「揚州八怪」之一的羅聘對他的劇作也甚為傾心。羅聘在為《香祖樓》所作的序文中言道：

> 甚矣，《香祖樓》之難於下筆也。前有《空谷香》之夢蘭，而若蘭何以異焉！夢蘭、若蘭同一淑女也，孫虎、李蚓同一繼父也，吳公子、扈將軍同一樊籠也，紅絲、高駕同一介紹也，成君美，裴畹同一故人也，小婦同一短命也，大婦同一賢媛也，使各為小傳，且難免雷同瓜李之嫌，況又別撰十二篇洋洋灑灑之文，必將襲馬成班，本昀成祁，安能別貫乎邑，判憂與敎也乎！……玉茗先生寫杜女離魂若彼矣，作者偏不畏其難而一再攖其鋒、犯其壘，弗以為苦。寫

〔註 1〕〔清〕張塤：《冬青樹序》，《冬青樹》，清乾隆紅雪樓刻本。

夢蘭之死則達也，寫俞娃之死則戀也，寫若蘭之死則恨也，皆非若
麗娘死於情惣之感。而立言之旨，動關風化，較彼導欲宣淫之作，
又何其婉而多風，嚴而有體也耶！至首尾二篇，實以情關爲轉掭，
發出徹地通天之論，造語神奇，説話平實，括三乘於半偈，韜萬派
於一源，又何其解悟神通若是歟！昔人以填詞爲俳優之文，不復經
意，作者獨以古文之法律力行之，搏兔而用全力，君子於其言無所
苟而已矣，不信然乎！〔註2〕

兩峰此則論文對後世研究者的影響尤爲深遠。其中論及《空谷香》與《香祖
樓》的部分被後世曲評家梁廷枏、楊恩壽、姚燮、吳梅等競相轉引，並由此生
發出各自的言論見解。而文章後半對蔣、湯的比較與其對《香祖樓》一劇結
構和內涵的獨到識見則爲後人蔣、湯比較研究和蔣氏劇作結構和內涵的研究
開創了先河。

除以上二人之外，另有一時文壇若干主將如王文治、金兆燕、高文照等
人爲蔣士銓的劇作題詩或題詞，這些詩詞或述劇情或論劇旨亦有從身世著手
論述者，總的說來以褒揚爲主。雖然這與戲曲刊刻時著意的選擇不無關係，
但從這些友人的評論中，我們大體可以看出蔣士銓的劇作在當時劇壇的地
位，和時人對其劇作的接受與評價。李調元《雨村曲話》「鉛山編修蔣心餘士
銓曲，爲近時第一」〔註3〕的評價洵非虛語。

（二）身後曲評之論述

蔣士銓身後，清代一些重要的曲話、曲論對其劇作皆有精彩的論述，另
外還有一些論者從考證本事的角度出發，對他的劇作進行研究。

梁廷枏在其《曲話》中第一次以《九種曲》和《西江祝嘏》爲對象進行
了一些綜合評價：

蔣心餘太史士銓九種曲，吐屬清婉，自是詩人本色。不以矜才、
使氣爲能，故近數十年作者，亦無以尚之。其至離奇變幻者，莫如
《臨川夢》，竟使若士先生身入夢境，與四夢中人一一相見。請君入
甕，想入非非；娓娓輕言，尤餘技也。《桂林霜》、《一片石》、《第二
碑》、《冬青樹》四種皆有明教之言。忠魂、烈魄，一入腕中，覺滿

〔註2〕 〔清〕羅聘：《論文一則》，《香祖樓》，清乾隆紅雪樓刻本。
〔註3〕 〔清〕李調元：《雨村曲話》卷下，《中國古典戲曲論著集成》，第八冊，27頁，
中國戲曲研究院編，中國戲劇出版社，1960年。

紙颯颯，尚餘生氣。《香祖樓》、《空谷香》兩種，於同中見異，最難下筆。……《四弦秋》因《青衫記》之陋，特創新編，順次成章，不加渲染，而情詞淒切，言足感人，幾令讀者盡如江州司馬之淚濕青衫也。《雪中人》一劇，寫吳六奇，頰上添毫，栩栩欲活；以「花交」折結束通部，更見匠心獨巧。……

乾隆十六年，恭逢皇太后萬壽，江西紳民遠祝純嘏雜劇，亦心餘手編。……徵引宏富，巧切絕倫，倘使登之明堂，定位承平雅奏，僅里巷風謠已也？〔註4〕

楊恩壽《詞餘叢話》亦對蔣氏劇作評價頗高，認為「藏園九種，為乾隆時一大著作，專以性靈為宗。具史官才學識之長，兼畫家皺瘦透之妙」〔註5〕，同作中亦談及黃韻珊《帝女花》與藏園風格相近，因此，楊恩壽也是較早將蔣士銓曲作與後世作家的作品相比較的曲論家。

另外的一些學者則致力於蔣士銓劇作的本事考論。焦循的《劇說》就曾對《臨川夢》、《雪中人》傳奇的本事進行了考述，及至清末，仍有論者對此孜孜不倦。蔣瑞藻《小說考證》及其續編中對《臨川夢》、《雪中人》、《一片石》、《第二碑》、《冬青樹》、《桂林霜》、《四弦秋》諸劇均有所考論，其中將《桂林霜》與《桂林雪》、《四弦秋》與《青衫記》並列研究的做法體現了論者相當的劇史意識。另外，在其《花朝生筆記》中，蔣瑞藻還對《冬青樹》評價道：「《冬青樹》事事實錄，語語沉痛，足與《桃花扇》抗手，先生殆不無故國之思，故託之詞曲，一抒其哀與怨。」〔註6〕這種說法雖然不一定符合蔣士銓寫作此劇的初衷，但是卻反映了清末同樣民族危亡的情況之下，人們對於蔣氏劇作的理解。同樣探究本事的還有錢靜方。1913 至 1915 年期間，他曾署名泖東一蟹在《小說月報》上發表了多篇考據文章，其中的《〈四弦秋〉傳奇考》、《〈冬青樹〉傳奇考》、《〈一片石〉傳奇考》、《〈臨川夢〉傳奇考》皆是針對蔣士銓劇作的。但遺憾的是，錢氏的考證以述為主，且每篇之中只針對單一劇作，既無比較亦少有評論，有為考據而考據的傾向。相對於蔣瑞藻而言，缺乏對蔣氏劇作的內在意蘊與外在聯繫的思索。錢氏的這些考據文章

〔註4〕 〔清〕梁廷枏：《曲話》，《中國古典戲曲論著集成》，第八冊，272～273 頁，中國戲曲研究院編，中國戲劇出版社，1960 年。

〔註5〕 〔清〕楊恩壽：《詞餘叢話》，《中國古典戲曲論著集成》，第九冊，251 頁，中國戲曲研究院編，中國戲劇出版社，1960 年。

〔註6〕 蔣瑞藻：《小說考證》，續編卷三，409 頁，古典文學出版社，1957 年。

後來被收入其《小說叢考》中。

以上我們對清中葉至五四運動之前的研究狀況進行了簡單的概括。從中可以大致可以理出兩種思路：「評」與「述」。這兩者或延續了傳統曲學的研究方法對蔣氏劇作的主旨、結構、情節、角色、文詞、格律進行點評，或者受到了乾嘉以來考據風氣的影響，對劇作中相關的歷史事件與人物刨根溯源。總體來講，此期的研究體現了中國傳統學術的特點，缺乏對蔣氏劇作的系統研究，也未能從戲劇發展史的宏觀視角出發對蔣士銓劇作的地位與特色做出評價。雖然如此，清人的研究亦有著篳路藍縷之功與不可忽略的價值。

另外，還有一種現象也應引起我們的關注，那就是清人對蔣士銓劇作的全本點批和正譜。在現存的蔣氏劇作的清刻本中，有些附有清人所作點批，或者標著為某某正譜。比如紅雪樓版的《臨川夢》、《雪中人》為秀水錢世錫校評本、《一片石》為華亭王興吾評定本，《鉛山逸曲》（包括《廬山會》、《採樵圖》、《采石磯》）亦有新安江春正譜的版本。這些版本中的批點對蔣氏劇作主旨、情節、結構、角色等諸多方面進行了細緻的評價，體現了金聖歎、李漁之後清代中後期戲曲評論的狀況與水平。正譜之後的劇本更加適合舞臺演出，也為後人的清代曲律研究提供了實例。但是，至今尚無多少學者對它們進行系統的整理與研究，這不也能不說是令筆者深感遺憾的地方。

二、1919 年至 1949 年：蔣士銓劇作研究的初始時期

真正專以蔣士銓的劇作為研究對象進行的系統考察始於 1919 年「五四」運動之後。這一時期，最值得關注的現象是出現了以蔣氏戲曲為研究對象的專篇論文。而在一片文學史編著的風潮之中，中外學者在文學史和戲曲史中對蔣士銓劇作進行的研究與評價也將被納入我們綜述的範圍。

（一）專篇論文的出現

1925 年，朱湘先生寫作了專篇論文《蔣士銓》，此文於 1927 年發表在《小說月報》第十七卷號外《中國文學研究》的下冊上。在此論文中，作者詳盡考述了蔣士銓的生平，並對蔣氏的詩歌特別是戲曲進行了評述。與當時的多數文人一樣，朱湘先生在研究蔣氏劇作時更多著眼於其思想中反封建、反禮教的一面，並將《空谷香》與《香祖樓》、《四弦秋》與《青衫淚》中的同而不同之處進行了細緻的比較。雖然該文在解讀蔣士銓劇作時的某些觀點體現

了一些時代的局限，但是作爲目前可見的、運用現代思路和方法研究蔣氏劇作的最早論文，它仍對後來的研究起到了極大的啓示作用。

這段時間，還有兩篇專以《藏園九種曲》爲研究對象論文面世。它們分別是江寄萍 1933 年 8 月發表在天津《益世報》「戲劇與電影」專欄上的《蔣士銓的藏園九種曲》和趙曾玖 1936 年發表在燕京大學《文學年報》第二期上的《蔣清容的九種曲》。前者主要是對蔣氏生平、九種曲的寫作背景和內容所作的簡要評介；而後者除了上述方面之外，還兼而論到了九種曲的忠節之旨和身世之感，對曲作中科諢的評價與分析也相當精彩。此外，尚有陳任人於 1948 年 2 月在《京滬周刊》上發表了《〈一片石〉與〈第二碑〉》和《四弦秋》兩篇針對蔣士銓個別劇目的評論文章。鄭振鐸先生雖無專文談及蔣士銓劇作，但在他的《清人雜劇初集序》中，也曾稱蔣氏爲雍乾之際曲壇三傑之一，並認爲《西江祝嘏》是祝壽劇中不可多得的佳作。另外，在鄭先生所作的《中國戲曲的選本》一文中對《四弦秋》也曾有過很高的評價。還有一些學術大家在他們的著述中談到過蔣士銓的戲劇，比如梁啓超先生在《小說叢話》中就曾將蔣士銓與湯顯祖和孔尚任並稱，認爲他們所作的長篇戲曲足以抗衡西人拜倫、彌爾頓的長詩。

這一時期的研究成果中，價值極高的還有陳述先生所作的《蔣心餘先生年譜》（《師大月刊》1933 年 1 月）與詹松濤先生所作的《蔣心餘先生年譜》（《京滬周刊》1947 年 2 月）。這兩部年譜的編制很好地補充了心餘自製《清容居士行年錄》的某些空白，並爲廣大研究者提供了更爲易得的蔣氏身世資料。

（二）文學史和戲曲史的評價

上世紀二十至四十年代，可以說是我國古代文學研究成果最爲豐碩的一段時間，其中最有開創性的當屬各種文學史的編纂和發行。通過這些文學史的寫作和閱讀，人們對於中國的古代文學有了更加明晰的瞭解和更爲深入的思索。蔣士銓的劇作在這些文學史中也佔有著它們的一席之地。吳梅、盧前、趙景深、譚正璧，陸侃如、馮沅君、劉大杰等諸位先賢均對蔣氏劇作給予了非常高的關注。

吳梅先生對蔣士銓劇作的評價頗高，他的《中國戲曲概論》不僅多次論及心餘《藏園九種曲》，還將蔣氏置於清代中後期諸位戲曲大家之間進行了比較，肯定了蔣士銓作爲劇作家的地位與影響。他說：

> 乾嘉以還，鉛山蔣士銓，錢塘夏綸，皆稱詞宗，而惺齋頭巾氣

重，不及藏園《臨川夢》、《桂林霜》允推傑作，一傳為黃韻珊，尚
不失矩度，再傳為楊恩壽，已昧厥源流，宣城李文瀚、陽湖陳烺等
諸自鄶，更無譏焉。金氏《旗亭》、董氏《芝龕》，一拾安史之昔塵，
一志邊徼之逸史，戛戛入南聲之室，惜董作略覺冗雜耳。陳厚甫《紅
樓夢》，曲律乖方，未能搬演，益信荊山石民之雅矣。同光之際，作
者幾絕，惟《梨花雪》、《芙蓉碣》二記，略傳人口，顧皆拾藏園之
餘唾，且耳不聞其吳謳，又何從是正句律乎？〔註7〕

　　吳瞿安先生的弟子盧前先生也是明清戲曲研究的大家。在他的《明清戲
曲史》中，亦對心餘劇作厚愛有加。冀野先生論蔣氏雜劇則曰：「入清後，雜
劇作者，惟梅村、夫之，最為能手。西堂、殷玉，雄視康雍。而乾隆中僅有
藏園，獨步一時。」〔註8〕論其傳奇則以為：「在孔洪前，惟推笠翁。同時紅
友、冰持、漱石，尚成鼎峙。洪孔以後，夏董抗手，而仰視藏園。」〔註9〕盧
先生曾對清人製曲的狀況感歎道：「乾隆以後，合律之曲日少，文律並美，惟
一藏園。」〔註10〕吳、盧二家，是此一時期以西方之理路，結合傳統曲學的
方法研究戲曲、編纂曲史的代表人物，又都熟諳音律，因此也對蔣士銓的曲
作更為青睞。二先生之後，以傳統方法研究戲曲的學者也日漸稀少，相較傳
統詩詞的格律研究傳承有序而言，似乎略有遺憾。

　　文學史方面，趙景深先生的《中國文學小史》是較早出版的中國文學史
之一。此書雖然篇幅較為短小，但流傳甚廣，並一度被選作教材致用。但書
中也曾提到「清代傳奇以《李漁十種曲》、洪昇《長生殿》、孔尚任《桃花扇》、
蔣士銓《九種曲》為著」〔註11〕。1936 年趙先生的《中國文學史新編》發行
時，基本延續了這一說法。1932 年，開明書店印行了由陸侃如、馮沅君夫婦
合著的《中國文學史簡編》，書中將心餘與夏綸、董榕並稱，認為他們是清中
葉最重要的傳奇作家。另外，譚正璧先生的《新編中國文學史》中亦將蔣士
銓視作清代重要的戲曲家，並對《紅雪樓九種曲》進行了介紹和評價。容肇
祖先生的《中國文學史大綱》、張振鏞的《中國文學史分論》、蕭山、葛遵禮
《中國文學史》對蔣士銓的戲曲也持褒贊的態度。但是和前面論及文學通史

〔註 7〕王衛民編：《吳梅戲曲論文集》，177 頁，中國戲曲出版社 1983 年。
〔註 8〕盧前：《盧前曲學四種》，42 頁，中華書局，2006 年。
〔註 9〕同上，74 頁。
〔註10〕同上，36 頁。
〔註11〕趙景深：《中國文學小史》，170 頁，上海光華書局，1928 年。

作品一樣，限於體例和篇幅的限制，它們對於蔣氏劇作的研究並未能有所深入或開拓，更多的是沿用了前人的評價。

這一時期蔣劇研究中又一個可喜的現象則在於海外研究者的加入。青木正兒和久保得二即是這一勢力的代表。青木先生在《中國近世戲曲史》中盛讚蔣士銓爲乾隆曲家第一人，並對《空谷香》、《香祖樓》、《桂林霜》等九種曲進行了詳細的介紹與評價。在他的《清代文學評論史》中亦曾言及「九種均寓有忠孝節義的精神。這決不是道學說教，其目的乃是描寫正當性情表露」〔註12〕，可謂蔣士銓異國異時的知音。久保得二先生則是將蔣氏劇作翻譯介紹給國外讀者的橋梁，他不僅翻譯了心餘雜劇《四弦秋》，還有《自題〈四弦秋〉譯作十首》表達自己對蔣士銓此曲的感受。

通過上面的論述不難感知，上世紀二十年代初至四十年代末這三十年中研究屆蓬勃的朝氣。植根於傳統曲學的沃土，又有新的理論、方法的傳入，蔣士銓劇作的研究正是在這樣的條件之下進入了發展階段。

三、1949年至今：蔣士銓劇作研究的發展時期

（一）1949年至1979年：大陸研究的沉寂與港臺研究的繼續

建國之後的相當一段時間內，大陸的蔣士銓劇作研究基本處於停滯階段。除了在1963年吳新雷先生在《江海學刊》上發表的一篇題爲《蔣士銓的〈紅雪樓十二種填詞〉》之外，再無專篇論文研究蔣氏劇作。這段時間編寫的文學史中，對蔣氏劇作的評價也是批判者多而肯定者少。對蔣氏劇作持肯定態度的多爲對傳統研究成果的集納，如周貽白先生的《中國戲劇史長編》中就轉述了《雨村曲話》、《詞餘叢話》對蔣氏劇作的經典評價。而一些新編的文學史則清晰地體現了這一時期的時代特色。中國社會科學院文學研究所編寫的《中國文學史》說：

> 然而，蔣氏的努力終究未能挽救『雅部』垂死的生命，即就他的傳記劇來說，也是敗筆甚多，成功者少。如《冬青樹》一方面寫文天祥和謝枋得，一方面又寫唐壓，以致冗雜繁複，未能一線貫穿南宋史事。至於《雪中人》歌頌降清漢奸吳六奇，《桂林霜》歌頌爲吳三桂所殺之馬雄鎮，提倡毫無民族立場的忠節，則充分地表現出

〔註12〕青木正兒：《清代文學評論史》，楊鐵嬰譯本，132頁，中國社會科學出版社，1988年。

他思想反動的一面。〔註13〕

　　劉大杰先生 1962 年修訂出版的《中國文學發展史》一面肯定了蔣氏劇作對社會功用，但又認爲蔣士銓的做法是在爲封建道德思想作宣傳，並以爲蔣氏的劇本充滿了神鬼的穿插，削弱了其眞實性和現實性。其中某些觀點不無過激之處，如認爲《空谷香》和《香祖樓》是在宣傳一夫多妻的思想等等。這些文學史以作品的人民性和階級性爲標準對文學作品進行評價，往往狹隘地揪住蔣氏劇作對忠孝義烈的宣揚進行批判。但是著者認爲蔣士銓某些劇作結構散漫的評價卻也並非純粹的妄談，或者可以說他們在一定程度上擊中了清代中葉後文人劇作中存在的某些普遍缺陷。

　　在大陸學界一片沉默的時候，港臺地區蔣士銓戲曲的研究工作仍在繼續。這些研究者以大陸轉入港臺的學者爲主幹，但其中也不乏當地學人的身影。1960 年，臺灣《大陸雜誌》在第二十一卷第三期發表了朱尙文的《蔣士銓藏園九種曲》，該文對九種曲分別進行了論述，轉述前人觀點的同時不無眞知灼見。如其論《空谷香》一劇時說：「開首從生旦前身著想，收場假託神隍作結。此後作家，多相沿襲，流毒不淺。然此記結構，宛如鎖子骨節，無一閒詞剩字，從起筆至收筆，純用中鋒，尤見腕力千鈞。」〔註14〕1969 年，趙舜在《師大國文研究所集刊》第二十號上發表了《蔣士銓研究》，此文是繼朱湘專論《蔣士銓》之後的又一力作，其中對蔣士銓劇作的版本、曲律等方面均有所涉及，文後並附有作者所製《蔣士銓年譜》。張敬先生的《蔣士銓〈九種曲〉析論》一文也於 1975 年發表在《書目季刊》第九卷第一期上。該文以李笠翁《閒情偶寄》中的曲論爲根據，「以結構關目、分場搭配、角色人物、及曲調聲情四項立說，介以闡發蔣氏曲作在各方面之得失」〔註15〕條分縷析，鞭闢入裏，歷來論者罕有如其之細緻者，亦足見作者曲學功力的深厚。此外還有耿湘沅於 1979 年 3 月在《中華學苑》發表了《蔣士銓的〈空谷香〉》，香港地區也有香港大學的黃漢立在 1968 年以《〈藏園九種曲〉之研究》爲題目寫作了碩士論文。

　　在這一時期臺灣地區出版的戲曲史中，對蔣士銓劇作的評價基本上延續

〔註13〕中國社會科學院文學研究所中國文學史編寫小組編寫：《中國文學史》，第三冊，1080 頁，人民文學出版社，1979 年。
〔註14〕朱尙文：蔣士銓藏園九種曲，〔臺灣〕大陸雜誌，第二十一卷，第三期。
〔註15〕張敬：蔣士銓《九種曲》析論，〔臺灣〕書目季刊，第九卷，第一期。

了民國時期的調子，但也更多地將他置於乾隆諸家之中進行評價。如孟瑤的《中國戲曲史》就將蔣士詮與張照、夏綸、張堅、舒位等列在一起，並認爲蔣士詮是以臨川之筆協吳江之律的一派。曾永義先生的《清代雜劇概論》則將蔣士詮與楊潮觀、桂馥並稱大家。但他認爲「若就正統的雜劇傳奇來說，清容是足以爲乾隆第一的；但是他的成就其實偏向於傳奇，藏園九種曲中的雜劇並不是頂好的作品」〔註16〕，這種瑕瑜互現的批評彰顯了臺灣學者獨立的學術品格。

（二）八十年代至今：蔣士詮劇作研究的恢復與發展

上世紀八十年代開始，蔣士詮劇作研究的重心再次轉回國內。早在八十年代初期，就已經有人開始對蔣士詮的劇作重新著手進行研究，此後，這一領域內的工作就沒有中斷過。筆者現將這段時間的研究狀況加以類分進行概述。

1. 以蔣士詮劇作作爲獨立研究對象的研究

和任何領域的研究一樣，將蔣士詮劇作作爲獨立對象進行研究的論著，無疑最能體現相關研究的學術水平與狀況。吳長庚、韓鍾文兩位先生是這段時間裏較早致力於蔣士詮研究的兩位學者。80年之後，他們在上饒師專學報上相繼發表了《蔣士詮的生平和創作道路》、《蔣士詮〈藏園九種曲〉研究》，兩篇文章對蔣士詮的生平與文學創作情況進行了梳理，並對心餘九種曲進行了評價，在當時頗有影響。江巨榮先生的《蔣士詮和他的戲劇》最早收錄在趙景深先生主編的《中國戲劇史》論集中。據作者自述，此文作於1978至1982年之間。在這篇文章中，江先生從蔣士詮的生平與思想出發，對蔣氏劇作的思想、藝術上的成果和缺陷進行了分析。文章認爲蔣士詮是一個抱匡世之才而未受重用的詩人，在對蔣氏的戲劇進行評價時則認爲「作品數量不少，題材也不單調，但有積極意義的作品不多」〔註17〕，並以爲蔣氏劇作的思想上充滿了糟粕。應該說這一論見基本上延續了上一期大陸學者的看法。

1985年，蔣星煜先生在《光明日報‧文學遺產》上發表了《蔣士詮和他的戲劇創作》一文，此文針對文革期間對於蔣士詮劇作的極左評價提出了自己的見解。文章從對《冬青樹》的分析出發認爲蔣氏劇作中並非沒有民族思

〔註16〕曾永義：《中國古典戲劇論集》，157頁，臺北聯經出版事業公司，1975年。
〔註17〕趙景深、李平、江巨榮：《中國戲曲史論集》，359頁，江西人民出版社，1987年。

想，只不過是通過懷念宋代來懷念明代因此表現的比較曲折。蔣星煜先生還特別對社科院文學研究所《中國文學史》將《桂林霜》與《雪中人》並列稱為有虧民族大節的作品這一做法發表了自己的不同意見。此外，文章中對心餘劇作的題材、結構、音律給予了肯定。

周妙中女士在為《中國大百科全書・戲曲曲藝卷》寫作了「蔣士銓」專題之後，又於 1985 年在《上饒師專學報》上發表了《蔣士銓和他的十六種曲》一篇長文。這篇文章以蔣氏的現存十六種戲曲為研究對象，在掌握了大量材料的基礎上，系統地介紹了蔣氏的生平、戲曲寫作情況、劇作思想、結構等等，其中對於蔣士銓劇作各種版本的介紹尤其具有參考價值。該文基本上擺脫了文革以來學術思想的影響，整體水平很高，可以被視為是建國以來大陸蔣士銓戲曲研究的重要成果之一。

在周妙中女士長文發表的那段時間裏，熊澄宇先生以《蔣士銓劇作研究》為題所寫作的碩士學位論文亦得以面世，並引起了人們的廣泛關注。該文長達三萬五千餘字，經各種期刊全文發表或部分轉載後，一時好評如潮。1988年，中國戲劇出版社將之出版，使此文成為了蔣氏劇作研究的第一本專著。文章分為六大部分，文末附有年譜。熊先生在文中對蔣士銓的生平、劇作的版本和本事、蔣氏的追求與批判、蔣氏對「情」的理解、劇作的文辭與結構、蔣氏劇作的曲家特質與案頭傾向等等都進行了深入的探索。其中的某些觀點，如對蔣氏劇作中「正情」與「變情」的析讀、對心餘以史家之筆作劇的分析等等，對後來研究者的啟迪尤深。此文可以稱得上是深宏與廣博並具的學術佳作。

上述而外，筆者可以找到的八十年代發表的類似文章還有：薛英的《〈藏園九種曲〉之次序》、王立斌的《蔣士銓及其文學創作》、邵海清的《蔣士銓和他的〈臨川夢〉》、劉雲的《蔣士銓的文藝觀和劇作成就》、張玉奇的《〈臨川夢〉的旨趣及其構思》、郭英德的《蔣士銓〈臨川夢〉傳奇漫議》等等。在1988 年出版的《蔣士銓研究論文集》中，我們也可以發現一些相關的研究論文，比如張玉奇的《論藏園悲劇》以及莫舍、素子合作的《簡論藏園九種曲之一〈臨川夢〉》。

九十年代是蔣士銓劇作研究相對平淡的時期，在專論方面尤其如此，但其中亦不乏值得稱道者。吳新雷先生的弟子林葉青女士在 1998 年完成了她的博士學位論文：《論蔣士銓的戲曲創作》。文章從蔣士銓的人生際遇和思想演

變出發，試圖從蔣士銓的個體經歷出發挖掘其戲曲創作的思想內涵和藝術底蘊，並從中探究蔣氏對當時社會人生的獨特感受。該文的這種內向性視角為後來的研究打開了新的思路。此論文的五大部分後來分別在各期刊發表，並被收入在作者的《清中葉戲曲家散論》一書中出版發行。另外，還有兩篇論文對《冬青樹》進行了研究：馬華祥的《論〈冬青樹〉的崇高美》和金偉的《〈冬青樹〉傳奇中的西番僧》。前者從美學角度出發，對《冬青樹》中文天祥這一人物的崇高美與蔣士銓的美學表現手法進行了分析；後者則從文化傳播的角度對《冬青樹》中的西番僧楊璉真伽的發陵事件進行了探尋。二者雖然都從各自的領域出發，涉入了蔣氏劇作中的某些新的層面，但是相比較而言，仍有某些需要深化之處。

港臺研究方面，則有臺灣學者王健生的《蔣心餘研究》出版。該書分上、中、下三冊，1996 年由臺灣學生書局發行。此書最大的特色在於：作者對蔣士銓的生平和交友進行了極為詳細的考述，並對蔣氏的詩、文、詞、曲諸多方面都發表了自己的見解。其中的戲曲研究部分以《藏園九種曲》為述論對象，對這些劇作的內容、結構、詞采、賓白都有所探究。作者視野極為開闊，對歐美、日本漢學家的研究成果也多有借鑒，體現了作者不俗的研究功力。

進入新世紀之後，蔣士銓劇作研究有逐漸回暖的傾向。在期刊論文有所增加的同時，亦有新的碩博論文出現。其中華南師範大學的上官濤、北京師範大學的黃慧、蘇州大學的施紅梅均以蔣士銓的戲曲為研究對象寫作了碩士學位論文。黃慧的論文《蔣士銓之文化人格及其戲劇審美特點》則從蔣士銓在特殊的政治背景下所展現的文化品性入手，分析蔣氏劇作中的虛實相間、雅俗共賞和大團圓結局設置之中所蘊含的審美特色。上官濤的《蔣士銓戲曲略論》通過對蔣士銓戲曲觀和戲曲創作的分析透視，探討了蔣氏在題材選擇、衝突設計、人物塑造等方面所呈現的崇雅歸正思維，以及在戲曲語言、藝術表演、舞臺美術等方面所進行的引俗入雅改革，試圖說明蔣士銓為挽救崑曲的式微，為促進崑曲向劇場化發展所作出的貢獻，以及轉型期曲家探索新路的艱難情狀。施紅梅的《蔣士銓戲曲探析》主要從其戲曲文本分析入手，並結合當時的社會歷史背景以及作者的人生遭際，將蔣氏劇作大致分成忠義題材、文人題材、女性題材三類加以研究，從中瞭解士銓的創作實踐，透視蔣氏內心世界。這些論文雖然篇幅不是很大，但卻都從各自的角度對蔣氏劇作進行了深入的探討與挖掘，體現了這一時期研究的深入。此外尚有華東師範

大學的徐國華以《蔣士銓研究》爲題對蔣士銓的文學創作進行了綜合評價。此文的戲曲部分重點析論了蔣氏劇作的「江右」情結，對蔣士銓戲曲創作中的某些創新進行了綜合與分析，並試圖駁斥藏園劇作已退爲案頭之曲的說法，以期證明蔣氏的劇作是案頭場上兩擅其美的佳作。應該說，徐國華先生的這些觀點都非常獨到，在最近的幾年堪稱是難得的論見。

　　除了學位論文外，期刊方面尚有上官濤、徐文華的一系列研究蔣士銓劇作的論文發表。這些論文或分析蔣氏劇作崇雅歸正的風格，或關注其在花雅爭勝的劇壇背景之下引俗入雅的寫作傾向，或著眼心餘劇作中的女性角色，其中一些文章被收入兩人合著的《蔣士銓詩詞曲論稿》中，並由百花洲文藝出版社出版。其他的一些論文還有歐陽江琳的《論蔣士銓文藝思想對戲曲創作的影響》、司徒秀英的《血染桂林霜——蔣士銓筆下的忠門演義》、王軍明的《蔣士銓〈冬青樹〉三題》與陽貽祿的《昆壇衰運之殿軍案頭戲文之濫觴——簡論蔣士銓戲曲的寫作藝術》等。

2. 比較視野下的蔣士銓劇作研究

　　除了上述這些聚焦於蔣士銓劇作思想或藝術特色的論文之外，還有一些作者將蔣士銓劇作與中外戲劇進行比較，試圖挖掘它們在劇作思想或表現方式上的異同。其中，大家著力最多的是蔣士銓與明代曲壇巨擘湯顯祖之間的比較研究。這種傾向在前面諸期就已出現，但是在上世紀八十年代以來表現的尤爲明顯。蔣星煜先生是較早運用比較的方法研究蔣士銓劇作的學者之一。在他的《〈臨川夢〉與湯顯祖》一文中，不僅對蔣、湯進行了比較研究還將《臨川夢》與李開先的《園林午夢》、意大利劇作家皮蘭德婁的《六個尋找作家的劇中人物》相比較，向我們展現了蔣士銓劇作結構上的獨特之處。鄒自振先生在 1987 年也發表了《蔣士銓筆下的湯顯祖》一文，對《臨川夢》一劇中所展現的湯顯祖的形象進行了分析。在鄒先生 2001 年出版的《湯顯祖綜論》中亦有「《風流院》與《臨川夢》——明清戲劇舞臺上的湯顯祖形象」一節，文章比較了明人《小青娘風流院》傳奇和《臨川夢》中湯顯祖的形象，認爲蔣士銓是湯顯祖的眞正知音。1989 年，王永健先生的《爲一代戲曲大師立傳之作——評蔣士銓的〈臨川夢〉傳奇》在蘇州大學學報上發表。王先生認爲《臨川夢》很好地融合了湯顯祖的生平事迹和他的創作構思，雖然存在一些不足之處，但也抓住了湯顯祖「主情」觀念的一些精髓，並在細節中化

用了湯顯祖有關原作，有「用玉茗文字寫玉茗生面」〔註18〕之妙。

九十年代之後，仍有學者致力於藏園與玉茗堂戲曲之間的比較研究。臺灣學者徐信義在第一節國際清代學術研討會上提交了《蔣士銓〈臨川夢〉對湯顯祖〈牡丹亭〉主題的體會》一文。文章認為蔣士銓對《牡丹亭》主題的體會有得有失：蔣氏雖然把握了《牡丹亭》言「情」的主題，但是又認為湯義仍作此劇的目的乃為諷刺曇陽子，後者是其失誤之處。此外，2003年亦有上官濤的《為情而戲：湯顯祖與蔣士銓》一文面世，該文比較了湯、蔣二人對情的理解，認為前者重在以情抗理而後者則注重以理規情。上官濤女士的這一論點精準地把握了「情」在兩人劇作中的不同內涵，可謂知人之語。

除了湯、蔣比較之外，還有一些論者將蔣氏曲作與同時代其他戲曲家相比較。王永健先生在《中國文學的瑰寶——明清傳奇》一書中專闢「『東張西蔣』之比較」一節，把蔣士銓與略早與他的前輩張堅進行了一番對照。王先生認為蔣、張二人在遭際與氣節上有著相同之處，但在文學成就上蔣高於張，在戲曲觀念上也存在蔣重「忠雅」而張談「情至」的不同；並以為比較而言，張堅更接近於「玉茗堂派」的風格。

另外的一些論文則關注於題材或表現手法相似的劇作的比較研究。李碧華、王萍合作的《淺析琵琶女形象的兩次變化——從〈青衫淚〉，〈四弦秋〉中看琵琶女》一文就是這樣的作品。文章將《四弦秋》置於戲曲發展的流脈之中進行考察，分析了馬致遠《青衫淚》和蔣士銓《四弦秋》中的琵琶女形象，認為兩劇中的女主角存在著主動追求幸福和自怨自艾的差別，而差別產生的原因則在於作者不同的人生遭際。可惜的是，此文僅對《青衫淚》和《四弦秋》兩部劇作做出了探討，而未能把明人顧大典的《青衫記》也納入的考察的範圍，可以說是白璧微瑕之處。中外比較方面，則有歐陽江琳的《試論〈臨川夢〉的「角色登場」——兼與〈六個尋找劇作家的角色〉之比較》一文，此文延續了蔣星煜先生的思路並有所細化，並未能獨立開闢出新的領域。

3. 文學與戲曲研究專著中對蔣士銓劇作的評價

八十年代以來的文學史和戲劇史對蔣士銓曲作的評價基本上秉持了一種相對客觀的態度。許金榜先生的《中國戲曲文學史》認為蔣士銓是清中期成就較大的文學家。在「蔣士銓悲慨清婉的詩化劇作」一節中，許先生將蔣氏的十六

〔註18〕 王永健：為一代戲曲大師立傳之作——評蔣士銓的《臨川夢》傳奇，蘇州大學學報（哲學社會科學版），1988年02期。

種作品分爲五類進行評價，對蔣氏劇作的深層內涵頗多發見。他認爲「蔣士銓的劇作，多寫英雄志士和有重大影響的人物與事件，並從中寄託自己的情志和感慨，而很少寫兒女之情……在『傳奇十部九相思』的時代，這是超群出眾的。他的作品刻畫人物細膩，語言優美清婉而不凝澀，具有湯顯祖遺風」〔註 19〕，對士銓的作品多有褒揚。聶石樵先生的《中國古代戲曲小說史略》一書則以爲蔣士銓的戲曲作品從思想上看是「精華與糟粕雜陳的」〔註 20〕，然而「戲劇構思極爲精巧」〔註 21〕，「戲劇語言具有詩的格調」〔註 22〕，但從總體上看，「蔣士銓是寫的戲曲，爲了讀者」〔註 23〕。郭英德先生在其一系列的明清傳奇研究作品中對心餘的劇作也多予肯定。如在其《明清傳奇史》中就曾有過這樣的論評：「蔣士銓的可貴之處，在於他並不是一味盲目地歌功頌德，粉飾太平，他敢於直視尖銳的社會矛盾和醜惡的社會現象，並運用倫理道德的武器進行激烈的社會批判……這種激烈的社會批判，是蔣士銓劇作中最有光彩的地方。雖然他的批判總是包含著道德救世的苦衷，但是他能在史稱『太平盛世』的乾隆時期，正視並指出封建社會衰敗的迹象，以提醒世人這是他比同時代人略高一籌之處。」〔註 24〕在其 2004 年出版的《明清傳奇戲曲文體研究》中，郭先生對心餘劇作亦頗爲關注，認爲蔣士銓劇作是「南洪北孔」之後的代表，其題材和結構對後來的文人傳奇影響頗深：「餘勢期的這些傳奇劇本，也與明清之際的實事劇迥然不同，大多不是取材時事政治，而是取材倫理故事，顯然是受到蔣士銓《空谷香》的巨大影響。」〔註 25〕此言褒貶兼具，在對清代曲壇的宏觀把握之下對心餘的劇作給予了客觀的評價。其他一些戲曲史作，如廖奔、劉彥君的《中國戲曲發展史》，張燕瑾先生《中國戲劇史》，周妙中的《清代戲曲史》等等，也都在總體把握戲曲發展脈絡的基礎之上對蔣士銓的劇作給予了各自獨到的評價。

八十年代以來，還有兩個事件對蔣士銓劇作的研究起到了極大的推動作用。其一是 1985 年江西上饒蔣士銓逝世兩百週年學術研討會的召開。這次會

〔註 19〕 許金榜：《中國戲曲文學史》，444 頁，中國文學出版社，1994 年。
〔註 20〕 聶石樵：《中國古代戲曲小說史略》，北京師範大學出版社，2006 年。
〔註 21〕 同上。
〔註 22〕 同上。
〔註 23〕 同上。
〔註 24〕 郭英德：《明清傳奇史》，528 頁，江蘇古籍出版社，2001 年。
〔註 25〕 郭英德：《明清傳奇戲曲文體研究》，283 頁，商務印書館，2004 年。

議極大推動了學界的研究熱情，並有多篇論文向大會提交。這些論文後來由張玉奇輯成一冊《蔣士銓研究論文集》，1989 年由江西人民出版社出版。另外，值得關注的還有《蔣士銓研究資料集》和蔣士銓的一些作品集的相繼出版。前者不僅收集了歷來研究者對蔣士銓詩文、詞、曲的評價和一些年表、方志資料，還將難得一見的蔣士銓自撰《清容居士行年錄》也囊括其中，為後來學者的研究提供了強大的資料後援。而《蔣士銓戲曲集》、《忠雅堂集校箋》等蔣士銓作品集的問世也為研究工作的開展提供了極大的便利。

　　以上我們對蔣士銓劇作研究的情況進行了一個綜合與梳理，從中我們可以大致看出可以兩百餘年來人們對蔣氏劇作的研究經歷了一個由簡單到細緻、由紛雜到系統的過程，取得了相當大的成績，也存在著一些不足或空白亟待加以彌補。大概言之，有以下幾個方面：

　　第一，雖然目前的研究對蔣士銓劇作的思想性進行了不同層次、不同角度的探討，但是相對而言，仍然有不夠全面之處。如在對蔣氏劇作中的某些核心觀念如「忠孝義烈」等雖已做出一定考量，但在進行分析探討時，相對缺乏與蔣氏詩、文、詞等進行聯繫與綜合。另外，也較少將蔣氏的這些思想觀念置入清代實學或明清理學發展的整體學術環境中加以探索。

　　第二，目前的蔣士銓劇作研究中，仍然存在比較研究不充分的問題。除了與湯顯祖進行比較之外，將蔣士銓與其他戲曲家進行比較相對為少。另外，和題材相同、結構相同的其他曲家劇作之間的比較亦不算多。

　　第三，相當一段時間以來，在蔣氏劇作的研究中，題材、思想研究佔據了絕大部分領地，而對其劇作的關目、排場、音律、曲文、賓白等等的研究則相對少見。這種較少關注戲曲本身的表演性特質而更多關注其文學性特徵的做法，將戲曲等同其他敘事文體進行研究，難免會稍嫌有削足適履之弊，也極不利於蔣士銓劇作價值的綜合判定。

附錄三：蔣士銓劇作中的「南北合套」、北曲套及其套式

西江祝嘏

第二種・忉利天

第一齣　設會

【商調過曲・金井水紅花】【前腔】【南呂引子・大聖樂】【過曲・紅衲襖】【前腔】【北黃鍾・醉花陰】【南畫眉序】【北喜遷鶯】【南畫眉序】【北出隊子】【南滴溜子】【北刮地風】【南滴滴金】【北四門子】【南鮑老催】【北水仙子】【南雙聲子】【北煞尾】（天神北曲，世人南曲）

第三齣　天逅

【弋陽腔】【沽美酒】【仙呂・北點絳唇】【北混江龍】【仙呂・南八聲甘州】【北油葫蘆】【南解三酲】【北天下樂】【南皂羅袍】【北哪吒令】【南安樂神歌】【北寄生草】【南青哥兒】【北煞尾】（外主角北曲，眾配角南曲）

第三種・長生籙

第一齣　煉石

【字字雙】【引子・接雲鶴】【過曲・七犯玲瓏】【過曲・六犯清音】【雙調・北新水令】【仙呂入雙調・南步步嬌】【北折桂令】【南僥僥令】【北收江南】【南園林好】【北沽美酒帶太平令】【南尾聲】【高腔・駐雲飛】【梆子腔】（老主角北曲，其他南曲）

第四齣　貢牒

【北正宮・端正好】【滾繡球】【叨叨令】【朝天子】【越調引子・祝英臺近】【祝英臺】【前腔換頭】【前腔】【前腔】【仙呂入雙調・朝元令】【前腔第二換頭】

第四種・昇平瑞

第四齣　仙壇

【南呂過曲・懶畫眉】【前腔】【前腔】【前腔】【前腔】【中呂過曲・尾犯序】【雙調・北新水令】【南沉醉東風】【北折桂令】【南忒忒令】【北雁兒落帶德勝令】【南江兒水】【北梅花酒】【南三月海棠】【北沽美酒帶太平令】【南供枝海棠】【北收江南】【南川撥棹】【北掛玉鈎】【南尾聲】【北鴛鴦煞尾】（旦主角北曲、眾配角南曲）

一片石

第三齣　祭碑

【雙調・一江風】【前腔】【北新水令】【南步步嬌】【北折桂令】【南江兒水】【北雁兒落帶德勝令】【南僥僥令】【北收江南】【南園林好】【北沽美酒帶太平令】【南清江引】（生主角北曲，眾配角南曲）

空谷香

第一齣　香生

【北中呂・粉蝶兒】【南泣顏回】【北石榴花】【南泣顏回】【北上小樓】【南撲燈蛾】【尾聲】（老旦配角北曲，小旦主角南曲）

第二十齣　散疫

【北點絳唇】【混江龍】【油葫蘆】【天下樂】【哪吒令】【鵲踏枝】【寄生草】【煞尾】

第二十四齣　心夢

【北新水令】【南步步嬌】【北折桂令】【南江兒水】【北雁兒落帶德勝令】【南僥僥令】【北收江南】【南園林好】【北沽美酒帶太平令】【南尾聲】（小旦主角北曲，眾配角南曲）

桂林霜

第二齣　粵氛

【北仙呂・點絳唇】【油葫蘆】【煞尾】

第十七齣　完忠

【雙調・北新水令】【仙呂入雙調・南步步嬌】【北折桂令】【南江兒水】【北雁兒落帶德勝令】【南佼佼令】【北收江南】【南園林好】【北沽美酒帶太平令】【南清江引】（主角生北曲，配角中淨南曲）

第二十二齣　歸骸

【北黃鍾・醉花陰】【南畫眉序】【北喜遷鶯】【南畫眉序】【北出隊子】【南滴溜子】【北刮地風】【南滴滴金】【北四門子】【南鮑老催】【北水仙子】【南雙聲子】【北尾煞】（主角北曲，配角南曲）

四弦秋

第一齣　茶別

【中呂過曲・尾犯序】【北黃鍾宮・醉花陰】【南畫眉序】【北喜遷鶯】【南畫眉序】【北出隊子】【南滴溜子】【北刮地風】【南滴滴金】【北四門子】【南鮑老催】【北水仙子】【南雙聲子】【北尾煞】（主角旦北曲，末配角南曲）

第四齣　送客

【南呂過曲・香柳娘】【前腔】【仙呂入雙調・北新水令】【南步步嬌】【北折桂令】【南江兒水】【北雁兒落帶德勝令】【南僥僥令】【北收江南】【南園林好】【北沽美酒帶太平令】【尾聲】（主角小旦北曲、其他配角南曲）

雪中人

第三齣　角酒

【雙調・北新水令】【南仙呂入雙調・步步嬌】【北折桂令】【南江兒水】【北雁兒落帶德勝令】【那僥僥令】【北收江南】【南園林好】【北沽美酒帶太平令】【南清江引】（生主角北曲，眾配角南曲）

第六齣　放鶴

【正宮・南普天樂】【北朝天子】【南普天樂】【北朝天子【南普天樂】【北朝天子】（生書生南曲，淨武士北曲）

第九齣　掛弓

【北正宮・端正好】【滾繡球】【叨叨令】【倘秀才】【脫布衫】【煞】

第十三齣　賞石

【北黃鍾・醉花陰】【南畫眉序】【北喜遷鶯】【南畫眉序】【北出隊子】【南滴溜子】【鸞歌】【北刮地風】【南滴滴金】【北水仙子】【南雙聲子】【北尾煞】（生書生南曲，淨武士北曲）

第十五齣　花交

【北中呂・粉蝶兒】【南泣顏回】【北石榴花】【南泣顏回換頭】【北斗鵪鶉】【南撲燈蛾】【北上小樓】【南尾聲】（旦主角北曲，眾合唱南曲）

香祖樓

第一齣　轉情

【雙調・北新水令】【南步步嬌】【北折桂令】【南江兒水】【北雁兒落帶德勝令】【南僥僥令】【北收江南】【南園林好】【北沽美酒帶太平令】【南尾聲】（老生北曲，老旦南曲）

第十齣　錄功

【北仙呂・點絳唇】【混江龍】【油葫蘆】【天下樂】【哪吒令】【鵲踏枝】【寄生草】【煞尾】

第二十七齣　訪葉

【北黃鍾・醉花陰】【南畫眉序】【北喜遷鶯】【南畫眉序】【北出隊子】【南滴溜子】【北刮地風】【南滴滴金】【北四門子】【南鮑老催】【北水仙子】【南雙聲子】【北尾煞】（小旦北曲悲，小生南曲）

第三十二齣　情轉

【北正宮・端正好】【滾繡球】【叨叨令】【脫布衫】【小梁州】【南仙呂入雙調・窣地錦襠】【快活三】【南窣地錦襠】【滿庭芳】【麼篇】【朝天子】【煞尾】

臨川夢

第十二齣　遣跛

【正宮過曲・南普天樂】【北朝天子】【南普天樂】【北朝天子】【南普天樂】【北朝天子】（主角北曲，眾配角南曲）

第十九齣　說夢

【北仙呂・點絳唇】【混江龍】【油葫蘆】【天下樂】【那吒令】【鵲踏枝】【寄生草】【煞尾】

第二碑

第五齣　題坊

【正宮‧南普天樂】【北朝天子】【南普天樂】【北朝天子】【南普天樂】【北朝天子】（外主角北曲，眾配角南曲）

第六齣　書表

【仙呂入雙調‧福青歌】【前腔】【黃鍾‧北醉花陰】【南畫眉序】【北喜遷鶯】【南畫眉序】【北出隊子】【南滴溜子】【北刮地風】【南滴滴金】【北四門子】【南鮑老催】【北水仙子】【南雙聲子】【北尾煞】（旦主角北曲，眾配角南曲）

冬青樹

第二十九齣　柴市

【北黃鍾‧醉花陰】【喜遷鶯】【刮地風】【四門子】【水仙子】【尾煞】

第三十一齣　遇婢

【仙呂入雙調‧北新水令】【南步步嬌】【北折桂令】【南江兒水】【北雁兒落帶德勝令】【南僥僥令】【北收江南】【南園林好】【北沽美酒帶太平令】【南尾聲】（生北曲、旦南曲）

第三十二齣　餓殉

【北正宮‧端正好】【滾繡球】【叨叨令】【倘秀才】

第三十三齣　碎琴

【仙呂‧北點絳唇】【南劍器令】【北混江龍】【南桂枝香】【北油葫蘆】【南八聲甘州】【北天下樂】【南醉扶歸】【北寄生草】【南尾聲】（土角汪水雲北曲，眾配角南曲）

第三十八齣　勘獄

【中呂‧北粉蝶兒】【南泣顏子】【北石榴花】【南泣顏子】【北斗鵪鶉】【南撲燈蛾】【北上小樓】【南撲燈蛾】【南尾聲】（生北曲，末南曲）

采石磯

第七齣　捉月

【正宮過曲‧南普天樂】【北朝天子】【南普天樂】【北朝天子】（小生主角北曲，眾配角南曲）

採樵圖

第十二齣　學道

【雙調・北新水令】【南步步嬌】【北折桂令】【南江兒水】【北雁兒落帶德勝令】【南佼佼令】【北收江南】【南園林好】【北沽美酒帶太平令】【尾聲】（外配角僧侶北曲、生主角書生南曲）

第八齣　密紉

【北雙調・新水令】【駐馬聽】【沉醉東風】【得勝令】【鴛鴦煞】

參考文獻

一、基本文獻資料

經部：

1. 《十三經注疏》〔M〕，（清）阮元校刻，北京：中華書局影印，1980。
2. 北京：北京大學出版社標點本，1999。
3. 《孝經注疏》〔M〕，（唐）玄宗御注，（宋）邢昺疏、（唐）陸德明音義，上海：上海古籍出版社影印文淵閣四庫本，2003。
4. 《四書章句集注》〔M〕（宋）朱熹，北京：中華書局《新編諸子集成》本，1983。
5. 《孟子正義》〔M〕，（清）焦循撰，沈從倬點校，北京：中華書局《新編諸子集成》本，1987。
6. 《論語集釋》〔M〕，程樹德撰，程俊英，蔣見元點校，北京：中華書局《新編諸子集成》本，1990。
7. 《說文解字》〔M〕，（漢）許慎撰，（宋）徐鉉校定，北京：中華書局，1963。

史部：

1. 《史記》〔M〕，（漢）司馬遷，北京：中華書局標點本，1959。
2. 《舊唐書》〔M〕，（後晉）劉昫等，北京：中華書局標點本，1975，
3. 《新唐書》〔M〕，（宋）歐陽修，（宋）宋祁，北京：中華書局標點本，1975。
4. 《明史》〔M〕，（清）張廷玉等，北京：中華書局，1974。
5. 《清史稿》〔M〕，趙爾巽等，北京：中華書局，1977。

6. 《雍正朝起居注冊》〔M〕，中國第一歷史檔案館，北京：中華書局影印本，1993。

7. 《乾隆帝起居注》〔M〕，呂堅，中國第一歷史檔案館，桂林：廣西師範大學出版社，2002。

8. 《高宗純皇帝實錄》〔A〕，《清實錄》第九冊至第二十七冊，中國第一歷史檔案館，北京大學圖書館，故宮博物院圖書館，北京：中華書局，1986。

9. 《乾隆東華錄》〔M〕，（清）王先謙，清光緒二十五年石印本，北京：國家圖書館館藏。

10. 《大清十朝聖訓》〔A〕，趙之恒，牛耕，巴圖，北京：燕京出版社，1998。

11. 《清通鑒》〔M〕，戴逸，李文海，太原：山西人民出版社，2000。

12. 《清史列傳》〔M〕，（清）國史館編，王鍾翰點校，北京：中華書局，1987。

13. 《國朝先正事略》〔M〕，（清）李元度，清光緒八年蛟川方氏刻本，北京：國家圖書館館藏。

14. 《明儒學案》〔M〕，（清）黃宗羲撰，沈芝盈點校，北京：中華書局，1985。

15. 《清儒學案》〔M〕，（清）徐世昌，北京：中國書店影印本，1990。

16. 《清代碑傳全集》〔A〕，上海：上海古籍出版社影印本，1987。

17. 《清代學者像傳》〔A〕，葉恭綽，上海：商務印書館影印本，民國十九年（1930）。

18. 《清代七百名人傳》〔A〕，蔡冠，上海：世界書局，民國二十六年（1937）。

19. 《方志著錄元明清曲家傳略》〔M〕，趙景深，張增元，北京：中華書局，1987。

20. 《明清江蘇文人年表》〔M〕，張慧劍，上海：上海古籍出版社，1986。

21. 《乾嘉名儒年譜》〔A〕，北京圖書館影印室，北京：北京圖書館出版社影印本，2006。

22. 《清容居士行年錄》〔M〕，（清）蔣士銓編，（清）蔣立仁補編，嘉慶刻本，北京：國家圖書館館藏。

23. 《洪北江先生年譜》〔M〕，（清）呂培等，上海：上海書店《四部叢刊》本，1989。

24. 《黃仲則先生年譜》〔M〕，（清）毛慶善，（清）季錫疇，清咸豐武進黃氏刻本，北京：國家圖書館館藏。

25. 《清稗類鈔》〔A〕，徐珂，北京：中華書局，1984。

26. 《明清史資料》〔A〕，鄭天挺，天津：天津人民出版社，1981。

27. 《清代文字獄檔》〔A〕，原北平故宮博物院文獻館，上海：上海書店影印本，1986。

28. 《元明清禁燬小說戲曲史料》〔A〕，王利器，上海：上海古籍出版社，1981。

29. 《清代燕都梨園史料》〔A〕，張次溪，北京：中國戲劇出版社，1988。

30. 《揚州八家史料》〔A〕，顧麟文，上海：上海人民美術出版社，1962。

31. 《浪迹叢談續談三談》〔M〕，（清）梁章鉅，北京：中華書局，1981。

32. 《清秘述聞》〔M〕，（清）法式善等，北京：中華書局，1982。

33. 《兩般秋雨盫隨筆》〔M〕，（清）梁紹壬，上海：上海古籍出版社，1982。

34. 《光緒江西通志》〔M〕，（清）劉坤一等，北京：北京圖書館出版社影印本，2004。

35. 《同治南昌府志》〔M〕，（清）許應鑅，（清）王之藩，南京：江蘇古籍出版社影印本，1996。

36. 《乾隆紹興府志》〔M〕，（清）李亨特，上海：上海書店影印本，1993。

37. 《道光上饒縣志》〔M〕，（清）陶堯臣，清道光六年刻本，北京：國家圖書館館藏。

38. 《同治鉛山縣志》〔M〕，（清）張廷珩，南京：江蘇古籍出版社影印本，1996。

39. 《同治湖州府志》〔M〕，（清）宗源翰，（清）郭式昌修，上海：上海書店影印本，1993。

40. 《同治長興縣志》〔M〕，（清）趙定邦，上海：上海書店影印本，1993。

41. 《波陽縣志》〔M〕，劉漢豔，南昌：江西人民出版社，1989。

42. 《光緒順天府志》〔M〕，（清）萬青黎，（清）周家楣，上海：上海書店影印本，2002。

43. 《嘉慶重修揚州府志》〔M〕，（清）阿克當阿，揚州：慶陵書社影印本，2006。

44. 《揚州畫舫錄》〔M〕，（清）李斗，北京：中華書局，1960。

45. 《清代職官年表》〔M〕，錢實甫，北京：中華書局，1980。

46. 《清朝文獻通考》〔M〕，（清）高宗敕撰，上海：商務印書館萬有文庫本，1936。

47. 《清朝續文獻通考》〔M〕，（清）劉錦藻，上海：上海古籍出版社，2000。

48. 《文獻徵存錄》〔A〕，（清）錢林，揚州：江蘇廣陵古籍刻印社影印本，

1987。

子部：

1. 《朱子語類》〔Z〕，（宋）黎靖德編，王星賢點校，北京：中華書局，
1986。
2. 《荀子集解》〔M〕，王先謙，北京：中華書局《諸子集成》本，1954。

集部：（以責任者姓名拼音爲序）

A

1. （清）愛新覺羅‧玄燁，《御製文集》〔Z〕，清康熙五十年武英殿刻本，
北京：國家圖書館館藏，
2. （清）愛新覺羅‧弘曆撰，故宮博物院編，《清高宗樂善堂全集》〔Z〕，
海口：海南出版社影印本，2000。

B

1. （唐）白居易，《白氏長慶集》〔Z〕，上海：上海書店《四部叢刊》本，
1989。

C

1. （清）陳維崧，《迦陵詞全集》〔Z〕，上海：商務印書館《四部叢刊》本，
民國二十五年（1936）。
2. （宋）程顥、（宋）程頤著、王孝魚點校，《二程集》〔Z〕，北京：中華書
局，1981。

D

1. （清）董榕，《芝龕記》〔M〕，清光緒十五年刻本，北京：國家圖書館館
藏。

F

1. （明）傅山，《霜紅龕集》〔Z〕，太原：山西人民出版社影印本，1985。

G

1. 古本戲曲叢刊編委會，《古本戲曲叢刊二集》〔Z〕，上海：商務印書館，
1954～1955。
2. 《古本戲曲叢刊三集》〔Z〕，出版地不詳：文學古籍刊行社，1957。
3. 《古本戲曲叢刊五集》〔Z〕，上海：上海古籍出版社，1986。
4. 《古本戲曲叢刊九集》〔Z〕，上海：中華書局，1964。
5. （清）菰蘆釣叟：《醉怡情新訂繡像崑腔雜曲》〔A〕，清古吳致和堂刻本，

北京：國家圖書館館藏。

H

1. （清）胡愼容撰，（清）蔣士銓，（清）王金英評點，《紅鶴山莊近體詩》〔Z〕，嘉慶刻本，北京：國家圖書館館藏。

2. （清）胡業宏，《珊瑚鞭傳奇》〔M〕，清乾隆四十三年穿柳亭刻本，北京：國家圖書館館藏。

3. （清）黃景仁，《兩當軒集》〔Z〕，清同治六年劉履芬抄本，北京：國家圖書館館藏。

4. （清）黃燮清，《倚晴樓七種曲》〔Z〕，清光緒三十三年年海監開通新書局刻本，北京：國家圖書館館藏。

5. （明）黃宗羲，《明夷待訪錄》〔M〕，北京：中華書局《叢書集成》本，1985。

6. （清）洪亮吉著，劉德全點校，《洪亮吉集》〔Z〕，北京：中華書局，2001。

J

1. （清）江春，《隨月讀書樓詩集》〔Z〕，清嘉慶九年康山草堂刻本，北京：國家圖書館館藏。

2. （清）蔣士銓，《蔣清容先生遺稿》〔Z〕，手稿本，北京：國家圖書館館藏。

3. 《忠雅堂評選四六法海》〔M〕，清同治十年刻本，北京：國家圖書館館藏。

4. 《紅雪樓十二種填詞》〔Z〕，清乾隆江西鉛山刻本，紅雪樓藏版，北京：首都圖書館綏中吳氏藏書室館藏。

5. 《西江祝嘏》〔M〕，清乾隆刻本，北京：首都圖書館綏中吳氏藏書室館藏。

6. （清）蔣士銓撰，（清）江春正譜，（清）羅聘校閱，《鉛山逸曲三種》〔M〕，抄本，北京：首都圖書館綏中吳氏藏書室館藏。

7. （清）蔣士銓撰，盧前校訂，《紅雪樓逸稿》〔Z〕，北京：中華書局，民國二十五年（1936）。

8. （清）蔣士銓撰，邵海清核注，《冬青樹》〔M〕，上海：上海古籍出版社，1988。

9. （清）蔣士銓撰，邵海清校注，《臨川夢》〔M〕，上海：上海古籍出版社，1989。

10. （清）蔣士銓撰，邵海清校，李夢生箋，《忠雅堂集校箋》〔M〕，上海：上海古籍出版社，1993。

11. （清）蔣士詮撰，周妙中點校，《蔣士詮戲曲集》〔Z〕，北京：中華書局，1993。

12. （清）蔣知白，《紅雪樓詩鈔》〔Z〕，清道光刻本，北京：國家圖書館館藏。

13. 《墨餘書異》〔M〕，清嘉慶刻本，北京：國家圖書館館藏。

14. （清）蔣知廉，《弗如室詩鈔》〔Z〕，清刻本，北京：國家圖書館館藏。

15. （清）金德瑛，《詩存》〔M〕，清乾隆如心堂刻本，北京：國家圖書館館藏。

16. 《觀劇絕句》〔M〕，清乾隆仁和金氏刻本，北京：國家圖書館館藏。

17. （清）金兆燕，《嬰兒幻傳奇》〔M〕，清抄本，縮微膠片。

18. 《旗亭記》〔M〕，清刻本，縮微膠片。

L

1. （明）來集之，《小青娘挑燈閒看牡丹亭》〔M〕，來氏倘湖小築清初刻本，北京：國家圖書館館藏。

2. （清）羅聘，《正信錄》〔M〕，潮陽郭泰棟雙百鹿齋刻本，民國二十年（1931），北京：國家圖書館館藏。

3. （清）魯仕驥，《山木居士文集》〔Z〕，清道光十四年刻本，北京：國家圖書館館藏。

4. （宋）陸九淵，《象山先生全集》〔Z〕，上海：商務印書館《四部叢刊》本，民國二十五年（1936）。

M

1. （明）毛晉，《六十種曲》〔Z〕，北京：中華書局，1958。

P

1. （清）彭元瑞，《恩餘堂輯稿》〔Z〕，南昌彭氏清道光七年刻本，北京：國家圖書館館藏。

Q

1. （清）錢德蒼編撰，汪協如點校，《綴白裘》〔A〕，北京：中華書局，2005。

2. （清）錢謙益，《列朝詩集小傳》〔M〕，上海：上海古籍出版社，1983。

R

1. （清）阮元，《淮海英靈集》〔M〕，上海：商務印書館，民國二十四年（1935）。

S

1. （清）沈起鳳，《沈氏傳奇四種》〔M〕，上海：商務印書館《奢摩他室曲叢·第一集》影印本，民國十七年（1928）。

2. （明）沈泰，《盛明雜劇》〔Z〕，上海：中國書店，民國影印本。

T

1. （明）湯顯祖撰，徐朔方箋校，《湯顯祖全集》〔Z〕，北京：北京古籍出版社，1999。

2. （清）唐英，《古柏堂戲曲集》〔M〕，上海：上海古籍出版社，1987。

W

1. （清）王昶，《湖海詩傳》〔M〕，清嘉慶十年刻本，北京：國家圖書館館藏。

2. （清）王文治，《夢樓詩集》〔M〕，清乾隆刻本，北京：國家圖書館館藏。

3. 《浙江迎鑾樂府》〔M〕，清乾隆浙江刻本，北京首都圖書館綏中吳氏藏書室館藏。

4. （明）吳炳撰，（清）吳梅校正，《暖紅室彙刻粲花齋五種》〔M〕，揚州：江蘇廣陵古籍刻印社，1982 年重印本。

5. （清）吳人輯，《三婦評牡丹亭雜紀》〔A〕，吳江沈氏世楷堂刻本，民國八年（1919）重修，國家圖書館館藏。

X

1. （清）夏綸，《惺齋六種》〔M〕，清乾隆十八年錢塘世光堂刻本，北京：首都圖書館綏中吳氏藏書室館藏。

2. （明）徐翽撰，（明）卓人月評，《小青娘情死春波影》〔M〕，上海中國書店影印本，民國十四年（1925）。

3. 徐世昌，《晚晴簃詩彙》〔A〕，北京：中華書局，1990。

4. （清）徐文弼，《彙纂詩法度針》〔A〕，清乾隆二十三年刻本，北京：國家圖書館館藏。

Y

1. （清）楊潮觀撰，胡士瑩校注，《吟風閣雜劇》〔M〕，上海：上海古籍出版社，1983。

2. （清）袁枚撰，周本淳標校，《小倉山房詩文集》〔M〕，上海：上海古籍出版社，1988。

3. （清）袁枚著，王英志主編，《袁枚全集》〔Z〕，南京：江蘇古籍出版社，1993。

4. （清）袁枚，《隨園詩話》〔M〕，北京：人民文學出版社，1982。

5. （清）姚鼐，《惜抱軒全集》〔Z〕，北京：中國書店，1991。

Z

1. （明）臧晉叔，《元曲選》〔Z〕，北京：中華書局，1958。

2. （清）曾燠，《江西詩徵》〔Z〕，清嘉慶九年南城曾氏賞雨茅屋刻本，北京：國家圖書館館藏。

3. （明）張大復，《梅花草堂集》〔Z〕，上海：進步書局民國間石印本，北京：國家圖書館館藏。

4. （清）張堅，《玉燕堂四種曲》〔M〕，清乾隆刻本，北京：國家圖書館館藏。

5. （清）張維平，《國朝詩人徵略》〔M〕，清道光刻本，北京：國家圖書館館藏。

6. （清）趙翼，《甌北全集》〔Z〕，清乾隆五十五年至嘉慶十七年陽湖趙氏湛貽堂刻本，北京：國家圖書館館藏。

7. （清）趙翼，華夫主編，《趙翼詩編年全集》〔M〕，天津：天津古籍出版社，1996。

8. （清）周大榜，《十出奇傳奇》〔M〕，清抄本。

9. （清）周祥鈺，（清）鄒金生，《新定九宮大成南北詞宮譜》〔M〕，上海：古書流通處影印本，民國十二年（1923）。

10. 中國戲曲研究院，《中國古典戲曲論著集成》（10 冊）〔A〕，北京：中國戲劇出版社，1959。

11. （清）鍾令嘉，《柴車倦遊集》〔M〕，清道光《國朝閨閣詩鈔》本，北京：國家圖書館館藏。

12. （明）朱京藩，《小青娘風流院》〔M〕，明德聚堂刻本，縮微膠片。

13. （清）朱彝尊，《靜志居詩話》〔M〕，北京：人民文學出版社，1990。

二、現代研究著作（以責任者姓名拼音爲序）

A

1. 〔美〕艾爾曼著，趙剛中譯，《從理學到樸學》〔M〕，南京：江蘇人民出版社，1995。

2. 阿英，《晚清文學叢鈔·小說戲曲研究卷》〔A〕，北京：中華書局，1960。《晚清文學叢鈔·傳奇雜劇卷》〔A〕，北京：中華書局，1962。

B

1. 北嬰，《曲海總目提要補編》〔M〕，北京：人民文學出版社，1959。

C

1. 蔡仲翔，《中國古典劇論概要》〔M〕，北京：中國人民大學出版社，1991。
2. 蔡毅，《中國古典戲曲序跋彙編》〔A〕，濟南：齊魯書社，1989。
3. 陳伯海，《近四百年中國文學思潮》〔M〕，上海：東方出版中心，1997。
4. 陳芳，《清代戲曲研究五題》〔M〕，臺北：里仁書局，2002。
5. 陳鼓應等，《明清實學思潮史》〔M〕，濟南：齊魯書社，1989。
6. 陳美雪，《湯顯祖研究文獻目錄》〔M〕，臺灣：學生書局，1996。
7. 陳弱水、王汎森，《思想與學術》〔C〕，北京：中國大百科全書出版社，2005。
8. 陳維昭，《帶血的輓歌：清代文人心態史》〔M〕，石家莊：河北教育出版社，2001。
9. 陳文新，《中國文學編年史・清前中期卷》〔M〕，長沙：湖南人民出版社，2006。
10. 陳友琴，《古典研究資料彙編・白居易卷》〔A〕，北京：中華書局，1962。
11. 程芸，《湯顯祖與晚明戲曲的嬗變》〔M〕，北京：中華書局，2006。
12. 存萃學社出版社，《宋元明清劇曲研究論叢・四》〔C〕，香港：大東圖書公司，1979。

D

1. 戴逸，《乾隆帝及其時代》〔M〕，北京：中國人民大學出版社，1992。
2. 鄧長風，《明清戲曲家考略》〔M〕，上海：上海古籍出版社，1994。
3. 《明清戲曲家考略續編》〔M〕，上海：上海古籍出版社，1997。
4. 《明清戲曲家考略三編》〔M〕，上海：上海古籍出版社，1999。
5. 鄧之誠，《中華二千年史・卷五》〔M〕，北京：中華書局，1956～1958。
6. 董康，《曲海總目提要》〔M〕，北京：人民文學出版社，1959。
7. 董每戡著，黃天驥、董上德編，《董每戡文集》〔C〕，廣州：中山大學出版社，2004。

F

1 馮沅君，《馮沅君古典文學論文集》〔C〕，濟南：山東人民出版社，1980。
2. 《古劇說彙》〔M〕，北京：作家出版社，1956。
3. 傅惜華，《清代雜劇全目》〔M〕，北京：人民文學出版社，1981。
4. 《古典戲曲聲樂論著叢編》〔A〕，北京：音樂出版社，1957。
5. 傅曉航、張秀蓮，《中國近代戲曲論著總目》〔M〕，北京：文化藝術出版

社，1994。

6. 傅毓衡，《袁枚年譜》〔M〕，合肥：安徽教育出版社，1986。

G

1. 葛榮晉，《中國實學思想史》〔M〕，北京：首都師範大學出版社，1994。
2. 葛兆光，《中國思想史》〔M〕，上海：復旦大學出版社，2001。
3. 郭預衡，《中國文學史》〔M〕，上海：上海古籍出版社，1999。
4. 高翔，《康雍乾三帝統治思想研究》〔M〕，北京：中國人民大學出版社，
   1995。
5. 龔國光，《江西戲曲文化史》〔M〕，南昌：江西人民出版社，2003。
6. 龔鵬程，《晚明思潮》〔M〕，北京：商務印書館，2005。
7. 龔書鐸，《清代理學史》〔M〕，廣州：廣東教育出版社，2007。
8. 顧篤璜，《崑曲史補論》〔M〕，南京：江蘇古籍出版社，2005。
9. 郭英德，《明清傳奇史》〔M〕，南京：江蘇古籍出版社，1999。
10. 《明清傳奇綜錄》〔M〕，石家莊：河北教育出版社，1997。
11. 《明清文人傳奇文人傳奇研究》〔M〕，北京：北京師範大學出版社，
    1992。
12. 《明清傳奇戲曲文體研究》〔M〕，北京：商務印書館，2004。

H

1. 胡世厚、鄧紹基，《中國戲曲家評傳》〔M〕，鄭州：中州古籍出版社，
   1992。
2. 黃愛平，《樸學與清代社會》〔M〕，石家莊：河北人民出版社，2003。
3. 黃文錫、吳鳳雛，《湯顯祖傳》〔M〕，北京：中國戲劇出版社，1986。
4. 黃芝岡，《湯顯祖編年評傳》〔M〕，北京：中國戲劇出版社，1992。

J

1. 簡有儀，《蔣士銓及其詩文研究》〔M〕，臺北：洪葉文化事業公司，
   2002。
2. 江巨榮，《古代戲曲思想藝術論》〔M〕，上海：學林出版社，1995。
3. 江西省文學藝術研究所，《湯顯祖研究論文集》〔C〕，北京：中國戲劇出
   版社，1984。
4. 蔣星煜，《以戲代藥》〔M〕，廣州：廣東人民出版社，1980。
5. 《中國戲曲史鉤沈》〔M〕，鄭州：中州書畫社，1982。
6. 《中國戲劇史探微》〔M〕，濟南：齊魯書社，1985。

7. 《中國戲曲史索隱》〔M〕，濟南：齊魯書社，1988。

8. 蔣瑞藻，《小說考證》〔M〕，十卷，續編五卷，上海：古典文學出版社，1957。

9. 《小說枝談》〔M〕，上海：古典文學出版社，1958。

L

1. 李君明，《趙翼年譜》〔M〕，蘭州：蘭州大學出版社，2004。

2. 李修生，《古本戲曲劇目提要》〔M〕，北京：文化藝術出版社，1997。

3. 《中國文學史綱要‧明清文學》〔M〕，北京：北京大學出版社，2003。

4. 梁啟超，《中國近三百年學術史》〔M〕，北京：東方出版社，1996。

5. 《清代學術概論》〔M〕，北京：東方出版社，1996。

6. 梁啟超著，夏曉虹輯，《〈飲冰室合集〉集外文》〔C〕，北京：北京大學出版社，2005。

7. 廖奔，《中國戲曲史》〔M〕，上海：上海人民出版社，2004。

8. 《中國戲曲聲腔源流史》〔M〕，臺北：貫雅文化事業公司，1992。

9. 廖奔、劉彥君，《中國戲曲發展史》〔M〕，太原：山西教育出版社，2000。

10. 林葉青，《清中葉戲曲家散論》〔M〕，南京：江蘇古籍出版社，2002。

11. 劉大杰，《中國文學發展史》〔M〕，上海：上海古籍出版社，1982。

12. 陸萼庭，《崑劇演出史稿》〔M〕，上海：上海文藝出版社，1980。

13. 《清代戲曲與崑劇》〔M〕，臺北：臺北國家出版社，2005。

14. 《清代戲曲家叢考》〔M〕，上海：學林出版社，1995。

15. 陸侃如、馮沅君，《中國文學史簡編》〔M〕，上海：開明書店，民國二十一年（1932）。

16. 盧前，《盧前曲學四種》〔M〕，北京：中華書局，2006。

17. 路應昆，《濃夢清歌：中國文人戲曲》〔M〕，吉林：吉林美術出版社，1999。

18. 駱承烈，《中國古代孝道資料選編》〔A〕，濟南：山東大學出版社，2003。

M

1. 馬積高，《清代學術思想的變遷與文學》〔M〕，長沙：湖南人民出版社，2002。

2. 馬子富、劉麗紅，《中國清代文學史》〔M〕，北京：人民出版社，1994。

3. 毛效同，《湯顯祖研究資料彙編》〔A〕，上海：上海古籍出版社，1986。

4. 孟森，《明清史論著集刊》〔C〕，北京：中華書局，2006。

5. 《心史叢刊》〔C〕，北京：中華書局，2006。

6. 《明清史講義》〔M〕，北京：中華書局，1981。

7. 孟瑤，《中國戲曲史》〔M〕，臺北：臺北傳記文學雜誌社，1976。

N

1. 聶石樵，《中國古代戲曲小說史略》〔M〕，北京：北京師範大學出版社，2006。

P

1. 潘起造，《明清浙東經世實學通論》〔M〕，寧波：寧波出版社，2006。

2. 彭林，《清代經學與文化》〔C〕，北京：北京大學出版社，2005。

Q

1. 錢穆，《中國近三百年學術史》〔M〕，北京：中華書局，1986。

2. 秦學人、侯作卿，《中國古典編劇理論資料彙輯》〔A〕，北京：中國戲劇出版社，1984。

3. （日）青木正兒，《清代文學評論史》〔M〕，北京：中國社會科學出版社，1988。

4. （日）青木正兒著，王古魯譯，《中國近世戲曲史》〔M〕，北京：作家出版社，1958。

5. 錢靜方，《小說叢考》〔M〕，上海：上海古典文學出版社，1957。

R

1. 人民文學出版社編輯部，《元明清戲曲研究論文集·二集》〔C〕，北京：人民文學出版社，1959。

2. 任訥，《曲譜》〔A〕，《散曲叢刊十五種》附錄，北京：中華書局，民國十九年（1930）。

3. 《詞曲通義》〔M〕，上海：商務印書館，民國二十年（1931）。

4. 《新曲苑》〔A〕，北京：中華書局，民國二十九年（1940）。

5. 容肇祖，《中國文學史大綱》〔M〕，上海：開明書局，民國二十四年（1935）。

S

1. 上饒師專中文系歷代作家研究室，《蔣士銓研究資料集》〔A〕，南昌：江西人民出版社，1985。

2. 沈達、顏長珂，《古典戲曲十講》〔M〕，北京：中華書局，1986。

3. 孫從音,《中國崑曲腔詞格律及其應用》〔M〕,上海:上海音樂出版社,2003。

4. 孫歌等,《國外中國古典戲曲研究》〔M〕,南京:江蘇教育出版社,2000。

5. 孫楷第,《戲曲小說書錄解題》〔M〕,北京:人民文學出版社,1990。

T

1. 譚帆、陸煒,《中國古典戲劇理論史》〔M〕,上海:華東師範大學出版社,2005。

W

1. 王季烈,《螾廬曲談》〔M〕,上海:商務印書館,1927。

2. 王季烈,劉富樑,《集成曲譜》〔M〕,上海:商務印書館石印本,民國十四年(1925)。

3. 王建生,《蔣心餘研究》〔M〕,臺灣:學生書局,1996。

4. 王俊義、黃愛平,《清代學術與文化》〔M〕,瀋陽:遼寧教育出版社,1993。

5. 王易,《詞曲史》〔M〕,南京:江蘇教育出版社,2005。

6. 王英志,《性靈派研究》〔M〕,瀋陽:遼寧大學出版社,1998。

7. 王永健,《中國戲劇文學的瑰寶——明清傳奇》〔M〕,南京:江蘇教育出版社,1989。

8. 《湯顯祖與明清傳奇研究》〔M〕,臺北:志一出版社,1995。

9. 王子今,《「忠」觀念研究》〔M〕,吉林:吉林教育出版社,1999。

10. 隗芾等,《戲曲美學論文集》〔C〕,北京:中國戲劇出版社,1984。

11. 隗芾、吳毓華,《古典戲曲美學資料集》〔A〕,北京:文化藝術出版社,1992。

12. 鄔國平、王鎮遠,《清代文學批評史》〔M〕,上海:上海古籍出版社,1995。

13. 吳梅,《吳梅戲曲論文集》〔C〕,北京:中國戲劇出版社,1983。

14. 《吳梅全集》〔Z〕,石家莊:河北教育出版社,2002。

15. 吳毓華,《中國古代戲曲序跋集》〔A〕,北京:中國戲劇出版社,1990。

16. 《古代戲曲美學史》〔M〕,北京:文化藝術出版社,1994。

17. 吳新雷,《中國戲曲史論》〔M〕,南京:江蘇教育出版社,1996。

18. 《中國崑劇大辭典》〔M〕,南京:南京大學出版社,2002。

X

1. 夏寫時,《論中國戲劇批評》〔M〕,濟南:齊魯書社,1988。

2. 夏康達、王曉平,《二十世紀國外中國文學研究》〔M〕,天津:天津人民出版社,2000。

3. 香港大學中文學會,《中國古典戲曲研究資料索引》〔M〕,香港:廣角鏡出版社,1989。

4. 蕭萐父、許蘇民,《明清啓蒙學術流變》〔M〕,瀋陽:遼寧教育出版社,1995。

5. 蕭一山,《清代通史》〔M〕,北京:中華書局,1986。

6. 《清史大綱》〔M〕,上海:上海古籍出版社,2005。

7. 熊澄宇,《蔣士銓劇作研究》〔M〕,北京:中國戲劇出版社,1988。

8. 徐扶明,《牡丹亭研究資料考釋》〔M〕,上海:上海古籍出版社,1987。

9. 許金榜,《中國戲曲文學史》〔M〕,北京:中國文學出版社,1994。

10. 許建中,《明清傳奇結構研究》〔M〕,鄭州:中州古籍出版社,1999。

11. 徐國華,上官濤,《蔣士銓詩文曲論稿》〔M〕,南昌:百花洲文藝出版社,2004。

12. 徐慕雲,《中國戲劇史》〔M〕,上海:上海古籍出版社,2001。

13. 徐朔方,《湯顯祖年譜》〔M〕,上海:上海古籍出版社,1980。

14. 《論湯顯祖及其他》〔M〕,上海:上海古籍出版社,1983。

15. 《湯顯祖評傳》〔M〕,南京:南京大學出版社,1993。

16. 許之衡,《戲曲史》(華北大學講義)〔M〕,民國初鉛印本,北京:國家圖書館館藏。

Y

1. 顏長珂、黃克主,《徽班進京二百年祭》〔M〕,北京:文化藝術出版社,1991。

2. 嚴敦易,《元明清戲曲論集》〔C〕,鄭州:中州書畫社,1982。

3. 楊蔭瀏,《中國古代音樂史稿》〔M〕,北京:人民音樂出版社,1981。

4. 楊振良,《牡丹亭研究》〔M〕,臺北:學生書局,1992。

5. 么書儀,《戲曲》〔M〕,北京:人民文學出版社,1994。

6. 葉德鈞,《戲曲小說叢考》〔M〕,北京:中華書局,1979。

7. 游國恩等,《中國文學史》〔M〕,北京:人民文學出版社,2002。

8. 余從等,《中國戲曲史略》〔M〕,北京:人民音樂出版社,2003。

9. 俞平伯,《論詩詞曲雜著》〔M〕,上海:上海古籍出版社,1983。

10. 俞爲民，《曲體研究》〔M〕，北京：中華書局，2005。

11. 余英時，《士與中國文化》〔M〕，上海：上海人民出版社，1987。

12. 《宋明理學與政治文化》〔M〕，桂林：廣西師範大學出版社，2006。

13. 《論戴震與章學誠》〔M〕，上海：三聯書店，2000。

14. 余英時等，《中國哲學思想論集·清代篇》〔M〕，臺北：水牛出版社，1988。

15. 袁行霈，《中國文學史》〔M〕，北京：高等教育出版社，2003。

Z

1. 曾永義，《中國古典戲劇論集》〔C〕，臺北：聯經出版事業公司，1975。

2. 張長工，《中國文學史新編》〔M〕，上海：開明書局，民國三十七年（1948）。

3. 張岱年，《中國倫理思想研究》〔M〕，南京：江蘇教育出版社，2005。

4. 《中國哲學大綱》〔M〕，上海：三聯書店，2005。

5. 張庚、郭漢城，《中國戲曲通史》〔M〕，北京：中國戲劇出版社，1992。

6. 張敬，《明清傳奇導論》〔M〕，臺北：華正書局，1986。

7. 張松林，《中國戲曲史》〔M〕，重慶：重慶大學出版社，1997。

8. 張維、梁楊江，《嶺西五大家研究》〔M〕，南京：江蘇古籍出版社，2003。

9. 張燕瑾，《中國戲劇史》〔M〕，臺北：文津出版社，1993。

10. 《中國戲曲史論集》〔C〕，北京：燕山出版社，1995。

11. 張玉奇，《蔣士銓研究論文集》〔C〕，南昌：江西人民出版社，1989。

12. 張振鏞，《中國文學史分論》〔M〕，上海：商務印書館，民國二十三年（1934）。

13. 趙景深，《中國文學史新編》〔M〕，上海：北新書局，民國三十五年（1946）。

14. 《明清曲談》〔M〕，上海：古典文學出版社，1957。

15. 《中國戲曲叢談》〔M〕，濟南：齊魯書社，1986。

16. 《戲曲筆談》〔M〕，北京：中華書局，1962。

17. 趙景深等，《中國戲劇史論集》〔C〕，南昌：江西人民出版社，1987。

18. 趙山林，《中國古典戲劇論稿》〔M〕，合肥：安徽文藝出版社，1998。

19. 《中國戲劇學通論》〔M〕，合肥：安徽教育出版社，1995。

20. 趙興勤，《趙翼評傳》〔M〕，南京：南京大學出版社，2002。

21. 鄭培凱，《湯顯祖與晚明文化》〔M〕，臺北：允晨文化實業公司，1995。

22. 鄭西村，《崑曲音樂與填詞》〔M〕，臺北：學海出版社，2000。

23. 鄭振鐸，《鄭振鐸全集》〔Z〕，石家莊：花山文藝出版社，1998。

24. 《鄭振鐸古典文學論文集》〔C〕，上海：上海古籍出版社，1984。

25. 《西諦所藏善本戲曲目錄》〔M〕，民國二十六年（1937）刻本，北京：國家圖書館館藏。

26. 中國社會科學院文學研究所中國文學史編寫組，《中國文學史》〔M〕，北京：人民文學出版，1979。

27. 周傳家，《中國古代戲曲》〔M〕，北京：商務印書館，1991。

28. 周妙中，《清代戲曲史》〔M〕，鄭州：中州古籍出版社，1987。

29. 周維培，《曲譜研究》〔M〕，南昌：江西古籍出版社，1997。

30. 周文瑛等，《江西文化》〔M〕，瀋陽：遼寧教育出版社，1998。

31. 周續賡、張燕瑾等，《中國古代戲曲十九講》〔M〕，北京：北京出版社，1986。

32. 周貽白，《中國戲劇史長編》〔M〕，北京：人民文學出版社，1960。

33. 《周貽白戲劇論文選》〔C〕，長沙：湖南人民出版社，1982。

34. 周育德，《湯顯祖論稿》〔M〕，北京：文化藝術出版社，1991。

35. 朱承樸、曾慶全：《明清傳奇概說》〔M〕，香港：三聯書店香港分店，1985。

36. 莊一拂，《古典戲曲存目彙考》〔M〕，上海：上海古籍出版社，1982。

37. 左東嶺，《王學與中晚明士人心態》〔M〕，北京：人民文學出版社，2000。

38. 作家出版社編輯部，《元明清戲曲研究論文集》〔C〕，北京：作家出版社，1957。

三、報刊、集刊、學位論文（以責任者姓名拼音為序）

報刊、集刊論文類：

B

1. 白海英，「江湖十八本」：民間演劇之獨特現象〔J〕，戲劇，2007，（04）。

C

1. 陳昌怡，淺談蔣士銓的《銅弦詞》〔J〕，江西教育學院學報，1986，（01）。

2. 陳剛，清代戲曲審美風格理論初探〔J〕，內蒙古社會科學（漢文版），2006，（03）。

3. 徐國華、陳志雲，一瓣心香玉茗翁——蔣士銓與湯顯祖比較論略〔J〕，電影文學，2007，（16）。

4. 氣節文章獨超邁平生心折若士翁——蔣士銓戲曲摭談〔J〕，四川戲劇，2007，（06）。

5. 陳述，蔣心餘先生年譜〔J〕，師大月刊，第六期，民國二十六年（1937）九月。

6. 程芸，「道學」與湯顯祖的文體選擇〔J〕，武漢大學學報（人文科學版），2006，（05）。

D

1. 杜建華，讀李調元《雨村劇話》札記〔J〕，四川戲劇，2007，（01）。

F

1. 馮敏，蔣士銓詩論小議〔J〕，文教資料（初中版），2004，（19）。

2. 傅承洲，「情教」新解〔J〕，明清小說研究，2003，（01）。

G

1. 高平，《廿二史札記》經世致用的特色〔J〕，北京教育學院學報，2000，（04）。

2. 萬彬，論傳統「母訓文化」與家庭美德的「愛幼」教育〔J〕，江西社會科學，1997，（07）。

3. 萬玉紅，清初的實學與史學〔J〕，遼寧大學學報（哲學社會科學版），2001，（03）。

4. 郭英德，雅與俗的扭結——明清傳奇戲曲語言風格的變遷〔J〕，北京師範大學學報（社會科學版），1998，（02）。

5. 獨白與對話——論明清傳奇戲曲的抒情方式〔J〕，北京師範大學學報（社會科學版），2000，（05）。

6. 明清傳奇戲曲敘事結構的演化〔J〕，求是學刊，2004，（01）。

7. 蔣士銓《臨川夢》傳奇漫議〔J〕，名作欣賞，1987，（03）。

8. 郭玉峰，中國古代貞節的結構、演變及其實質〔J〕，天津社會科學，2002，（05）。

H

1. 韓鍾文、吳長庚，蔣士銓生平和他的詩歌創作〔J〕，上饒師專學報，1981，（02，03）。

2. 何小英，中國傳統文化與知識分子品格〔J〕，船山學刊，2007，（01）。

3. 胡光波，徘徊於情理之間——論蔣士銓詩學觀〔J〕，語文學刊，2006，（21）。

4. 惠吉興，中國傳統哲學的內在性實踐精神〔J〕，蘭州學刊，2006，（06）。

J

1. 江寄萍，蔣士詮的《藏園九種曲》〔N〕，益世報（天津），「戲劇與電影」，第四十一、四十二期，1933，（08）。

2. 蔣中崎，明清南雜劇的發展軌迹〔J〕，戲劇藝術，1996，（04）。

3. 金偉，《冬青樹》傳奇中的西番僧〔J〕，遼寧師範大學學報（社會科學版），1997，（02）。

K

1. 柯玲、陳雲龍，消費視野中的城市俗文學活動──清代揚州俗文學引發的幾點思考，江西社會科學〔J〕，2005，（03）。

L

1. 賴曉東，豈只言情亦在述志──《牡丹亭》創作主旨新探〔J〕，福建師範大學學報（哲學社會科學版），2002，（04）。

2. 李碧華，淺析琵琶女形象的兩次變化──從《青衫淚》《四弦秋》中看琵琶女〔J〕，新疆教育學院學報，2006，（03）。

3. 李建，首屆全國蔣士詮學術討論會綜述〔J〕，饒師範學院學報，1985，（04）。

4. 李科友，湯顯祖與書院〔J〕，江西社會科學，2000，（10）。

5. 李連生，崑曲曲牌結構試析〔J〕，戲劇文學，2006，（08）。

6. 李明，明清蘇州、揚州、徽州三地風俗的互動互融──兼談「蘇意」、「揚氣」與「徽派」〔J〕，史林，2005，（02）。

7. 李舜華，清代戲曲文獻簡述〔J〕，廣州大學學報（社會科學版），2006，（02）。

8. 林國標，清初理學與清代學術〔J〕，南華大學學報（社會科學版），2005，（04）。

9. 林葉青，承應戲中的白眉──論《西江祝嘏》〔J〕，藝術百家，1998，（02）。

10. 從節烈貞女到妻妾情癡──論蔣士詮的《空谷香》與《香祖樓》〔J〕，戲劇藝術，1999，（04）。

11. 蔣士詮行事考述〔J〕，藝術百家，2001，（03）。

12. 一代才人的情志淪落史──論蔣士詮的三部文人故事劇〔J〕，藝術百家，2001，（01）。

13. 「循吏」理想的錯位追求──論蔣士詮的倫理教化劇〔J〕，戲曲藝術，2001，（04）。

14. 劉軍華，論湯顯祖「情」之哲學的文藝思想〔J〕，寧夏社會科學，2006，（04）。

15. 劉松來，《牡丹亭》「至情」主題的歷史文化淵源〔J〕，文藝研究，2007，（03）。

16. 劉小成，論蔣士銓的詩學理論〔J〕，泰山學院學報，2004，（05）。

17. 劉小燕，蔣士銓與藏園〔J〕，南方文物，1985，（02）。

18. 劉雲，蔣士銓的文藝觀和劇作成就〔J〕，文藝理論家，1986，（01）。

19. 羅時進，蔣心餘的情感心態及其詩歌藝術特徵〔J〕，1997，（02）。

M

1. 馬華祥，論《冬青樹》的崇高美〔J〕，河南師範大學學報（哲學社會科學版），1995，（05）。

2. 馬傑，顏元與袁枚的「性情說」〔J〕，邵陽學院學報（社會科學版），2006，（04）。

N

1. 聶春豔，經世致用文學觀對清代前期短篇白話小說創作的影響〔J〕，上海師範大學學報（哲學社會科學版），2006，（05）。

P

1. 龐天祐，論明清之際三大學者治學經世致用的特點〔J〕，史學月刊，1999，（04）。

Q

1. 丘慧瑩，乾隆時期劇學的傳承與延續〔J〕，東南大學學報（哲學社會科學版），1999，（02）。

S

1. 上官濤，試論蔣士銓戲曲中的女性形象〔J〕，上饒師範學院學報，2007，（05）。

2. 引俗入雅——試論蔣士銓花雅時期的戲曲創作〔J〕，藝術百家，2003，（01）。

3. 爲情而戲：湯顯祖與蔣士銓〔J〕，閩江學院學報，2003，（04）。

4. 上官濤、李忠新，崇雅歸正——試論蔣士銓的戲曲創作〔J〕，藝術百家，2004，（01）。

5. 邵海清，蔣士銓和他的《臨川夢》〔J〕，杭州大學學報（哲學社會科學版），1984，（04）。

6. 歲寒知松柏，丹心照汗青——略論《冬青樹》傳奇〔J〕，浙江學刊，1985，（03）。

7. 袁枚和蔣士詮〔J〕，杭州大學學報（哲學社會科學版），1986，（01）。

8. 論蔣士詮及其詩文〔J〕，杭州大學學報（哲學社會科學版），1993，（03）。

9. 施丁，中國史學經世思想的傳統〔J〕，史學史研究，1991，（04）。

10. 司徒秀英，血染桂林霜——蔣士詮筆下的忠門演義〔J〕，藝術百家，2004，（05）。

11. 孫書磊，人欲的讚歌——對《牡丹亭》主題的再認識〔J〕，江西教育學院學報，1996，（01）。

12. 明清傳奇之歷史劇創作的黨人心態〔J〕，戲曲藝術，2001，（03）。

13. 史學意識與中國古代歷史劇的發生〔J〕，南京師大學報（社會科學版），2002，（01）。

14. 曲史觀：中國古典史劇文人創作的中心話語〔J〕，求是學刊，2002，（04）。

15. 中國古典史劇理論中「曲史觀」的形成與演進〔J〕，戲劇，2002，（04）。

16. 從曲體使用看明清之際戲曲創作的通融性〔J〕，戲曲藝術，2004，（01）。

T

1. 唐雪瑩，夢與情鑄就的人生豐碑——湯顯祖「臨川四夢」新探〔J〕，藝術百家，2004，（01）。

W

1. 王華傑，「至情」的生死戀歌——論《牡丹亭》以「情」反「理」的審美意蘊〔J〕，戲劇文學，2006，（11）。

2. 王杰，論明清之際的經世實學思潮〔J〕，文史哲，2001，（04）。

3. 王軍明，蔣士詮《冬青樹》三題〔J〕，徐州教育學院學報，2002，（04）。

4. 王立斌，蔣士詮及其文學創作〔J〕，爭鳴，1985，（04）。

5. 王一綱，湯顯祖怎樣給杜麗娘以藝術生命——《驚夢》《尋夢》的人物塑造，兼及馮夢龍的刪改本《風流夢》〔J〕，齊魯學刊，1979，（04）。

6. 王英志，袁枚與趙翼交遊考述〔J〕，徐州師範大學學報（哲學社會科學版），2002，（01）。

7. 袁枚與蔣士詮交遊考述〔J〕，江淮論壇，2001，（02）。

8. 王永健，沈起鳳和他的《紅心詞客四種》〔J〕，藝術百家，1986，（03）。

9. 王正來，關於崑曲音樂的曲腔關係問題〔J〕，藝術百家，2004，（03）。

10. 王子今，《烏江竹枝》：清代勞動婦女生活的寫真〔J〕，中華女子學院學報，2002，（02）。

11. 魏崇新，蔣士銓詩歌藝術略論〔J〕，徐州師範大學學報（哲學社會科學版），1993，（01）。

12. 吳長庚，心餘詩創作階段考辨〔J〕，上饒師範學院學報，1989，（06）。

13. 吳長庚，韓鍾文，蔣士銓詩歌簡論〔J〕，上饒師專學報，1981，（04）。

14. 蔣士銓《藏園九種曲》研究〔J〕，上饒師專學報，1982，（04）。

15. 吳承學，明清人眼中的陳眉公〔J〕，中山大學學報（社會科學版），2003，（01）。

16. 吳書蔭，論二十世紀戲曲文獻的整理和研究〔J〕，中國文化研究，2000，（04）。

17. 吳新雷，揚州崑班曲社考〔J〕，東南大學學報（哲學社會科學版），2000，（01）。

18. 關於崑劇研究的世紀回顧〔J〕，東南大學學報（哲學社會科學版），1999，（01）。

19. 吳中勝，蔣士銓的詩學思想〔J〕，上饒師範學院學報，2007，（04）。

X

1. 蕭漪，崑曲曲牌點滴談（上）〔J〕，戲曲藝術，1995，（01）。

2. 解玉峰，明清時代雜劇觀念的嬗變〔J〕，山東師大學報（社會科學版），1997，（05）。

3. 熊澄宇，蔣士銓劇作研究〔J〕，江西文藝界，1985，（01）。

4. 蔣士銓家世及生平考略〔J〕，南昌師專學報，1985，（02）。

5. 蔣士銓辭官及科第考〔J〕，光明日報·文學遺迹，1985 年 10 月 22 日。

6. 蔣士銓家世考述〔J〕，藝術百家，1987，（04）。

7. 徐國華，《蔣太史答隨園先生二書》辨析——兼議蔣士銓與袁枚之交誼〔J〕，閩江學院學報，2005，（01）。

8. 蔣士銓戲曲與江右民俗文化〔J〕，戲劇文學，2007，（12）。

9. 許莉莉，從曲律角度看戲曲之本色語〔J〕，戲劇文學，2006，（09）。

10. 論明清時期文人曲詞對南北曲曲牌定腔的影響〔J〕，齊魯學刊，2007，（01）。

11. 徐朔方，再答程芸博士對我湯顯祖研究的批評〔J〕，文藝研究，2003，（03）。

12. 徐祥玲，趙翼與揚州〔J〕，揚州大學學報（人文社會科學版），2000，（06）。

13. 徐信義，蔣士銓《臨川夢》對湯顯祖《牡丹亭》主題的體會〔A〕，《第一屆國際清代學術研討會論文集》，臺灣國立中山大學中國文學系中國文學

研究所編，國立中山大學中國文學系中國文學研究所，1993 年。

14. 薛英，《藏園九種曲》之次序〔J〕，文獻，1982，（03）。

Y

1. 楊飛，乾嘉時期揚州文人雅集與戲曲繁盛〔J〕，南京師大學報（社會科學版），2006，（01）。

2. 清代蘇州崑曲藝人在揚州的流佈與影響〔J〕，蘇州大學學報（哲學社會科學版），2005，（05）。

3. 楊緒敏，清初與乾嘉時期學風的嬗變及學者治學特點〔J〕，江蘇社會科學，2001，（05）。

4. 陽貽祿，崑壇衰運之殿軍案頭戲文之濫觴——簡論蔣士銓戲曲的寫作藝術〔J〕，南昌大學學報（人文社會科學版），2000，（03）。

5. 楊忠，論湯顯祖的歷史觀及其史學成就〔J〕，北京大學學報（哲學社會科學版），1999，（05）。

6. 葉樹發，同是「情」字，內涵有別——論《西廂記》《牡丹亭》《長生殿》中的情〔J〕，藝術百家，2005，（04）。

7. 俞為民，崑曲曲調的組合形式考述〔J〕，東南大學學報（哲學社會科學版），2006，（01）。

8. 元代雜劇在崑曲中的流存〔J〕，江蘇大學學報（社會科學版），2006，（01）。

9. 北曲曲調的組合形式考述〔J〕，藝術百家，2005，（01）。

10. 崑山腔的產生與流變考論〔J〕，南京大學學報（哲學·人文科學·社會科學版），2004，（01）。

11. 留取丹心照汗青——蔣士銓《冬青樹·柴市》賞析〔J〕，古典文學知識，2004，（05）。

12. 元代南北戲曲的交流與融合（上）〔J〕，山西師大學報（社會科學版），2003，（01）。

13. 元代南北戲曲的交流與融合（下）〔J〕，山西師大學報（社會科學版），2003，（02）。

14. 古代曲論中的表演論〔J〕，藝術百家，1994，（02）。

15. 明清曲論中的意境論——古代戲曲理論探索之一〔J〕，藝術百家，1987，（02）。

16. 于質彬，康乾二帝南巡與花部之鄉揚州——花部盛於清代揚州考〔J〕，藝術百家，1991，（02）。

Z

1. 詹松濤，蔣心餘先生年譜〔J〕，京滬周刊，民國三十七年（1948），第二十五、二十六期。

2. 張敬，蔣士銓《九種曲》析論〔J〕，〔臺灣〕書目季刊，第九卷，第一期。

3. 張豔婉，試析李二曲的經世致用觀〔J〕，西安文理學院學報（社會科學版），2006，（01）。

4. 張玉奇，《臨川夢》的旨趣及其構思〔J〕，上饒師範學院學報，1986，（01）。

5. 趙吉惠，論明清實學是儒學發展的特殊理論形態〔J〕，齊魯學刊，2004，（02）。

6. 趙建新，蔣士銓文學思想撤談〔J〕，蘭州大學學報，1987，（03）。

7. 趙山林，南北融合與古代戲劇〔J〕，華東師範大學學報（哲學社會科學版），1998，（06）。

8. 趙舜，蔣士銓研究〔J〕，〔臺灣〕師大國文研究所集刊，第二十號。

9. 趙獻海，陳繼儒山人身份考辨〔J〕，史學月刊，2007，（04）。

10. 趙曾玖，蔣清容九種曲〔J〕，文學年報，第二期，1936，（05）。

11. 鄭尚憲，生生死死，真真幻幻——杜麗娘情感世界尋繹〔J〕，藝術百家，2003，（03）。

12. 鄭志良，論乾隆時期揚州鹽商與崑曲的發展〔J〕，北京大學學報（哲學社會科學版），2003，（06）。

13. 鍾賢培，性靈派詩人趙翼和蔣士銓的詩學及詩作論析〔J〕，語文輔導，1987，（01）。

14. 周桂鈿，儒學「忠孝節義」正義〔J〕，重慶社會科學，2005，（05）。

15. 周建華，明代理學與江西文學——以湯顯祖為例〔J〕，江西社會科學，2005，（09）。

16. 周秦，論崑曲舞臺表演藝術的寫意性原則〔J〕，藝術百家，2003，（02）。

17. 周維培，南北曲聯套論略〔J〕，江海學刊，1994，（06）。

18. 朱家溍，清代的戲曲服飾史料〔J〕，故宮博物院院刊，1979，（04）。

19. 朱尚文，蔣士銓藏園九種曲〔J〕，《語文叢書》第一輯，第 5 冊，臺灣大陸雜誌社，1968 年）。

20. 朱湘，蔣士銓〔J〕，小說月報，十七卷號外《中國文學研究》（下），1927年）。

21. 朱則傑，蔣士銓題寄袁枚、趙翼的若干集外詩文輯考〔J〕，廣州大學學報（社會科學版），2006，（09）。

22. 蔣士詮叢考〔J〕，紹興文理學院學報，2002，（02）。
23. 清詩叢考（再續）〔J〕，湖州師範學院學報，2002，（04）。
24. 清詩叢考〔J〕，浙江大學學報（人文社會科學版），2000，（04）。
25. 袁枚蔣士詮訂交考〔J〕，蘇州大學學報（哲學社會科學版），2000，（03）。
26. 朱則傑，陳凱玲，清代詩人軼事叢考〔J〕，浙江社會科學，2008，（02）。
27. 周妙中，蔣士詮和他的十六種曲〔J〕，上饒師專學報，1985，（03）。
28. 朱宗宙，清代揚州鹽商與戲曲〔J〕，鹽業史研究，1999，（02）。
29. 鄒元江，明清思想啓蒙的兩難抉擇——以湯顯祖爲研究個案，華中師範大學學報（人文社會科學版）〔J〕，2002，（04）。
30. 情至論與儒、道、禪戲劇〔J〕，中央戲劇學院學報，2004，（02）。
31. 鄒自振，蔣士詮和他的《臨川夢》〔J〕，《撫河》，1983，（03）。
32. 蔣士詮筆下的湯顯祖〔J〕，東華理工學院學報（社會科學版），1987，（03）。
33. 左東嶺，陽明心學與湯顯祖的言情說〔J〕，文藝研究，2000，（03）。

碩博論文類：

1. 李恒義，論湯顯祖〔D〕，廣州：中山大學，1994。
2. 林葉青，論蔣士詮的戲曲創作〔D〕，南京：南京大學，1998。
3. 蔡莉莉，「臨川四夢」的夢幻意識與情的哲學〔D〕，北京：首都師範大學，2000。
4. 孫書磊，中國古代歷史劇研究〔D〕，南京：南京大學，2000。
5. 崔秀霞，從「性靈」到「尊情」〔D〕，濟南：山東師範大學，2000。
6. 趙延花，論「臨川四夢」之夢〔D〕，呼和浩特：內蒙古大學，2001。
7. 馮運軍，袁枚性靈說研究〔D〕，成都：四川師範大學，2001。
8. 劉希，論袁枚的人生哲學及文學觀念〔D〕，成都：四川大學，2002。
9. 上官濤，蔣士詮戲曲略論〔D〕，武漢：華南師範大學，2002。
10. 陳維昭，20世紀中國古代戲曲研究史〔D〕，上海：復旦大學，2002。
11. 孫揆姬，湯顯祖文藝思想研究〔D〕，北京：北京大學，2002。
12. 鄭豔玲，公安三袁與袁枚性靈說的比較〔D〕，烏魯木齊：新疆大學，2002。
13. 艾立中，楊潮觀和他的《吟風閣雜劇》〔D〕，南京：南京師範大學，2003。
14. 劉淑麗，《牡丹亭》接受史研究〔D〕，南京：南京大學，2003。
15. 趙波，析袁枚論性情〔D〕，西安：西北大學，2004。
16. 黃慧，蔣士詮之文化人格及其戲劇審美特點〔D〕，北京：北京師範大學，

2005。

17. 李然，乾隆三大家詩學比較〔D〕，上海：華東師範大學，2005。

18. 徐國華，蔣士銓研究〔D〕，上海：華東師範大學，2005。

19. 鍾芳，湯顯祖的「情至說」〔D〕，北京：北京大學，2005。

20. 楊飛，乾嘉時期揚州劇壇研究〔D〕，上海：華東師範大學，2006。

21. 王平，王文治研究〔D〕，蘇州：蘇州大學，2006。

22. 施紅梅，蔣士銓戲曲探析〔D〕，蘇州：蘇州大學，2006。

23. 鄒華秀，袁枚性靈說之美學研究〔D〕，長沙：湖南師範大學，2006。

24. 朱述超，袁枚「性靈」美學思想研究〔D〕，重慶：重慶師範大學，2006。

25. 呂麗，黃燮清戲曲研究〔D〕，北京：首都師範大學，2006。

跋

　　這本小書是由我的碩士學位論文修訂而成的。二〇〇五年，也就是大約九年之前，經過一番波折之後，我終於考入了首都師範大學文學院，作爲碩士研究生，開始了中國古代文學的學研生涯。與周圍「科班」出身的同學相較，原本學習理科的我，基礎全無，終日惴惴。像個孩子一樣興奮地日夜苦讀，但能憑依的卻只有一顆對傳統文學的嗜愛之心。初開始談及治學方向，總是覺得好似「霧失樓臺，月迷津渡」，腦中雖有種種想法盤纏擲躍，但毫無頭緒、一團漿糊。會選擇蔣士銓的戲曲作爲學位論文的題目，純乎是因爲一種偶然的機緣——某天在圖書館書架上揀書，翻到《忠雅堂集校箋》時，讀到了蔣氏《銅弦詞》裏的那首《賀新涼·壬申卜禮部第，出京，宿良鄉》：

> 　　來時盡說長安樂，出門西向而笑。半入雲霄，半飄塵海，半在秋原殘照。欹斜烏帽。對冷月啼蛄，影形相弔。此味辛酸，古人先我已嘗到。

> 　　風云何限屠釣，歎行年廿八，已非英妙。數折桑乾，一條虹彩，車騎喧喧爭鬧。不如歸好。共烏鵲南飛，聽他低叫。飽吃黃粱，擁衾眠一覺。

那一年，我正好虛歲廿八。獨自離家到京城求學，心境孤零悵惘，恰與詞意相合。「此味心酸，古人先我已嘗到」，心餘歎占，我歎心餘，暢是言吾所欲言。讀完《忠雅堂集》，又讀過蔣士銓的戲曲集，深爲其人、其文所感，遂萌生了進一步研究蔣氏劇作的想法。論文開題時，導師張慶民教授提議縮小研究範圍，以便駕馭。後來，便有了《蔣士銓中年書院時期劇作研究》這部書稿。年少初作，稚拙在所難免。雖幾經修改，但骨架既定，拓展、深入都頗

受制囿。疏謬之處，深感愧恧，還望讀者諸君多多寬諒、指正。

「流光容易把人拋，紅了櫻桃，綠了芭蕉。」現如今，我早已離開求學的母校，進入外交學院，忝居人師。藉此拙作付梓之機，我想向這些年來一直鼓勵幫助我的師友親人，致以最誠摯的謝忱。

感謝九年來先後給予我無任關愛的張慶民教授、張燕瑾教授和張福慶教授。張慶民先生是我開始文學研究的啓蒙恩師，正是在先生的諄諄教誨之下，我才得以由門外轉窺學術門徑，邁上通往夢想的道路。得知書稿即將出版，慶民師不僅慷慨爲作序文，更在往來信件中細緻指出文字、標點等錯訛之處。有師若此，敢不奮發！張燕瑾先生是我博士期間的導師，也是對我影響最大的師長。先生多年以來的耳提面命、提撕呵護，令我的研究和人生都少走了不少彎路。師母劉琦珍女士，一直對我憐愛有加。二〇一一年，師母不幸罹患重疾，近日沉疴復起，纏綿病榻。每次去到醫院，目睹師母容顏日悴，先生白髮蕭騷，身代弗能，心如焚絞。師母安然，恩師保重，是吾心之所深願。張福慶先生是我進入外交學院工作後爲人爲師的榜樣。先生治學細密謹確，教書育人每以「得天下英才」爲至樂。入職之初的忐忑，因有先生作範而倒懸得解。三位張先生皆是愛我以德者，得良師如斯，是吾生之大幸。

感謝母親秦青菊女士。一年以來，慈音笑容，心中意中，在在難忘。如果有來世，女兒願做一匹小馬，馱著媽媽，行走天涯。

感謝愛人薛玉峰先生多年以來相濡以沫的扶助。慈母驟逝，稚子號泣，日夜跼蹐。難關得渡，全賴其不離不棄。天地逆旅，因有至情，而哀痛減半，欣悅倍之。

最後，特別感謝花木蘭文化出版社的諸君。辱承諸位不避淺陋，慨然相助，令到本書得以面世發行，由衷感謝。

王春曉

2014 年 9 月 23 日

於北京豐臺